LE PACTE DE L'ÉTRANGE

ŒUVRES DE JOHN CONNOLLY AUX PRESSES DE LA CITÉ

LES ENQUÊTES DE CHARLIE PARKER :

Tout ce qui meurt, Presses de la Cité, 2001 ; Pocket, 2004.
... Laissez toute espérance, Presses de la Cité, 2002 ; Pocket, 2004.
Le Baiser de Caïn, Presses de la Cité, 2003 ; Pocket, 2004.
Le Pouvoir des ténèbres, Presses de la Cité, 2004 ; Pocket, 2005.
L'Ange noir, Presses de la Cité, 2006 ; Pocket, 2008.
La Proie des ombres, Presses de la Cité, 2008 ; Pocket, 2009.
Les Anges de la nuit, Presses de la Cité, 2009 ; Pocket, 2010.
L'Empreinte des amants, Presses de la Cité, 2010 ; Pocket, 2011.
Les Murmures, Presses de la Cité, 2011 ; Pocket, 2012.
La Nuit des corbeaux, Presses de la Cité, 2012 ; Pocket, 2013.
La Colère des anges, Presses de la Cité, 2013 ; Pocket, 2014.
Sous l'emprise des ombres, Presses de la Cité, 2015 ; Pocket, 2016.
Le Chant des dunes, Presses de la Cité, 2016 ; Pocket, 2017.
Le Temps des tourments, Presses de la Cité, 2018 ; Pocket, 2018.
Musique nocturne, Presses de la Cité, 2019.

AUTRES :

Les Âmes perdues de Dutch Island, Presses de la Cité, 2013 ; Pocket, 2014.

JOHN CONNOLLY

LE PACTE DE L'ÉTRANGE

Traduit de l'anglais (Irlande)
par Jacques Martinache

PRESSES DE LA CITÉ

Publié sous le titre original *A GAME OF GHOSTS* par Emily Bestler Books, Atria, département de Simon & Schuster, Inc., New York, en 2017.

Ce livre est une œuvre de fiction. Les noms, les personnages, les lieux et les événements sont le fruit de l'imagination de l'auteur ou sont utilisés fictivement. Toute ressemblance avec des personnes réelles, vivantes ou mortes, serait pure coïncidence.

ISBN 978-2-258-16313-3
Dépôt légal : avril 2020

Presses de la Cité | un département **place des éditeurs**

place des éditeurs

À Lucy Hale

I

« De fait, en l'état actuel des choses, la Terre des Esprits est une sorte d'Amérique… regorgeant de Montagnes, de Mers et de Monstres. »

JOSEPH GLANVILL,
A Blow at Modern Sadducism[1] (1668).

1. « Une atteinte au sadducisme moderne ». *(Toutes les notes sont du traducteur.)*

1

Une nouvelle chute de neige avait recouvert la précédente, comme c'est le cas pour les souvenirs, pour les années.

En outre, selon la météo, il gèlerait, ce qui revêtirait la ville d'une couche de glace et ajouterait un ou deux jours à l'attente du lent dégel, qui finirait inévitablement par venir, bien que la capitulation du froid parût encore lointaine en ce soir de février. Au moins, cette nouvelle chute de neige – la première depuis une semaine – recouvrirait-elle les saletés accumulées auparavant, et les rues de Portland paraîtraient à nouveau propres et immaculées – pour un temps.

Bien que glacé, l'air manquait de clarté. Une légère brume flottait au-dessus des trottoirs, entourant les réverbères de halos semblables à des auréoles de saints et transformant la forêt de gratte-ciel en paysage de rêve. On avait l'impression de voir double, comme si les rues et les bâtiments de la ville avaient été imparfaitement superposés à une précédente image d'eux-mêmes, et que cette version sombre transparaissait maintenant, permettant aux gens d'aujourd'hui de frôler ceux du passé.

Charlie Parker remontait Exchange Street, la tête baissée pour se protéger du froid de la nuit, progressant tel un bulldozer entre les congères. Il n'avait pas besoin de NBC pour savoir que l'hiver resserrait son étreinte. On eût dit qu'une antique personnification de cette saison sentait approcher le printemps et était déterminée à s'accrocher à son royaume blanc aussi longtemps qu'elle le pourrait. Parker le sentait lui aussi dans ses os, et dans ses blessures. Sa main gauche se recroquevillait au fond de sa poche en une boule de douleur et les cicatrices de son dos tendaient désagréablement sa peau. Il avait mal à la tête, et si on lui en avait demandé la raison il aurait montré dans sa chevelure les étranges mèches gris argent qui avaient poussé sur les entailles encore douloureuses laissées par des plombs de fusil de chasse.

D'autres blessures plus anciennes le tourmentaient aussi. Ainsi, des années plus tôt, il s'était jeté dans l'eau gelée d'un lac tout au nord de l'État pour échapper à des flingueurs déterminés à mettre un terme à sa vie. Dans l'affaire, il avait quand même écopé d'une balle, qu'il n'avait même pas sentie tant le choc du plongeon dans l'eau glacée avait été violent. Il aurait dû mourir, il avait survécu. Plus tard, les médecins l'avaient bombardé de termes médicaux – hypothermie, hypotension, hypervolémie, haute viscosité sanguine – dont aucun n'était d'une grande aide pour le corps humain et la quête de l'immortalité, mais qui s'appliquaient tous dans une certaine mesure à son cas.

Après s'être fait tirer comme un lapin, il avait enfreint à peu près toutes les recommandations des praticiens en continuant à combattre ses ennemis. À l'époque, l'un d'eux, spécialiste des séquelles des immersions en eau froide, avait souhaité écrire un article sur lui, mais Parker avait poliment refusé l'offre d'un traitement et d'une rééducation offerts en échange de sa coopération. C'était une décision qu'il regrettait parfois. Il pensait souvent que son corps ne s'était jamais tout à fait remis du traumatisme enduré car, depuis, il souffrait du froid avec une intensité qu'il ne se rappelait pas avoir éprouvée dans son adolescence ou dans sa vie de jeune adulte. Quelquefois, même dans une pièce bien chauffée, il était pris de frissons si brutaux qu'ils le laissaient sans force pendant de longues minutes. Même ses mâchoires étaient douloureuses, maintenant : un jour, il avait tellement claqué des dents qu'il avait perdu une couronne.

Mais bon, il était encore en vie, et c'était déjà ça, non ? Il songea au vieil adage selon lequel renoncer aux vices ne vous fait pas vivre plus longtemps mais vous en donne seulement l'impression. Par des nuits pareilles, il avait la sensation d'avoir eu mal toute sa vie.

C'était le premier jour de février. Parker se souvenait d'une discussion qu'il avait eue avec son grand-père sur les mois de l'hiver, peu après que le vieil homme avait accueilli chez lui l'enfant qu'il était alors et sa mère, lorsqu'ils avaient fui New York et les conséquences de la mort de son père. Pour Parker, les mois d'hiver, c'étaient décembre, janvier et février, alors que son grand-père, qui avait des racines dans un autre continent, suivait encore l'ancien calendrier gaélique, selon lequel novembre était le premier mois de l'hiver et février marquait le début du printemps. Des dizaines d'années à subir les rigueurs des hivers du Maine, en particulier l'obscurité glacée de février, ne l'avaient pas ébranlé dans cette conviction. Avec le temps, Parker avait fini par penser que le vieil homme avait peut-être montré plus de sagesse que son petit-fils ne l'avait cru à l'époque. En faisant de février le début d'une nouvelle saison et non le moment de l'agonie de la précédente, son grand-père faisait preuve d'une acuité psychologique qui lui permettait d'endurer l'un des pires mois de l'année en le considérant comme le signe avant-coureur de temps meilleurs à venir.

Parker s'arrêta devant le Crooners & Cocktails. C'était Ross qui avait choisi cet endroit. Parker ne savait pas trop pourquoi. L'agent du FBI n'était pas un fin connaisseur des restaurants de Portland. D'un autre côté, Parker en était venu à reconnaître qu'Edgar Ross devait être plus habitué aux changements de lieux et de rythmes que ce n'était nécessaire, même pour un homme directement impliqué dans les questions de sécurité nationale.

À vrai dire, Parker aimait bien le Crooners & Cocktails. Le nom était indéniablement ringard, mais le cadre vous plongeait dans une autre époque, et les boissons et les plats étaient excellents. Regardant à travers la vitre embuée, il crut distinguer la silhouette de Ross au fond de la salle. L'agent avait devant lui un verre à moitié plein et ce qui avait tout l'air d'un plateau d'huîtres. Parker détestait les huîtres. Quant à ses sentiments à l'égard de Ross, le jury n'avait pas encore tranché.

Parker se retourna. De la musique lui parvenait du Sonny's, un peu plus haut dans la rue, et, de l'autre côté de la chaussée, des formes se mouvaient dans le bar du Press Hotel, bâtiment qui avait autrefois hébergé le *Portland Presse Herald* avant que le journal ne déménage au 1, City Center en 2010. Il n'avait mis les pieds qu'une seule fois dans cet hôtel, pour y retrouver Angel et Louis et y boire un verre. Il se dit que c'était peut-être un endroit acceptable où dormir, même si, comme au Crooners & Cocktails, on y cultivait la nostalgie avec soin. Et la nostalgie était peut-être une option compréhensible dans un monde où tout semblait foutre le camp, à condition toutefois de se rappeler que, si le passé était un lieu agréable à visiter, personne n'avait envie d'y vivre.

L'une des voitures garées de l'autre côté de la rue était une Lexus. Avec deux hommes assis à l'avant. Pour éviter une dispute, ils devaient écouter une radio neutre : Classic Vinyl ou Deep Tracks[1], imagina Parker. Tous les deux devaient être armés. Il les avait informés de la venue de Ross, ce qui avait évidemment éveillé leur curiosité, comme l'avait été celle de Parker. Ross s'aventurait rarement aussi loin dans le Nord.

Le portable de Parker sonna. Il s'en saisit.

— Il s'est pointé en limousine, dit Angel, mais avec des

1. Deux stations diffusant des classiques du rock.

plaques d'immatriculation fédérales. Le chauffeur l'a déposé devant le rade et a redémarré. Je suis resté sur Ross, Louis a suivi la caisse. Elle s'est garée dans Middle Street. Voiture de location, rien de flashy. Le chauffeur est au Starbucks, il joue sur son téléphone. Louis vient juste de me rejoindre.

Parker raccrocha, ajusta le micro planqué dans sa cravate. Il avait horreur de porter une cravate.

— Tu m'entends toujours ? demanda-t-il.

Du siège passager de la Lexus, Angel lui montra son pouce dressé. Du moins, Parker espérait que c'était un pouce. Avec Angel, on n'était jamais sûr.

Parker entra au Crooners & Cocktails.

Tandis que l'hôtesse d'accueil le conduisait à la table de Ross, l'idée le traversa qu'il ne savait presque rien de l'agent fédéral. Était-il marié ? Il ne portait pas d'alliance, mais Parker savait que des hommes et des femmes exerçant des métiers à hauts risques préféraient garder secrets leurs liens conjugaux. Ross était peut-être séparé, ou divorcé. Étant donné son boulot, ce serait logique. Avait-il des enfants ? Parker pensait que non, mais il s'était déjà trompé auparavant sur de tels sujets. Si les enfants adoucissaient le caractère de certains hommes, ils ne faisaient pour d'autres qu'ajouter à leur fardeau. Il avait lu l'interview d'un romancier qui s'était brouillé avec sa fille, laquelle avait parcouru des milliers de kilomètres en Afrique pour tenter de renouer avec son père et n'avait réussi qu'à se faire claquer la porte au nez. L'écrivain se justifiait en alléguant qu'il n'avait pas été formé pour s'occuper d'« enfants à problèmes ». Parker ne connaissait aucun parent formé pour s'occuper d'enfants, à problèmes ou non. En fait, ce n'était pas tout à fait vrai : il connaissait un couple de psychologues pour enfants – des parents épouvantables.

Ross se leva pour serrer la main du détective. Il avait fait gicler de la sauce Tabasco sur sa chemise – presque rien, en fait, une tête d'épingle rouge sang. Parker s'abstint de le lui signaler, mais il se ferait ensuite la réflexion que son regard avait plusieurs fois dérivé sur cette tache au cours de l'entrevue, comme si elle représentait une caractéristique essentielle de Ross qui aurait jusque-là refusé de se révéler.

Parker remit son manteau à l'hôtesse mais garda sa veste.

— J'ai pensé que vous ne vous formaliseriez pas si je mangeais quelques huîtres avant votre arrivée, dit Ross une fois qu'ils furent tous les deux assis. Je sais que vous n'aimez pas les fruits de mer.

— Très aimable à vous de vous en être souvenu, répondit Parker.

Son dégoût général pour les coquillages s'était transformé en phobie. Il aurait été tenté de consulter un psy à ce sujet s'il n'avait craint ce que le rejet des bivalves pouvait suggérer le concernant.

— Vous buvez quoi ? demanda-t-il à Ross.

— Dewar's et liqueur d'amande. On appelle ça un Parrain.

— Un choix ironique, j'imagine.

Après avoir parcouru la liste des boissons, Parker trouva un cocktail qu'il ne serait pas trop embarrassé de commander – un Journaliste, gin et vermouth – et reposa la carte. Il ne fit cependant qu'y tremper les lèvres une fois qu'il fut devant lui. Quoiqu'il ait toujours eu une aversion pour les alcools forts, il avait appris que lorsqu'on est en compagnie d'une seule personne, cela paie de commander une boisson semblable, même si on n'en avale pas une goutte. Café, bière, vin, scotch, peu importe : cela détend votre vis-à-vis et facilite l'obtention de renseignements. Toutefois, Ross connaissait probablement ce truc. Si tel n'était pas le cas, il n'avait rien à faire au FBI.

Les deux hommes bavardèrent un moment de choses et d'autres – la politique, le temps, la santé de Parker – avant de commander leurs plats : lotte pour Ross, steak pour Parker, arrosés respectivement de riesling et de malbec. La serveuse s'éloigna. La musique diffusée en fond sonore servait de contrepoint au brouhaha des conversations.

— Alors, attaqua Parker, qu'est-ce qui vous amène dans le quartier ?

2

Ils étaient entourés de gens qui passaient un bon moment, protégés du froid qui sévissait de l'autre côté de la vitre. Les cafés-restaurants de Portland savaient accueillir confortablement leurs clients en hiver. Après tout, ils avaient l'habitude.

Ross buvait lentement son verre.

— Auriez-vous croisé un jour le chemin d'un détective privé du nom de Jaycob Eklund ? demanda-t-il. Jaycob avec un *y*.

— Il serait d'où ?

— De Providence.

— Je ne crois pas. Il a une spécialisation ?

— Pas officiellement. Il prend tout ce qui lui permet de joindre les deux bouts : les maris et les épouses infidèles, les libérés sous caution en cavale, les enquêtes dans le cadre d'un procès – un peu ce que vous faisiez avant que le gouvernement fédéral se soit mis en tête de contribuer à vos revenus...

Quelques mois seulement s'étaient écoulés depuis que la provision sur honoraires dont parlait Ross était apparue sur les relevés bancaires de Parker, mais cet apport modifiait déjà son niveau de vie et le type d'affaires qu'il acceptait. Il avait toutefois fallu un long moment pour établir la paperasse. Son avocate de l'époque, Aimee Price, avait refusé d'avoir quoi que ce soit à voir avec cet arrangement, qu'elle considérait comme une erreur de jugement de la part de Parker, et peut-être même du

FBI. Par ailleurs, ladite Price s'était enfin passé la corde au cou, l'été précédent, après des fiançailles si longues que la bague, pourtant achetée neuve, était maintenant considérée comme un bijou ancien. Enceinte de jumeaux, elle avait l'intention de réduire ses activités, du moins le prétendait-elle, mais Parker savait qu'elle cherchait avant tout à mettre de la distance entre elle et son client le plus notoire, à savoir lui-même. En tant que future mère, elle ne voulait prendre aucun risque pour sa propre sécurité et celle de ses enfants à naître. Parker ne pouvait pas le lui reprocher et il avait transféré sa clientèle à Moxie Castin, qui n'avait pas de telles appréhensions.

Moxie avait tellement remanié l'accord faisant de Parker un consultant du FBI qu'il ressemblait maintenant plus à un don charitable (mais mensuel) du gouvernement qu'à des honoraires. Le texte même de l'accord ne faisait pas problème car son véritable sens était enfoui sous la dalle de béton du jargon juridique. Parker savait l'essentiel : il était désormais lié à Ross, tout comme Ross l'était à lui. Toute faveur sollicitée ou accordée avait toujours un prix, et Parker se rendait compte qu'il allait commencer à mériter l'argent qu'il touchait.

— Et officieusement ?

— Eklund bénéficiait à l'occasion de nos... de *mes* largesses, lâcha Ross.

— Pour faire quoi ?

— Observer. Écouter.

L'agent fédéral finit son cocktail, se rinça la bouche avec une gorgée d'eau et souleva son verre de vin, le tout quasiment dans le même mouvement.

— Vous pensiez être le seul ?

— Vous réussissez à me faire sentir moins important.

— Oh, je crois que c'est bien au-dessus de mes capacités.

Parker parvint à sourire.

— Eklund a disparu, poursuivit Ross. Je veux qu'on le retrouve.

— C'est vous le FBI. C'est un peu comme si un mineur de fond me demandait de l'aider à trouver du charbon.

Ross ne répondit pas. Il but un peu de son riesling et attendit. Une serveuse apporta leurs plats. Ils avaient l'air appétissants mais aucun des deux hommes n'y toucha – pas immédiatement.

— À moins que vous ne puissiez faire intervenir vos agents, lâcha enfin Parker quand il fut devenu clair qu'ils ne pourraient se mettre à manger, ou reprendre leur conversation, avant qu'il ait manifesté sa compréhension de la situation. Vous ne savez pas exactement de quoi s'occupait Eklund quand il a disparu... Si vous entamez des recherches alors qu'il est en train de bosser pour vous, vous risquez d'attirer l'attention sur lui et sur ce que vous mijotez tout là-haut, dans le chaudron de votre cerveau.

— Bien vu.

— C'est vraiment triste que vous n'ayez pas confiance en vos propres collègues. Si on ne peut pas se fier à ceux qui espionnent leurs concitoyens, à qui faire confiance ?

— À vous, répondit Ross.

Il découpa un morceau de poisson, le nappa avec soin d'un peu de son risotto langouste-épinards et, de sa fourchette adroitement maniée, porta le tout à sa bouche, avant de se fendre d'un hochement de tête approbateur.

— Ce poisson est succulent. Vous ne savez pas ce que vous ratez.

Parker goûta son steak. Il était excellent, mais la présence de Ross dans ce restaurant – dans l'État du Maine, en fait – l'empêchait de savourer pleinement son plat.

— Vous auriez pu simplement me téléphoner pour me demander de m'occuper de cette affaire, fit remarquer le détective. Ce n'était pas la peine de faire tout ce chemin.

— Je vous considère comme un investissement. J'ai voulu voir s'il se bonifiait.

— Et Eklund n'est qu'un petit enquêteur minable qui

a disparu des écrans radar, ce qui ne vous préoccupe que modérément.

— Je ne vous le fais pas dire.

Mensonges, tout ça. Eklund était important. Ross ne se serait pas déplacé s'il ne l'avait pas été.

Tout cela n'était qu'un jeu. Parker avait en sa possession une liste de noms récupérée dans un avion qui s'était écrasé dans les forêts du Grand Nord. Elle contenait des informations sur des hommes et des femmes qui s'étaient plus ou moins compromis, des individus qui avaient conclu un pacte, en toute connaissance de cause ou non, avec les serviteurs d'un mal ancien. Parker transmettait ces noms à Ross au compte-gouttes, et l'agent se plaignait parfois de la lenteur avec laquelle ces renseignements étaient partagés, mais Parker avait la certitude que Ross ne faisait guère plus que garder en mémoire les personnes identifiées pour, peut-être, agir, le plus discrètement possible, contre elles lorsque l'occasion s'en présenterait.

Essentiellement, Ross attendait.

Parker aurait pu livrer toute la liste afin de permettre à Ross de l'introduire dans l'un des puissants ordinateurs des sous-sols du FBI, et l'appareil aurait finalement craché un nom, car ils étaient tous deux convaincus que se dissimulaient dans cette liste des indices sur l'identité d'un seul individu. Cette personne, homme ou femme, menait une quête du Dieu enfoui, du Dieu des guêpes, de Celui qui attend derrière le miroir. Si Dieu existait, cet être était le Non-Dieu, et les noms qu'on lui attribuait importaient peu. De même, qu'un tel être pût vraiment exister était relativement sans importance. Ce qui comptait, c'était que ceux qui croyaient en lui, ou qui professaient seulement d'y croire, l'utilisaient pour justifier des actes d'une extrême dépravation. Toutefois, si l'on parvenait à neutraliser celui qui les manipulait tous, cette quête serait mise en échec pour plusieurs générations, peut-être définitivement.

Ross ne pouvait cependant pas entreprendre seul une telle opération, aussi discrète fût-elle, parce qu'il n'était pas sûr que ses recherches resteraient secrètes. Certaines des personnes visées occupaient des positions de pouvoir et d'autorité. Elles étaient vigilantes, sur leurs gardes. Elles écoutaient. Pour le moment, elles croyaient que cette liste était perdue. Si elles apprenaient qu'on l'avait retrouvée, elles agiraient pour s'en emparer.

Aussi, malgré toutes ses préventions à l'égard de Parker, Ross devait reconnaître qu'en lui permettant de conserver la liste et d'enquêter sur les personnes qui y figuraient, il préservait ses meilleures chances de succès. Raison pour laquelle la provision versée au détective était aussi généreuse. Avec cet argent, Ross finançait une enquête qu'il n'osait pas confier à ses propres agents.

Voilà pourquoi, en piquant son poisson de sa fourchette, il parlait d'un détective porté absent tandis que l'orchestre de Tony Bennett jouait en fond sonore.

— Depuis combien de temps Eklund a-t-il disparu ? demanda Parker.

— Il aurait dû prendre contact avec nous il y a quelques jours. J'ai attendu un jour de plus avant de vous joindre.

— Vous avez entendu parler de l'importance des premières quarante-huit heures dans n'importe quelle enquête ?

— J'ai tendance à éviter d'être alarmiste... Vous avez à peine touché à votre steak.

— Je demanderai qu'on me le mette dans un sac. Je le mangerai peut-être avec mon café demain matin.

Il ne restait plus grand-chose dans l'assiette de l'agent fédéral. Il se tamponna les lèvres avec une serviette en papier, finit son vin et demanda l'addition. Sans proposer un dessert ou un café. Sa mission à Portland était quasiment terminée.

— Qu'est-ce qui vous fait croire qu'Eklund n'a pas décidé de s'accorder quelques jours pour ses propres affaires ?

— Ce n'est pas l'arrangement que j'ai avec lui. Les conditions de notre accord sont très claires.

— J'aimerais pouvoir en dire autant, soupira Parker.

— Je ne pense pas que vous apprécieriez le genre de courses dont Eklund se charge.

Autre mensonge. Ross était allé un peu trop loin dans son numéro de dédain.

— J'ai placé dans une boîte de dépôt les informations pertinentes sur Eklund, ajouta-t-il. Vous y trouverez une série de liens quand vous consulterez vos mails.

La serveuse apporta l'addition. Ross régla en liquide. Lorsqu'il eut fini de compter les billets, il écrivit un numéro de portable sur un morceau de papier tiré de son portefeuille.

— Au cas où vous auriez besoin de m'appeler. Toutes vos dépenses vous seront remboursées. Je n'ai pas besoin de reçus, juste d'une estimation. Vous recevrez aussi un autre versement à titre gracieux pour couvrir les imprévus. Si vous pouviez éviter de trop attirer l'attention sur vous, je vous en serais reconnaissant.

Il se leva mais fit signe à Parker de rester assis.

— Finissez votre vin.

Sa main pesa désagréablement sur l'épaule gauche de Parker quand il se pencha pour lui murmurer :

— Et si vous tentez de nouveau d'enregistrer l'une de nos conversations, je lâche les chiens et je les laisse vous déchirer, vous et vos copains psychotiques.

Après avoir tapoté l'épaule de Parker, il partit.

Quelques minutes s'écoulèrent avant qu'Angel et Louis rejoignent Parker.

— Il est allé où ? demanda-t-il.

— La voiture l'attendait dehors, répondit Louis. Il avait manifestement programmé le plaisir de ta compagnie à la minute près. On a pensé que ça ne valait pas le coup de le filer. Si tu souhaites lui parler, tu peux toujours frapper à la porte de Federal Plaza et demander s'il peut venir jouer avec toi dans la cour…

— Et on n'a plus rien entendu de ce que vous avez dit après la remarque sur les huîtres, ajouta Angel. Silence radio.

Parker détacha le micro tête d'épingle de sa cravate avant d'enlever aussi cette dernière. Enregistrer l'entretien avait été une idée de Moxie Castin. Même sous sa forme amendée, l'avocat jugeait le contrat de vacataire conclu avec Ross aussi toxique que pouvait l'être un document qui ne portait pas le symbole de danger biologique. Une loi fédérale permettait d'enregistrer une conversation, au téléphone ou en personne, à condition qu'une des parties y consente, ce qui était en l'occurrence le cas de Parker, mais Ross avait de toute évidence un autre point de vue sur la question.

— Il savait qu'on l'enregistrait, ou il le soupçonnait, dit Parker. Il a brouillé l'écoute peu après mon arrivée.

— Je dirais qu'il a un déficit de confiance, suggéra Angel. De charme, aussi, mais, pour le charme, on le sait depuis longtemps.

— Il vous a traités de psychotiques, au fait.

Louis se renfrogna, ou du moins son expression renfrognée en permanence s'accentua quelque peu.

— Je ne suis pas psychotique, je suis sociopathe, rectifia-t-il.

Angel, qui semblait se désintéresser de la question, tendit le doigt vers le steak de Parker.

— Tu le bouffes pas ?

— Je…

Avant que le détective ait pu prononcer un mot de plus, Angel s'assit à la place de Ross, tira le steak à lui et se mit à manger. Louis emprunta un siège à la table voisine et parcourut la carte des vins.

— Puisqu'on est là…

Deux ou trois autres clients les observaient à la dérobée avec une certaine inquiétude. Angel, en particulier, avait tout du gars qu'on vient d'appeler en urgence pour réparer la chaudière et qui s'est arrêté en chemin pour finir une assiette. Une femme assise à une table proche se penchait maintenant au-dessus de son homard thermidor comme pour le protéger.

Louis commanda un verre de malbec et quelques snacks : bruschetta, boulettes de viande…

— Alors, dit-il quand le garçon se fut éloigné, qu'est-ce que Ross te voulait ?

— Que je retrouve un privé du nom d'Eklund manquant à l'appel dans la réserve.

— Tu vas le faire ? demanda Angel à travers une bouchée de steak.

— Tu sais, je ne crois pas qu'il m'ait laissé le choix.

3

Comme Ross l'avait promis, les liens au dossier d'Eklund attendaient bien Parker dans sa boîte de réception quand il rentra chez lui ce soir-là. Il lui fallut d'abord sauter à travers quelques cerceaux pour en télécharger le contenu, mais il obtint finalement toutes les infos. Qui se réduisaient à pas grand-chose. Eklund avait cinquante-deux ans, il était divorcé depuis cinq ans, pas d'enfants. Il avait obtenu une licence de détective privé dix ans plus tôt après avoir fait partie des forces de l'ordre dans le New Hampshire puis à Rhode Island sans s'élever très haut dans la hiérarchie ni, semblait-il, s'être particulièrement distingué. Pas de braquages de banque déjoués, pas d'échanges de coups de feu avec des gangsters endurcis, pas de meurtriers appréhendés lors de contrôles routiers de routine. Eklund avait simplement effectué ses vingt ans de service, il avait pris sa retraite et s'était mis à son compte. Quant à ce qui avait pu l'amener dans l'orbite de Ross, Parker n'en avait aucune idée. Eklund était d'une banalité remarquable, mais c'était peut-être justement à cause de ça. Il n'attirerait pas l'attention, et il suffisait à Parker de jeter un coup d'œil dans un miroir pour comprendre pourquoi cette faculté de passer inaperçu avait convaincu Ross.

Parker se demandait quand même s'il était arrivé à Eklund de regretter l'accord conclu avec l'agent du FBI. Parker savait au moins dans quoi il mettait les pieds – du moins, il l'espérait. Il jouait un jeu avec Ross, mais Ross en faisait autant avec lui. Parker était le ver sur l'hameçon, la chèvre attachée à un piquet, et Ross attendait pour voir qui viendrait mordre à l'appât. Quel était le rôle d'Eklund ? Il observait, il écoutait – du moins, c'était ce que Ross prétendait. Mais qui observait-il ? Qui écoutait-il ?

Si Ross connaissait la réponse – et c'était probablement le cas –, il la gardait pour lui, et de simples détails sur la vie d'Eklund ne fournissaient aucune piste. Ross n'avait guère livré que les numéros de téléphone du domicile et du bureau d'Eklund, l'immatriculation de sa voiture, le nom et l'adresse de Milena Budny, son ex-femme, des affiliations professionnelles, des relevés de banque – ça, c'était utile –, ainsi que le code de son portable. Parker n'avait pas l'intention de demander comment Ross s'était procuré cette dernière information. Les comptes en banque, il pouvait comprendre, d'autant que Ross payait Eklund pour ses services. Le code, c'était une autre affaire. Soit l'agent fédéral ne faisait pas entièrement confiance à Eklund, soit il recourait à cette pratique dans tous ses rapports avec les gens extérieurs au Bureau, voire avec ceux qui en étaient membres. Quelle que fût la raison, Parker se félicitait d'avoir pris grand soin de sécuriser son ordinateur et de faire preuve d'une extrême prudence sur sa ligne fixe ou avec son portable. En outre, il faisait régulièrement nettoyer ses deux ordinateurs, bureau et portable, pour éliminer d'éventuels virus et chevaux de Troie ; il changeait ses mots de passe chaque semaine et, précaution habile entre toutes, il confiait au numérique peu de ce qui était essentiel, préférant s'en remettre à ses calepins, à son propre système de sténo et à une mémoire qui, jusque-là, ne montrait aucun signe de dépérissement au-delà d'une incapacité à se rappeler les noms d'actrices de vieux films.

Faute de mieux à faire dans l'immédiat, il composa le numéro de portable d'Eklund. Il obtint directement sa boîte vocale, et utilisa le code pour accéder aux messages. Il en écouta dix-huit, y compris un de l'ex d'Eklund exprimant son inquiétude de ne pas avoir eu de ses nouvelles depuis un moment, deux d'anciens copains flics cherchant à le rencontrer pour boire un verre, le reste de clients, déjà acceptés ou potentiels. La plupart avaient laissé un numéro, que Parker nota, mais aucun message ne se détachait du lot par son importance. Il ne doutait pas que Ross eût déjà pris connaissance de leur contenu et était parvenu à la même conclusion que lui : s'il y avait quoi que ce soit d'utile dans ces messages, c'était bien caché.

Parker les écouta de nouveau. Leur banalité apparente pouvait signifier qu'ils ne contenaient aucune information importante, mais aussi que Ross – ou quelqu'un de son service – n'avait pas réussi à en repérer. Cette remarque s'appliquerait aussi à l'ordinateur d'Eklund une fois qu'on l'aurait retrouvé. Les notes de Ross indiquaient qu'il avait disparu, tout comme le portable, et pas besoin d'être un enquêteur expérimenté pour supposer qu'ils se trouvaient tous deux là où était Eklund. Parker savait qu'il devrait se rendre au bureau et au domicile d'Eklund pour procéder à un examen approfondi de tout le matériel sur lequel il mettrait la main, ainsi que pour remonter jusqu'à toutes les personnes qui avaient laissé des messages, afin de vérifier si Eklund avait été en contact avec elles depuis. Les messages couvraient une période de cinq jours, comme Ross l'avait indiqué. Dix-huit messages en cinq jours, dont un quart personnels. Plutôt léger, pour un détective privé en exercice.

Parker nota ce qu'il avait appris, éteignit la lumière de son bureau et alla se coucher. Il était tard, il ne pouvait pas faire grand-chose de plus. Il n'était même pas sûr de pouvoir se consacrer vraiment à cette affaire avant un jour ou deux. Il avait promis à Rachel, son ancienne compagne et mère de sa fille, Sam, qu'il se rendrait à Burlington pour un entretien avec Emily Ferguson, la pédopsychologue qui s'occupait de Sam suite à son récent enlèvement.

Parker l'avait déjà rencontrée : d'abord au début des séances de Sam, puis une semaine plus tard, lorsqu'il était tombé par hasard sur elle et ses enfants au Maine Mail[1]. Elle lui avait appris que sa mère habitait Falmouth et qu'elle profitait d'une visite qu'elle lui rendait pour faire des courses. Pour autant que Parker pouvait en juger, Emily Ferguson avait donné naissance à trois monstres – ou alors, elle avait adopté trois gamins et les avait transformés en monstres. Si on leur en avait laissé le temps et l'occasion, ils auraient probablement réduit le centre commercial en un tas de gravats et de métal tordu. Rachel avait une haute opinion de la psy et Parker s'en remettait à l'expérience professionnelle de son ex, mais il doutait que celle-ci ait vu la tribu Ferguson à l'œuvre.

Sam : le problème de sa fille, du moins en ce qui concernait sa mère et Ferguson, n'était pas que son kidnapping l'ait traumatisée, mais plutôt qu'il semblait ne pas l'avoir du tout affectée. Un homme l'avait enlevée dans sa maison, enfermée dans le coffre de sa voiture, amenée dans un motel lointain et avait été victime d'une sorte d'hémorragie systémique avant d'avoir pu lui faire le moindre mal. Sam avait eu beaucoup de chance et l'on aurait pu s'attendre à ce qu'elle souffre de stress post-traumatique. Or elle se comportait comme s'il ne lui était rien arrivé. Rachel et Ferguson étaient toutes deux convaincues que Sam avait enfoui en elle ses véritables émotions. Parker en était moins sûr, mais il gardait son opinion pour lui. Il savait seulement que sa fille était plus forte, et plus étrange, que même sa propre mère ne le pensait.

Il était étendu dans l'obscurité de sa chambre. Il n'avait pas fermé les doubles rideaux et, de l'autre côté de la fenêtre, les marais de Scarborough recouverts de neige brillaient au clair de lune, blanc sur noir, tel le négatif d'une photo de paysage. Il ouvrait et refermait sa main gauche, étirait ses doigts, comme

1. Le plus grand centre commercial de l'État du Maine.

il l'avait fait toute la soirée. Cela lui faisait mal, mais cet exercice diminuerait la douleur qu'il éprouverait le lendemain matin ; du moins, il l'espérait. Parfois, sa vie entière lui apparaissait comme une série de trocs de ce genre, un peu de souffrance maintenant contre une éventuelle réduction de la douleur plus tard. C'était peut-être un vestige de son catholicisme. Dans un autre siècle, il aurait pu être un ascète, ou s'adonner à la mortification.

Il s'endormit bercé par le bruit de vagues clapotant contre la côte, dans ce monde et dans un autre.

4

Dans une maison située loin à l'ouest, une conversation se poursuivait tandis que l'eau d'un évier lavait du sang sur une peau et s'écoulait en filets roses à travers la bonde.

— D'autres pourraient venir.

C'était un homme qui avait parlé.

— Qu'ils viennent, répondit une voix féminine plus ferme. Ils subiront le même traitement.

La femme regarda par la fenêtre. La neige tourbillonnait tandis que la tempête s'éloignait vers l'est. Elle était contente que son frère ne puisse pas voir son visage. Elle ne voulait pas qu'il s'inquiète davantage. Il n'aimait pas cet aspect de leur vie. Elle non plus, mais, à la différence de son frère, elle était capable de faire le nécessaire, aussi déplaisant fût-il.

— De qui faisons-nous le travail ? demanda-t-elle, exhumant la question de leur enfance partagée.

La réponse vint instantanément, bien qu'il ne l'eût pas prononcée depuis des années :

— De notre père.

Sa sœur s'approcha de lui, l'embrassa doucement sur les lèvres. Il ouvrit la bouche et elle y fourra sa langue.

Dans l'obscurité, les Frères les observaient et souriaient, approbateurs.

5

Parker se leva tôt afin de se rendre à Burlington. Sachant qu'il allait passer des heures dans une voiture, il remplit une bouteille thermos de café et marcha un moment au bord des marais, parmi les pitchpins et les érables rouges, les digitales et les houx verticillés, seul avec ses pensées.

Il éprouva une bouffée passagère de mélancolie. Il n'avait pas envie d'aller dans l'Ouest, il n'aurait su dire pourquoi. De retour dans la maison, il songea qu'il lui manquait peut-être un chien. Les chiens constituent généralement un bon remède à la mélancolie.

Avant de partir, il appela ceux qui avaient laissé des messages à Eklund pour avoir confirmation qu'il ne leur avait pas répondu. Enfin, il téléphona à Milena Budny, l'ancienne épouse de Jaycob Eklund, qui vivait maintenant en Floride avec son second mari. Il se présenta, l'informa qu'il prenait contact avec elle pour un client qui s'inquiétait de ce qu'Eklund ne l'avait pas appelé comme prévu.

— Il est arrivé quelque chose à Jaycob ?

La préoccupation qu'il perçut dans la voix de cette femme paraissait sincère. Il ne mentionna pas qu'il avait écouté le message qu'elle avait laissé sur le téléphone d'Eklund.

— Je ne sais vraiment pas, répondit-il. J'ai juste été engagé pour le retrouver.

— Je ne lui ai pas parlé depuis plus d'un mois.

— C'est inhabituel ?

— Oui et non. On s'efforce de se parler tous les quinze jours, mais un mois sans coup de fil n'est pas rare.

Peu de couples divorcés restaient en contact de cette façon, en tout cas à la connaissance de Parker, qui fit part de cette opinion à l'ex-épouse.

— Ç'a été un divorce plutôt à l'amiable, répondit-elle.

Il crut déceler quelque chose dans son ton. Et « plutôt » à l'amiable, ce n'était pas à l'amiable tout court.

— Je peux vous demander pourquoi vous vous êtes séparés ?

— Nous nous étions peu à peu éloignés l'un de l'autre.

— D'accord.

— Et j'ai rencontré quelqu'un d'autre avec qui j'avais plus envie de vivre qu'avec Jaycob.

— Alors vous avez entamé une procédure de divorce ?

— Oui.

— Je ne voudrais pas être indiscret, madame Budny, et tout ce que vous me confierez restera entre nous, mais…

— Demandez-moi ce que vous voulez. Si c'est trop intime, je vous le dirai.

— Il y a des degrés dans « amiable ». Votre mari a-t-il été furieux, ou bouleversé, quand vous l'avez informé que vous vouliez mettre fin à votre couple ?

— C'était il y a longtemps.

— Pas tant que ça. Cinq ans.

— Vous êtes drôlement bien renseigné.

— On m'a chargé de retrouver votre mari. C'est plus ou moins mon boulot d'essayer d'en savoir le plus possible.

— Bien sûr, je comprends. Jaycob était triste. Pas en colère, juste triste.

— Il a tenté de vous faire changer d'avis ?

Un silence, puis :

— Oui.

— Mais vous ne changez pas d'avis comme de chemise.

Il crut l'entendre sourire.

— Non.

— Jaycob est toujours triste ?

— Je crois, oui. J'aurais aimé qu'il refasse sa vie, mais ça n'est pas le cas.

— D'autres femmes que vous auraient simplement coupé les ponts.

— J'ai cessé d'aimer Jaycob, je n'ai jamais cessé d'avoir de l'amitié pour lui. Lui parler de temps en temps, m'assurer qu'il va bien, ça m'aide à me sentir mieux.

— Moins coupable.

— Oui.

Parker ne suggéra pas que cette attitude avait pu alimenter l'incapacité d'Eklund à tourner la page après son divorce. Il ne voulait pas se mettre Mme Budny à dos.

— Il arrive que Jaycob vous parle de son travail pendant vos conversations ?

— Non. D'ailleurs, il ne l'a jamais fait. C'était peut-être un des problèmes de notre couple.

— Des amis dont il est proche ?

— Non. Jaycob est fondamentalement un solitaire. Il gardait des liens avec quelques-uns de ses anciens copains policiers, mais uniquement pour boire un coup avec eux une ou deux fois par an. Il n'avait pas de vrais amis.

— Des hobbys, des passe-temps ?

— Les fantômes.

— Pardon ?

— Jaycob est fasciné par le paranormal. Il lit des bouquins là-dessus, il assiste à des conférences.

— Depuis longtemps ?

— Je crois que ça s'est accru après notre divorce, mais il s'y est toujours intéressé.

— D'une manière générale ou sur un sujet particulier ?

— Je ne pourrais pas vous dire. Je sais juste qu'il consacre beaucoup de temps et d'argent pour assister à des réunions, parler à des gens. Il ne me donne pas de détails. Et je ne lui en demande pas.

— Pourquoi ?

— Ces histoires me font flipper et Jaycob ne tenait pas à ce que j'en sache plus.

— Il vous a dit pour quelle raison ?

Cette fois, elle prit plus de temps pour répondre.

— Parce que ça valait mieux pour ma sécurité.

— Ce sont ses termes exacts ?

— Oui.

Parker songea que cela expliquait peut-être le ton angoissé de sa voix dans le message qu'elle avait laissé, mais il fallait qu'il s'en assure.

— Madame Budny, êtes-vous inquiète pour votre ex-mari ?

— Monsieur Parker, je l'ai toujours été.

Avant de mettre fin à la conversation, il promit à Mme Budny de la rappeler s'il découvrait quoi que ce soit d'utile, et, de son côté, celle-ci s'engagea à le prévenir si Eklund reprenait contact avec elle.

Il appela ensuite le numéro que Ross lui avait donné et clarifia avec lui un ou deux détails du dossier Eklund. Cela leur prit moins d'une minute.

Enfin, il donna un dernier coup de téléphone qui, estimait-il, aurait dû précéder sa conversation avec Milena Budny, mais il savait que son destinataire n'aurait pas apprécié d'être réveillé de si bonne heure. Il s'appelait Art Currier, il vivait là-haut près du lac Seboomook, à l'orée des forêts du Grand Nord. Retraité, Currier aimait bien lever le coude et se lever tard. Il était aussi une précieuse source d'informations pour Parker et était toujours disposé à se bouger pour vingt dollars de l'heure… tant que ça ne l'empêchait pas de faire la grasse matinée.

Currier répondit à la cinquième sonnerie, si on peut considérer un bâillement comme une réponse.

— C'est Charlie Parker.

— Hmm.

— Tu pourrais avoir l'air content que je t'appelle.

— Je suis comme ça quand je suis content.

— Pas étonnant que tu vives seul. J'ai du taf pour toi.

— Je t'écoute.

Selon le dossier de Ross, Eklund possédait une cabane près du lac Baker, à une quinzaine de kilomètres du lac Seboomook. Ross ne s'y était pas intéressé parce que c'était loin, qu'il n'y avait pas le téléphone, et il comptait apparemment sur Parker pour s'en charger. Une sacrée trotte à se taper en hiver sans aucune certitude qu'Eklund serait là-bas, ce qui semblait peu probable vu le temps, mais Art Currier avait un scooter des neiges et connaissait la région mieux que Parker. Currier accepta d'aller jeter un œil au « camp » d'Eklund, comme il l'appela à la manière des gens du Maine, et promit de rappeler dans la journée.

Une fois ses coups de téléphone donnés, Parker partit pour le Vermont. Bien qu'il fît encore mauvais, la tempête faiblissait en se rapprochant de la côte. Il écouta de la musique en roulant, laissant chaque album aller jusqu'au bout sur son iPod, résistant à la tentation du pot-pourri. Il se dit que cela expliquait peut-être en partie le retour en force du vinyle : chaque face ne durant que vingt minutes, ça ne valait pas le coup de l'interrompre pour mettre autre chose. Autant continuer et, bon, puisque vous aviez écouté toute la première face, pourquoi négliger l'autre ?

Baigné par la musique, il pensa à Sam. S'il n'avait pas vu sa fille depuis deux semaines, il lui avait parlé au téléphone et sur Skype, qui devenait leur principal moyen de communiquer. Lorsque Rachel était partie, emmenant Sam avec elle, ils étaient parvenus à un accord informel sur les contacts et les visites qui avait plutôt bien marché. Mais les activités de Parker avaient mis Sam en danger à deux reprises au cours de l'année écoulée. Bien entendu, il n'avait jamais eu l'intention de lui faire courir le moindre risque, et dans aucun de ces cas il n'aurait pu prévoir ni empêcher ce qui était arrivé, mais la responsabilité ne lui en incombait pas moins. Ces deux événements avaient perturbé l'équilibre de ses relations avec Rachel. Il savait qu'elle éprouvait encore quelque chose pour lui et qu'elle connaissait la profondeur de ses sentiments pour Sam, mais elle n'était plus autant disposée qu'avant à lui confier leur fille. Des négociations étaient en cours et il faisait tout pour qu'elles ne virent pas à l'aigre, une attitude qui étonnait apparemment Rachel, comme si elle s'était imaginé qu'il serait plus combatif.

Il ne s'agissait pas d'être combatif. Sam était un être spécial. Il fallait qu'elle soit protégée.

Et elle l'était, bien que la nature précise de cette protection restât à établir.

Il était près de trois heures et demie de l'après-midi quand Parker arriva au cabinet d'Emily Ferguson dans Spear Street, à égale distance de l'université du Vermont et du Country Club de Burlington. Sam était déjà dans le bureau de la psy pour sa séance ; Rachel feuilletait le dernier numéro de *Vanity Fair* dans la salle d'attente. Elle l'accueillit par un baiser sur la joue de pure forme et ils se retrouvèrent face à face, séparés par une table basse que l'un d'eux pourrait au besoin utiliser comme bouclier.

— Pardon d'être en retard, s'excusa-t-il.

— Ne t'en fais pas pour ça. Le temps est épouvantable et Emily préfère nous voir après la séance de toute façon.

— Comment va Sam ?

— Toujours très bien.

— Tu sembles presque déçue.

— Ne recommence pas.

— Désolé, dit-il.

Et il l'était sincèrement. Rachel tripota le cordon de son sweat à capuche de l'université du Vermont.

— Ce n'est pas normal, déclara-t-elle, pour la énième fois.

— Non, sûrement.

Elle lâcha le cordon.

— L'université me propose un contrat.

— Super.

— Trois ans, avec possibilité de renouvellement si tout se passe bien. Je serai rattachée au laboratoire Falls dans le cadre du sous-programme biocomportemental.

— J'aurai l'air d'un idiot si j'avoue ignorer ce que « biocomportemental » signifie ?

— C'est l'étude de l'interaction entre le comportement et les processus biologiques. Pour te donner une réponse simple.

— Merci de m'épargner la compliquée.

— Je serai spécialisée dans les systèmes neuronaux sous-jacents à la peur.

Elle le regarda avant d'ajouter :

— Je crois que je l'ai suffisamment ressentie pour essayer de la comprendre mieux.

— Et en étant payée pour ça.

Elle lui accorda un sourire.

— Quel connard tu fais.

— Je sais.

Le sourire disparut quand elle reprit :

— Mon père pense que je devrais aller au tribunal. Il croit que nous avons besoin de définir officiellement nos arrangements concernant Sam.

— Ton père veut que je disparaisse du paysage.

Rachel n'essaya pas de le nier. Les rapports entre Parker et son père étaient allés trop loin pour ça.

— Tu n'as pas besoin d'aller au tribunal.

— Vraiment ?

— Dis-moi ce qui sera le mieux pour toi et pour Sam et j'accepterai. Si Sam s'inquiète, je la convaincrai. Elle comprendra.

— Pourquoi fais-tu ça ?

— Ça quoi ?

— Te comporter raisonnablement. Non, plutôt – Seigneur, je ne sais pas – pourquoi es-tu aussi… *neutre* ?

C'était reparti. Parfois, il pensait qu'elle aurait préféré qu'il s'emporte, qu'il braille, ou qu'il tente de défendre ses droits. Ç'aurait été plus facile pour elle. Elle aurait eu la preuve que son père avait raison, et, du jour au lendemain, ils seraient devenus les marionnettes de leurs avocats.

— Parce que je tiens autant que toi à sa sécurité. Parce que je l'aime.

Ils n'eurent pas le temps de poursuivre leur discussion. La porte située à droite de Parker s'ouvrit, Sam sortit du bureau. Ferguson suivait derrière. C'était une femme ronde, tout en courbes, qui, dans l'esprit de Parker, évoquait un assemblage de fruits mous. Mis à part son incapacité à élever des enfants ne menaçant pas la stabilité des nations, il la trouvait condescendante, et étrangement dure malgré son physique charnu. « Suffisante », c'était le mot qui lui venait le plus fréquemment à l'esprit quand il pensait à elle, aussi s'efforçait-il d'y penser le moins possible. Tout cela, il faisait de son mieux pour le cacher à Sam, afin qu'elle n'ait pas de préjugés envers une femme qui, malgré ses défauts, essayait de l'aider.

Sam le serra dans ses bras quand il se leva ; il l'étreignit lui aussi et lui ébouriffa les cheveux.

— Ça va, Ours ?

— Ça va bien, Ours, répondit-elle.

Il en allait ainsi depuis quelque temps, il ne savait pas trop pourquoi.

— Si tu veux bien t'asseoir, Sam, nous ne serons pas longs, promit Ferguson.

Sam prit le siège que son père venait de libérer et tira un livre de son sac. Elle arrivait peu à peu à la fin des histoires d'Encyclopedia Brown[1], dont il ne lui restait plus que deux ou trois épisodes à lire. Chaque fois qu'ils étaient en voiture ensemble et que quelqu'un leur faisait une queue-de-poisson ou conduisait comme un idiot, elle demandait à son père de « lui donner une petite leçon avec vigueur ». Que le chauffeur soit un homme ou une femme, « une petite leçon avec vigueur » était la réaction appropriée.

Ferguson invita Rachel et Parker à la suivre dans sa salle de consultation, qu'il avait découverte lorsque Sam avait commencé ses séances. C'était une pièce aux couleurs vives et gaies, avec des étagères peintes sur lesquelles les ouvrages cliniques se mêlaient aux livres pour enfants. Les images décorant les murs montraient surtout des paysages, avec, çà et là, quelques illustrations originales de littérature moderne pour préadolescents, rien toutefois qui pût être potentiellement perturbant.

Dans un premier temps, la discussion se déroula comme Parker s'y attendait. Sam, à la grande frustration de deux des personnes présentes, continuait à ne manifester aucun symptôme de traumatisme dû aux événements entourant son kidnapping. Elle prétendait avoir peu de souvenirs clairs de ce qui s'était passé à part avoir été enlevée et emmenée dans une chambre de motel. Avant d'avoir pu la molester, son ravisseur s'était mis à saigner par de multiples endroits de son corps et Sam en avait profité pour s'enfuir et aller chercher de l'aide. C'était à peu près ce qu'elle avait raconté à la police et ensuite à Parker. Quand il avait essayé de lui en faire dire plus, à la fois sur Skype ou de vive voix – toujours en l'absence de

1. Les aventures d'un jeune détective de dix ans, initialement publiées en 1963 et rééditées à l'identique.

Rachel –, elle avait répondu à ses questions par un seul geste : un doigt sur ses lèvres en guise d'injonction au silence. Parker savait ce que cela signifiait. Il se rappelait les mots qu'elle lui avait murmurés quand il avait pris conscience que sa fille était différente :

« Ils écoutent toujours. Nous devons faire attention, papa, parce qu'ils nous entendront. Ils nous entendront et ils viendront... »

Ferguson lui parlait, mais il était si absorbé dans ses pensées qu'il n'avait rien capté.

— Excusez-moi, vous disiez ?

Rachel lui lança un regard chargé d'une irritation à peine voilée. De son côté, la psychologue devenait plus condescendante encore que d'habitude, comme si Parker avait l'esprit tellement lent qu'il fallait l'amener à force de cajoleries sur le chemin de la compréhension.

— Je faisais simplement remarquer que Sam s'inquiète beaucoup pour vous, j'en suis convaincue.

— Vraiment ? Je veille pourtant à ne pas lui parler de mon travail.

— Elle en a peut-être une plus grande connaissance que vous ne le pensez.

Si tu savais, se dit-il.

Cette réflexion dut transparaître sur son visage car l'expression placide de Ferguson se décomposa pour la première fois depuis le début de la discussion, révélant brièvement un côté plus intéressant de son caractère... ça, ou alors elle se demandait juste comment on pouvait être aussi bête et réussir quand même à avancer sans marcher sur ses lacets.

— Elle a vu un homme mourir près de vous, poursuivit-elle. Un homme qui s'apprêtait à vous tuer.

— Ce n'était pas intentionnel de ma part, répondit-il, décidé à montrer un peu les dents.

— Bon Dieu, marmonna Rachel.

— Je ne suis pas sûre que vous compreniez la gravité de la situation.

— Que voulez-vous que je fasse ? Que je cesse de voir Sam ? Je ne la vois déjà pas beaucoup.

— Je…, commença Ferguson.

Mais Parker l'interrompit :

— Je pourrais changer de profession, je suppose. Devenir psychologue pour enfants, par exemple, sauf que j'essaie plutôt de régler les problèmes, pas d'en créer quand il n'y en a pas.

Ce fut au tour de Ferguson de dénuder ses crocs. Tant mieux, pensa-t-il. C'était la première fois qu'il se montrait volontairement récalcitrant dans ses réponses, voire résolu à faire de l'obstruction, mais il était excédé. Il se sentait déjà assez coupable sans que Ferguson en rajoute. Il connaissait Sam mieux qu'aucune d'elles, et pourtant même lui ne la connaissait pas vraiment.

— Je ne suis pas sûre que votre attitude nous aide.

Parker se força à se détendre. De l'autre côté de la fenêtre, une brise éparpillait la neige recouvrant la branche nue d'un arbre. Un rouge-gorge s'y posa, ébouriffa ses plumes. La plupart de ces oiseaux migraient vers le sud en hiver, mais il en restait toujours quelques-uns. Celui-là était d'âge mûr. Il avait été chanceux ou coriace, parce que les rouges-gorges sont la proie des écureuils, des serpents, des chats, des corbeaux, des corneilles et d'à peu près toutes les espèces de rapaces. Peu d'entre eux vivent plus de deux ans.

— Je répète, que voulez-vous que je fasse ? demanda Parker.

La psy échangea un regard avec Rachel.

Décamper était une réponse possible, mais les deux femmes étaient assez intelligentes pour reconnaître que cela ne rendrait pas Sam heureuse. Et n'accroîtrait pas non plus sa sécurité. Il était là pour la protéger jusqu'à ce qu'elle puisse le faire elle-même, bien qu'elle ne fût pas aussi vulnérable qu'elle amenait les autres à le croire. De toute façon, ce n'était pas une responsabilité à laquelle il envisageait de renoncer, ni maintenant ni jamais.

— C'est une discussion que vous devez avoir avec Rachel, déclara Ferguson.

Elles échangèrent à nouveau un regard et il comprit que ce que Rachel pouvait avoir à dire sur le sujet avait fait l'objet d'une conversation antérieure entre elles.

— Nous n'y manquerons pas, assura Parker. Et merci de ce que vous essayez de faire pour Sam.

Il était sincère. S'il n'avait pas beaucoup de sympathie pour elle, il pensait qu'elle croyait bien faire. Qui sait, cela avait peut-être même aidé Sam, de voir un autre adulte que ses parents ou ses grands-parents s'intéresser à elle.

Sa sincérité échappa néanmoins à Emily Ferguson. Elle l'avait relégué dans la catégorie « mauvais parent », peut-être même « parent toxique ». Parker n'en fut que plus déterminé à ne jamais mêler des avocats et des juges au problème de Sam. Si la psychologue devait témoigner devant un tribunal en qualité d'expert, ce ne serait pas en sa faveur.

— Je crois qu'il faut que Sam poursuive ses séances pour le moment, dit-elle.

— Je suis sûre que ça se passera bien, approuva Rachel.

Parker ne s'y opposa pas. Il ne voyait aucune raison de le faire, pour le moment.

Ils se levèrent. Ferguson serra la main de Rachel et lui pressa chaleureusement le bras. Parker eut, lui, l'impression d'avoir un poisson mort dans la main. Sans être expert, il se dit que cela constituait une sorte de préjugé, de la part de la psy. Dans le cadre des études que Ferguson avait suivies, il y avait sûrement eu un cours qui mettait en garde contre les préjugés, mais, pour une raison ou une autre, elle s'était abstenue d'y participer.

Dans la salle d'attente, Sam était plongée dans les aventures d'Encyclopedia Brown, qui protégeait sa ville des criminels.

— On peut aller chez Al's ? demanda-t-elle.

Le fast-food Al's se trouvait à proximité, dans Williston Road. On y faisait des frites délicieuses depuis les années 1940 et s'y rendre faisait partie de leur routine après les séances de Sam.

Parker se tourna vers Rachel, mais elle était résolue à ne pas montrer à leur fille la colère qu'elle pouvait éprouver contre lui.

— D'accord, répondit-elle. On y va.

Sam regarda Parker, puis à nouveau Rachel, et fronça le nez.

— Vous venez de vous disputer ?

II

« Hier, dans l'escalier,
J'ai croisé un homme qui n'y était pas.
Il n'y était pas non plus aujourd'hui,
Je voudrais, je voudrais qu'il s'en aille… »

William Hughes Mearns,
Antigonish

6

Le garçon s'appelait Alex MacKinnon. Il était d'origine écossaise par une branche de sa famille, et il le proclamait à chaque occasion, même si aucun membre proche n'était retourné au vieux pays depuis le début du siècle précédent.

Alex avait douze ans et n'allait que depuis peu au collège à vélo, avec la permission réticente de sa mère, une liberté qu'il avait eu de bonnes raisons de regretter au cours de l'hiver. Il fallait toutefois un temps épouvantable pour le contraindre à abandonner sa bicyclette. Pas question de laisser les éléments le priver, fût-ce temporairement, d'une concession si durement obtenue.

Son vélo était équipé de feux devant et derrière. Il portait un gilet réfléchissant avec un LED rouge clignotant sur la manche gauche, un autre à l'arrière de son casque. Il s'estimait si bien éclairé qu'il risquait moins de se faire emboutir par une voiture qu'un arbre de Noël avec toutes ses décorations. Mais le jour commençait déjà à s'estomper lorsqu'il quitta le collège et quoiqu'il eût moins de quinze cents mètres à rouler pour rentrer chez lui, il fallait traverser des passages sombres, en particulier là où il y avait des arbres.

Ce fut dans un de ces endroits qu'Alex vit l'homme, ou ce qui avait peut-être été autrefois un homme. Il était vêtu de noir, la tête nue malgré le froid, le crâne chauve ceint de roux, avec une barbe assortie courant d'une oreille à l'autre comme la jugulaire d'un casque.

Il marchait sur une épaisse berge de neige parallèle à la route. Voir quelqu'un se balader tête nue parmi les arbres était déjà inhabituel en soi en cette saison, parce qu'un vent froid soufflait, que les congères cachaient des trous et des racines, et qu'on pouvait donc facilement trébucher et chuter. Ce qui rendait cet individu si particulier et qui amena Alex à verser dans le fossé, c'était qu'il ne marchait pas dans la neige mais *sur* la neige : ses chaussures étaient bien visibles alors que ses jambes auraient dû s'enfoncer dans la couche blanche jusqu'aux genoux. Avant de valser par-dessus son guidon, Alex eut juste le temps de remarquer aussi, malgré la lumière chiche, que cet homme ne laissait aucune trace dans la neige.

Le garçon se retrouva allongé sur le dos tandis que la roue avant de son vélo continuait de tourner à côté de lui. Il ne s'était pas fait mal en tombant, mais sa chute lui avait coupé le souffle. Et surtout, il était mort de trouille.

L'homme s'arrêta, figé au milieu d'un pas, tel un chasseur conscient de la présence d'un cerf. Un moment, il demeura tout à fait immobile jusqu'à ce que son attention se tourne lentement dans la direction d'Alex. Il avait des traits brouillés, indistincts, comme si un pouce avait barbouillé le dessin à l'encre d'un visage. Sa tête s'inclina sur le côté, il découvrit le garçon, le vélo et…

Eh bien, Alex n'aurait pu décrire ce qui se passa qu'en disant que l'homme se replia en lui-même. Il pivota sur son pied droit, de sorte que son flanc droit était maintenant tourné vers Alex, puis il fit un pas en avant et disparut, d'un coup.

Alex se mit péniblement debout, releva sa bicyclette et partit en courant. Il ne regarda pas derrière lui. Il n'osait pas. Et quoiqu'il n'eût jamais rien vu de tel, il savait ce que c'était, parce qu'il avait entendu son père en parler à voix basse à sa mère quand il croyait devenir fou.

Les Frères suivirent la course d'Alex entre les arbres. Ils venaient de commencer à hanter un nouvel être.

7

Si le repas chez Al's ne fut pas le plus convivial qu'ils aient partagé, Sam ne laissa pas la tension entre ses parents l'empêcher de savourer son cheeseburger, sa barquette de frites et son milk-shake à la fraise. Elle déclina l'offre de Rachel de l'accompagner aux toilettes et resta attablée avec son père à regarder un chasse-neige déblayer le parking.

— Il faut que je continue à voir Emily ? demanda-t-elle.

— Je pense que ça pourrait t'aider, répondit Parker.

— Je n'ai pas besoin d'aide.

— Tu en es sûre ?

— Oui.

Elle parlait d'un ton qui ne souffrait aucune discussion : elle énonçait simplement un fait.

— Et ta mère se sentirait mieux, ajouta-t-il.

Sam considéra l'argument tout en aspirant bruyamment son milk-shake avec une paille.

— OK. Maman t'a parlé du dessin ?

— Quel dessin ?

— Emily m'a demandé de dessiner ma maison et ma famille. Je l'ai fait et elle m'a regardée bizarrement.

— Pourquoi ?

— Ben, j'avais dessiné papy et mamy, maman, toi et Walter – les chiens, c'est dur. Et aussi la maison. Je pensais que c'était bien.

— Mais pas Emily.

— Elle a montré mon dessin à maman pendant que j'attendais dehors. Elle lui a dit que je ne me considérais pas comme un membre de la famille parce que je ne m'étais pas dessinée.

— Pourquoi tu ne t'étais pas dessinée ?

— J'étais l'artiste. Comment j'aurais pu me mettre dans le dessin puisque c'était moi qui dessinais ?

Parker but une gorgée de café. Cela lui semblait logique, mais il n'avait jamais prétendu être psychologue.

— Alors j'ai fait un autre dessin avec une petite fille dedans et je l'ai apporté aujourd'hui à Emily, poursuivit Sam. Elle m'a demandé si c'était moi.

— Qu'est-ce que tu lui as répondu ?

— J'ai juste souri. Elle a pris ça pour un oui.

Parker s'aperçut qu'il serrait trop fort sa tasse. Le bruit des autres clients dans la salle s'estompa, il n'y eut plus que Sam, lui et tout ce blanc autour.

— Mais ce n'était pas toi, hein ?

— Non.

Jennifer, pensa-t-il. Elle a mis sa demi-sœur morte dans le dessin.

— Tu continues à voir Jennifer ?

— Tu le sais bien.

Il avait mal à la gorge, les yeux brûlants. Il cligna des yeux pour retenir ses larmes, il ne pouvait pas s'empêcher de pleurer. C'était mal. Et pourtant :

— Elle t'apparaît souvent… ?

— Souvent.

— Est-ce qu'elle est… ?

Il ne termina pas sa phrase. Il ne savait pas ce qu'il voulait demander, ce n'était en tout cas pas possible de l'exprimer par un seul terme. Heureuse, triste, furieuse, effrayée – ces mots avaient-ils un sens pour ce que Jennifer était à présent ? Et Sam répondit :

— Elle est.

Oui, se dit-il : s'il y a une seule vérité, c'est celle-là. Elle est. Elle existe. Tout le reste était absolument secondaire.

Sam finissait son milk-shake en examinant son père par-dessus le verre. Il avançait à pas comptés : cela lui arrivait de plus en plus souvent avec sa fille. Jetant un coup d'œil vers la gauche, il vit que Rachel s'était arrêtée devant les toilettes pour bavarder avec une connaissance. D'où il était assis, il ne pouvait pas voir qui c'était. Rachel avait le corps un peu détourné de la personne qui lui parlait, comme si elle n'avait pas l'intention de s'attarder. Quel que fût le sujet de leur conversation, elle serait très bientôt de retour à leur table.

— Un jour, il faudra que tu me racontes ce qui s'est vraiment passé au motel, dit-il.

Sam desserra ses lèvres autour de la paille et s'apprêtait sans doute à objecter quand il leva la main pour l'arrêter.

— Je sais ce que tu vas répondre. Tu vas me parler de la nécessité d'être prudent, des gens qui écoutent, et je comprends tout ça. Mais je suis quand même ton père, et je ne peux pas te protéger si je ne peux pas causer avec toi de certaines choses.

Rachel s'était libérée et se dirigeait vers eux. Ce fut seulement quand sa mère fut presque – mais pas tout à fait – assez près pour l'entendre que Sam répondit :

— Tu ne me protèges pas, c'est moi qui te protège, papa. Et, ajouta-t-elle à voix basse, ceux qui écoutent ne sont pas des gens.

8

Le ciel était passé au gris lorsqu'ils sortirent du fast-food. Parker consulta la météo sur son portable : on annonçait encore de la neige, et les météorologues conseillaient aux gens d'éviter tout déplacement qui n'était pas indispensable. S'il quittait Burlington maintenant, il y avait de grandes chances qu'il soit pris par la tempête à son plus fort avant même d'être à mi-chemin de la côte. Il valait mieux passer la nuit où il se trouvait et partir tôt le lendemain matin lorsque les routes seraient dégagées.

Il regarda Rachel. Ils avaient fait l'amour, la dernière fois qu'il était venu dans le Vermont. Ce jour-là, Parker était blessé, Rachel se remettait de sa rupture et ils s'aimaient encore assez pour puiser du réconfort dans une nuit passée ensemble. Cela ne leur arriverait pas maintenant, ni peut-être plus jamais. L'enlèvement de Sam avait altéré le délicat équilibre maintenu entre eux, peut-être irrévocablement.

— Je vais trouver un endroit en ville où dormir cette nuit, lui annonça-t-il.

Rachel ne lui demanda pas où, elle avait probablement deviné : une petite auberge proche de l'université qui lui plaisait bien. Il avait trop souvent dormi dans des motels et les évitait chaque fois que c'était possible.

— Je t'appellerai, répondit-il.

— D'accord.

Il serra Sam dans ses bras. Un petit fragment de son cœur se détachait et était perdu pour lui chaque fois qu'il devait dire au revoir à sa fille. Il n'aurait jamais cru en arriver là. Jamais il n'avait souhaité devenir ce genre de père.

— Prends soin de ta mère.

— D'accord. Je t'aime, Ours.

— Moi aussi je t'aime, Ours.

En les regardant s'éloigner en voiture, il se sentit englué dans un rêve étrange dont il ne parvenait pas à s'éveiller. Chaque fois qu'il ouvrait les yeux, il était enlisé plus profondément dans l'irréalité.

Et il avait peur de sa fille.

Parker monta en voiture, mit le moteur en marche, attendit que les vitres se désembuent. La porte du fast-food s'ouvrit, un homme en sortit. Sous ses cheveux blancs peignés avec soin, il avait la peau hâlée du type qui a les moyens d'échapper à une bonne partie de l'hiver sous des climats plus ensoleillés. C'était Jeff, l'ancien mec de Rachel – son connard d'ancien mec, se corrigea-t-il aussitôt. Burlington était une petite ville – trop petite, quelquefois. Si c'était à Jeff que Rachel parlait devant les toilettes, pourquoi n'en avait-elle rien dit une fois de retour à leur table ? En fait, Parker connaissait la réponse : toute allusion à Jeff aurait encore assombri une ambiance déjà plombée.

La Mustang de Parker se remarquait assez pour attirer l'attention, même de quelqu'un qui ne faisait que passer. S'immobilisant devant la porte, Jeff parcourut le parking des yeux avant de les arrêter sur la voiture. Hormis son expression de dégoût refréné, il ne manifesta aucune réaction à la présence de Parker. Rien que cette brève halte et ce regard avant de s'éloigner vers la gauche et de disparaître au coin du bâtiment.

Al's n'était pas le genre d'endroit que fréquentait Jeff. Il n'aimait pas manger avec les doigts, ni être entouré de gens qui le faisaient. Alors qu'est-ce qu'il fichait là ? se demandait Parker. Pas besoin d'une licence de privé pour trouver la réponse.

S'il se remet avec Rachel, je le tue, se promit Parker. Lentement.

L'auberge n'avait ce soir-là pas d'autres clients. On lui donna une chambre avec vue sur le jardin et, au-delà, le lac Champlain et les Adirondacks. Il posa son sac dans un coin. Il gardait toujours dans le coffre de sa voiture un sac en toile contenant des vêtements de rechange, quelques articles de toilette et une petite trousse médicale. Assis dans le fauteuil à oreillettes, il consulta son portable. Il avait un message d'Art Currier, qu'il rappela aussitôt.

— Art ?

— Le camp de ton mec est paumé dans la cambrousse. Même en été ça doit être dur de s'y rendre.

— Ce qui veut dire ?

— La cabane est vide, et je crois pas que quelqu'un ait pris cette piste depuis la première chute de neige.

— Tu t'es renseigné ?

— Y avait pas besoin, mais j'ai pensé que tu voudrais une confirmation. Ton Eklund a pas beaucoup de voisins et les gens du coin ont plutôt tendance à s'occuper de leurs affaires. J'ai quand même tiré de son lit un vieux type qui a remarqué que le proprio avait déménagé des trucs de la cabane l'année dernière : des meubles, de la literie. Il l'a pas revu depuis.

Parker remercia Currier et promit de lui envoyer un chèque.

— Plutôt du liquide. C'est moi qui ai traîné mes fesses là-bas, pas le fisc.

Currier raccrocha et Parker ouvrit son ordinateur portable pour lire ses mails. Comme il n'y avait pas de message de Ross l'informant qu'Eklund avait refait surface, il fit apparaître une carte de Providence, Rhode Island, sauvegarda quelques vues et réserva une chambre dans un hôtel situé entre le domicile et le bureau du détective disparu. Et puis, comme c'était Ross qui payait, il réserva une autre chambre. Une nuit seul suffisait, il aurait peut-être besoin de compagnie à Providence.

9

Alex MacKinnon ne finit pas son assiette ce soir-là et dit à sa mère qu'il ne se sentait pas bien. May MacKinnon mit une main sur le front de son fils, le trouva frais, mais l'enfant était parcouru de frissons et elle craignait qu'il n'ait pris froid. Ce vélo… Si elle se réjouissait de voir Alex devenir plus indépendant, elle n'aimait pas qu'il se rende au collège de cette manière. Certains automobilistes roulaient comme des abrutis et le téléphone portable avait fait d'eux des abrutis au carré. Chaque fois qu'elle voyait un taré ou une tarée qui tapait un texto ou parlait dans son portable en conduisant d'une main, elle avait envie de lui tirer une balle dans la tête. Elle ne voulait pas que son fils finisse mort dans le caniveau parce qu'un jeune imbécile de dix-sept ans était trop occupé par son téléphone pour garder les yeux sur la route.

Peu après vingt heures, elle jeta un coup d'œil dans la chambre d'Alex afin de voir comment il allait. Allongé sous les couvertures de son lit, il regardait des vidéos de YouTube sur son iPad. Comme il avait ses écouteurs sur les oreilles, il ne la remarqua pas et elle décida de ne pas le déranger. Elle le garderait peut-être à la maison le lendemain. Alex n'était pas de ces enfants qui se plaignent d'être malades alors qu'ils n'ont rien. Elle verrait demain matin comment il se sentait et déciderait en fonction.

Elle ouvrit la porte du placard, jouxtant la salle de bains du premier étage, où se trouvait le panier à linge sale. Il était presque plein, autant faire une machine maintenant qu'elle avait un peu de temps. Elle pourrait ensuite tout mettre dans le sèche-linge avant de se coucher et ce serait prêt le lendemain matin.

Bien sûr, il y avait moins de linge à laver qu'avant.

En avril, cela ferait un an que Mike, le père d'Alex, avait disparu. Il souffrait de dépression et la plupart des gens pensaient sans le dire qu'il s'était suicidé. May, elle, n'était pas de cet avis, pas du tout. Si son mari était parfois triste, il n'était pas du genre à se tuer (mais est-ce que ça existait vraiment, le « genre », May se le demandait souvent quand, seule dans son lit, elle pleurait l'absence à côté d'elle) et n'aurait jamais laissé sa femme et son enfant dans le chagrin et l'incertitude. C'était un homme invariablement gentil et attentionné. Il n'aurait pas même accepté un dessert gratuit au Sovereign Grill sans envoyer une carte de remerciement un ou deux jours plus tard. Il ne se serait pas suicidé sans laisser un mot à son épouse et à son fils, et May avait bien du mal à l'imaginer écrivant une telle lettre. Quoiqu'un peu taciturne, Mike ne gardait cependant jamais ses tourments pour lui. Elle et lui avaient toujours su communiquer, dès le début. Il ne lui cachait rien.

Pas même ce qui concernait son frère.

Seigneur ! Prendre contact avec le frère de Mike avait été la chose la plus difficile de sa vie. Mike aurait poussé les hauts cris s'il avait été là, mais justement il n'y était plus, et May craignait que sa disparition ne soit liée aux activités de son frère. Si c'est le cas, son frère saura qui interroger, où chercher, avait-elle pensé. Là aussi, les recherches avaient abouti à une impasse. Le frère de Mike s'était remué, ou il avait fait semblant, elle ne pouvait en être sûre.

Quant à cette femme avec qui il était – bon Dieu, elle vous donnait la chair de poule !

May s'était longtemps accrochée à l'espoir que son mari vivait encore. Il avait pu être victime d'un accident, ou d'une forme d'attaque. Il s'était peut-être retrouvé à Boise, Idaho, parmi les SDF, sans aucun souvenir de sa vie d'avant, un homme de plus tombé dans les oubliettes. Ces derniers temps, toutefois, elle avait commencé à penser qu'il était mort. Que le lien entre eux avait été rompu. Elle le sentait parce qu'ils avaient toujours été très proches. Son désir qu'il lui revienne vivant avait peut-être été si fort qu'elle s'était longtemps refusée à voir la réalité. C'était comme si elle avait reçu une balle ou un coup de poignard alors que, paniquée, elle cherchait à fuir, et qu'elle n'avait pris conscience de sa blessure qu'une fois que l'adrénaline avait reflué dans son corps.

Mike s'était montré inquiet, voire profondément perturbé, dans les semaines qui avaient précédé sa disparition. Effrayé, aussi. Il pensait avoir une tumeur ou une hémorragie dans le cerveau. Il s'était mis à avoir d'affreuses migraines, à souffrir de ce qu'il pensait être des hallucinations, visuelles et auditives. Il voyait des gens là où il n'y en avait pas, il entendait des voix dans des lieux déserts. Son médecin l'avait envoyé faire des examens, mais il avait disparu avant de les passer.

May ouvrit le panier. Les vêtements qu'Alex y avait mis plus tôt dans la journée formaient une boule humide sur le dessus. C'est curieux, pensa-t-elle, il n'avait pas recommencé à neiger avant son retour à la maison. Elle extirpa le pantalon du tas, constata qu'il était encore mouillé, sali à la jambe gauche et déchiré à l'un des genoux. Elle comprit qu'Alex était tombé de vélo et le lui avait caché. Cet enfant ! Ce n'était pas d'un coup de froid qu'il souffrait mais d'un choc. Seigneur, il s'était peut-être même blessé et avait eu peur de le lui dire. Ça lui ressemblait bien de garder le secret, de crainte qu'elle ne lui interdise de remonter sur cette bicyclette.

May jeta les vêtements par terre et remonta au premier. Elle n'était pas fâchée, seulement inquiète. Il faudrait qu'elle insiste pour qu'il lui montre sa jambe gauche. Elle l'imaginait déjà gonflée et violacée…

Quand elle ouvrit la porte de la chambre d'Alex, il n'était plus dans son lit. Elle put aussitôt voir que ses deux jambes n'avaient rien parce qu'il se tenait devant la fenêtre en boxer et tee-shirt, il lui tournait le dos. Les doubles rideaux n'étaient pas fermés et un pâle reflet de son fils semblait suspendu dehors sous la neige dans l'obscurité. Elle eut le terrible pressentiment d'avoir devant elle le fantôme que son enfant deviendrait un jour.

— Chéri, tu as fait une chute aujourd'hui avec ton vélo ?

Il ne se retourna pas, ne manifesta même pas qu'il avait remarqué sa présence. C'était tout son père, sur ce plan-là. Malgré son caractère ouvert, il arrivait souvent à Mike de feindre de ne pas l'entendre quand elle piquait une de ses colères, en particulier si quelque chose qu'il avait fait en était la cause, comme s'il espérait qu'elle se calmerait et qu'il ne serait pas obligé d'en parler. En fait, May pensait que c'était un trait commun à tout le genre masculin, car son propre père avait été comme ça, lui aussi. Il se sauvait même par la porte de derrière pour se réfugier en ville quand son épouse prenait les armes et le sentier de la guerre.

— Alex, je te parle.

Alors, seulement, il lui fit face. Il avait le visage livide, la bouche semblable à une plaie rouge dans sa chair.

— M'man…, balbutia-t-il. M'man.

Elle s'approcha de lui, les bras tendus pour l'étreindre.

— Qu'est-ce qu'il y a, Alex ? Qu'est-ce qu'il y a, mon bébé ?

Et elle les vit au moment même où il répondait :

— Maman, il y a des gens dans le bois.

10

Parker dîna seul au Farmhouse Tap & Grill sur Bank Street en lisant l'autobiographie de John le Carré. Il songeait que le romancier aurait fait un très bon flic infiltré s'il avait appris à mieux s'accommoder de son sentiment secret de honte.

Parker se limitait à un verre de vin. Il se sentait d'humeur maussade et ne voulait pas que l'alcool aggrave son état. Il se faisait du souci pour Sam, et pour Rachel. Pour lui-même aussi. Il était heureux que la disparition éventuelle de Jaycob Eklund le détourne de ces préoccupations. Il avait bien quelques affaires en cours à Portland, ce n'était cependant que de petits problèmes banals que Moxie Castin pouvait régler avec d'autres avocats par un simple transfert de documents. Du boulot facile, ennuyeux. S'il avait été plus malin, il se serait contenté de faire passer des enveloppes d'un avocat à un autre et ne se retrouverait pas à manger seul dans un bar-restaurant de Burlington, Vermont, en se demandant comment empêcher son ancienne compagne de faire appel à la division familles du système judiciaire du Vermont.

En même temps, s'il avait été plus malin et plus prudent, il aurait été quelqu'un d'autre.

L'argent qu'il avait gagné le plus facilement cette année provenait d'une affaire initiée par une femme nommée Thea Bentling, convaincue que son mari Steve la trompait. Il apparut que Thea avait raison : Steve voyait bien une autre femme, Sherri Sweetman, un nom parfait pour l'institutrice qu'elle était. Sherri était mariée, elle aussi, à un certain Dave Ohlson… qui venait juste de contacter Moxie parce qu'il croyait que sa femme – elle avait gardé son nom de jeune fille, sans doute parce qu'il était si mignon – lui était moins fidèle qu'il ne l'aurait souhaité. Moxie avait aussitôt recommandé Parker à Ohlson.

Le détective avait suivi Steve Bentling jusqu'à un nouveau café bobo de South Portland, où il avait retrouvé Sherri Sweetman, dont Ohlson venait de lui fournir une description à peine une heure plus tôt. Steve et Sherri s'étaient rendus dans un hôtel bon marché pour y prendre un peu de bon temps. Parker, une fois remis de sa surprise, les avait photographiés ensemble avec son portable en se demandant comment on pouvait s'imaginer garder une liaison secrète dans une aussi petite ville. L'idée que le couple adultère se faisait de la discrétion consistait apparemment à franchir le pont de Casco Bay pour passer de Portland à South Portland, peut-être parce que pas mal de gens à Portland semblaient considérer South Portland comme un lieu situé sur un autre plan de l'espace-temps, puisqu'il fallait traverser l'eau pour y accéder. Lorsque Parker avait retrouvé Moxie afin de lui exposer la situation, l'avocat avait failli s'étrangler de rire, et le détective avait été payé deux fois pour un seul boulot.

Après avoir terminé un chapitre de son livre, il demanda l'addition. Il était allé à pied au restaurant et il regagnait maintenant l'auberge tandis que la neige tombait moins dru et finirait par cesser. Il la sentait craquer sous ses pieds. Il aurait voulu avoir Sam près de lui. Il gardait une main dans sa poche, l'autre contre son flanc, comme pour avoir la sensation que sa fille marchait avec lui, sa petite main gantée dans la sienne.

Penser à Sam ramenait inévitablement son esprit à sa fille morte et il scruta les deux côtés de la rue, l'obscurité entre les maisons, espérant et redoutant à la fois de déceler un tremblement dans le noir, la présence d'une enfant qui le suivait sans laisser de traces dans la neige. Il était tellement perdu dans ses pensées qu'il ne remarqua pas le véhicule garé devant l'auberge, ni l'individu qui en sortit tandis qu'il approchait de la porte. Ce fut seulement lorsque l'homme se mit en travers de son chemin que Parker s'arrêta et regarda son visage.

Frank Wolfe, le père de Rachel, se tenait devant lui. Il était vêtu d'un long manteau gris et coiffé d'un feutre orné d'une plume. Il avait tout du père dans un film des années 1950, jusqu'à la moustache grise.

Les deux hommes ne s'étaient jamais bien entendus et les récents événements n'avaient rien fait pour les rapprocher. Lorsque l'identité du ravisseur de Sam avait été révélée, ainsi que ses liens avec Parker, la femme et la fille de Frank avaient eu toutes les peines du monde à l'empêcher de s'en prendre physiquement au détective. Depuis, ils ne s'étaient pas revus, ils n'avaient pas même échangé un mot au téléphone, et pourtant Parker n'était pas particulièrement surpris de le voir. Il y avait des journées comme ça.

— Frank, le salua-t-il. Vous attendez depuis longtemps ?

— Deux heures environ. Je leur ai dit que j'allais au cinéma.

— Quel film vous avez vu ?

— Quoi ? fit Frank, dérouté.

— Lorsque vous rentrerez, votre femme et Rachel vous poseront la question. Il faut que vous ayez une réponse. À moins que vous ne vous décidiez à leur révéler la vérité.

Frank Wolfe n'avait pas l'habitude de mentir. Si dire que lui et Parker n'avaient pas le même point de vue eût été un euphémisme, le détective ne doutait pas de la profondeur de l'amour de Frank pour sa fille et sa petite-fille. C'était un homme droit, la malhonnêteté n'était pas dans sa nature. Il menait une vie confortable de privilégié, ce qui constituait peut-être une partie du problème, mais il aurait été plus riche encore s'il avait été disposé à enfreindre son propre code moral. Il se considérait comme un type bien, même si les types vraiment bien ne pensaient jamais à eux-mêmes en ces termes.

Frank regarda les arbres, la rue, puis sa voiture, comme s'il se retrouvait soudain dans un environnement inconnu sans aucun souvenir de la façon dont il s'y était retrouvé. Lorsqu'il se vida les poumons, blanchissant l'air de son haleine, Parker détecta une nette odeur d'alcool. Frank n'était pas soûl, pas encore, mais il avait assez bu pour écoper d'un PV pour conduite en état d'ivresse s'il se faisait arrêter au volant. Et si ce n'étaient pas les flics qui le chopaient, le mauvais temps, conjugué à ses réactions ralenties, pouvait être la cause d'une collision.

— Pourquoi êtes-vous venu jusqu'ici ? demanda Parker.

— Pour vous parler.

Sur l'instant, Parker voyait peu de personnes avec qui il avait moins envie de causer, mais une conversation pourrait peut-être alléger l'atmosphère. Leurs relations continueraient à se dégrader s'il rembarrait Frank – à supposer bien sûr que celui-ci parvienne à rentrer vivant chez lui ou sans un détour forcé par le poste de police le plus proche.

— Il fait froid. Pourquoi ne pas entrer nous asseoir ? proposa Parker en montrant l'auberge.

Elle comprenait deux salons, où les clients s'installaient parfois pour travailler ou pour lire. Celui de devant, à gauche de la porte, était désert, on pouvait le voir à travers les rideaux.

Frank acquiesça d'un signe de tête et Parker le précéda dans l'allée tapissée de neige.

11

De la fenêtre de sa cuisine May MacKinnon contemplait le bois qui marquait la limite du jardin de derrière. Elle envisageait d'appeler la police mais n'était pas encore prête à téléphoner, pas encore. Malgré la disparition de son mari, et tout ce qu'elle avait pu imaginer le concernant, elle demeurait encline à penser le meilleur des gens et à croire en un univers ordonné, parce que c'était seulement dans un univers d'êtres bons, où l'ordre était l'état naturel des choses, que son mari n'aurait pas trop souffert avant de mourir.

Elle passait aussi par un réajustement de ses sens, une déformation sélective de sa mémoire et de ses perceptions. Elle croyait avoir vu des formes dans le bois, mais elle avait eu du mal à garder d'elles une image claire. On eût dit un de ces tours de magie où des symboles inscrits sur des cartes à jouer disparaissent momentanément lorsque la carte est perçue par le point aveugle de l'œil. Lorsqu'elle avait essayé de fixer des yeux une forme particulière se mouvant entre les arbres, cette silhouette avait semblé se fondre dans l'obscurité tandis que les autres restaient visibles. Quand elle avait changé la direction de son regard, l'homme ou la femme précédemment visible avait disparu en tremblotant à la périphérie de son champ de vision.

Descendue à présent dans la cuisine, la lumière éteinte pour mieux se cacher tandis qu'elle inspectait son jardin, May ne détectait plus aucun mouvement. Une partie atavique de son esprit – rarement utilisée, vestige d'une humanité plus ancienne – lui envoyait des messages contradictoires : elle lui déconseillait de sortir tout en lui suggérant que ce qu'elle avait pris pour des formes réelles n'était qu'une hallucination.

Cependant, Alex les avait vues, lui aussi, non ? Et la voix dans sa tête, celle qui parlait comme une version de son mari absent, répondit :

Tu te faisais du souci pour ton enfant. Tu avais peur qu'il ne se soit blessé et lui, de son côté, était effrayé parce qu'il t'avait caché son accident. Chacun de vous communiquait sa peur à l'autre, chacun de vous la nourrissait à son tour…

— Et c'est pour ça que nous avons tous les deux fait apparaître des gens dans le bois ?

May avait prononcé ces mots à voix haute, les adressant à un être qui, dans sa tête, imitait Mike quasiment à la perfection, y compris dans la cadence étrangère de ses propos, cette façon qu'il avait toujours de marquer une pause entre les phrases, si furieux, heureux ou triste fût-il. C'était un homme posé, réfléchi. Pourtant, cette voix qui amenait May à douter d'elle-même n'était pas tout à fait celle de Mike, et ce, pour une simple raison : Mike n'aurait jamais essayé de la faire douter d'elle-même.

Et le scepticisme de May fit taire la voix. Tant mieux. Elle n'entretiendrait pas de fantasmes sur son défunt mari.

Une idée la traversa alors : les gitans. Un de leurs groupes avait traversé la ville au début de l'année, trois familles apparentées, selon la police, qui les avait surveillées dès l'instant où elles avaient garé leurs camping-cars sur le parking du Walmart proche d'AirWay Drive. Il y en avait de tous les âges, exactement comme les gens qu'elle avait aperçus dans le bois. Ils n'avaient causé aucun ennui – on ne leur en avait pas laissé l'occasion, selon certains habitants de la ville, puisque les flics et les vigiles du centre commercial les avaient délogés après leur seconde nuit, les réveillant alors que le jour n'était pas encore levé, et ils étaient partis dans un concert de pleurs d'enfants et d'aboiements de chiens. May n'avait pas aimé ça parce qu'elle estimait qu'ils n'avaient rien fait de mal. En même temps, elle était la seule de sa famille à penser que Bernie Sanders aurait fait un bon président, alors qu'est-ce qu'elle en savait ?

Se pouvait-il que les gens entrevus fissent partie de ce même groupe, ou d'un autre venu s'installer dans le bois maintenant que le parking du centre commercial leur était interdit ? May sentait ses convictions de gauche cruellement mises à l'épreuve. C'était une chose d'avoir des gitans campant devant le centre commercial, c'en était une autre qu'ils allument des feux à proximité de son jardin.

Ne sors pas.

Ce n'était plus la voix de Mike. Ce n'était plus aucune des voix qu'elle eût jamais entendues. Elle s'adressait à elle à la façon dont un parent patient parle à un enfant sur le point de commettre une imprudence. Pourtant, May enfilait déjà les bottes de jardinage qu'elle gardait près de la porte de derrière, puis le vieux manteau de Mike, celui qui restait accroché dans le placard à côté de la buanderie et qu'elle se refusait à jeter. Parfois, quand il faisait froid, elle s'en enveloppait, elle s'asseyait sur le sol de la cuisine et fermait les yeux, imaginant que c'était Mike qui la serrait dans ses bras.

Mike, Mike, pourquoi a-t-il fallu que tu partes ?

May entendit un bruit derrière elle. Alex se tenait au pied de l'escalier, emmitouflé dans un peignoir pour se protéger du froid.

— M'man ? T'as appelé la police ?

— Pas encore. On ne sait pas qui ils sont.

« Ni même s'ils *existent* », eut-elle envie d'ajouter, mais elle se retint. Bon Dieu, ça venait d'où ?

— M'man, j'ai vu un homme dans le bois aujourd'hui...

— Un homme ? Quel homme ?

— Je sais pas. Il était habillé bizarre. Un moment il était là, l'instant d'après il avait disparu. On aurait dit qu'il flottait au-dessus de la neige. C'est ça qui m'a fait tomber de vélo.

Il se mit à pleurer et poursuivit :

— J'aurais dû te le dire, mais j'avais peur.

May sentit sa salive lui crépiter dans les oreilles, à la façon du grésillement du bacon dans une poêle.

Je n'irai pas loin, se promit-elle. Je vais marcher jusqu'au bord du rond de lumière de la lampe de sécurité, et si je vois quelque chose, quoi que ce soit, je rentre aussitôt dans la maison.

— Tu fermes la porte à clé derrière moi, tu m'entends ?

— M'man…

— Tout va bien. Je vais juste jeter un coup d'œil.

Elle ouvrit la porte de derrière et s'avança dans le jardin.

12

On avait installé une machine à café Nespresso dans un coin de la bibliothèque de l'auberge, près d'une étagère sur laquelle s'alignait le genre d'ouvrages qu'on ne fait que feuilleter et que personne ne lit jamais vraiment. Quelques romans de gare s'y étaient glissés, tels des péquenots dans une soirée d'intellectuels à la salle des fêtes locale.

Comme Parker n'avait aucune idée de ce que signifiaient les couleurs des capsules, il se contenta d'en trouver deux semblables et prépara un double café pour Frank Wolfe, suivi d'une simple tasse pour lui. Le père de Rachel avait déboutonné son manteau, mais il ne le défit pas avant que Parker ait ôté son blouson et l'ait jeté sur un canapé. Il demanda à Frank s'il voulait de la crème.

— Non, noir, répondit ce dernier, avant d'ajouter : Merci.

Ce qui n'était pas rien.

Parker apporta le café et s'assit sur une chaise en face du grand-père de Sam, qui ne paraissait pas aller bien. Le froid aurait dû colorer son nez et ses joues, qui demeuraient d'une pâleur jaunâtre. Parker se souvenait vaguement qu'une peau jaune était signe de problèmes hépatiques. Il se demanda si Frank avait consulté à ce sujet, puis se rappela avec qui il vivait : au moindre signe de maladie, Rachel et sa mère l'auraient emmené voir un médecin, sous la menace d'une arme au besoin.

Parker but une gorgée de café. Il aurait pu essayer d'engager une conversation banale, mais les deux hommes n'en étaient plus là depuis longtemps. Cela n'avait pas marché auparavant, et rien n'avait suffisamment changé dans leurs rapports pour que cela fonctionne maintenant. Ce fut finalement Frank qui rompit le silence :

— Il paraît que ça ne s'est pas bien passé, aujourd'hui, avec la psychologue de Sam.

— Non, elle est parfaite, et Sam semblait contente. Le problème, c'était votre fille et moi.

— Rachel dirait plutôt que c'était vous.

Parker prit une inspiration en se demandant si le monde entier s'était ligué pour tester sa capacité à se maîtriser. Il se félicita de ne pas avoir commandé un deuxième verre de vin. Cela ne l'aurait pas du tout aidé à se calmer. Même maintenant qu'il avait éliminé tout l'alcool bu en regagnant l'auberge à pied, il avait une forte envie de se payer Frank Wolfe, quand bien même cela n'aurait servi à rien.

— Je pense que je me suis bien conduit, mais je ne suis pas bon juge, dit Parker. Et j'ai connu des jours meilleurs.

— Ouais, eh bien…

Frank goûta son café, parut surpris.

— On dirait du vin chaud épicé…

— Je sais pas ce que les couleurs indiquent, j'ai juste pris les deux premières qui me sont tombées sous la main. Vous voulez autre chose ?

— Non, ça ira. Curieux, quand même.

— Raffiné, apparemment.

— C'est sûrement pour ça que ça m'a dérouté. Je bois du café soluble, à la maison.

Il avala une autre gorgée et fronça moins le front que la première fois.

— Ce qui est arrivé à Sam, son enlèvement…

Parker attendit. De son pouce, le père de Rachel essuya

une goutte de café accroché au bord de sa tasse, sans relever la tête.

— Je vous en ai tenu pour responsable, finit-il par reconnaître. Encore maintenant…

Cette fois il leva les yeux. Parker ne trouva son expression ni rageuse ni amère, simplement perplexe.

— Et vous, vous vous sentez responsable ?

— Parfois, répondit le détective. Je ne pouvais plus contrôler les événements une fois qu'ils avaient commencé à s'enchaîner, je ne pouvais pas savoir ce que le ravisseur essaierait de faire, mais je reconnais que c'est bien moi qui avais déclenché les incidents qui se sont conclus par le kidnapping de Sam.

— Cela aurait pu finir encore plus mal que ça s'est terminé.

— Je sais.

Frank hocha la tête et reprit :

— Avant, je pensais que nous n'avions rien en commun, vous et moi. C'était ce que je voulais croire, mais je n'arrêtais pas de voir en vous quelque chose que je discernais en moi quand je me regardais dans le miroir. Je voyais un homme qui avait enterré un de ses enfants.

Le frère aîné de Rachel, membre de la police de l'État, avait été abattu au cours d'un braquage de banque longtemps avant que Parker et Rachel se rencontrent. Celle-ci savait que ce qui l'avait en partie attirée en lui, c'était l'écho d'une perte – et d'une rage. Elle avait réagi à la mort de son frère en essayant de comprendre, comme si explorer la psychologie des criminels lui permettrait de saisir la raison pour laquelle son frère lui avait été ravi. Toutefois, une autre partie d'elle voulait lâcher ses coups, infliger de la souffrance en réponse à la souffrance. C'était un aspect d'elle-même auquel elle avait refusé de s'abandonner. Puis Parker était entré dans sa vie, et quand il s'était déchaîné contre ceux qui étaient la cause de sa propre souffrance, Rachel avait laissé un peu de sa douleur nourrir la sienne. Elle n'avait pas aimé ce qui en était résulté, ou du moins elle se le racontait ainsi alors même que son moi secret exultait.

— On pourrait croire que je me souviens de tout, mais non, continua Frank. Des fragments, oui, mais il me manque des pièces. Je me rappelle être allé à l'hôpital – comment ? Aucune idée. Je me rappelle la tombe, pas l'église. Et lorsque je cherche à me représenter mon garçon, je ne vois que des images fixes. Il ne bouge pas. Et je n'entends pas sa voix, conclut-il. C'est comme si la mort avait effacé les bandes.

Ils n'avaient jamais abordé le sujet. Parker n'était pas sûr que Frank ait ne serait-ce qu'une fois parlé ainsi à sa fille, ni même à sa femme. Rachel avait toujours qualifié le chagrin de son père de silencieux, intense, personnel. Son incapacité à le partager ou à en discuter avait assombri la vie de sa mère parce que, disait-elle, elle la contraignait à pleurer seule son fils.

— J'ai songé à me suicider, dit Frank. Ça n'est venu que plus tard, la souffrance était devenue moins vive, elle s'était émoussée… Le problème, c'était que tout le reste s'était émoussé aussi. Tout était gris.

— Pourquoi ne vous êtes-vous pas tué ?

La réponse tomba :

— Rachel. C'est ma fille qui m'a maintenu en vie. Même ma femme n'aurait pas pu le faire.

Il reposa sa tasse et ajouta :

— Mais vous, vous n'aviez pas d'autre enfant, pas à l'époque, et votre femme était morte avec votre fille. Comment avez-vous réussi à rester en vie ?

— En traquant l'homme qui m'avait infligé cette souffrance. En le retrouvant, en le tuant.

— C'est ce qui vous a aidé ?

— Il n'y a pas de réponse simple à cette question. Ça m'a moins aidé que je ne l'espérais, c'est sûr.

— Et le sentiment de perte subsiste, n'est-ce pas ?

— Oui.

— Je ne veux pas que Rachel connaisse ça.

— Moi non plus.

— Pourtant vous continuez à faire ce que vous faites, et ça a failli nous coûter Sam.

Parker garda le silence.

— Pourquoi continuez-vous ?

— Il n'y a pas non plus de réponse simple à cette question.

— Essayez quand même.

— Parce que je crains, si je ne le fais pas, que personne d'autre ne s'y colle à ma place. Parce que, si je renonce, quelqu'un d'autre pourrait souffrir comme j'ai souffert. Je le fais pour donner un exutoire à ma colère. Je le fais pour des raisons que je ne comprends même pas... Et surtout, je le fais parce que j'aime ça.

— Vous ne vous arrêterez pas, alors ?

— Non. J'ai essayé plusieurs fois. Ça n'a jamais marché.

Frank s'essuya les lèvres. Il transpirait, bien qu'il ne fît pas très chaud dans la pièce. Il regardait les voitures passer lentement et la lueur de leurs phares éclairait un côté de son visage, le figeant moitié dans l'ombre, moitié dans la lumière.

— Mais quand cet homme a enlevé Sam, il avait l'intention de la tuer.

— Sam n'est pas morte.

— Elle aurait pu mourir !

— Elle est en vie. Elle ne mourra pas. Il ne lui arrivera rien de mal.

— Vous n'en savez rien.

— Regardez-moi.

Lorsque Frank se détourna de la fenêtre pour lui faire face, Parker lui dit :

— Rachel m'a raconté un jour qu'après la mort de votre fils vous avez tenu à aller la chercher chaque jour à la sortie de ses cours jusqu'à ses seize ans. Quand vous n'étiez pas en ville, votre femme devait s'en charger et vous lui téléphoniez pour vous en assurer. Vous avez cessé uniquement quand Rachel s'est attachée à une grille avec des menottes pour protester.

L'histoire était vraie. C'était une des choses que Parker aimait en elle.

— Des menottes en plastique, grommela Frank, s'accrochant à un fétu de paille.

— Peu importe. Il y a eu des pays sous régime militaire où le couvre-feu était moins sévère que chez vous.

— C'est différent. Vous avez mis Rachel en danger à cause de votre travail. C'est maintenant au tour de Sam. Bon Dieu, elle a vu un type crever à côté d'elle !

— Frank...

— Non, je...

— Frank !

Le père de Rachel se tut.

— Nous ne pouvons pas laisser ces gens se balader dans le monde sans que quiconque s'oppose à eux. Ce sont des prédateurs. S'ils ne trouvent pas de quoi se nourrir dans un endroit, ils vont ailleurs, et ils continueront à causer des souffrances jusqu'à ce qu'on les arrête. Nous aurons beau cacher nos enfants, fermer nos portes à double tour, ils s'en prendront simplement à des proies plus faciles.

— Mais Sam est votre enfant...

— Ils sont tous les enfants de quelqu'un.

La lumière s'alluma dans le couloir, l'aubergiste apparut sur le seuil de la porte. Son bureau se trouvait dans la partie arrière de l'établissement, au bout d'un passage treillagé menant au logement que sa femme et lui occupaient. Il avait dû les entendre discuter âprement.

— Tout va bien, messieurs ?

— Désolé, s'excusa Parker. Chacun de nous exprime son opinion avec force.

Il les scruta avec insistance avant d'estimer qu'il n'y avait aucun risque d'un accès de violence.

— Comme vous êtes les seuls clients, disons que vous pouvez les exprimer avec autant de force que vous voudrez. Bonne nuit.

Il les laissa et Frank se leva.

— Il faut que je rentre.

— Je suis garé derrière. Je vous dépose, décida Parker.

— Je peux conduire.

— Moi, je dirais que non. Venez, vous récupérerez votre voiture demain matin, dit-il avec douceur.

Le café avait sans doute aidé Frank à dessoûler un peu, mais Parker ne pensait pas que cela suffisait. Il s'était préparé à une autre âpre discussion, il n'y en eut pas.

— Vous avez peut-être raison, convint Frank. Mais je peux appeler un taxi.

Parker assura que ça ne le dérangeait pas de le reconduire. Il avait les clés de la Mustang dans sa poche et la maison des Wolfe n'était qu'à dix minutes en voiture – vingt par ce temps.

L'intervention de l'aubergiste semblait avoir mis fin à toute discussion sur le métier de Parker, qui ne se faisait cependant aucune illusion sur sa capacité à faire changer Frank Wolfe d'avis sur quoi que ce soit. Il pensait toutefois qu'il y avait un certain progrès. Ils s'étaient parlé, ils avaient été relativement courtois l'un envers l'autre. Et Frank avait raison : tous deux avaient perdu un enfant et avaient plus ou moins surmonté cette perte, non sans souffrance, non sans fractures, mais ils l'avaient supportée, chacun d'eux avait une fille qu'il aimait et des souvenirs, quoique fragmentaires et imparfaits, de l'enfant mort. La différence entre eux, c'était que cet enfant mort n'apparaissait pas à Frank Wolfe pendant la nuit – ou alors seulement en rêve.

Ils roulèrent en silence jusque chez les Wolfe, principalement parce que Frank s'était endormi. Le verglas avait été sablé au milieu de la chaussée même sur les petites routes, mais il en restait des plaques sur les côtés et la nouvelle couche de neige empêchait les phares de la voiture de révéler les endroits dangereux. Parker roulait prudemment et ils finirent par arriver à la maison des Wolfe. Une lampe brillait dans le couloir, une autre éclairait le perron de devant et une partie du jardin. Les anciennes écuries aménagées où vivaient Rachel et Sam étaient obscures et silencieuses. S'il avait été plus tôt, Parker aurait demandé à dire au revoir à sa fille une fois encore. Cela le peinait d'être si près d'elle et de ne pas pouvoir lui parler, la serrer dans ses bras.

Il arrêta la voiture, resta un moment à contempler le bâtiment dans lequel Sam dormait. Frank était réveillé et les deux hommes demeurèrent un moment silencieux. Finalement, Frank se décida à rompre le silence :

— Rachel craint que Sam ne nous cache une sorte de traumatisme. Moi, j'ai plutôt peur du contraire.

Parker se tourna vers lui.

— Parfois je l'entends causer avec quelqu'un, continua Frank. Pas quand elle joue avec ses poupées, ou quand le chien est avec elle, non, quand elle est absolument seule. Elle parle, elle écoute, elle parle à nouveau. Je sais que les gosses sont censés avoir des amis imaginaires, mais là, c'est différent. Je ne me l'explique pas. Ça m'effraie, pour être honnête. Il y a de l'intensité dans ces conversations. Même sa voix change. Elle devient plus mûre. Plus sérieuse. Comme une voix d'adulte. À qui peut-elle s'adresser comme ça ?

— Je ne sais pas, mentit Parker, en pensant que l'autre comprenait peut-être qu'il mentait mais ne relèverait pas.

Frank ouvrit la portière, sortit de la voiture.

— Merci de m'avoir raccompagné.

— De rien. Et, Frank…

Le père de Rachel se pencha vers l'habitacle, attendit.

— Merci de veiller sur elles.

Il hocha la tête. Plus un mot ne fut prononcé. Ils en avaient terminé.

13

May MacKinnon avança dans la neige de son jardin et s'arrêta à l'orée du bois, là où la lumière de l'ampoule éclairant la porte de derrière commençait à s'estomper. Elle se retourna pour regarder Alex, qui la suivait des yeux par la fenêtre de la cuisine. Elle lui fit signe, il répondit d'une main hésitante.

May balaya les arbres de sa torche électrique en tâchant de percer les zones sombres, pas d'en créer d'autres, mais la nuit avalait le faisceau comme si elle avait jeté un bâton lumineux dans un bassin de poix. Elle ne détectait aucun signe de mouvement, aucun être humain. Elle avança encore pour pénétrer dans le bois. Elle ne voulait pas aller trop loin parce que le sol était inégal et que ses bottes ne montaient qu'à mi-mollet. Elle en avait assez du froid, assez d'avoir les pieds mouillés.

Mais elle ne voulait pas non plus renoncer.

Sa torche l'agaçait. May avait changé récemment les piles et ne s'en était pas servie beaucoup depuis. La lumière aurait dû être plus vive. Elle abaissa le faisceau pour examiner la neige entre les arbres. Des conifères, dont les branches n'offraient pas un abri parfait, et une grande partie du sol était couverte de neige. Sans une seule trace de pas. Ce n'était pas possible, des gens avaient traversé cet endroit quelques minutes plus tôt. Elle les avait vus, bon sang : des hommes et des femmes, pas d'enfants. Rien que des adultes, dont certains assez vieux pour être des grands-parents.

May ne croyait pas aux fantômes. Qu'elle fût d'ascendance écossaise n'impliquait pas forcément un engouement pour les contes de fées et les livres d'épouvante. Elle n'allait pas à l'église, tout en n'étant pas tout à fait athée. Elle pensait que, s'il existait dans l'univers une puissance supérieure, elle n'avait pas l'apparence d'un vieillard barbu et n'agissait pas par l'entremise de saints et d'anges. Et qu'elle se moquait bien qu'on lui chante des cantiques, qu'elle n'écoutait pas les prières. Présence sans nom ni forme, elle résidait dans tout ce qui entourait May, dans chaque facette de son être. May était une sorte de panthéiste, un terme qui lui était d'ailleurs inconnu. Il était maintenant trop tard pour qu'elle l'entende, pour qu'elle apprenne ce qu'il voulait dire, parce qu'elle mourrait bientôt. Elle rejoindrait son mari, et la vérité de l'univers lui serait enfin révélée.

Pourtant elle ne sentait pas l'imminence de ce sort tandis qu'elle se tenait parmi les arbres, peut-être parce que le froid de la mort lui était caché par celui de la nuit, parce que la douleur à venir ne ferait qu'un avec la morsure du gel sur l'extrémité de ses doigts, le bout de son nez et les lobes de ses oreilles, parce que les larmes qu'elle verserait à la fin seraient identiques à celles qui coulaient sur ses joues quand le froid gagnait ses yeux. Une rafale de vent coupa soudain l'air comme l'haleine d'une présence invisible, d'une créature morte, froide, pour qui respirer faisait seulement partie d'une imitation de la vie.

Il n'y a rien, là, pensa May. Je me suis trompée.

La maison l'appelait, avec sa lumière et sa chaleur. Elle s'éloigna du bois sans le quitter des yeux et ne tourna la tête que lorsque la poignée de la porte fut à portée de main. Alors seulement elle détourna son attention des arbres pour retrouver la sécurité de son foyer.

Et la mort entra avec elle.

14

Telle était la loi de ces choses : après avoir passé beaucoup de temps à parler avec Frank Wolfe, Parker fut incapable de trouver le sommeil quand il retourna à l'auberge. Assis au bureau devant la fenêtre, il parcourut plus lentement que la première fois les informations sur la vie et la carrière de Jaycob Eklund. Il n'espérait pas vraiment qu'une piste se dégagerait à ce stade, qu'un détail crucial expliquerait tout à coup la disparition d'Eklund, mais cette connaissance du contexte lui serait utile quand il fouillerait le domicile et le bureau de cet homme. C'était du travail préparatoire de routine, et on ignorait toujours la routine à ses propres dépens.

Au bout d'une demi-heure, il n'en savait pas plus, mais il avait brossé un portrait qui corroborait la description d'un tempérament solitaire faite par l'ex-femme d'Eklund. Ross avait fourni des relevés bancaires remontant à deux ans en arrière qui n'indiquaient aucun vice chez Eklund. Parker vit des notes de frais qui rappelaient les siennes : des nuits passées dans des motels pour des clients qui rechignaient à régler quoi que ce soit de plus cher qu'une chambre dans un hôtel bon marché, un repas plus coûteux qu'un dîner dans un centre commercial – rien qui suggérât un type porté à la dépense. Exception faite pour les livres : Eklund achetait beaucoup de livres.

Hormis quelques gueuletons dans des restaurants modestes

et une bibliothèque en expansion continue, Parker avait sous les yeux une vie semblable à la sienne, ce qui le déprima un peu. Il referma son ordinateur portable et se déshabilla pour se mettre au lit. Sa chambre était l'une des plus masculines de l'auberge – enfin, masculine comparée aux autres –, et la décoration s'inspirait du rustique chic qu'il associait aux vieilles filles aisées. Ses oreillers étaient bordés de dentelle. S'il mourait dans son sommeil, ses amis n'auraient pas fini d'en rire.

Avant de s'endormir, il pria pour Rachel et Sam. Il pria aussi pour Frank Wolfe et sa femme. Que ses prières fussent vaines ou non, il s'en moquait. C'était l'effort qui comptait.

Mais il savait que, quelque part, elles étaient entendues.

15

— M'man.

La voix était un murmure à l'oreille de May MacKinnon. Réveillée en sursaut, elle sentit une petite main couvrir sa bouche. Son fils se tenait à côté de son lit en pyjama, le visage éclairé par la lueur du réveil à cadran numérique de la table de chevet. Il était vingt-trois heures trente, il aurait dû dormir.

— M'man, répéta-t-il. Je crois qu'il y a quelqu'un en bas.

Il écarta sa main. May tendit l'oreille mais tout était silencieux.

— Tu es sûr ? chuchota-t-elle.

— J'ai entendu du bruit.

Elle se leva, vêtue d'un vieux sweat-shirt et d'un legging troué aux genoux. Elle était pieds nus. La maison, pas très ancienne, n'avait pas un parquet grinçant comme celle de son enfance, dont les craquements avaient été la plaie de la fin de son adolescence puisqu'ils l'empêchaient d'entrer ou de sortir sans faire un raffut à réveiller les morts.

Alex essaya de prendre la main de sa mère, qui le repoussa avec douceur.

— Attends ici, lui dit-elle. Si tu entends quoi que ce soit qui pourrait faire croire que…

Que quoi ? Qu'on me viole ? Qu'on m'assassine ?

May se rabattit sur des mots plus neutres :

— Si tu entends quoi que ce soit d'inquiétant, tu appelles la police.

Il y avait sur la table de nuit un téléphone fixe qu'Alex pourrait utiliser. May prit son portable posé à côté du réveil, le glissa dans une poche de son legging, passa un bras sous le lit pour saisir le marteau qui s'y trouvait à demeure. Elle n'aimait pas les armes à feu et n'avait aucune envie d'en avoir une dans la maison. Alex risquait moins de se blesser grièvement avec un marteau.

— M'man !

Il tenta de la retenir en l'attrapant par la manche, mais elle se dégagea. Elle irait dans le couloir, elle écouterait. Si elle entendait un bruit suggérant la présence d'un intrus, elle retournerait dans la chambre, fermerait la porte à clé et appellerait les flics elle-même. La police de Millwood avait la réputation d'intervenir rapidement, surtout si l'urgence concernait une femme seule et un enfant. Pourtant, May n'avait pas l'intention de crier au loup trop tôt. Alex avait la trouille et, à vrai dire, elle aussi. Elle rêvait quand il l'avait réveillée. Dans son rêve, ils se tenaient tous les deux à la fenêtre de la chambre de son fils et observaient des silhouettes qui se déplaçaient entre les arbres. Elle était sortie avec une lampe électrique – elle avait lu dans le journal qu'il y avait des gitans au centre commercial et elle s'était dit que certains d'entre eux se trouvaient peut-être dans le bois – mais elle n'avait vu aucune trace de pas dans la neige. Elle était rentrée et…

Alex l'avait réveillée.

Attends, pensa-t-elle. Est-ce que c'était un rêve ?

May peinait encore à distinguer le réel de l'imaginaire, deux royaumes qui se fondaient l'un dans l'autre, quand elle se dirigea vers la porte de la chambre. Elle ne se rappelait pas ce qui s'était passé entre le moment où elle était retournée dans la maison et celui où elle s'était mise au lit. Elle était en pleine confusion, le sang lui battait aux tempes.

Elle passa la tête dans le couloir. La petite veilleuse branchée sur une prise située entre sa chambre et la salle de bains était allumée, mais la lampe en bas de l'escalier était éteinte. May la laissait toujours allumée, elle y avait mis une de ces ampoules économiques censées durer des années et contribuer à sauver l'environnement, même si tous les autres s'en foutaient. Elle n'aurait pas dû être éteinte.

Alex était en larmes. Pourquoi pleurait-il ? Elle aurait voulu le prendre dans ses bras, mais ce n'était pas le moment. May s'appuya à l'encadrement de la porte pour écouter, le sentit froid et humide au toucher. Elle frotta l'un contre l'autre ses doigts couverts de condensation. Toute la maison était glaciale. Elle ne l'avait pas remarqué dans sa chambre parce que cette pièce était toujours froide. Comme le radiateur faisait des siennes depuis une semaine, elle se débrouillait en ajoutant une lourde couverture à sa couette et une bouillotte pour chauffer son lit avant de se coucher. Elle avait eu l'intention de faire venir un artisan pour qu'il jette un coup d'œil, mais elle craignait que ce ne soit un problème plus grave concernant tout le système de chauffage, et l'argent manquait ce mois-ci. Il semblait maintenant que ses craintes étaient fondées : toute la maison était en train de geler. Bon sang, la réparation ne serait pas bon marché.

— M'man, geignit Alex une dernière fois, pas assez fort pour qu'elle l'entende.

Elle referma la porte derrière elle sans faire de bruit et le visage de son fils disparut. Cette histoire de chauffage lui donnait un problème concret sur lequel se concentrer. Plus de rêves, plus de formes dans le bois à peine entrevues. Quant à des cambrioleurs, ils feraient mieux de décamper avant de mourir de froid, au lieu de chercher des objets de valeur dans une maison qui n'en contenait aucun. À la rigueur, ils pourraient emporter le téléviseur. Lui aussi faisait des siennes, et le remboursement de l'assurance permettrait peut-être d'acheter un de ces nouveaux modèles HD.

May descendit lentement l'escalier, le marteau à la main. Elle voyait encore de la condensation sur les murs. Ça ne tenait pas debout. Comment la température avait-elle pu baisser aussi rapidement ? Autre bizarrerie, elle n'avait pas froid. La maison faisait peut-être concurrence à l'Arctique sur le plan de la température, pourtant May, elle, n'avait pas froid. Comment était-ce possible ? Le clair de lune passait à travers l'imposte en verre de la porte d'entrée, liquide et lourd. May leva machinalement la main, comme si elle pouvait le prendre dans sa main, le porter à sa bouche et le goûter, sentir sa douceur sucrée couler tel du miel sur son menton.

Sa main se figea. Sa respiration se bloqua.

Elle avait entendu un bruit dans le séjour.

16

Tobey Thayer avait un don. Il n'en parlait pas très souvent et c'était pour lui autant une malédiction qu'une bénédiction – davantage la première, en fait, parce qu'il lui apportait peu de joie et beaucoup de gêne –, mais il était sien et faisait de lui quelqu'un de spécial.

À tous les autres égards, Thayer était moyen : taille et corpulence moyennes, physique moyennement beau, épouse moyennement belle, aisance financière moyenne, considérant les milieux où il évoluait. Par bonheur, ses deux enfants faisaient mieux que la moyenne puisqu'ils poursuivaient des études, l'un à la NYU, l'autre à la prestigieuse Amherst. C'était à cause des droits universitaires et de l'argent qu'il leur donnait pour vivre qu'il n'était pas plus riche, mais, la plupart du temps, il s'en fichait.

Il était propriétaire des Meubles Discount Thayer, détenteurs de points de vente en Pennsylvanie, dans le New Hampshire et le Connecticut. L'essentiel de ses revenus provenait de l'entrepôt situé derrière ses magasins, où il exposait les articles de fin de série, dépareillés ou légèrement endommagés qu'il se procurait chez des fournisseurs à des prix très bas et qu'il vendait à ses clients avec juste assez de marge pour satisfaire à la fois leurs besoins et les siens, la recette pour être un bon homme d'affaires. Oh, il gagnait pas mal sur les chambres à coucher et les fauteuils, mais ces articles impliquaient du crédit et des commandes. Une grande partie des ventes de l'entrepôt se faisaient rubis sur l'ongle, sans possibilité de retour. Quel que soit le temps, l'entrepôt regorgeait de marchandises, ainsi que de chalands pour les acheter. Tous les employés de Thayer débutaient dans l'entrepôt. C'était là qu'ils apprenaient leur métier, comme il l'avait appris de son père, Freddie. Tobey différait cependant de son géniteur en ce que son foyer était entièrement meublé des meilleurs articles, tous neufs, alors que le vieux papa Thayer avait rempli le sien d'une camelote que même les plus désespérés de ses clients auraient boudée. Thayer attribuait ses problèmes de dos de la cinquantaine au mobilier familial, ayant trop tard pris conscience que le plancher aurait offert une solution plus ergonomique que les vieux matelas paternels.

Au moment précis où son père était mort en encastrant sa voiture dans un parapet de pont, par un clair après-midi d'été alors qu'il roulait sur une portion de route parfaitement droite, Tobey, alors âgé de dix-sept ans, terminait un devoir de géographie assis au bureau de sa chambre. Il s'était assoupi, tel un chauffeur fatigué qui lâche l'affaire une fraction de seconde et reprend conscience presque aussitôt, juste à temps pour éviter d'avoir le cou tranché pile entre les vertèbres C1 et C2. Lorsque l'adolescent avait baissé les yeux vers sa copie, il avait découvert un dessin assez bon d'une voiture défoncée au pied d'un pilier de pont. Il avait même inscrit le numéro d'immatriculation, le même que celui de la vieille Buick de son père. C'était surprenant à de nombreux égards, notamment parce que Tobey Thayer était nul en dessin.

Le coup de téléphone les avait avertis une heure plus tard. Tobey avait dû s'occuper en grande partie des dispositions pour l'enterrement puisque sa mère, qui avait adoré son mari, était plongée dans un profond état de choc dont elle ne sortirait jamais vraiment. John Welsby, l'entrepreneur de pompes funèbres, un artiste en son genre, avait suggéré un cercueil ouvert si la famille le souhaitait, car la tête de Freddie était intacte du fait de l'angle selon lequel l'étai métallique avait sectionné le cou. Tobey avait décliné. Les circonstances de la mort de son père étaient bien connues, sa tête ayant fini sur le bas-côté herbeux, bien visible de tous les occupants des voitures qui passaient. Il ne tenait pas à ce que les gens s'interrogent à propos de ce qu'il y avait sous le col boutonné de la chemise du cadavre.

Tobey n'avait parlé à personne de son dessin. Écrasé par le poids de la culpabilité, il craignait d'être responsable d'une manière ou d'une autre de la mort de son père. Parce qu'il s'était assoupi au moment précis où le véhicule paternel avait quitté la route. L'autopsie n'avait révélé aucun signe de crise cardiaque et Freddie Thayer n'avait aucune raison de se suicider. D'ailleurs, son fils savait que, s'il en avait eu une, il aurait trouvé une façon plus sûre de mettre fin à ses jours que de jeter sa voiture contre le parapet d'un pont. Freddie détestait se faire remarquer : dans la mort comme dans la vie, il aurait choisi de ne pas se donner en spectacle. Les enquêteurs avaient présumé qu'il s'était endormi au volant. Mais son fils, alors adolescent et se considérant donc comme le centre du monde, croyait qu'un lien s'était établi entre son père et lui, et qu'en s'endormant assis à son bureau il avait causé l'assoupissement de son père et l'accident qui lui avait coûté la vie.

C'était absurde, bien sûr, sauf qu'il y avait le dessin. Il ne s'en était pas débarrassé, il l'avait conservé dans un tiroir, caché parmi de vieux cahiers. Sa mère ne mettait jamais le nez là-dedans. Elle passait ses journées à pleurer, et continuerait à le faire jusqu'à ce qu'elle rejoigne son mari, deux ans plus tard. Thayer – il n'était plus « Tobey » mais l'héritier, l'avenir de l'entreprise – avait accepté de travailler à plein temps pour les Meubles Discount Freddie & Ron, sous la tutelle bienveillante du frère cadet de son père, Ron, un célibataire qui passait ses vacances à South Beach, Floride, et était, selon les mots d'un des vendeurs, « pédé comme un phoque ». À la mort de l'oncle Ron, Thayer avait pris la direction de l'affaire, qui lui appartenait désormais entièrement.

Dans les années qui avaient suivi la mort de son père, Thayer avait toutefois continué à avoir des visions, ce qu'il appelait ses *moments* : une femme marchant entre des meules de foin, les pieds à dix centimètres au-dessus du sol, la veille du jour où la presse avait publié une photo de cette même femme, retrouvée morte, nue, le corps couvert d'hématomes, dans un fossé d'écoulement ; le sang sur les murs du service des véhicules à moteur de sa ville – alors qu'il faisait la queue pour remplacer le permis de conduire qu'il avait perdu –, comme si le bâtiment avait des stigmates, quelques heures avant qu'un nommé Crewell – Crewell de nom, cruel de nature, avait pensé Thayer plus tard – ne pénètre dans ce service armé d'une arme semi-automatique et n'arrose la salle, faisant cinq morts et sept blessés, parce que, avait-il expliqué, ses collègues avaient oublié son anniversaire pour la troisième année de suite ; une brûlure douloureuse à la main droite alors qu'il s'acquittait de sa commande au guichet drive d'un fast-food, pour apprendre ensuite qu'un feu dans les cuisines y avait fait un mort à peine une heure plus tard.

Et ce n'était que les exemples les plus marquants : il avait perdu le compte des incidents mineurs qui, en d'autres circonstances, auraient été qualifiés de coïncidences ou d'impressions de déjà-vu. Thayer supposait qu'il était médium, bien qu'il tende à éviter ce terme, même dans son esprit, parce qu'il ne semblait pas correspondre exactement aux définitions qu'il avait trouvées sur Internet.

De fait, qu'il soit médium, télépathe ou quoi que soit d'autre, cela ne ressemblait en rien à ce qu'on voyait à la télévision ou dans les films. Thayer éprouvait toujours un sentiment de désorientation quand il avait ses *moments*, comme si c'était un rêve éveillé, et cela s'accompagnait de terribles maux de tête et de l'envie – non, du besoin impérieux – de s'étendre et de dormir jusqu'à ce que la douleur soit passée. Ses visions n'étaient par ailleurs pas fiables : il avait eu de ces *moments* dans des épiceries, et aussi dans des cinémas, où il n'était ensuite rien arrivé. Pas de fusillade, pas de morts, la vie avait continué normalement. Bon, ce n'était pas tout à fait vrai : parfois, en lisant le journal, il découvrait que dans une épicerie ou dans un cinéma, à des centaines, voire des milliers, de kilomètres de sa ville, quelqu'un avait été abattu, quelqu'un était mort. Thayer prenait alors un somnifère et allait se coucher, parce que la possibilité qu'il soit une sorte de radar de la mort et de la souffrance lui donnait envie de se retirer de la vie.

Thayer avait aussi fait des recherches, discrètement. Il avait étudié Swedenborg, qui croyait en un monde de l'esprit parallèle au nôtre mais échappant à notre compréhension ; il avait lu les ouvrages de John Wesley, dont la croyance aux fantômes avait influencé le méthodisme évangélique naissant, religion à laquelle Thayer adhérait encore, quoique avec tiédeur. Thayer s'était également intéressé aux théories médicales et psychologiques concernant son mal. Il était, supposait-il, le seul vendeur de meubles discount capable de parler en connaisseur des idées de Friedrich Nicolai, qui soutenait que l'apparence des fantômes pouvait être liée à un déséquilibre des humeurs corporelles, et de John Ferrier, qui y voyait les manifestations de troubles de la perception. Il connaissait les expériences de Mesmer et de Puységur sur le magnétisme, faisant des fantômes des projections de souvenirs, des décharges d'électricité cérébrale, des réactions à des perturbations électromagnétiques. Aucune de ces thèses ne pouvait néanmoins expliquer ce que Thayer endurait depuis la mort de son père.

Sa femme connaissait son mal. Il le lui avait révélé après le *moment* au service des véhicules à moteur, il lui avait montré le dessin qu'il avait fait de l'accident de son père. Elle avait appris à repérer quand une nouvelle crise allait se déclencher, ou quand survenait quelque chose qui en était l'écho, mais ces *moments* étaient tous si différents les uns des autres que Thayer ne parvenait pas à leur trouver une cohérence.

Tous sauf un. Depuis que son « don » s'était manifesté, il faisait un rêve récurrent de silhouettes traversant un champ, ou un bois. Des gens jeunes ou âgés, mais pas d'enfants. S'ils étaient vêtus à la mode de différents siècles, ils appartenaient autant au présent qu'au passé. Thayer sentait le mal émaner d'eux, en particulier de leur chef, un homme maigre à la barbe et aux cheveux roux, au visage aplati à l'extrême, comme s'il n'y avait pas assez de lui pour occuper pleinement trois dimensions.

Et Thayer savait comment ils s'appelaient.

Ils étaient les Frères.

Tobey Thayer s'éveilla dans son lit à Greensburg, Pennsylvanie, tandis que sa femme ronflait doucement à côté de lui. Il porta son regard vers le réveil : *23 h 37*. Sa tête palpitait.

— Arrêtez, dit-il à l'obscurité et à l'image s'estompant de la femme qui la traversait. Ils vous attendent.

17

May MacKinnon ne se retourna pas. Elle ne se réfugia pas dans sa chambre, où l'attendait son fils, pour appeler la police. La présence dans le living l'appelait, à la fois une centaine de voix et aucune, une harmonie dissonante, étrangère et cependant familière, telle une chanson qui, une fois entendue, s'insinue dans votre histoire, trouve des échos dans de vieilles mélodies, une configuration autrefois cachée, maintenant révélée.

Une marche, une autre. Du chaud dans le froid, des filets d'eau sur le bois, sur les murs.

Une grande crise de larmes.

Dans le séjour se tenait un homme, d'un âge indéterminable, le dessus du crâne chauve, ceint de cheveux roux pendouillant jusqu'au col de sa chemise, semblables à des frondes de fougères gelées, une barbe laissant à nu la lèvre supérieure. Il portait un gilet sombre, un pantalon et une veste, chacun provenant d'un costume différent. Malgré l'obscurité, May voyait qu'ils n'étaient pas assortis. Il avait des joues rougeaudes, de grosses lèvres, mais un visage si aplati qu'on aurait pu faire descendre un fil à plomb de son front à son menton sans qu'il touche le nez. Il examinait une photo de Mike, May et Alex dans un cadre d'argent posé au centre du manteau de cheminée. Sa langue claquait contre ses dents au rythme d'un robinet qui goutte ou du tic-tac d'un vieux réveil.

Tck-tck-tck.

May essaya de parler, mais aucun mot ne sortit de sa bouche.

Tck-tck-tck.

Elle sentit quelque chose lui effleurer le dos. En se retournant, elle découvrit une jeune femme qui se tenait près d'un guéridon, les doigts enfoncés dans un pot-pourri. Quand elle leva cette main, des fragments de feuilles de citron séchées et d'écorce de cannelier tombèrent de ses doigts. Elle approcha sa paume de son nez, huma. Ses cheveux étaient tressés en une seule natte qui pendait sur son épaule gauche et avec laquelle sa main gauche jouait tandis que la droite replongeait dans le bol. Comme chez l'homme plus âgé proche de la cheminée, ses traits semblaient comme abrasés, et elle ne donnait pas l'impression d'avoir remarqué la présence de May.

D'autres mouvements : des silhouettes dans la cuisine et la salle à manger, masculines et féminines. Dont certaines que May croyait avoir vues dans le bois. Elles touchaient aux objets : reniflant, goûtant, caressant.

Cassant.

Et May retrouva sa voix :

— Stop. Ça ne vous appartient pas.

Aussitôt tout mouvement cessa. Les voix dans la tête de May se turent. L'homme proche de la cheminée, toujours penché vers la photo, arrêta de claquer de la langue. Même les atomes de poussière ne dansaient plus dans l'air agité par un vent coulis à peine sensible. Le seul mouvement, c'était les battements d'ailes d'un papillon de nuit, si lents que May pouvait les suivre des yeux. Elle inspirait quand les ailes se relevaient, expirait quand elles se baissaient. L'insecte se dirigea vers elle, battement après battement, jusqu'à être suspendu devant ses yeux. Il était barré de bandes marron et beiges, virant au rouge sur les ailes antérieures, au gris sur les ailes postérieures. Une phalène mâle : les femelles ne volaient pas, elles avaient des moignons à la place des ailes. May savait que c'était une espèce nuisible, capable de dévaster des vergers, et elle n'éprouvait aucun scrupule à les tuer.

Elle plongea son regard dans les yeux à facettes de l'insecte, dont les courtes antennes frémirent. Le seul bruit audible était celui des battements d'ailes.

Ta-dam. Ta-dam.

— Qui êtes-vous ? demanda-t-elle. Que faites-vous ici ?

Ta-dam. Taaa-dam. Taaa-dam.

Les battements ralentirent. Il va tomber, pensa-t-elle. Il n'arrive pas à rester en l'air. Il va tomber et mourir.

Dans l'escalier, un homme montait les marches et les descendait simultanément, les deux mouvements se fondant dans le temps. Il n'était pas comme les autres. C'était une tache pâle, l'impression d'une forme sur l'obscurité, un fantôme dans la maison.

Taaaaa...

Le spectre tenait un couteau dans la main. Un filet sombre et collant coulait de l'extrémité de la lame, tachait la moquette beige.

Pourquoi je n'ai pas froid ?

La phalène se figea.

Dans la chambre de May, sur le lit qu'elle avait autrefois partagé avec son mari, le sang avait rougi l'oreiller. Le cœur de May battit une dernière fois et elle exhala un long soupir. Son fils tira sur la manche du sweat-shirt de sa mère. Il pleurait.

— Reste, m'man. Reste.

— Accompagne-la, dit la voix de l'homme derrière lui.

Et Alex sentit une pointe terrible pénétrer dans son dos et lui percer le cœur.

18

Parker partit de bonne heure pour Providence. Il avait caressé l'idée de passer voir Sam avant son départ, puisqu'elle ne serait pas encore sur le chemin de l'école, puis il avait décidé, bien que cela lui coûtât terriblement, qu'il valait mieux laisser les choses en l'état. Frank et lui s'étaient quittés en relativement bons termes, du moins selon leurs critères, et plus Rachel aurait le temps de se calmer, mieux ce serait. Il ressentit néanmoins un pincement quand il passa devant la bretelle menant chez les Wolfe et il écouta les informations matinales sur Vermont Public Radio pour penser à autre chose.

Les routes avaient été dégagées pendant la nuit, mais une brume de froid familière flottait dans l'air, pas assez dense pour limiter la visibilité, suffisamment pour donner une impression d'irréalité. C'était comme si le royaume des ombres qui s'était manifesté le soir de sa rencontre avec Ross empiétait lentement sur le réel, contaminait tout ce qu'il touchait, rendait flous les contours de ce monde. Il arrêta la radio et roula en silence, comme si cela pouvait lui permettre de s'habituer plus facilement au rythme de cette transformation.

Il était à une heure de Burlington quand il reçut un coup de téléphone de Ross sur son portable. L'agent du FBI voulait un rapport sur la progression de l'enquête. Parker l'informa qu'il était en route pour Providence, ce qui ne parut pas impressionner Ross : il aurait préféré que Parker s'y trouve déjà, et depuis un moment.

— Qu'est-ce que vous avez fait ? demanda Ross.

— Sans vouloir vous offenser, ça ne vous regarde pas.

— « Sans vouloir vous offenser » veut généralement dire le contraire.

— Franchement, je n'en savais rien.

Ross ne releva pas.

— Je vous ai chargé d'une mission précise.

— Que je mène à bien tout en continuant à avoir une vie privée.

— Alors, sans vouloir vous offenser, votre rapport travail-vie privée me paraît déséquilibré.

Parker essayait encore de lui expliquer la différence entre un individu particulier et un organisme financé par des fonds publics lorsque Ross mit fin à la communication. Il se demanda s'il aurait dû informer l'agent qu'Angel et Louis le rejoindraient à Providence, aux frais du FBI. Finalement, il estima qu'il avait bien fait de ne pas en parler. Cela n'aurait fait qu'inquiéter Ross, qui l'était déjà assez comme ça. Pour un homme dont l'existence paraissait plutôt triste et morne, Jaycob Eklund préoccupait singulièrement l'agent spécial Ross.

Parker commença à croiser des panneaux indiquant la direction de Providence. Il ne connaissait pas très bien cette ville. Il ne l'avait visitée que deux fois, dont une avec Rachel avant la naissance de Sam. Il gardait le souvenir d'une ville ayant conservé en elle l'écho d'une époque où elle était plus jolie, d'un passé qui prenait la forme d'églises et de bâtiments anciens, de son immense centre commercial, au moins jusqu'à ce qu'on traverse le fleuve et qu'on s'engage dans les rues de l'université Brown. Il se rappelait aussi vaguement que vos cheveux pouvaient devenir gris, voire tomber de votre tête, avant que le feu passe au vert pour les piétons, de sorte que les habitants de Providence avaient parmi leurs gènes celui qui conférait l'art de traverser aussi bien au rouge qu'en dehors des clous.

En roulant, Parker continuait à se demander ce que Ross lui cachait sur Eklund, et pourquoi.

19

— Ça, dit Angel à Louis, c'est la meilleure idée qu'un mec ait jamais eue depuis, genre, le jour où Christophe Colomb s'est payé un bateau.

Les deux hommes et Parker étaient attablés au New Harvest Coffee & Spirits sur WeyBosset Street, dans l'Arcade Providence rénovée, le plus ancien centre commercial couvert du pays. Parker était en train de se faire la réflexion que l'Arcade Providence était responsable de la mort des centres-villes, du déclin des communautés – et de la naissance du Mall of America, centre commercial du Minnesota. D'un autre côté, tout établissement capable d'offrir un bon expresso avec un scotch single malt et une part de tarte pouvait se voir pardonner quantité de choses – sauf peut-être le Mall of America. Quelqu'un avait visiblement réfléchi à la rénovation de l'Arcade, qui hébergeait à présent le type de commerces destinés à être qualifiés d'« éclectiques ». Le Harvest faisait face à la boutique Lovecraft Arts & Sciences, qui rappelait agréablement à Parker le Strange Maine de Portland. Le monde serait plus pauvre sans de tels lieux, estima-t-il.

— C'est plutôt attrayant, approuva Louis.

L'unique glaçon de son verre émettait des tintements engageants et faisait en revanche grimacer Angel. Les deux hommes différaient à de nombreux égards, la mode et la politique n'en constituant pas les moindres, mais ceux qui les connaissaient convenaient généralement que Louis prévalait en matière de goût et de discernement. Angel savait toutefois apprécier le scotch, ce qu'il devait dans une large mesure aux diverses bouteilles et casiers volés au début de sa carrière criminelle. Louis et lui avaient à présent les moyens de s'acheter des whiskys d'âge et de prix considérables, même si Angel prétendait que personne n'en avait jamais dégusté d'aussi bons que ceux qu'il piquait jadis pour lui-même. « L'eau dérobée est douce, disait-il, et le pain mangé en secret agréable », prouvant par là qu'il n'est nul besoin d'être un saint pour citer les Écritures.

Il se trouvait donc qu'Angel avait des opinions bien établies sur la consommation de whisky, à savoir que la glace nuisait à la subtilité de son bouquet. Il y ajoutait un peu d'eau pour le rehausser, rien d'autre. Il avait réussi à faire passer Louis de trois glaçons à un seul, mais il souffrait encore d'assister à son immersion. Quant à ceux qui versaient du soda ou, Dieu nous en préserve, du Coca dans leur whisky, il estimait que seule une sévère correction pouvait les amender.

Parker s'en tenait au café. La serveuse lui avait souri en lui apportant son Americano. Un gentil sourire. Du genre qui ne promettait rien d'autre que de la gentillesse, mais qui contribuait à ce qu'on se sente bien.

— Tu lui plais, j'crois, commenta Angel.

— Ses autres choix se limitant pour l'heure à toi et au seigneur sombre qui t'accompagne, ça ne veut pas dire grand-chose.

Ils tuaient le temps en attendant d'aller fouiller le bureau d'Eklund, situé dans un immeuble avec services abritant divers locataires se partageant un petit pool de secrétaires et de réceptionnistes. Ce bâtiment se trouvait en retrait de North Main, dans un lotissement récent qui comprenait aussi une clinique dentaire et une entreprise de nourriture pour animaux de compagnie. Parker y avait jeté un coup d'œil en gagnant le centre et constaté que l'accueil était assuré par une jeune femme qui ne devait guère avoir plus de vingt ans. On accédait aux bureaux par un système de cartes magnétiques, mais la réceptionniste pouvait aussi ouvrir aux visiteurs grâce à une télécommande. C'était apparemment le genre d'endroit qui devenait tranquille après dix-sept heures et comme mort après dix-huit.

— Tu crois qu'on a l'air de touristes ? demanda Angel à Parker.

Angel aimait se croire capable de se fondre dans la masse de l'humanité, alors que cette même humanité s'écartait instinctivement de lui et de son compagnon sans jamais barguigner plus d'une demi-seconde. Son désir d'être admis était touchant de désespérance.

— Providence en février, répondit Parker. Si vous aviez des têtes de touristes, on vous prendrait pour des dingues. Là, vous avez juste l'air de deux types qui planquent des flingues sous leurs manteaux.

— Alors on sera raccord si on fauche quelque chose. C'est un État pourri.

Angel avait raison. Buddy Cianci, maire de Providence pendant vingt et un ans au total, avait été contraint deux fois de lâcher son poste à cause de condamnations devant un tribunal, et il avait passé même quatre ans dans une prison fédérale pour avoir dirigé une entreprise criminelle depuis sa mairie. Le jury ne l'avait cependant pas reconnu coupable d'avoir extorqué son admission à l'University Club, ce qui suggérait que la rédemption était encore à sa portée. Cianci avait tenté une nouvelle fois de se faire réélire en 2014, mais il était alors devenu trop riche, même aux yeux des nantis de la ville. Ajoutez-y l'ancien gouverneur Ed DiPrete, qui avait passé un an derrière les barreaux pour avoir touché des pots-de-vin, et Joseph Bevilacqua, président de la cour suprême de l'État, qui avait dû démissionner en raison de soupçons de liens avec la mafia – et ce ne sont là que les principaux noms – et vous obtenez un niveau quasi admirable et difficilement égalable de corruption institutionnalisée.

— En comparaison, tu fais presque honnête, reconnut Louis.

— Ça me dérange pas que les gens volent, répondit Angel. Ce que j'aime pas, c'est qu'ils mentent après. Ça montre un manque de fierté pour la profession.

Ils demandèrent à Parker comment s'était passée la rencontre avec la psychologue de Sam et il leur parla de sa discussion avec Frank Wolfe.

— Tu penses qu'il t'a moins dans le nez maintenant ? voulut savoir Angel.

— Un peu.

— Y a du progrès. Dommage que ton ex te blaire moins maintenant. Ça fout par terre le bon boulot avec Frank.

— Je te remercie beaucoup de me dire ça.

— Oh, de rien.

Parker consulta sa montre.

— Je crois qu'on peut y aller.

Angel réclama l'addition. La serveuse revint et sourit de nouveau à Parker. Décidément, pensa-t-il.

L'addition demeura au milieu de la table tandis que Louis et Angel l'ignoraient avec désinvolture. Parker lut la somme sans toucher le ticket. Ses amis avaient des goûts dispendieux en matière d'alcool, il devait au moins leur reconnaître ça.

— Aucune chance que je paie ça, leur asséna-t-il. Aucune chance sur un million.

— L'enfoiré, marmonna Angel en sortant son portefeuille.

Ils sortirent côté Westminster Street de l'Arcade et firent halte un instant pour admirer un faucon pèlerin tournant au-dessus du bâtiment de la vieille Bank of America – plus connu comme le bâtiment de Superman.

— Vous savez ce que signifie le nom de cet oiseau ? demanda Louis.

Parker et Angel reconnurent leur ignorance.

— Voyageur. Faucon voyageur. Ça me plaît.

Parfois, songea Parker, Louis laissait échapper des signes d'humanité à tout le moins déroutants.

20

Parker avait pris la décision de fouiller d'abord le bureau d'Eklund. Cela impliquait d'y pénétrer par effraction, mais comme cela requerrait moins de temps que de s'occuper du domicile d'Eklund, il était logique de commencer par là. Il gara sa voiture sur un parking et laissa à Louis le soin de les conduire à pied d'œuvre.

Les bureaux avec services embauchaient du personnel bon marché, selon l'expérience de Parker. Ces postes offraient peu de possibilités de promotion et le travail était assommant. Les réceptionnistes dont il fallait se méfier étaient les plus âgées : elles se comportaient comme des chiens de garde de ferrailleur. La jeune femme qui était assise derrière le bureau semblait capable d'un certain degré d'amabilité, à en juger par son sourire.

Angel téléphona de l'autre côté de la rue et la réceptionniste décrocha tout en faisant entrer un visiteur.

— M. Eklund, du bureau 17, annonça Angel. J'attends deux clients qui devraient arriver dans cinq minutes. Vous pourrez me les envoyer directement, une fois qu'ils auront signé le registre.

Si la jeune femme s'aperçut que l'appel ne provenait pas de la ligne intérieure, elle n'en fit pas la remarque. La plupart des gens ont tellement l'habitude d'utiliser leur portable qu'ils ne s'étonnent pas de recevoir un appel d'un autre mobile, même de quelqu'un qui a une ligne fixe dans le même immeuble qu'eux.

— Certainement, monsieur Eklund.

Angel la remercia et raccrocha. Les vieux trucs marchent toujours parce qu'ils sont bons. De la réaction de la jeune femme, Parker tira aussi une autre conclusion : soit elle était nouvelle, soit personne n'avait encore remarqué la disparition d'Eklund. Il espérait juste qu'il ne lui viendrait pas à l'idée de vérifier que la carte d'accès d'Eklund avait bien été utilisée ce jour-là, mais il était convaincu qu'elle ne prendrait pas la peine de le faire. Pourquoi, d'ailleurs ? Elle ne gardait pas les bijoux de la Couronne.

Il était près de dix-sept heures lorsque Parker et Angel entrèrent dans le bâtiment, laissant Louis dans la voiture. Ils se présentèrent à la réception, annoncèrent à la jeune femme – Carly, d'après son badge – qu'ils venaient voir Jaycob Eklund ; elle leur remit des passes temporaires une fois qu'ils eurent signé le registre et que l'un d'eux lui eut montré un document d'identité quelconque. Angel lui laissa voir une seconde un permis de conduire dont le nom ne correspondait pas au sien, mais la photo était assez ressemblante pour abuser quiconque ne lui était pas familier.

— Tu en as combien, des comme ça ? lui murmura Parker tandis qu'ils quittaient le hall pour longer un couloir conduisant aux ascenseurs et à une volée de marches sur leur droite.

— J'ai perdu le compte. Des fois, j'oublie même qui je suis.

Ils gravirent l'escalier jusqu'au troisième étage. En chemin, Angel défit son blouson pour révéler une chemise avec une inscription brodée dans le dos : *Société de services de serrurerie*. Il apparut que cette ruse particulière n'était pas nécessaire. Le cabinet d'Eklund se trouvait presque au bout du couloir et personne ne sortit d'un des autres bureaux tandis qu'Angel s'occupait de la serrure. Il l'ouvrit en moins d'une minute. Ç'aurait été plus rapide s'il avait utilisé un pick gun, mais le silence était conseillé, en la matière. Ils entrèrent, fermèrent et verrouillèrent la porte derrière eux.

Le cabinet d'Eklund n'était guère plus qu'un vulgaire box. Un bureau bon marché occupait la largeur de la pièce devant une fenêtre à stores verticaux, laissant juste assez de place à l'occupant pour passer d'un côté ou de l'autre en rentrant le ventre. Deux sièges capitonnés d'allure inconfortable faisaient face au bureau. Une gravure représentant un paysage était accrochée à côté d'un calendrier sur le mur gauche, tandis que le droit disparaissait en partie derrière un classeur à quatre tiroirs. Parker essaya de l'ouvrir, constata qu'il était fermé à clé et chargea Angel de s'en occuper pendant qu'il s'intéressait au bureau. Il n'y avait pas grand-chose à fouiller. Eklund n'avait pas d'ordinateur, du moins pas dans son cabinet, et s'il tenait un journal il l'avait emporté. Les tiroirs, non fermés, ne contenaient que du papier à lettres, des timbres, des cartes commerciales, un bocal de café soluble, des sachets d'édulcorant et du lait en poudre. Pas même une bouteille de mauvaise gnôle avec ses deux petits verres, comme chez tout détective privé qui se respecte (sur l'écran, en tout cas).

Parker avisa le téléphone d'Eklund dont le bouton « Messages » lui faisait de l'œil en clignotant à qui mieux mieux et le mit sur haut-parleur. Il y avait pas mal de doublons avec les messages laissés sur le portable, mais il nota à nouveau tous les noms et numéros. Le dernier appel provenait d'une femme qui avait juste eu le temps de dire « Allô » avant que l'appareil coupe la communication. Le répondeur ne pouvait apparemment prendre qu'une dizaine de messages. Voilà ce qu'on obtient quand on loue bon marché.

Pendant ce temps, Angel était facilement venu à bout du classeur. Parker passa l'heure suivante à feuilleter des dossiers contenant des rapports à des clients, des factures, toute cette paperasse qui s'accumule dans un cabinet sans personnel. Les affaires traitées étaient toutes banales : enquêtes pour une société d'assurances, recouvrement de dettes, vérifications, quelques escroqueries mineures, un peu de surveillance de personnel, deux ou trois affaires de garde d'enfant qui donnèrent à Parker un pincement au cœur. Rien en cours, ce qui signifiait sans doute qu'Eklund gardait ailleurs les informations sur les enquêtes non conclues et classait les dossiers seulement quand il en avait terminé. Ce cabinet devait surtout servir pour recevoir les clients et ranger la paperasse. Parker remarqua quand même que les tarifs horaires et journaliers d'Eklund étaient supérieurs aux siens, mais celui-ci avait probablement besoin de ce supplément de fric pour couvrir le coût de son bureau miteux. La pièce sentait le moisi, la moquette avait besoin d'un bon nettoyage. Cela rappela à Parker pourquoi il n'avait pas de bureau : s'il avait dû s'installer dans un endroit pareil pour bosser, il aurait préféré vivre de l'aide publique.

Il faisait sombre dehors. À travers les stores, Parker distinguait Louis assis dans sa voiture. Le parking de l'immeuble s'était presque entièrement vidé pendant qu'ils fouillaient le bureau et le véhicule de Louis en avait maintenant toute une partie pour lui seul. Il était temps de décamper. Parker ne tenait pas à ce qu'un vigile quelconque remarque la plaque d'immatriculation.

Il parcourut une dernière fois du regard l'espace de travail d'Eklund. Il n'arrivait toujours pas à se faire une idée de ce type. La fouille de son domicile changerait peut-être quelque chose mais, pour l'heure, Parker avait l'impression de s'être égaré dans un décor de théâtre. Si l'affaire ne lui avait pas été confiée par Ross, il aurait soupçonné un coup monté. En l'occurrence, il n'était qu'intrigué. Eklund avait beaucoup d'importance pour Ross, et Parker n'était pas plus près de savoir pourquoi que le jour où il avait entendu parler d'Eklund pour la première fois.

La seule touche personnelle des lieux, c'était une photo encadrée posée sur le bureau. On y voyait Eklund – chevelure prématurément grise, pas loin d'un mètre quatre-vingts, quelques kilos de trop –, un bras passé autour des épaules d'une femme beaucoup plus petite, dont le sourire compensait des traits ingrats. Grâce aux documents fournis par Ross, Parker reconnut en elle Milena Budny, l'ancienne épouse d'Eklund. La photo datait d'avant leur divorce – ils portaient encore leurs alliances – mais pas de beaucoup. Ross avait aussi remis à Parker une photo d'identité d'Eklund prise pour le renouvellement de son permis de conduire, un an plus tôt, et il n'y était pas très différent de l'homme de la photo encadrée.

Parker l'étudia un moment. Il ne connaissait pas beaucoup d'hommes qui gardaient des photos d'une ancienne épouse sur leur bureau.

— T'as trouvé quelque chose ? s'enquit Angel.

— Juste des regrets, répondit Parker. Je crois qu'on a fini, ici.

III

« Peut-être que des âmes autres qu'humaines naissent parfois dans le monde revêtues de chair humaine. »

JOSEPH SHERIDAN LE FANU,
L'Oncle Silas

21

Donn Routh, connu des Frères sous le surnom de « Cousin », était en route depuis des heures. Il ne s'arrêta qu'une fois, pour prendre un peu de repos, dans le motel le moins cher qu'il avait pu trouver. Il avait toujours besoin d'oubli après avoir tué. Il ignorait pourquoi.

En été, il se serait contenté de se garer sur un parking et de dormir dans sa voiture, mais c'était l'hiver et il aurait gelé sur place ou aurait déchargé sa batterie en laissant le chauffage allumé. Il avait horreur de gaspiller de l'argent dans les motels, tout comme il mangeait rarement au restaurant, et seulement s'il y avait un buffet de salades ou de la soupe à volonté. Son mode de vie était frugal, limite miséreux.

Routh était agent de maîtrise dans l'une des plus grandes blanchisseries industrielles du Kentucky, bien que son poste l'amenât aussi à visiter les blanchisseries des hôpitaux, prisons et universités pour veiller à ce que leurs installations soient bien entretenues, donner des conseils en matière de lessive, de température de l'eau et de durée de cycle. Il travaillait depuis si longtemps avec des détergents que ses vêtements ainsi que sa personne étaient imprégnés d'une faible mais persistante odeur de produits chimiques.

Il vivait encore dans la maison de son enfance malgré la mort de ses parents, quelques années plus tôt. Il avait quasiment vendu toutes leurs affaires après que sa mère eut suivi son père dans la tombe. Il avait un moment envisagé de garder leur lit parce qu'il était plus grand et plus confortable que le sien, mais avait estimé au final que ça lui aurait fait drôle de dormir dans le lit où il avait été conçu, même en changeant le matelas. Le lit avait donc pris le même chemin que leurs vêtements, leurs bijoux et le reste du mobilier, car Routh n'était pas un sentimental. Un visiteur pénétrant dans la maison l'aurait trouvée en grande partie vide, à l'exception de la cuisine, de la salle de séjour et d'une unique petite chambre. En dehors de ces pièces, il n'y avait pas d'éclairage, pas même dans les couloirs.

Dans la cuisine, rien d'autre que les éléments les plus rudimentaires de la modernité : une cuisinière à gaz, un réfrigérateur. Seules concessions au luxe, dans le salon, un grand écran HD sur lequel il regardait des Blu-ray, et une chaîne hi-fi haut de gamme : une platine Clearaudio Concept reliée à un ampli Rega Elicit-R et à une paire d'enceintes Mythos STS Super Tower. Il possédait aussi un lecteur de CD Cyrus, tout en étant un véritable amateur de vinyles. Son père s'était constitué une considérable collection de disques classiques que Routh avait enrichie de ses propres sélections. Il avait installé des étagères pour les accueillir et c'était l'une des rares facettes de sa vie qui lui procuraient un plaisir sans mélange. S'agissant des livres et des magazines, vous auriez pu mettre la maison sens dessus dessous sans en trouver un seul.

Chez lui, pas de bouilloire électrique, et il se servait si peu souvent de la baignoire ou de la douche que leurs robinets crachaient une eau jaunâtre les rares fois où il les ouvrait. Routh préférait se laver à son travail – il économisait de l'argent –, de même qu'il y faisait nettoyer ses vêtements par l'un des employés, lesquels trimaient dans des conditions qui auraient paru familières à des ouvriers du dix-neuvième siècle.

Les Asiatiques et les Africains, qui chargeaient les chariots, séparaient les vêtements déchirés ou trop tachés de ceux qui étaient encore mettables, lavaient, séchaient, repassaient dans la chaleur et la vapeur, pour trente-cinq *cents* au-dessus du salaire horaire minimum, on les appelait « travailleurs associés », ce que le Cousin trouvait risible. Ils n'avaient pas besoin d'un titre pour le boulot qu'ils faisaient. Ils n'étaient rien, ils n'étaient personne. Routh ne prenait même plus la peine de retenir leurs noms, et pas seulement parce qu'on leur remettait à l'embauche deux combinaisons avec leur identité inscrite sur le sein gauche. Si une combinaison était abîmée, on retenait sur leur salaire le prix d'un vêtement neuf. Beaucoup préféraient la raccommoder eux-mêmes. Ceux qui démissionnaient ou se faisaient virer étaient censés rendre leurs combinaisons, mais la plupart les donnaient à ceux qui restaient. Ceux-ci ne s'embêtaient pas à décoller le nom inscrit pour le remplacer par le leur, de sorte que le système d'identification devenait encore plus nébuleux. Non que cela tourmentât les agents de maîtrise : les noms des immigrés ne renseignaient pas vraiment sur leur sexe, de toute façon, alors comment savoir si Afua, Abioye, Ling ou Kwong planquait des nichons sous sa combinaison ? Cela ne posait un problème que lorsqu'ils faisaient une connerie, qu'ils arrivaient en retard, ou pas du tout.

Pour tester sa théorie selon laquelle ces gens n'avaient aucune importance, que personne ne se souciait d'eux, Routh avait kidnappé quelques années plus tôt une jeune Chinoise de vingt et un ans répondant au nom de Meixiu – d'après sa combinaison – alors qu'elle courait pour attraper le dernier bus à la fin de son service. Routh l'avait délibérément retardée pour l'isoler de ses collègues. Il l'avait chargée de laver ses sous-vêtements, puis s'était plaint qu'elle avait salopé le boulot et l'avait fait recommencer. Il avait le pouvoir non seulement d'embaucher et de mettre à la porte mais aussi de réduire les heures d'une employée ou de l'affecter à un service impossible à tenir si elle avait des enfants. Il valait donc mieux ne pas le contrarier et Meixiu avait obtempéré. Ce fut seulement quand il s'était déclaré satisfait qu'elle avait pu filer sans même retirer sa combinaison ni ses bottes de protection. Un raccourci à travers un terrain vague permettait de gagner cinq minutes pour se rendre à l'arrêt du bus et Routh savait qu'elle le prendrait. Il l'avait entraînée dans les buissons en plaquant sa main gantée sur sa bouche pour l'empêcher de crier. Elle ne pesait quasiment rien et il était costaud. Il l'avait jetée dans le coffre de sa voiture, l'avait giflée une ou deux fois pour qu'elle cesse de se débattre tandis qu'il lui attachait bras et jambes avec du ruban adhésif épais.

Plus tard, quand il l'avait tuée, il avait eu l'impression de briser un cou d'oiseau.

Le lendemain, plusieurs Chinoises étaient venues baragouiner au bureau. Peu d'entre elles parlaient l'anglais et Jun, leur porte-parole, n'était pas réellement apte à expliquer qu'elles s'inquiétaient de la disparition de Meixiu. Mais il était rapidement apparu que Meixiu était entrée illégalement aux États-Unis et que les papiers dont elle s'était servie pour obtenir son poste appartenaient à quelqu'un d'autre. On avait alors expliqué aux femmes que, si elles continuaient à faire des histoires, la direction examinerait de plus près toute la paperasse, que si la police intervenait les services de l'immigration suivraient et...

Qui savait où était passée Meixiu ? Ces gens vivaient selon leurs propres règles, et Meixiu n'était même pas son vrai nom. L'une des femmes avait prétendu qu'elle s'appelait en fait Yingtai. Ce nom avait aussitôt rappelé quelque chose à Routh, et il s'était dit qu'elle l'avait peut-être prononcé avant de mourir.

Personne n'avait appelé la police et Routh n'avait pas été interrogé. Il avait cependant remarqué que certaines des femmes lui avaient jeté des regards soupçonneux, dans les jours et les semaines qui avaient suivi. Il s'en fichait. Il ne restait aucune trace de Meixiu, ou de Yingtai. C'était l'un des avantages quand on savait manipuler les produits chimiques.

Routh ne s'en était jamais pris à une autre employée. D'ailleurs, il n'avait même pas violé la petite Chinoise. Il avait simplement voulu prouver quelque chose.

Il ne partait jamais en vacances. Le plus souvent, il restait chez lui pendant son congé annuel, il écoutait de la musique, regardait des documentaires ou de vieux films. N'étant jamais souffrant, il était le seul employé de l'entreprise à n'avoir jamais pris un seul jour de congé pour maladie. Il était poli avec ses supérieurs et, à l'exception notable de la pauvre fille qui avait fini sa vie dans sa baignoire, il se conduisait à peu près raisonnablement avec ses subordonnés. Si personne ne l'appréciait particulièrement, peu le détestaient vraiment. Ceux qui avaient murmuré contre lui en jetant des regards soupçonneux dans sa direction avaient quitté la blanchisserie depuis longtemps.

Il ne se sentait pas seul. Parfois, les Frères venaient à lui. Il ouvrait les yeux, étendu sur son canapé, son casque Beyerdynamic DT 880 sur les oreilles, et les regardait traverser la pièce furtivement, ou se tenir dans un coin et osciller au rythme d'un air qui pouvait être le même que celui qu'il écoutait, ou peut-être une musique d'un autre temps, d'un autre lieu. Ces apparitions ne le troublaient pas. Ils étaient tous du même sang. Il finirait par prendre place parmi eux et ce serait pour lui passer d'un monde à l'autre. Ces visions, ce don n'étaient généralement pas accordés aux hommes de sa famille. Il était plutôt l'apanage du côté féminin, mais Routh était un être à part à de nombreux égards, notamment parce qu'il acceptait volontiers de commettre un meurtre, et ceux de son sang avaient une grande dette envers lui.

Routh n'aimait pas sortir de sa maison en dehors de ses obligations professionnelles. C'était un homme d'habitudes et il ne les enfreignait que pour la famille. Il appréciait le côté ironique, pour l'employé d'une blanchisserie, d'être chargé de « faire la grande lessive ». Mais c'était un devoir, pas un fardeau. S'il ne prenait aucun plaisir à tuer – il n'avait rien d'un sadique –, il ne détestait pas non plus le faire. C'était un esprit pratique.

Routh restait à distance de sa parentèle. C'était le pacte qu'ils avaient tous conclu, au cas où, par quelque infortune, il serait appréhendé, mais il n'estimait pas cette hypothèse probable : il était méticuleux et les Frères veillaient sur lui. Ils ne permettraient pas qu'il arrive quoi que ce soit à leur homme de main.

La route se déroulait devant lui, les flocons se prenaient dans le faisceau de ses phares comme si le monde lui-même se désintégrait, brûlait d'un feu froid qui transformait tout en cendres blanches. Au débotté, il avait demandé trois jours de congé à la blanchisserie : il fallait qu'il règle les problèmes posés par ce détective privé, Eklund, ce qui incluait May MacKinnon et, inévitablement, son fils. Cela ennuyait un peu Routh que sa chef ait râlé quand il avait manifesté son intention de prendre une partie de ses congés. Cette femme – elle s'appelait Wendy Bray, elle se maquillait trop et parlait trop fort à son goût – était nouvelle et ne le connaissait pas. Il avait senti une vague hostilité de sa part envers lui, sans qu'il lui ait donné un seul motif d'insatisfaction. Il se demandait si certaines personnes étaient plus capables que d'autres de déceler quelque chose qui n'allait pas chez les gens qu'elles rencontraient, une menace potentielle qu'elles capteraient de manière rudimentaire. Il n'était pas inquiet, simplement curieux. Provoquer un malaise n'était pas passible du peloton d'exécution, aux dernières nouvelles.

Bray avait accepté sa demande avec mauvaise grâce, bien qu'il lui eût menti en disant qu'il devait assister à un enterrement. Il avait même trouvé un décès sur la côte Est à alléguer au cas où elle aurait voulu vérifier, mais Bray n'avait pas paru encline à s'attarder sur le sujet et lui avait accordé son congé. Avec le week-end, cela lui donnait presque cinq jours pleins pour s'acquitter de ce qu'il avait à faire, et il pensait même être de retour chez lui avec un jour d'avance. Il aurait pu rentrer plus tôt s'il avait pris l'avion, mais il détestait ça. Ce n'était pas voler qu'il trouvait désagréable, mais la proximité de tant d'étrangers. Il avait donc roulé d'abord jusqu'à Millwood et se dirigeait maintenant vers Providence, avec, sur le siège passager, un casier de CD dans lequel il piochait à son gré. Le plaisir du voyage n'était troublé que par une légère contrariété persistante, causée par l'attitude de Bray.

Quelque part près de la frontière sud du New Hampshire, il décida qu'il tuerait cette femme. Pas cette année, ni même la suivante. En fait, il était prêt à laisser passer dix ans, à attendre qu'elle s'installe ailleurs, ou qu'elle démissionne pour fonder une famille, avant de se mettre à sa recherche. Routh était très patient.

Après qu'il eut pris cette résolution, son humeur s'éclaira. Il mit le *Concerto en sol majeur pour piano* de Ravel enregistré en 1957 par le virtuose italien Arturo Benedetti Michelangeli, qui répugnait notoirement à faire graver ses interprétations sur disque. L'enregistrement avait eu lieu au Studio 1 des locaux d'EMI dans Abbey Road à Londres. Plus tard, les Beatles coloniseraient le Studio 2, ce que le Cousin considérait comme un effondrement des valeurs. Le disque comprenait aussi un enregistrement du *Concerto pour piano n° 4* de Rachmaninov, et ce fut aux accents de cette musique que Routh entra dans Providence et prit le chemin du domicile de Jaycob Eklund.

22

Assis dans son bureau situé entre l'entrepôt et le magasin, Tobey Thayer s'efforçait de rester concentré sur la paperasse étalée devant lui. Il venait de recevoir une nouvelle livraison de mobilier bas de gamme et d'articles de fin de série, ce qui expliquait pourquoi il était encore là alors que la pendule indiquait presque dix-neuf heures. Il restait rarement après dix-sept heures. Sinon, quel intérêt d'être un roi si on devait travailler comme un serf ? Son père n'avait jamais appris cette leçon, peut-être parce qu'il ne se sentait jamais plus heureux que lorsqu'il était dans le magasin, occupé à fourguer des ensembles canapé-fauteuils défoncés à des gens qui pourraient à peine les caser dans leurs mobile homes. Freddie Mayer aurait vendu un de ses bras – ou mieux, le bras de quelqu'un d'autre – si quelqu'un avait paru intéressé.

Thayer saisit son portable, appuya sur la touche *bis*. Il avait perdu le compte du nombre de fois où il avait essayé de joindre Jaycob Eklund chez lui pour n'obtenir qu'une messagerie pleine. Il n'avait pas eu plus de succès avec le numéro du cabinet. Il semblait pourtant impossible de nos jours qu'on ne puisse pas contacter quelqu'un.

Thayer eut un bref flash-back de sa vingtième année, quand un malentendu avec une certaine Laurie Naylor avait causé une brèche dans leur relation, brèche que Laurie tenterait d'élargir, il en était convaincu, en cherchant un réconfort dans les bras de Bobby Welbeck, un sportif, une tête de nœud qui exerçait cependant un pouvoir étrange sur le sexe opposé. Le bruit courait que plus de femmes avaient sombré dans la luxure avec Welbeck que de passagers du *Titanic* dans l'Atlantique, ce qui portait le nombre de conquêtes de ce type au-dessus de la centaine. Cela avait semblé beaucoup au jeune Thayer, mais qu'est-ce qu'il en savait ? Franchement, trois auraient déjà été beaucoup pour lui.

Le lendemain, un samedi, il avait appelé Laurie chez elle, puis il avait téléphoné chez ses copines et s'était résigné à faire du porte-à-porte pour la retrouver avant qu'elle fasse quoi que ce soit qu'elle – et lui surtout – regretterait sans doute. Il était finalement apparu que Laurie était allée au cinéma avec une de ses cousines et n'avait donc pas ajouté son nom sur le mur de gloire de Welbeck. Désireux d'éviter une répétition de ce genre de stress, Thayer avait demandé à Laurie de l'épouser, ce qui s'était révélé une des meilleures décisions qu'il avait prises de sa vie. Et maintenant qu'il essayait de joindre Jaycob Eklund, il éprouvait pour le jeunot qu'il avait été un sentiment d'empathie – malvenu et encore étrangement douloureux.

— Monsieur Thayer ?

Il leva les yeux. Eric Louvish, l'un de ses meilleurs vendeurs, se tenait sur le seuil du bureau.

— Quoi ?

— La causeuse Ashton endommagée, j'ai une touche, mais le type ne veut pas mettre plus de cent cinquante.

Thayer connaissait ce fauteuil. Il connaissait tout son stock.

— C'est de la tache qu'il se plaint ?

Une tache d'huile, franchement vilaine.

— Ouais, acquiesça Louvish. Si vous pouviez…

— Prends les cent cinquante.

Le vendeur oscilla légèrement dans l'encadrement de la

porte. Neuve, la causeuse valait trois cent quatre-vingt-dix-neuf dollars et la tache ne serait pas visible si on la plaçait dans un coin pour cacher le dos et le côté droit. Le client lâcherait à coup sûr cinquante de plus si le patron sortait de son bureau et faisait jouer son talent quasi magique. Cinq minutes pour cinquante balles. Cela ferait grimper le total des ventes de Louvish, qui était en ce moment au coude à coude avec Alyce Voycich pour la prime que Thayer accordait chaque mois à l'employé qui avait écoulé le plus d'articles. Alyce était gaulée comme une poupée Barbie, ce qui lui donnait un avantage au départ, et elle était suffisamment intelligente pour remettre un bouton de son chemisier quand elle négociait avec un couple.

— Vous êtes sûr ?

— Ouais. Je peux pas m'occuper de cette merde maintenant. Inscris deux cents sur ta feuille, avec une note sur la différence. J'en tiendrai compte à la fin du mois.

Louvish haussa les épaules. Ça ne lui ressemblait pas, au patron, de rester collé dans son fauteuil. Sans être à la hauteur de son daron, il avait quand même du sang Thayer dans les veines.

— Et ferme la porte derrière toi, s'il te plaît. J'ai besoin de tranquillité pendant que je m'occupe de tout ça…

Thayer indiqua les factures recouvrant son bureau, bien qu'il eût pu les vérifier en dormant. Le vendeur hocha la tête et ferma la porte. Elle n'était presque jamais fermée, mais, quand c'était le cas, le personnel savait qu'il ne fallait pas le déranger. Louvish retourna dans l'entrepôt, arracha cent soixante-quinze dollars au gars pour une simple question d'orgueil et remplit la paperasse avant d'informer Alyce Voycich que M. Thayer couvait peut-être quelque chose.

Dans son bureau, Thayer ferma les yeux, rien qu'un instant. Il avait mal à la tête, sentait à ses extrémités ce fourmillement familier désagréable qui n'avait pas tout à fait disparu depuis qu'il s'était réveillé en pleine nuit. Il avait l'impression d'avoir les doigts et les orteils gonflés, les pieds trop serrés dans ses chaussures.

Lorsqu'il rouvrit les yeux, vingt minutes s'étaient écoulées et Alyce l'observait à travers la vitre de la porte, une main suspendue en l'air, comme si elle n'était pas sûre de devoir prendre le risque de toquer. Peut-être l'avait-elle déjà fait, songea Thayer, et il ne l'avait pas entendue parce qu'il dormait.

Non, il ne s'était pas endormi, pas vraiment. Il avait fermé les yeux et son moi conscient s'était peut-être mis en veille, mais lui, Thayer, était demeuré actif. Il avait un crayon dans la main droite et la gauche maintenait le verso blanc d'une facture sur son bureau. Il avait dessiné dessus plusieurs esquisses d'un même visage, chaque fois vu de profil, chaque fois le nez et le menton aplatis. Ces croquis au crayon avaient quelque chose d'élégant et de suranné, malgré la laideur de leur sujet.

Parce que cet homme était laid : hideux au-delà des apparences, au-delà de la peau et des os.

Thayer reposa le crayon. Les fourmillements avaient cessé, même sa migraine lui vrillait moins la tête. C'était comme si, en dessinant, il avait percé un furoncle, permis au pus de sortir et apaisé un peu son mal-être.

Momentanément.

Il appela de nouveau Eklund.

En vain.

23

La maison de Jaycob Eklund était une sorte de petit bungalow sis à Fox Point, dans la partie est de Providence.

Le quartier était à ce point hipster que Parker avait l'impression de s'y faire remarquer uniquement parce qu'il n'avait pas de barbe, alors que Louis attirait tous les regards du seul fait de la couleur de sa peau. Le seul dont on pouvait supposer qu'il se fondait dans le décor, c'était Angel, principalement parce qu'il ne s'était pas rasé depuis trois jours et qu'il portait un bonnet en laine. Ils étaient passés devant une kyrielle de salons de thé dans Wickenden et les environs tandis qu'ils tâchaient de se repérer, devant des magasins d'antiquités, de disques anciens, de sextoys, de tapis et de bijoux, tous plus branchés les uns que les autres. On avait peine à croire que tout cela n'avait été que des terres agricoles jusqu'à la construction du premier port de la ville à India Point ; après quoi Providence avait fait de son mieux pour hâter la déchéance de l'espèce humaine en exportant de grandes quantités de rhum. Ce passé maritime et industriel n'était plus visible que dans certains vieux bâtiments, et la boboïsation, à laquelle avaient largement contribué les étudiants de l'université Brown voisine, avait chassé la plupart des anciens habitants.

Parker avait fait une recherche sur le bungalow des Eklund. Ils l'avaient acheté avant que Fox Point devienne un pôle d'attraction pour les gens jeunes et riches, et sa valeur s'était considérablement accrue depuis. Il paraissait encore trop vaste pour les besoins d'un homme seul, mais Parker avait conscience de ne pas être le mieux placé pour reprocher à Eklund de ne pas l'avoir vendu en vue d'acquérir quelque chose de plus petit ailleurs, alors que lui-même se sentait perdu dans sa demeure de Scarborough. D'ailleurs, pourquoi Eklund s'en serait-il séparé s'il n'en avait pas envie ? Il vivait dans un quartier animé et son bien ne se dévaluerait pas de sitôt. Tant qu'il pourrait payer les taxes, où était le problème ?

C'était la plus petite maison d'Arnold Street, double rangée de constructions de styles divers du dix-neuvième siècle, proche de l'intersection avec Brook Street. Un jardinet devant et un derrière. Une grille en fer forgé la séparait du trottoir, une haie basse la délimitait à l'arrière. Un terrain de jeux pour enfants occupait l'un des coins du carrefour, et ce fut là que Louis et Parker déposèrent Angel avant de faire le tour du pâté de maisons et de le reprendre au croisement suivant.

— Pas de lumière dans la baraque, annonça Angel, mais doit y avoir un système d'alarme relié à un service de surveillance. Le truc, c'est de rentrer et d'arrêter la sirène avant qu'un voisin s'inquiète et appelle les flics.

Il fouilla dans sa musette, en tira une boîte noire de la taille de quatre paquets de cigarettes et une pince coupante.

— Un brouilleur de téléphones portables, expliqua-t-il. Modèle costaud.

Parker connaissait. Il en avait un dans sa voiture, en cas de besoin, mais c'était un appareil plus modeste et d'une portée moins grande. Celui d'Angel semblait capable de paralyser tout un quartier et de rendre stérile tous les mâles du voisinage. Le brouilleur couperait la liaison avec le service de surveillance. Angel devrait d'abord cisailler la ligne fixe entre l'alarme et l'agence de sécurité. Le système réagirait en tentant d'envoyer un signal par le réseau des portables, et c'était là que le brouilleur interviendrait.

Angel disparut dans l'obscurité cernant la maison.

— Pour trois gars censés rendre service au FBI, on s'apprête à enfreindre un paquet de lois, fit observer Louis.

Parker ne pouvait en disconvenir. Ils s'engageaient en effet dans une série d'actes illégaux au nom d'une agence fédérale – ou d'un de ses agents, ce qui n'était pas la même chose. Il avait la certitude que Ross laisserait les flics les bouffer tout crus s'ils se faisaient prendre en train de cambrioler le foyer d'un ancien officier de police, ou tout au moins mariner un moment parce qu'ils avaient été assez bêtes pour se faire choper. Parker connaissait les cellules de plus d'États qu'il n'avait envie d'en énumérer. Il ne tenait pas particulièrement à ajouter Rhode Island à sa collection.

L'alarme se déclencha chez Eklund, et bien que ce fût prévu au programme le bruit leur parut atrocement assourdissant. Parker se mit à compter les secondes. Elle sonnait encore au bout de cinq secondes, de dix…

— Merde, grogna Louis. Angel a peut-être envie de se faire arrêter…

Quinze secondes s'étaient écoulées quand la sirène se tut. Une lumière s'alluma dans un pavillon de la rue, il y eut du mouvement derrière une fenêtre. Ils attendirent. Parker savait qu'Angel ne serait plus dans la maison, qu'il serait caché quelque part à proximité, au cas où quelqu'un préviendrait la police. Ils patientèrent encore vingt minutes, pour plus de sûreté, mais aucun véhicule de patrouille de la police de Providence, aucun véhicule d'une agence de sécurité n'apparut.

Une torche électrique s'alluma brièvement dans les buissons à droite de la maison, là où Angel avait disparu.

— À moi de jouer, dit Parker. Tu ne pourras plus nous joindre une fois qu'on sera à l'intérieur.

Brouiller le réseau des portables leur avait permis de pénétrer chez Eklund mais avait du même coup rendu leurs téléphones inutilisables, ce qui signifiait que Louis ne pourrait pas les alerter si quelqu'un approchait. Donner un coup de klaxon reviendrait pour Louis à se passer lui-même les menottes avant de s'allonger à plat ventre sur le trottoir pour éviter aux flics de se fatiguer. Une solution moins mauvaise consistait à déclencher l'alarme de la voiture, et c'était celle sur laquelle ils étaient tombés d'accord. Dans son élégant manteau gris à col de velours sur une veste en soie noire italienne et un pull à col roulé, Louis avait l'air assez respectable pour échapper à un PV pour CEN – conduite en état de négritude –, dans l'éventualité où il attirerait l'attention de la police, et il était assez proche des bars et restaurants pour qu'il soit plausible qu'il ait choisi de se garer dans une rue résidentielle. S'il devait bouger, il les attendrait dans South Main.

Parker descendit de la Lexus de Louis, en tapota le toit en guise d'au revoir.

— Alors je reste ici avec la voiture, bwana, dit Louis. Si vous voyez Miss Daisy, saluez-la bien de la part du vieux Louis.

— Si on se fait gauler, essaie de convaincre les flics que tu es notre avocat.

— Si vous vous faites gauler, je serai dans le Massachusetts avant qu'ils vous aient filé de la monnaie pour donner un coup de téléphone.

Parker traversa le jardin de devant et se dirigea vers l'arrière de la maison, où Angel avait ouvert la porte donnant accès à la cuisine.

— On est entre nous, assura celui-ci.

D'amères expériences lui avaient appris que ce n'est pas parce que toutes les lumières sont éteintes, les portes et les fenêtres bien fermées, le système d'alarme branché, qu'il n'y a personne dans une maison. Il avait pris la peine d'inspecter rapidement chacune des pièces.

— Par contre, la porte du sous-sol est verrouillée.

Cette porte se trouvait à droite dans la cuisine, et Parker demanda à Angel de l'ouvrir pendant qu'il jetait un coup d'œil dans le réfrigérateur. Si Eklund avait prévu de s'absenter un bon bout de temps, il n'aurait pas laissé grand-chose dans le frigo. Parker découvrit de la viande froide, du lait, de la crème, des filets de blanc de poulet dans une marinade thaïe, autant d'articles dont l'expiration de la date limite de consommation était imminente ou déjà dépassée. Il y avait aussi des fruits dans une coupe près de l'évier, et, dans un panier, un pain au levain soigneusement emballé. La poubelle, qui n'avait pas été vidée, commençait à sentir. Quel que fût l'endroit où Eklund s'était rendu, il n'avait pas eu l'intention d'y rester longtemps.

Parker tira d'une de ses poches une lampe électrique, régla son faisceau au minimum, à savoir un cercle pas plus grand qu'un cœur de cible. Il restait prudent, même si Angel avait baissé les stores des fenêtres dans toutes les pièces. Un rayon lumineux qui se balade dans une maison obscure est le plus sûr moyen d'attirer l'attention.

Le bungalow sentait le renfermé. Il était relativement propre, avec toutefois cet aspect un peu négligé que Parker associait à un certain type d'hommes seuls. Les éléments de cuisine contenaient des ingrédients exotiques, ce qui suggérait qu'Eklund aimait cuisiner, mais par ailleurs les autres pièces étaient exactement conformes à ce à quoi Parker s'attendait étant donné ce qu'il savait du détective privé. Dans le séjour, diverses coupes et citations étaient exposées dans une vitrine, les unes datant des années de lycée d'Eklund, les autres du temps où il faisait partie de la police de l'État du New Hampshire ou de celle de Providence. Il y avait aussi quantité de photos, dont les sujets, à l'exception de l'ancienne épouse, étaient exclusivement masculins : flics, copains d'équipes de sport, joueurs locaux connus en compagnie d'Eklund. Un maillot de hockey des Bruins de Providence signé et encadré pendait à un mur derrière un vieux canapé ; un téléviseur à écran plat était fixé au-dessus de la cheminée bourrée de bûches. D'autres rondins attendaient leur tour dans un seau rouge. Une bibliothèque avait accueilli un mélange d'ouvrages de fiction et non romanesques, notamment toute une étagère sur J. F. Kennedy. Les Blu-ray alignés près du poste de télé mêlaient films d'action, émissions de HBO, comédies et documentaires sportifs.

— Tu l'as ouverte, cette porte ? cria-t-il à Angel.

— Patience. La première serrure était facile, mais là, y en a une à pêne dormant et double cylindre plutôt balèse, et la porte est en acier. Si j'essaie de les péter, on entendra le raffut jusqu'en Floride...

Parker poursuivit sa fouille. La maison comptait trois chambres, dont une avec un lit d'une personne et des placards remplis de vêtements d'homme recouverts de plastique pour les protéger des mites. Parker tapota le couvre-lit et de la poussière s'éleva. Personne n'avait dormi là depuis longtemps. Une seconde pièce, plus petite, fit naître chez Parker dès qu'il y pénétra une légère sensation de claustrophobie à cause du plafond mansardé, de l'espace restreint et d'une fenêtre qui rappelait désagréablement une porte de four. On y avait installé des équipements de gym, notamment un vélo d'appartement et des haltères de poids léger à moyen. Elle avait sa propre salle de bains, exiguë, où l'on avait jeté des vêtements dans un sac à linge suspendu à un cadre en bois. Parker ouvrit l'armoire à pharmacie, découvrit divers médicaments, notamment de la metformine pour traiter le diabète de type 2, et une ordonnance prescrivant un anti-inflammatoire non stéroïdien, probablement pour soulager des douleurs arthritiques. Une boîte ouverte de douze préservatifs occupait la tablette supérieure. Trois avaient été utilisés. Parker vérifia la date d'expiration de la boîte. Soit Eklund avait abandonné les rapports protégés, soit il traversait une longue période sans, côté rencontres.

Il continua à fouiner sans trouver quoi que ce soit d'intéressant, hormis un petit coffre à armes à feu dans l'un des placards. Ce coffre était ouvert et vide. Quelle qu'ait été la destination d'Eklund, il y était allé armé.

Il entendit du bruit dans l'escalier puis la voix d'Angel :

— Ça y est, c'est fait !

La porte du sous-sol était entrouverte. La torche de Parker révéla un escalier en bois, et un interrupteur électrique sur la gauche. Comme le sous-sol était dépourvu de fenêtres, ils ne risquaient pas d'alerter un voisin en donnant de la lumière. Parker abaissa l'interrupteur, des tubes fluorescents s'allumèrent et les deux hommes descendirent, l'un derrière l'autre.

Ils s'arrêtèrent au pied des marches et parcoururent des yeux les murs qui les entouraient.

— Qui l'eût cru ? fit Angel. Ce gus est encore plus zarbi que toi.

24

Donn Routh arriva à Providence après avoir été retardé à l'entrée de Fox Point par un accident de la circulation puis par son manque de familiarité avec les rues de la ville. Il n'avait pas plus de GPS que de smartphone. Son téléphone portable était un vieux Nokia à coque en plastique si souvent réparé qu'il n'y avait plus que l'étui dont il pouvait garantir qu'il était d'origine. Il l'aimait bien parce qu'on pouvait facilement enlever la batterie, ce qui le rendait quasiment impossible à localiser si on l'utilisait prudemment. Pour Routh, ce n'était guère plus qu'un répondeur mobile sur lequel les Frères pouvaient lui laisser des messages, toujours formulés dans les termes les plus neutres. Il leur répondait toujours d'une cabine publique ou avec une carte téléphonique.

Le simple fait d'être à Fox Point le mettait mal à l'aise : il était différent de tous ces gens et le serait toujours. Il se sentait différent d'eux en vertu de sa propre nature étrange ; il avait l'impression que ces jeunes privilégiés détectaient immédiatement son altérité, que, s'il jetait un coup d'œil dans son rétroviseur, il ne verrait que des visages le fixant, le suivant des yeux pour s'assurer qu'il passait son chemin et ne cherchait pas à s'infiltrer dans leurs rangs.

Il tourna dans Arnold Street, plissa les yeux pour lire les numéros des maisons sur sa droite. Il avait dans une de ses poches les clés d'Eklund, il avait mémorisé le code de son système d'alarme – aucune inquiétude à avoir sur la façon dont il pénétrerait dans la maison. Il connaissait aussi les noms des voisins d'Eklund, l'état de leurs relations avec le détective. Il savait qu'Eklund ne s'entendait pas avec celui de droite : une histoire d'arbre, dont les branches s'étendaient au-dessus de son jardin. Pour cette raison, les deux hommes n'avaient pas échangé un mot aimable en sept ans, soit peu après que le voisin, un jeune restaurateur, avait acheté sa propriété. Les rapports avec le couple de gauche étaient meilleurs, même s'ils effectuaient de longues journées de travail en dehors de la ville et rentraient rarement avant dix-neuf ou vingt heures. Quant aux autres, Eklund les saluait lorsqu'il les croisait mais n'était proche d'aucun d'eux. Il était donc peu probable que quiconque ait remarqué son absence ou, si quelqu'un l'avait fait, qu'il s'en soit inquiété.

Routh se gara à proximité de la maison d'Eklund, arrêta son moteur. Il était armé d'un Heckler & Koch USP 9 et du long poignard dont il s'était servi pour May et Alex MacKinnon – la même arme, curieusement, qu'il avait utilisée pour Mike MacKinnon, un meurtre qui avait causé tous ces problèmes aux Frères à l'origine. Routh possédait légalement plusieurs armes à feu et s'en était procuré quelques autres qu'il pourrait jeter après usage, mais il n'en portait une que s'il était certain d'avoir à s'en servir. Sinon, du fait de l'attention que la vue d'une arme pouvait générer, il valait mieux ne pas prendre le risque d'en avoir une sur lui, même légalement autorisée.

Pour l'affaire Eklund, il avait cependant estimé nécessaire d'être armé. S'il se faisait pincer dans la maison du type, il aurait un problème, avec ou sans arme. Armé, il pourrait toujours tenter de s'échapper. La grosse boîte à outils qu'il gardait dans son coffre contenait toutes sortes de pièces, y compris des morceaux de tuyau parmi lesquels se dissimulait un silencieux Osprey, interdit dans l'État de Rhode Island. Routh était au courant de cette interdiction, mais il ne se faisait pas de souci pour ça. Pour tout autre qu'un expert, l'Osprey ressemblait à s'y méprendre aux bouts de tuyau au milieu desquels il se trouvait.

Son boulot était simple : faire disparaître de chez Eklund toute trace des enquêtes qu'il avait menées sur les Frères. L'ordinateur portable du détective était déjà en leur possession, puisqu'il avait eu la bonne idée de l'emporter. Au bout d'un certain temps, il y aurait une enquête sur la disparition d'Eklund, et l'absence de son ordinateur ainsi que la purge de ses dossiers seraient remarquées. Son domicile serait considéré comme une scène de crime potentielle. À tout le moins, le métier exercé par le Cousin ne lui laissait aucune illusion sur la capacité des êtres humains à contaminer, volontairement ou par inadvertance, les endroits où ils évoluaient. Avec cette idée en tête, il avait emporté deux combinaisons jetables prises à la blanchisserie et des surchaussures pour ne pas être obligé d'enlever ses souliers. Il était également muni d'une paire de gants de protection Hatch et d'un masque en plastique filtrant les poussières. Le tout dans un sac à dos noir reposant dans le coffre de sa voiture. Si, par hasard, il était arrêté par la police, son métier lui fournirait une justification parfaite pour expliquer la présence de ce matériel. Deux grands sacs extensibles serviraient à contenir tout ce qu'il déciderait d'emporter en quittant la maison.

Il s'apprêtait à ouvrir sa portière quand il vit la fille morte debout sur la chaussée.

25

Louis n'aimait pas faire le guet. Il se retrouvait dans la peau du crétin de la bande, celui qui ne participait pas à l'action, s'ennuyait à cent sous de l'heure et prenait aussi cher que les autres si le coup foirait. S'il comprenait la nécessité pour lui de jouer ce rôle, ça ne l'amusait pas du tout.

Il ne faisait pas non plus confiance à Edgar Ross. Louis, du fait de ses activités passées et de ses occupations présentes, n'avait aucune envie d'être associé au FBI ou à toute autre branche des forces de l'ordre, mais sa loyauté envers Parker l'avait attiré dans l'orbite de Ross. S'il s'efforçait de voir le côté positif de l'accord conclu, il lui fallait pour ça faire abstraction de quantité d'éléments négatifs. Côté positif, le FBI, quels que soient ses soupçons, n'entreprendrait rien contre lui dans un proche avenir – Ross y avait veillé –, mais, par voie de conséquence, Louis avait été amené à confirmer, pour le Bureau, une partie de ses talents et de ses penchants, faisant de lui-même et d'Angel des créatures de Ross, tout comme Parker. Bien que Ross leur eût assuré qu'il se tiendrait à distance des recherches pour retrouver Eklund, Louis ne parvenait pas à chasser la pénible impression d'être observé. Dans quel but ? Il n'aurait su le dire. Il demeurait persuadé que, quelque part dans le mystère de la disparition d'Eklund, se cachait un piège.

Il se gratta la joue gauche, où il sentait comme un picotement, se tourna vers la maison d'Eklund et entrevit un voile de brume suspendu dans l'air de la nuit de l'autre côté de la vitre de la voiture. Il souffla un cumulus blanchâtre dans l'habitacle froid. En règle générale, il n'aimait pas avoir chaud en voiture ; la chaleur et l'assoupissement qu'elle provoquait pouvaient être mortels lorsqu'on faisait le guet. La vapeur de son haleine disparut dans la Lexus, mais le voile de brume persista au-dehors. Curieusement, Louis ne le voyait vraiment que lorsqu'il ne le regardait pas directement.

Et puis son attention fut détournée de ce fait étrange quand un véhicule de police apparut.

26

Âgée de seize ou dix-sept ans, la fille était vêtue d'une veste courte en tweed gris sur une robe noire. Ses cheveux, plus blond foncé que roux, pendaient librement sur ses épaules. De son pied droit, elle tapotait la chaussée sur un rythme lent, comme quelqu'un qui n'est pas encore impatient mais le devient peu à peu. Routh ne la connaissait pas, mais il sut ce qu'elle était avant même d'avoir remarqué la couleur laiteuse de ses yeux, qui brillaient presque dans l'obscurité. Elle se tenait près d'une Lexus dernier modèle et dévisageait son chauffeur à travers la vitre.

Routh resta dans sa voiture. Il inspecta à nouveau la maison d'Eklund, remarqua que les stores étaient baissés à toutes les fenêtres. Il ne se rappelait pas si Eklund avait mentionné ce fait. Routh se remémora tout ce qu'on lui avait dit et ce qu'il avait ensuite demandé qu'on lui confirme. Il était bon, pour les détails. C'était pour cette raison qu'il avait gardé son boulot si longtemps, même quand la blanchisserie avait réduit le personnel quelques années plus tôt, se débarrassant d'employés à tous les niveaux comme d'écailles d'une vieille peau.

Il avisa alors la voiture de patrouille de la police de Providence. Elle roulait lentement, tous feux éteints. En passant devant la Lexus garée de l'autre côté de la rue, le flic au volant tourna la tête et, un instant, Routh se demanda si le policier avait vu la fille. Non, se dit-il, il était plus probable qu'il avait juste jeté un coup d'œil à l'homme ou à la femme assis dans la Lexus.

La voiture de police ne s'arrêta pas, elle continua à descendre la rue, tourna à droite avant d'arriver au pâté de maisons où Routh était garé. Il attendit un moment, elle ne réapparut pas, et il reporta son attention sur la Lexus. La fille était restée au même endroit mais maintenant, elle regardait Routh, ce qui confirmait qu'elle savait qu'il l'avait vue et, surtout, qu'il avait remarqué l'objet de son attention. Même après toutes ces années, échanger un regard avec l'un des Frères défunts le glaçait encore.

Routh cligna des yeux, la fille disparut.

Louis reposa le téléphone qu'il avait porté à son oreille quand la voiture de patrouille s'était approchée. La seule chose qui soit pire qu'attirer l'attention d'un flic quand on est assis dans une voiture, c'est attirer l'attention d'un flic quand on est assis dans une voiture et qu'on ne fait *rien*. Les policiers soupçonnent d'instinct toute personne qui semble ne rien faire puisque cela signifie qu'elle fait en réalité quelque chose, et souvent quelque chose qu'elle ne devrait pas faire.

Louis savait que les policiers reviendraient. Dans dix minutes, un quart d'heure au plus tard. Si Louis se trouvait encore là, on lui demanderait ce qu'il fabriquait. La voiture pouvait rester à la même place, mais il valait mieux qu'elle soit inoccupée la prochaine fois que les flics passeraient.

Louis sortit de la Lexus et renifla l'air, décela une faible odeur de brûlé, âcre, comme après un court-circuit. Le picotement sur sa joue avait cessé, le léger voile de brume s'était levé.

Il décida qu'il n'aimait pas Providence.

Plus haut dans la rue, un homme de forte carrure descendit d'une voiture garée depuis peu et prit quelque chose dans le coffre. Louis se mit en marche.

Routh avait extirpé le silencieux de la boîte à outils, l'avait vissé au H & K et s'interrogeait sur la meilleure façon de s'approcher du chauffeur de la Lexus et de l'abattre. Le sac contenant le masque et les combinaisons était resté dans le coffre, mais Routh avait enfilé les gants avant de manipuler l'arme.

Toujours penché au-dessus du coffre ouvert de sa voiture, il vit le grand Noir sortir de la voiture et inspecter les alentours. Routh achetait uniquement ses vêtements dans les grandes surfaces. Il ne possédait qu'un costume, qui lui servait pour les événements officiels et les enterrements. Sans avoir jamais assisté à un mariage, il supposait que ce même complet aurait aussi convenu parfaitement si une telle occasion s'était présentée. Quoique le peu qu'il savait de la mode ne méritât pas qu'on en parle, un simple coup d'œil lui avait suffi pour estimer que les vêtements de l'homme qu'il observait valaient probablement plus que toute sa garde-robe, chaussures comprises. Routh n'avait jamais vu un Noir aussi bien habillé, sauf à la télé.

Il existait plusieurs explications possibles à la présence de cet individu. Primo, il s'agissait d'une simple coïncidence et la raison pour laquelle cet homme se trouvait dans le voisinage de chez Eklund était tout à fait légitime, bien que le laps de temps très court entre le passage du véhicule de police et le moment où il était sorti de sa voiture tendît à prouver le contraire, tout comme la présence de la fille morte. Secundo, il surveillait la maison d'Eklund, peut-être pour voir qui pouvait s'y intéresser aussi. Tertio, il faisait le guet et ses potes étaient déjà à l'intérieur.

L'objet de l'attention de Routh traversa la rue, mais au lieu de pénétrer chez Eklund il longea le trottoir en laissant la maison sur sa droite. Au passage, il jeta à Routh un coup d'œil qui pouvait n'être que fortuit et dans lequel Routh décela cependant une certaine intention. L'homme de main des Frères souleva sa caisse à outils, referma le coffre et s'éloigna de sa voiture sans un regard en arrière pour ne pas éveiller de méfiance. Ce fut seulement quand le Noir eut disparu au coin de la rue qu'il revint sur ses pas. Il démarra, déplaça sa voiture, de sorte qu'au lieu d'être garé du même côté que la maison d'Eklund il pouvait maintenant la regarder d'en face, en partie caché par une poubelle.

Et de ce poste d'observation, il reprit sa surveillance.

27

Sur trois des murs du sous-sol d'Eklund s'alignaient des étagères dont certaines ployaient sous le poids des volumes qu'elles supportaient : livres de poche, classeurs à levier, paquets de feuilles manuscrites ou dactylographiées maintenues ensemble par un ruban, une ficelle ou un élastique. Sèche et bien isolée, la pièce avait l'odeur des vieilles bibliothèques. En son centre, sur un tapis rouge orné de glands, on avait placé un fauteuil noir et un bureau métallique dont le plateau était jonché de piles de papier et de photographies. Au support de la lampe de banquier pouvant fournir un éclairage supplémentaire était accrochée une loupe orientable.

Les rayonnages d'Eklund étaient entièrement dévolus au paranormal. On y trouvait des ouvrages de Hans Holzer, chercheur d'origine autrichienne, et de son prédécesseur, Charles Fort, qui avait donné au monde l'adjectif « fortéen » pour qualifier des phénomènes ne rentrant pas dans le cadre de réalité défini par la science et le sens commun. Eklund s'était aussi procuré les livres d'éminents sceptiques, dont David Marks et Joe Nickell, mais l'essentiel du corpus de sa bibliothèque penchait clairement du côté de ceux qui croyaient au paranormal.

Le mur faisant face au bureau et à l'escalier, dépourvu d'étagères, était en partie recouvert par une carte des États-Unis piquetée d'épingles. De chacune d'elles partait un fil qui franchissait un bord de la carte pour rejoindre une série de notes, une coupure de presse, une photo, parfois même une illustration, le tout se détachant sur la blancheur du mur. Chaque ensemble donnait des détails sur des meurtres et des disparitions remontant jusqu'au dix-neuvième siècle : assassinats, tueries de masse, enlèvements, disparitions inexpliquées... La plus ancienne affaire datait des années 1850, la plus récente tournait autour de la disparition, l'année précédente, d'un nommé Michael MacKinnon, père de famille de Millwood, New Hampshire. Entre les deux, telles les pendeloques d'une chaîne hideuse, des accumulations d'informations sur au moins une cinquantaine d'autres faits divers, dont une minorité se distinguait par la violence infligée aux victimes – brûlures, torture, corps écorchés, mutilations, os brisés – tandis que le reste paraissait avoir été commis avec l'efficacité brutale à laquelle on a recours pour mettre fin aux souffrances d'un animal blessé. La plupart, néanmoins, concernaient des disparitions : des individus qui s'étaient évanouis dans la nature et qu'on n'avait jamais revus.

Les photos illustrant ces dernières montraient de vieilles maisons ou des champs, des portions de rivière ou des étendues de forêt. Plusieurs des paysages étaient marqués d'un point rouge comme pour signaler « ça s'est passé ici », tandis que d'autres étaient reliés par ces fils omniprésents à des reproductions couleur sépia de photos plus anciennes montrant une bourgade, une famille, parfois un seul individu. L'attention de Parker fut attirée par le portrait d'une jolie jeune femme aux cheveux bruns et d'un homme en uniforme de marin. Une épingle bleue et un fil de même couleur les ancraient à la photo d'un étang entouré d'arbres morts et brisés, tels les croix effondrées et les monuments lézardés de quelque cimetière abandonné.

Deux noms étaient écrits en capitales d'imprimerie sur un morceau de carton au-dessus de leurs visages en noir et blanc : *RICHARD FILLER & HEIDI WOLKE*. Ils étaient morts en décembre 1945, peu après que Filler avait été démobilisé. Il avait vingt-quatre ans, elle vingt-deux. Leurs corps attachés à deux arbres dans un bois proche de Burdette, Arkansas, avaient été découverts par un groupe d'étudiants et de chercheurs venus observer les petits hérons bleus et les grandes aigrettes qui avaient commencé à nidifier dans la région. Filler et Wolke étaient nus, quoique, selon l'un des témoins, un professeur de l'université de l'Arkansas cité dans un article du *Blytheville Courier News*, ç'ait été « difficile à dire, tant leurs corps étaient couverts de sang noir ».

Si quelqu'un avait été inculpé de ce crime, Eklund ne l'avait pas consigné, mais un coup d'œil aux étagères révéla l'existence d'un épais dossier sur l'affaire. Il en allait de même pour toutes les autres : les informations murales, les épingles sur la carte faisaient office d'aide-mémoire, l'essentiel de chaque atrocité étant relaté dans les dossiers soigneusement constitués rangés sur les étagères.

LA FAMILLE HUYGENS, MASSACRÉE EN AVRIL 1962 À GRINNELL, IOWA. TOUS ENCHAÎNÉS ET BRÛLÉS VIFS. Le dossier correspondant avait bien trois centimètres d'épaisseur.

ALICIA MUNY, ENLEVÉE CHEZ ELLE À FARMVILLE, VIRGINIA, EN JUIN 1969. RESTES RETROUVÉS À L'ENTRÉE D'EMPORIA, VIRGINIE, EN NOVEMBRE 1969, TOUS LES OS DES BRAS ET DES JAMBES BRISÉS. Un dossier moins volumineux, contenant toutefois la photocopie d'une lettre manuscrite de la mère à un inspecteur des services du shérif du comté Prince Edward, dans laquelle elle niait que sa fille ait été une prostituée.

ROBERT DAMIANI, ASSASSINÉ EN FÉVRIER 1975 À CROSS CITY, FLORIDE. CAUSE DE LA MORT : STRANGULATION. Un dossier d'à peine quelques pages, dont la photocopie d'un rapport interne du FBI selon lequel Damiani aurait pu être exécuté à cause des liens de son frère aîné Jeffrey avec la famille mafieuse Colombo de New York.

Ces atrocités n'étaient pourtant pas l'aspect le plus étrange des enquêtes d'Eklund, car aux documents factuels rassemblés – articles de journaux, rapports de médecins légistes, descriptions de scènes de crime – s'ajoutait chaque fois un dossier séparé portant sur des phénomènes de hantise : témoignages de voyants, de télépathes et de médiums ; lettres – copies ou originaux – d'individus ordinaires faisant le récit d'expériences qui étaient loin de l'être et pour lesquelles ils ne trouvaient aucune explication rationnelle ; photocopies d'extraits de livres et de journaux intimes ; jusqu'à des articles découpés dans des publications auprès desquelles les journaux people auraient paru austères. Parker parcourut rapidement trois de ces dossiers et ce bref coup de sonde révéla à lui seul des similarités. Deux d'entre eux contenaient des illustrations, de la main de deux dessinateurs différents, représentant clairement un même vieil homme : la mise, les cheveux, les yeux, le visage aplati – tout concordait.

— C'est qui, Eklund ? demanda Angel. Une sorte de parapsychologue amateur ?

— Plutôt chevronné, on dirait.

— Bon Dieu, Halloween doit être sa raison de vivre.

— Sa raison de vivre, c'est ça, dit Parker en désignant les murs. De combien de temps disposons-nous avant de devoir filer ?

— Avec le brouilleur, tout le temps que tu voudras.

Parker ne tenait pas à rester plus longtemps que nécessaire chez Eklund. S'il ne doutait pas de l'expertise d'Angel, il était inutile de s'attarder dans un lieu où ils avaient pénétré illégalement. Il souhaitait aussi avoir du temps et de l'espace pour étudier tout ce matériau afin de se faire une idée précise de ce qui, dans ces crimes, avait attiré Eklund, et de ce qui l'avait incité à les relier à des enquêtes sur le paranormal. Il se pouvait, naturellement, que la disparition d'Eklund n'eût aucun rapport avec ces dossiers, mais l'obsession manifeste de cet homme paraissait fournir le point de départ le plus prometteur.

— J'ai vu des valises dans la chambre de devant, dit-il à Angel. Descends-les, nous nous en servirons pour emporter les dossiers.

Ce qu'ils s'apprêtaient à faire serait aussi illégal, qu'Eklund fût vivant ou non, et particulièrement s'il lui était arrivé quelque chose. Parker n'avait pas l'impression que cette maison était une scène de crime : il n'avait remarqué aucun des indices généralement associés à une agression ou un enlèvement, mais ce qu'ils allaient emporter pouvait constituer un élément essentiel de leur enquête. Quoi qu'il arrive, il n'avait pas l'intention de laisser Ross leur coller tout ça sur le dos. Si la nécessité s'en faisait sentir, il utiliserait le nom de l'agent du FBI et l'obligerait à s'occuper de tout le bazar que lui, Parker, aurait causé.

Il se rendit dans le bureau d'Eklund. Il n'avait pas vu d'ordinateur dans la maison, ce qui suggérait que l'homme était soit un ennemi du progrès soit, si l'on se fondait sur l'absence similaire de PC dans son cabinet, qu'il utilisait uniquement un portable. Le bureau avait deux tiroirs qui ne renfermaient rien de plus que des stylos et des trombones. Parker feuilleta les documents et les photos recouvrant le plateau, constata que la plupart concernaient la disparition de Michael MacKinnon, le plus récent des mystères auquel Eklund s'était intéressé.

Il découvrit dessous un dossier bleu, que sa couleur distinguait immédiatement puisque tous les autres étaient marron ou verts. Parker l'ouvrit et y trouva une photocopie d'un contrat d'enquête à titre gracieux pour un client du nom d'Oscar Sansom, de Natick, Massachusetts, signé un an plus tôt. Ce nom parut familier à Parker, mais il ne comprit pourquoi qu'après avoir découvert sous le contrat une coupure de presse et la photo d'une femme.

Claudia Sansom avait disparu trois ans plus tôt et la police avait longtemps soupçonné son mari de l'avoir tuée et de s'être débarrassé de son corps, bien que personne n'eût jamais trouvé aucune preuve ni même de mobile. Les parents de Claudia, certains que Sansom ne pouvait être responsable de la mort de leur fille, l'avaient au départ soutenu, mais peu à peu des fractures étaient apparues dans leurs rapports, peut-être en lien avec les graines de doute semées par les policiers. Malgré les soupçons qui lui collaient à la peau, Sansom n'avait jamais quitté l'État, même quand cela lui aurait été facile de le faire, et il avait pris une part active dans plusieurs groupes de soutien aux familles de disparus. Il n'avait jamais cherché à se remarier, jamais non plus – pour autant qu'on pouvait en juger – entamé une autre liaison. Il se contentait d'attendre et d'ignorer les murmures.

En janvier, les restes de Claudia avaient été retrouvés enfouis dans une fosse peu profonde près de Lincoln, New Hampshire, dans la partie ouest des White Mountains. Un chien de chasseur avait déterré un crâne et les tests ADN avaient confirmé l'identité de Claudia. Le mystère du sort de la disparue semblait résolu. Restait à établir comment elle était morte et à appréhender le ou les auteurs de ce crime. Quelques heures après réception des résultats des tests ADN, Oscar Sansom avait été à nouveau interrogé par la police de Natick et par celle de l'État du New Hampshire.

Ce fut alors que tout était devenu carrément bizarre. Claudia Sansom avait disparu à l'âge de trente-six ans et le corps enfoui dans le sol était bien celui d'une femme de trente-neuf ans. C'était celui de Claudia Sansom – aucun doute non plus sur ce point – mais où avait-elle passé les trois années écoulées depuis sa disparition ? Les premières analyses du squelette n'avaient révélé aucune trace de traumatisme ni de fracture, aucune cause évidente de sa mort. La police scientifique continuait à l'examiner pour déterminer la cause de sa mort.

Plusieurs hypothèses furent avancées. Claudia avait peut-être simplement quitté son mari et mené une nouvelle vie avant que les choses tournent mal – parce qu'on ne peut pas prétendre qu'elles ont bien tourné quand on finit enterrée sans sépulture dans un bois. Et si elle avait été enlevée, quel kidnappeur enlève une femme et la garde en vie pendant trois ans sans demander de rançon ?

Oscar Sansom fut autorisé à voir les restes de son épouse. Si plusieurs enquêteurs de la police persistaient à le croire coupable, la plupart de ceux qui avaient une connaissance approfondie du dossier le pensaient maintenant innocent, mais des années de rumeurs et de soupçons l'avaient irrévocablement marqué aux yeux de l'opinion. Après avoir regardé les os de sa femme en silence, Sansom retourna chez lui, dans la maison où il avait vécu avec elle avant sa disparition et où il continuait à vivre depuis. Il ne fit aucune déclaration aux médias. S'il la pleurait encore, il la pleurait en silence et en privé. Or Parker avait maintenant la preuve que Sansom avait engagé Jaycob Eklund deux ans environ après la disparition de Claudia, sans aucune trace du moindre versement d'honoraires.

Lorsque Angel revint avec les valises, Parker était assis dans le fauteuil du bureau et feuilletait le dossier bleu. Eklund était l'un des trois détectives qui avaient enquêté pour Sansom au fil des ans et il n'avait pas eu plus de succès que les deux précédents. Il avait interrogé à nouveau diverses personnes, consulté la police et suivi deux ou trois pistes, menant toutes à une impasse.

Alors que faisait le dossier Sansom sur le bureau ? Il se pouvait qu'Eklund l'ait sorti de ses archives après la découverte des restes de Claudia, peut-être dans l'espoir qu'un détail qui lui avait jusque-là échappé pourrait être utile à la police, et qu'il l'ait ensuite oublié.

C'était néanmoins intéressant.

28

Donn Routh n'était pas un instrument qu'on pouvait manier sans discernement, et ce n'était de toute façon pas la façon dont les Frères opéraient. Dans des temps plus lointains, lorsque la sauvagerie leur était coutumière, il aurait pu en aller autrement – mais plus maintenant. Il leur importait de passer inaperçus, d'être libres d'agir çà et là sans craindre que des rapprochements soient faits. C'était la raison pour laquelle l'entrée en scène d'Eklund les avait perturbés. Depuis combien de temps enquêtait-il, accumulant sur les Frères des détails que les autres avaient ignorés, considérant comme une possibilité – une probabilité, même – ce que la plupart jugeaient absurde ? Des années, vraisemblablement.

Routh nourrissait une sorte d'admiration pour l'opiniâtreté de cet homme. Eklund la payait maintenant, bien sûr. Le détective avait obtenu la confirmation longtemps recherchée et enfin compris la vérité, mais Routh était certain que, rétrospectivement, Eklund le regrettait. Aux yeux de Routh, toutes les questions importantes finissaient par trouver une même réponse implacable : la mort. Eklund aurait été mieux avisé de ne pas la chercher avec une telle obstination. Elle aurait bien fini par le trouver d'elle-même. Il aurait mieux valu ne pas l'appeler, ne pas attirer son attention sur lui. D'aucuns diront que la mort vient toujours à point nommé, que l'heure de son apparition est profondément enfouie en chaque homme dès sa naissance. Routh n'était pas de cet avis parce qu'il était lui-même un instrument de la mort et qu'il se montrait capricieux dans ses approches.

Il consulta sa montre : un quart d'heure s'était écoulé. La voiture de police était passée une seconde fois sans s'arrêter. Peu après, le Noir était revenu à sa Lexus, confirmant ainsi les craintes de Routh. L'inconnu s'était manifestement posté dans un coin sombre d'où il pouvait surveiller à la fois sa voiture et la maison d'Eklund, sachant que le flic repasserait et qu'il valait mieux ne plus être derrière le volant à ce moment-là.

Routh avait sans aucun doute intérêt à le garder en vie afin de découvrir ce qui le liait à Eklund. Il ne parvenait pas à se faire une idée de l'âge de ce type : il pouvait aussi bien avoir quarante ans que soixante. Routh croyait apercevoir des poils gris autour de sa bouche. Il marchait sur la pointe des pieds, avec une souplesse et une grâce dans ses mouvements laissant penser qu'il réagirait très vite à toute menace potentielle. Il était presque aussi grand que Routh mais moins solidement bâti. Dans un échange de coups de poing, force brute contre force brute, Routh aurait le dessus. Il doutait cependant de pouvoir s'approcher suffisamment pour porter un coup décisif avant que l'adversaire ne riposte. L'homme ne semblait pas non plus du genre à réagir mollement à une menace. Il avait probablement eu sa part de flingues braqués sur lui, et il était toujours debout.

Toutefois, Routh ne savait pas encore s'il y avait quelqu'un d'autre chez Eklund. Pour le découvrir, il devrait d'abord affronter l'inconnu. Une fois cette menace neutralisée, il s'occuperait d'éventuels intrus avant de vider la maison de tout indice concernant la nature des investigations du détective.

Dans l'idéal, Routh aurait fait le tour du pâté de maisons dans sa voiture avant de l'arrêter le long de la Lexus, côté conducteur contre côté conducteur, de border pour ainsi dire la cible et de vider son chargeur à travers la vitre, mais cette méthode ne convenait que si elle était suivie d'une fuite rapide, or Routh comptait rester encore un moment dans le secteur. Il devait donc approcher à pied, et ce serait mieux encore s'il persuadait le Noir de baisser sa vitre avant de le flinguer. Du verre cassé sur le trottoir pouvait alerter un passant et le pousser à regarder à l'intérieur du véhicule, et il voulait avoir du temps pour remplir sa tâche dans la maison d'Eklund.

Il sortit de sa voiture, ne la verrouilla pas. Quoi qu'il pût arriver dans les minutes à venir, il devrait pouvoir repartir très vite et il fallait que rien ne le retarde. Même prolongé par le silencieux, son H & K se logeait aisément dans la poche profonde de son blouson.

Au moment où il posait le pied sur le trottoir, il vit une forme se diriger vers lui. Une silhouette masculine fumant une cigarette. L'homme avait la tête baissée et paraissait plongé dans ses pensées. Ses chaussures ne devaient pas être adaptées au temps parce qu'il marchait comme s'il avait peur de tomber. Routh ne s'affola pas. Il fallait simplement attendre que le passant se soit éloigné et ne puisse plus le voir. Il se tourna de nouveau vers sa voiture, ouvrit la portière côté passager, se pencha comme s'il avait oublié quelque chose dans la boîte à gants. Il entendit des pas se rapprocher puis un bruit de glissade. Une voix poussa un juron. Routh sortit la tête de l'habitacle et un objet blanc refléta le clair de lune, telle l'aile d'un oiseau fendant l'obscurité. Il sentit une pression sur son cou, suivie d'une pointe de douleur qui s'étendit de gauche à droite et se transforma en une brûlure humide sur sa peau. Une grande gerbe rouge jaillit dans l'air et il vacilla en arrière, les mains tentant de s'agripper à la carrosserie. Un flot de sang lui envahit la gorge lorsqu'il lâcha prise et il tomba assis par terre, la tête renversée, touchant presque le siège du passager. Le plafonnier s'était allumé, un bras se tendit, une main gantée l'éteignit.

Un visage le toisait. Il avait la peau jaunie, prématurément vieillie, d'un fumeur invétéré, sous des cheveux noirs qui pendaient en boucles graisseuses sur le col d'une chemise sale. L'homme tenait dans une main une lame incurvée comme une serre de rapace. Il puait la nicotine. Même dans les dernières secondes de sa vie, Routh, de nature tatillonne, trouva cette odeur répugnante.

— Yingtai, dit le nouveau venu. Tu te souviens d'elle ?

Il y avait maintenant d'autres silhouettes derrière lui, des hommes et des femmes à la peau grise dont les yeux faisaient comme des trous sur cette pâleur. La vision de Routh se troubla. Des mains se tendirent vers lui, il sentit des doigts dans sa bouche.

Et là, tandis qu'il mourait, il comprit enfin pourquoi les Frères avaient tellement peur de l'au-delà.

29

Les Buckner – Kirk et Sally – étaient arrivés à Turning Leaf, Virginie-Occidentale, en 2009, alors que l'Église baptiste primitive de la petite ville connaissait de grandes difficultés. Comme l'un des fidèles l'avait commenté à l'époque avec un rire amer, « notre coquille dure a craqué[1] ». Leur diacre, Elder Danny, avait quitté son épouse pour la femme de Thomas Hooven, une liaison adultérine qui n'avait été révélée au grand jour que lors du lavage rituel des pieds, quand Thomas avait renversé l'eau du bassin sur la tête d'Elder pour lui en asséner ensuite de furieux coups devant le reste des fidèles.

Les primitifs souffraient déjà d'une hémorragie de fidèles, la plupart rejoignant les baptistes missionnaires du Radieux Paradis, de l'autre côté de la ville, en partie à cause de l'impopularité d'Elder Danny chez un grand nombre de ses ouailles, à l'exception notoire d'Elisabeth Hooven, et cette liaison, enfin connue de tous, menaçait gravement son maintien dans ses fonctions. Elder Danny avait fait une dernière tentative pour se maintenir avec un sermon décousu invoquant la doctrine de l'expiation limitée d'une manière qu'on pouvait qualifier d'innovante et empruntant un raisonnement d'une logique pour le moins originale : Jésus est mort pour sauver ses élus, qui ne

1. Les primitifs sont aussi appelés « baptistes à la coquille dure ».

pourront jamais se perdre ; Elder Danny faisait partie de ces élus et ne pouvait se perdre ; sa liaison avec la femme d'un autre ne pouvait affecter son statut ni le rendre moins apte à accomplir ses devoirs de diacre. Pour finir, il avait affirmé qu'il n'avait de toute façon pas eu de rapports charnels avec cette femme, et avait donc enduré la culpabilité sans le plaisir. Elisabeth Hooven n'avait pas assisté à cet ultime acte de trahison. Des hommes de la communauté avaient plus tard murmuré qu'elle leur avait toujours fait l'impression d'une femme froide et qu'ils n'étaient pas surpris de la diatribe du diacre.

Rien de tout cela n'avait suffi à sauver Elder Danny, qui était parti vivre à Hoboken et qui, aux dernières nouvelles, travaillait dans un magasin de vins et spiritueux. Sa destitution avait provoqué une scission parmi les fidèles, entre ceux qui croyaient que le cocufié, en usant du bassin comme d'une arme, avait montré la même ferveur enflammée que le Christ Lui-même quand Il avait chassé les marchands du Temple, et que Thomas Hooven faisait donc un candidat tout désigné au poste de diacre, et ceux qui pensaient qu'avoir été cocufié par Elder Danny prouvait suffisamment que Hooven n'était qu'un crétin et qu'ils seraient de plus grands crétins encore s'ils le récompensaient pour son incapacité à tenir sa femme.

Ce fut le nouvel arrivant, Kirk Buckner, calme et discret, qui avait joué le rôle de médiateur dans le débat, avec son épouse à ses côtés pour prodiguer des conseils et inciter en coulisse les femmes de la communauté à forcer leurs conjoints à entendre raison. Alors qu'une très forte majorité de fidèles estimait que Kirk ferait un diacre idéal, il avait décliné cet honneur et dirigé leur attention sur Perry Garris, un homme si modeste, si peu ostentatoire dans sa dévotion, que personne n'avait pensé à lui pour le poste. C'était seulement derrière des portes closes et dans la sécurité de certains foyers qu'on avait pu entendre des murmures de mécontentement quand les plus lucides des primitifs avaient remarqué qu'en peu de temps les Buckner avaient acquis une forte influence et trouvé, en la personne de Perry Garris, un homme qu'ils pouvaient facilement manipuler – mais à quelle fin ? Nul n'aurait su le dire.

Il fallait néanmoins admettre qu'en dehors de leurs engagements dans l'Église, les Buckner, sans être des reclus, ne recherchaient pas la compagnie des autres et ne montraient aucun signe de vanité ni d'ambition. Ils avaient un comportement modeste et ils étaient généralement appréciés, voire admirés. Certes, ils auraient pu se montrer un peu plus sociables, mais la plupart des habitants de la bourgade – les primitifs et les autres – se contentaient de laisser les gens vivre à leur guise tant qu'ils n'incitaient pas leurs concitoyens à mal faire.

Les Buckner étaient à présent bien établis à Turning Leaf et rares étaient ceux qui rappelaient encore qu'aucune pierre tombale du cimetière local ne portait leur nom, ou qui prenaient mal que les Buckner continuent à protéger jalousement leur vie privée et ne permettent à personne de franchir le seuil de leur maison. C'était Thomas Hooven, étonnamment, qui parlait le plus haut parmi les critiques quand il s'agissait des Buckner. Il avait divorcé de sa première femme et s'était remarié après que des esprits plus théologiques que le sien lui avaient assuré qu'il était en terrain biblique solide quant aux raisons de la séparation, que le remariage du conjoint innocent n'était jamais qualifié d'adultère, de bigamie ou de polygamie dans les Saintes Écritures. Il avait lui aussi quitté les primitifs pour les baptistes missionnaires, et le recul ainsi pris lui permettait sans doute de considérer les Buckner d'un œil froid.

« C'est vraiment fort, disait-il à sa nouvelle épouse chaque fois qu'ils passaient en voiture devant la maison des Buckner, de se faire aimer de tous alors qu'on ne montre soi-même aucun signe d'amour pour qui que ce soit en retour… »

Sa femme lui répondait de se taire, ce qu'il faisait tout en regardant la maison s'éloigner dans son rétroviseur, et il se demandait pourquoi il sentait chaque fois ce picotement dans sa nuque.

Kirk Buckner entendit le bruit de verre brisé dans la cuisine alors qu'il était à l'étage, occupé à remettre en place une porte de placard. Il poussa un juron qui aurait choqué jusqu'au plus laxiste des primitifs : il avait vissé en partie le gond supérieur, mais il pensait que cela ne suffirait pas pour soutenir le poids du chêne. Il glissa donc avec précaution une cale en bois sous la porte pour la maintenir avant de la lâcher, puis alla appeler Sally du haut de l'escalier pour savoir si tout allait bien. N'obtenant pas de réponse, il commença à s'inquiéter, descendit les marches deux par deux et entra dans la cuisine pour découvrir le sol jonché de morceaux de verre et de lasagnes végétariennes pas encore cuites. Sally se tenait raide devant le désastre, les bras le long du corps, les poings serrés. Elle tremblait de tout son corps.

Kirk ne pouvait pas voir ce qu'elle regardait, mais il pouvait presque le deviner, en sentir l'odeur. La cuisine était sensiblement plus froide à sa droite qu'à sa gauche et il y flottait une faible trace d'humidité végétale et de brûlé, comme un feu dans un marais. C'était toujours de cette façon qu'il savait que l'un d'*eux* était présent. À la différence de sa femme, il n'avait pas le don de voir les disparus. Il se transmettait généralement de mères en filles, pas aux fils. Les hommes entrevoyaient parfois les défunts, mais uniquement dans des circonstances exceptionnelles, le plus souvent sur leur lit de mort – à l'exception notable du Cousin, Donn Routh, mais Kirk préférait ne pas penser à lui.

— Qu'est-ce qu'il y a ? la pressa-t-il.

Sally fondit en larmes, ce qui était en soi sidérant. Il ne l'avait jamais vue pleurer.

— Il… il est mort, balbutia-t-elle. Le Cousin est mort.

30

Parker et Angel avaient finalement rempli trois valises avec les dossiers d'Eklund, y compris celui d'Oscar et Claudia Sansom. Parker avait ensuite photographié la carte murale et les informations qui l'entouraient. Il n'avait pas voulu courir le risque de tout décoller et de détruire l'ensemble. Il ferait de son mieux pour le recréer à partir des photos, une fois de retour dans le Maine.

Cela fait, les deux hommes éteignirent les lumières et quittèrent le sous-sol. Ils ne purent pas refermer la porte au verrou, puisqu'ils avaient dû le forcer. Angel mit le brouilleur en veilleuse – l'appareil était en surchauffe après une utilisation aussi longue, il aurait pu mettre le feu à la maison – mais il le laissa branché et le dissimula derrière une étagère. Il cesserait totalement de fonctionner au bout d'une heure et l'alarme se déclencherait de nouveau. Ils seraient loin alors, et de l'extérieur on ne verrait aucun signe d'intrusion. Avec un peu de chance, l'alerte serait mise sur le compte d'un déclenchement intempestif. Louis démarra dès qu'il les vit émerger de la neige qui s'était mise à tomber et, quelques instants plus tard, ils sortaient de Fox Point.

Mais leur départ n'était pas passé inaperçu.

On dit qu'un faucon habitué aux appâts n'a aucune affection pour le fauconnier. Leur relation repose, à parts égales, sur la confiance et la nourriture. Les oiseaux de proie sont essentiellement paresseux : chasser exige une grosse dépense d'énergie, ce qui contraint l'oiseau à être précis dans son coup mortel. Sinon, il gaspille de précieuses ressources et s'affaiblit. L'affaiblissement engendre des erreurs, qui conduisent à leur tour à une fragilité plus grande, la conséquence ultime étant la mort du prédateur.

L'homme responsable de celle de Donn Routh était connu sous le nom du Collectionneur, et c'était lui qui avait observé le départ de Parker et des autres. Il avait garé la voiture de Routh sur un parking proche, le corps enfermé dans le coffre. Pour finir, le Collectionneur irait voir Parker pour l'informer de ce qu'il avait fait.

Enfin, peut-être.

Le Collectionneur était lui aussi un prédateur et ne disposait que de ressources limitées dans lesquelles puiser. Ses missions autrefois solitaires pour repérer, isoler et exécuter ses cibles lui prenaient beaucoup de temps ; elles étaient dangereuses et pas toujours couronnées de succès. Et donc, à contrecœur au début, il s'était laissé entraîner dans l'orbite de Charlie Parker. La véritable nature du détective privé lui demeurait peut-être cachée – tout comme sa propre nature, d'ailleurs, afin de le protéger de l'entité qui l'habitait – mais il avait compris que Parker était à la fois le chasseur et l'appât, déterminé à pourchasser des hommes dépravés tandis que d'autres qui l'étaient tout autant étaient inexorablement attirés vers lui.

Le Collectionneur s'était toutefois mépris sur Parker. Il avait d'abord présumé que le détective avait son rôle à jouer dans le Grand Dénouement et qu'il était, sans le savoir, un instrument du Divin. (Le Collectionneur pensait parfois, avec ce qui ressemblait à de l'amusement, qu'il fallait absolument qu'il ait avec cet homme une conversation sur la réalité de Dieu. Parker n'avait aucune idée de la vérité, aucune.) Mais il était lentement apparu au Collectionneur que Parker était plus qu'un pion sur l'échiquier, bien que son rang dans la hiérarchie des pièces restât à déterminer. Parker n'était pas mort une fois mais *trois*, après la fusillade chez lui, et, chaque fois, les médecins l'avaient ramené à la vie. Cela aurait déjà été remarquable chez un homme ordinaire, mais, compte tenu de ce qu'il avait enduré durant son existence, sa survie relevait du miraculeux. Le Collectionneur avait commencé à croire que Parker n'avait peut-être pas tant été maintenu en vie par les médecins que ramené dans ce monde par une intervention d'une tout autre nature.

L'homme revenu sur terre n'était pas le même que celui qui était tombé sous une volée de plombs de chasse et de balles. Il avait vu ce qui s'étendait au-delà et il *s'en souvenait*. Il parlait du réveil de dieux anciens, et le Collectionneur savait qu'il disait vrai. Lui aussi l'avait senti, et les Hommes creux également. Les Hommes creux, restes sans âme des morts, suivaient le Collectionneur comme des oiseaux de proie dressés suivent le fauconnier. Il les nourrissait des carcasses de ceux qu'il excisait de la chair de ce monde et leur permettait de les absorber en leur sein. Leur dépendance à son égard était presque aussi grande que leur haine.

Parker avait fini par arriver au Collectionneur en le traquant jusqu'à son dernier refuge, et là il avait confirmé ce que le Collectionneur avait commencé à craindre : il avait cru pouvoir se servir de Parker, mais il avait été pris au piège, c'était lui qui se retrouvait en laisse. Pis, il se rendait compte qu'il était presque satisfait de son rôle – ou, plus exactement, qu'il s'y résignait. S'il conservait une certaine liberté de mouvement, il était toujours le chien de Parker, et le chien suit instinctivement le maître, il retourne toujours à lui tant qu'il est nourri.

Parker n'avait cependant pas nourri le Collectionneur autant que celui-ci l'aurait souhaité – il ne l'avait en fait pas nourri du tout – et il était revenu à ses méthodes de solitaire. Cela l'avait finalement mené à Donn Routh, un malfaiteur de peu d'envergure selon les critères du Collectionneur, méritant néanmoins quelque intérêt, en particulier à cause des difficultés que le Collectionneur avait rencontrées pour le repérer et le traquer. C'était comme si Routh se cachait dans une brume et n'était visible que par endroits, là où cette brume s'éclaircissait.

C'était la raison pour laquelle le Collectionneur ne s'en était pas pris à Routh sur la route. Il avait envie de voir ce qui avait attiré cet homme hors de la sécurité de sa tanière au Kentucky, et de découvrir peut-être ce qui lui permettait de se cacher de cette façon. Finalement, comme pour confirmer l'existence de la laisse et d'une main invisible qui le guidait, la chasse s'était terminée à portée de voix de Charlie Parker.

En se rapprochant de Routh, le Collectionneur avait compris que cet homme était plus dangereux, et plus intéressant, qu'il ne l'avait imaginé. Sa nature de tueur sautait aux yeux, mais son étrangeté aussi. Le Collectionneur avait cru pourchasser un simple dégénéré soupçonné d'avoir enlevé et tué une jeune Chinoise – il savait que c'était vrai, il en avait eu la preuve grâce aux réactions des Hommes creux tournant autour de lui –, mais il était apparu que Routh était bien plus que cela. L'air ondulait autour de lui comme sous l'effet d'une source de chaleur invisible, et les Hommes creux s'étaient tenus à distance jusqu'à ce que le couteau du Collectionneur entre en action.

Et puis…

Ah, c'était ça le plus étrange.

Après sa mort, Routh n'avait pas été ajouté au nombre des Hommes creux. Ceux-ci s'étaient éloignés de son cadavre, tels des vautours détectant du poison dans une charogne. Le Collectionneur avait senti leur perplexité et leur rage, car il les tenait en laisse tout comme Parker le tenait en laisse. Ils n'avaient aucun amour pour lui parce que c'était à cause de lui qu'ils étaient devenus ce qu'ils étaient, aucune raison de lui être loyaux en dehors de sa capacité à calmer leur souffrance en l'exerçant sur d'autres qu'eux, mais ils n'en demeuraient pas moins ses créatures.

Routh avait donc eu l'intention de surveiller Parker – ou peut-être, comme le Collectionneur, était-il venu à Providence pour une raison précise et s'était-il retrouvé pris dans tout autre chose, où Parker était impliqué. Quelle que fût la vérité, Parker était mêlé au mystère de Donn Routh et le Collectionneur entendait être à proximité quand une explication serait éventuellement fournie.

Il n'était pas étonné que Routh soit lié à Parker. Il avait dépassé ce stade depuis longtemps.

J'aurais dû m'en douter, pensa-t-il. Aussi loin que je vole, je dois toujours revenir, semble-t-il, sur le gant de Parker.

31

Parker avait envisagé de rentrer dans le Maine le soir même. Il s'agissait de trancher entre le risque de rester à proximité de ce qu'il s'efforçait de ne pas considérer comme une scène de crime et la fatigue que lui et ses amis éprouvaient déjà. Aux yeux de la loi, ils venaient de cambrioler un bureau et un domicile, et le cambriolage – Angel le tenait d'une longue expérience – était une façon plutôt stressante de passer le temps. Ils avaient finalement adopté un compromis en quittant l'État de Rhode Island. Après avoir récupéré la voiture de Parker, ils avaient roulé de conserve jusqu'à ce qu'ils trouvent, juste après la frontière avec le Massachusetts, un petit motel avec un bar qui semblait accueillant. Ils s'installèrent dans un box près d'une fenêtre, devant des hamburgers arrosés de bière Sam Adams en promo.

Par précaution, ils avaient caché les dossiers pris chez Eklund dans un compartiment dissimulé sous le coffre de la Lexus de Louis, même si Angel ne pensait pas que l'alarme se soit déjà déclenchée dans la maison, et si Parker ne croyait pas que quelqu'un les ait vus en sortir avec les documents. Mais personne n'est jamais allé en prison pour excès de prudence.

Angel finit son hamburger, tira trois fioles de pilules des poches de son blouson, en fit tomber deux de chaque et avala le tout avec une gorgée d'eau. Parker l'observa en haussant un sourcil.

— Ça fait beaucoup, commenta-t-il.

— J'ai des douleurs.

— Vu le nombre de médocs que tu t'envoies, ça ne m'étonne pas. Quel genre de douleurs ?

— Écoute…

— Allez, quel genre ?

— Des douleurs au ventre. Elles vont, elles viennent. Des maux de tête, aussi.

— Tu as vu un médecin ?

— Non, je les ai piquées, ces fioles.

Il y eut un silence, le temps qu'Angel se rende compte que l'ironie n'était pas la bonne réponse en l'occurrence : il avait piqué trop de choses dans sa vie.

— Ouais, j'ai vu un médecin.

Parker se tourna vers Louis, ne parvint pas à croiser son regard.

— Et alors ?

Nouveau silence. Louis regardait par la fenêtre, Angel faisait tourner un sous-bock sur la table. Il finit par reconnaître, avec une réticence palpable :

— Il dit que je devrais faire des examens.

— Et bien sûr, tu as pris rendez-vous tout de suite ?

Louis émit un bruit semblable à celui d'une fléchette empoisonnée sortant d'une sarbacane mais continua à se taire.

— Je m'en occupe, répondit Angel.

— Tu t'en occupes comment ?

— Hé, on s'est mariés quand ? Je vois pas d'alliances. Écoute, j'aime pas les toubibs et j'aime pas l'hosto.

— Tu aimeras encore moins mourir, intervint enfin Louis.

— Je mourrai pas.

— Non, parce que tu es immortel. C'est inscrit sur ton CV, juste en dessous de « franchise » et « sens des valeurs ».

— Tu fous ma soirée en l'air, là, protesta Angel.

— Tu sais ce qui foutrait vraiment ta soirée en l'air ?

répliqua Louis. Ce serait de crever parce que tu as trop peur de passer les tests. Il faut que tu fasses ce que t'a dit le docteur.

— D'accord ! Très bien ! Ça fait qu'une semaine. Si je dois mourir, tu crois qu'une semaine change quelque chose ?

— Oh, te voilà devenu spécialiste de médecine interne ?!

— Je connais mon corps.

— *Moi*, je connais ton corps, et la seule surprise, c'est qu'il soit encore en un seul morceau.

La serveuse s'approcha, attirée par les éclats de voix. Elle devait avoir la cinquantaine, et s'il lui restait encore des choses à découvrir, elle avait l'air d'en avoir vu plus qu'elle ne l'aurait souhaité.

— Tout va bien, les gars ?

— Notre ami, là, a des douleurs, mais il ne veut pas faire les examens que lui a prescrits le médecin, expliqua Parker.

— Oh, pour l'amour de Dieu…

Angel croisa les bras, laissa son front tomber dessus.

— Mon premier mari était comme ça, reprit la serveuse. Il avait beau être malade, il voulait voir personne.

— Et qu'est-ce qu'il est devenu ? demanda Angel contre la table.

— Il est mort.

— Sans déconner. De quoi ?

— Quelqu'un l'a descendu.

Le silence se fit de nouveau.

— L'addition, s'il vous plaît, dit enfin Parker.

— Tout de suite, répondit la serveuse. Allez voir un médecin, conseilla-t-elle en tapotant le dos d'Angel.

— J'en ai vu un. C'est comme ça que ça a commencé.

— Alors, allez en voir un autre, conseilla-t-elle avant de s'éloigner.

— Je hais le Massachusetts, déclara Angel.

— Parce qu'on y dit des choses sensées, repartit Parker. Prends-le, ce rendez-vous.

— Demain. N'importe quoi pour avoir la paix.

— On veillera à ce que tu le fasses.

— Je vous déteste tous.

La serveuse revint avec l'addition.

— Il prendra rendez-vous ?

— Ouais, marmonna Angel. Vous m'avez convaincu, avec votre histoire. J'ai pas envie de me faire tirer dessus.

Parker paya. Il vit Angel grimacer en se levant et tenta de se rappeler s'il l'avait déjà remarqué avant.

— Arrête de me lorgner.

— Tu veux qu'on t'amène un fauteuil roulant ?

— Je t'emmerde.

— On pourrait embaucher une infirmière…

— J'ai dit que j'appellerai. Foutez-moi la paix.

Ils sortirent du bar et traversèrent le parking en direction des chambres du motel. Une voiture passant sur la route éclaira un homme s'extirpant du siège d'une coûteuse BMW garée à côté de la Lexus de Louis. Il s'approcha d'eux lentement et Parker sentit autant qu'il vit Louis se raidir, mais l'homme écarta les mains de ses flancs pour montrer qu'elles étaient vides. Parker inspecta le parking, ne repéra personne d'autre à proximité. Il ne s'agissait pas d'un braquage, et à moins que les forces de l'ordre n'aient récemment conclu un accord avec une prestigieuse marque allemande pour rafraîchir leur parc automobile, ça ne ressemblait pas non plus à une opération de police. Louis se détendit un peu, mais Parker nota qu'Angel avait modifié sa position pour masquer la main droite de son compagnon, qui tenait déjà sans doute une arme.

L'homme qui était devant eux mesurait un peu moins d'un mètre quatre-vingts et portait un trois-quarts en laine sombre sur un pantalon noir. Ses chaussures en cuir, à peine maculées de boue et de neige fondue, étaient pourvues d'épaisses semelles en caoutchouc qui leur donnaient plus d'adhérence. Il n'avait pas de gants et Parker put voir que deux des doigts de sa main gauche étaient tordus, soit à la suite de quelque ancienne blessure, soit à cause d'une déformation congénitale. Leurs extrémités reposaient sur sa paume, donnant l'impression de former un pistolet grossier. Sous une casquette à la visière rabattue sur la nuque, ses yeux étaient d'un bleu intense et froid. Ils avaient perdu depuis longtemps toute capacité à exprimer de la chaleur et c'était comme regarder une mer profonde.

— Je peux vous aider ? s'enquit Parker.

— J'aimerais que vous retourniez à Providence.

La voix était plate, vaguement androgyne, dépourvue de toute personnalité. Parker tenta d'estimer son âge : ses traits lisses suggéraient moins de vingt-cinq ans, mais il émanait de lui une certaine confiance, voire de l'arrogance. Apparemment seul et sans arme, il n'hésitait pas à affronter trois inconnus dans un parking obscur – qui plus est, trois inconnus qui n'avaient pas exactement un look d'enfants de chœur.

— Pourquoi accepterions-nous de faire ça ?

— Parce que vos intérêts pourraient coïncider avec ceux de mon employeur.

L'homme ne développa pas. Ou il avait le sens de l'effet dramatique, ce qui était tout à fait possible, ou il ne pensait pas et ne se comportait pas comme un être humain normal, ce que Parker jugeait plus probable.

— Qui serait ?

— Je travaille pour M. Caspar Webb.

Louis intervint pour la première fois dans la conversation :

— Caspar Webb est mort.

Les yeux d'un bleu arctique se tournèrent vers lui.

— Oui, je crois bien.

32

Le crime organisé – du moins sa variante italienne – avait décliné en Nouvelle-Angleterre depuis la mort de Raymond Patriarca en 1984. Des cadres parmi les plus importants étaient décédés, d'autres avaient fini en prison ou étaient devenus informateurs, et les vendettas intestines avaient encore affaibli ce qu'il restait de la Famille. Providence, la base opérationnelle de la mafia de Nouvelle-Angleterre depuis les années 1950, quand Patriarca la dirigeait du siège de la National Cigarette Service Company & Coin-O-Matic Distributors sur Atwells Avenue, avait été abandonnée au profit de Boston. Le FBI avait continué cependant à diriger ses coups sur « l'Office », comme on surnommait le réseau des Patriarca, laissant d'autres prospérer dans l'ombre.

Le véritable nom de Caspar Webb était inconnu et même sa nationalité faisait débat, quoiqu'on s'accordât généralement à penser qu'il avait des racines quelque part en Europe de l'Est. Comment il s'était procuré l'argent qui lui avait permis de s'établir à Rhode Island demeurait aussi un mystère. Il avait débuté dans la contrebande, s'inscrivant ainsi dans la noble et longue tradition de marché noir de la région. Il introduisait dans le pays des cigarettes, de la drogue et des femmes contraintes à la prostitution. Grâce à des intermédiaires, il avait conclu des accords mutuellement bénéfiques avec les Patriarca sans jamais rencontrer aucun de leurs chefs ni même reconnaître qu'il servait de source à leur contrebande.

Webb possédait une vaste propriété proche de New Shoreham, la seule commune de Block Island, officiellement la plus petite ville du plus petit État de l'Union, où le prix moyen d'une maison se situait autour d'un million de dollars. S'il avait jamais attiré l'attention de la police, il n'en était rien résulté. Lentement, prudemment, et toujours à travers d'autres, Webb s'était glissé dans les sphères politiques et criminelles interconnectées de Rhode Island et, de là, dans toute la Nouvelle-Angleterre. Il avait exercé une influence pernicieuse et en grande partie non détectée sur l'économie de six États pendant des dizaines d'années sans laisser de cadavres dans son sillage, parce que ceux qui l'avaient contrarié avaient simplement disparu. Sa mort était quasiment passée inaperçue, du moins de l'opinion publique. En revanche, la plupart de ceux qui le connaissaient avaient récité une prière de gratitude pour l'occasion.

Alors que Parker et ses compagnons faisaient face à celui qui prétendait être l'émissaire de Webb, une autre BMW pénétra dans le parking et se gara le long de la première. Les quatre hommes qu'on distinguait à l'intérieur n'en descendirent pas et le chauffeur n'arrêta pas le moteur.

Le prétendu émissaire joignit les mains devant lui.

— M. Webb aurait apprécié d'être informé de votre présence dans son État.

— Ben, on avait oublié d'emmener un médium, répondit Angel. La prochaine fois, on pourra peut-être organiser une séance de spiritisme.

Parker lui coula un regard appuyé. Leur trio était inférieur en nombre, plaisanter n'arrangerait pas les choses.

— Qui êtes-vous ?

— Je m'appelle Philip.

Parker désigna d'un geste les nouveaux venus.

— Je présume qu'ils sont avec vous.

— Nous vous serions vraiment reconnaissants de bien vouloir nous accompagner à Providence, dit Philip. Dans votre propre véhicule, si vous me permettez de faire le voyage avec vous. Mes collègues suivront.

Une troupe de jeunes gens sortit du bar et regarda dans leur direction.

— Rien que pour le plaisir de la discussion, il se passera quoi, si nous refusons ?

Philip sourit. Aucune ride n'apparut sur son visage, c'était comme regarder du plastique changer de forme.

— Vous ne refuserez pas, alors pourquoi semer l'inquiétude ?

— « Semer l'inquiétude », répéta Louis. Je n'avais jamais entendu appeler ça comme ça.

Parker ne voyait pas quel choix s'offrait à eux. S'ils restaient plus longtemps dans le parking, quelqu'un finirait par appeler les flics.

— Bon, on retourne à Rhode Island.

33

Sally était dans la salle de bains. Elle s'y était enfermée peu après que Kirk l'avait découverte dans la cuisine. Elle ne lui avait pas adressé un seul mot depuis, bien qu'il eût tambouriné à la porte pour savoir si elle allait bien. Finalement, il s'assit par terre, adossé au mur, et se demanda ce qu'ils allaient faire maintenant. Tout dépendait, supposait-il, de la façon dont Routh était mort. Si c'était de cause naturelle, ils n'avaient pas trop à s'inquiéter, sa mort constituerait tout au plus un inconvénient. Mais si sa disparition était liée à Eklund, ils avaient un problème.

Il entendit l'eau couler dans la baignoire, puis le bruit d'un corps qui s'y immergeait. Le silence se fit – pas d'éclaboussements, pas de petits grognements de plaisir ou de relaxation – et il imagina Sally gisant dans un bain d'eau sanglante, les veines des bras tailladées verticalement. Cela était arrivé par le passé à quelques-uns des leurs, dont le fardeau était devenu trop lourd à porter. Pour la plupart, les femmes avaient tenu le coup. Curieusement, plus d'hommes que de femmes de leur famille s'étaient suicidés au cours des siècles. À cause d'un sentiment de culpabilité, présumait Kirk, ou d'une forme de folie engendrée par la nature du pacte qu'on leur avait imposé. Dans un cas comme dans l'autre, il ne comprenait pas vraiment pourquoi ils avaient choisi la mort. Car ils savaient ce qui les attendait après.

Et puis, bien sûr, il y avait ceux qui avaient été sur le point de virer de bord, ceux qui avaient décidé qu'il valait mieux mettre fin au pacte, mais on les dépistait toujours à temps. On leur parlait, on leur rappelait leurs obligations envers les autres. Parfois une période de liberté restreinte et d'isolement se révélait nécessaire. Dans les cas extrêmes, on se débarrassait d'eux, mais de telles décisions n'avaient été prises que rarement au fil des années. La dernière fois, Kirk était adolescent et on venait de diagnostiquer le cancer de tante Hattie. Elle avait commencé à s'interroger à voix haute sur le repentir, ce qui pouvait passer tant qu'elle resterait dans son lit mais présenterait des difficultés si on la transférait dans un centre de soins, lorsque cela serait fatalement devenu nécessaire. Quand il était devenu patent qu'elle représentait une menace potentielle, on avait fait appel à Routh. Intervention rapide et sans douleur. On avait même considéré que c'était la bonne solution, à la lumière des souffrances que Hattie aurait endurées si on avait laissé le cancer se développer.

Kirk n'avait jamais tué personne. Il ignorait s'il en était capable. Il se plaisait à penser qu'il le serait si les choses allaient de mal en pis, mais il était content de laisser le meurtre aux autres. Il était encore relativement jeune et la perspective de sa propre mort n'avait encore aucune réalité pour lui. Il avait néanmoins remarqué que les années passaient plus vite. Son jour viendrait, comme pour tous les autres.

Sally serait capable de tuer, pensa-t-il. Il avait vu ce qu'elle avait infligé au détective privé, et c'était pire que l'assassinat. Elle n'y avait pris aucun plaisir – du moins, en apparence –, elle l'avait fait comme elle se serait acquittée de n'importe quelle corvée méritant son attention. Les capacités de Sally l'effrayaient quand même, elles lui rappelaient celles de feu Donn Routh.

Une seule lampe éclairait cette partie du couloir. Une lumière vive, trop pour un espace aussi restreint, mais Kirk préférait ça.

Au sous-sol et dans le garage, les ampoules étaient aussi très puissantes et il les gardait allumées même par temps clair. Il évitait autant que possible l'obscurité, parce que *eux* l'appréciaient. S'il ne pouvait pas les voir, il sentait souvent leur odeur et il n'aimait pas les avoir autour de lui, surtout quand Sally s'absentait. La lumière les tenait à l'écart, ce qui convenait parfaitement à Kirk. Sally comprenait son manège, mais ne lui en parlait jamais. C'était différent pour elle. Ils se gardaient bien de lui imposer leur présence quand elle ne la souhaitait pas. Cela leur permettait d'éteindre la lumière quand ils faisaient l'amour ou qu'ils se reposaient. Sinon, Kirk n'aurait pas été sûr de se montrer à la hauteur ou de dormir sans faire de cauchemars. Les nuits où Sally n'était pas à ses côtés – c'était arrivé plusieurs fois –, il laissait la lumière allumée dans la chambre et se couvrait les yeux avec un de ces masques distribués dans les avions.

Kirk pouvait voir une lueur vacillante révélatrice passer par la fente sous la porte. L'un d'eux était peut-être en ce moment dans la salle de bains avec Sally et contemplait sa nudité. Homme ou femme, cela ne la troublerait pas. Elle affirmait qu'ils n'avaient plus ce genre de désir, mais Kirk en était moins sûr. Ils éprouvaient de la rage, de la peur, alors pourquoi pas du désir, ou même de l'envie ? Kirk soupçonnait que l'envie était le sentiment qui les motivait avant tout autre, plus encore que la peur. Comment les morts – et surtout *ces* morts – pourraient-ils ne pas envier les vivants ? Ils étaient prisonniers, et contraints de le rester, parce que l'autre option…

L'autre option n'était pas envisageable, c'était aussi simple que ça. Ils n'avaient pas le choix.

Finalement, tôt ou tard – de préférence, le plus tard possible –, Sally et lui prendraient place parmi eux et le cycle infernal repartirait pour une autre génération, la tache du péché s'élargissant avec les années, et avec elle le châtiment qui les frapperait tous si leur lignée venait à faillir.

Il entendit un bruit dans la salle de bains. On aurait dit que Sally remuait enfin dans l'eau et il attendit en silence qu'elle sorte de la baignoire, qu'elle se sèche et vienne lui expliquer ce qui se passait.

Elle n'en fit rien. Il prononça son nom une fois de plus, ne fût-ce que pour lui rappeler qu'il était là et que, comme des générations masculines de Frères avant lui, il attendait qu'une femme le guide.

Étendue dans l'eau qui commençait à refroidir, Sally regardait la fille morte qui allait et venait sur les dalles du sol, allait et venait, tel un animal pris au piège de sa propre folie.

34

Le dénommé Philip était assis à l'avant, Louis à la place du chauffeur, Parker derrière lui et Angel dans le dos de Philip. Celui-ci avait consenti à ce qu'ils le fouillent parce que Louis tenait absolument à ne laisser aucun inconnu armé monter dans sa voiture, et Parker lui avait confirmé que l'homme ne l'était pas. On ne pouvait sans doute pas en dire autant des quatre types qui les escortaient – une BMW devant, une autre derrière – mais puisque Parker n'avait pas suggéré qu'on les fouille aussi, on ne pouvait en avoir la certitude.

Philip tournait légèrement le dos à sa portière afin de continuer à fixer Parker. Vu de près, son visage luisait un peu, comme le glaçage d'un gâteau. L'homme avait aussi une odeur particulière, qui se faisait plus forte à mesure que l'intérieur de la voiture se réchauffait. Il sentait la violette fanée. Il ignorait les questions qu'on lui posait et ne donnait aucune indication : il lui suffisait que Louis suive la BM qui les précédait. S'il avait repéré le pistolet qu'Angel tenait maintenant dans sa main, il n'en montrait aucun signe. Le petit 22 était l'arme idéale pour la situation, parce que ses balles tueraient sans ressortir du corps, ce qui éviterait des dommages embarrassants pour le pare-brise ou l'intérieur de la Lexus de Louis. Parker se demandait si Angel avait eu ce flingue sur lui ou si Louis avait réussi à le lui passer. Le nombre d'armes à feu que Louis pouvait produire à tout moment ne cessait de le surprendre. Il n'avait aucune idée de l'endroit où il gardait cet arsenal et, à la réflexion, il préférait ne pas le savoir.

— Ça va vous paraître curieux, dit le détective, mais j'ai rompu avec une fille parce qu'elle me dévisageait tout le temps comme vous le faites en ce moment.

Philip n'en continua pas moins à le scruter. Pour autant que Parker pouvait en juger, il ne cillait jamais. C'était comme se retrouver sous le regard d'un oiseau empaillé. Cette attention n'était pas hostile, ni même destinée à déconcerter, et Parker y décelait un brin de curiosité, une certaine déception aussi, comme si l'objet de l'examen ne se montrait pas à la hauteur de sa réputation.

Ils entrèrent cette fois dans Providence par le sud, traversèrent le quartier de la finance et s'engagèrent dans la zone plus crasseuse sise au-delà de ce qu'on avait baptisé « le quartier artistique », appellation courante quand une ville se retrouve avec des rues entières de vieux immeubles pour lesquels elle n'a pas assez de locataires. Cette situation ne semblait toutefois pas devoir durer encore longtemps. La plupart des terrains vagues avaient été aplanis au bulldozer en vue d'un futur aménagement, probablement pour l'université Johnson & Wales en pleine expansion.

Il restait cependant quelques îlots de vieilles bâtisses en grès brun, notamment autour du quartier des joailliers, derrière Ship Street, et c'était vers l'un de ces vestiges que leur petit convoi se dirigeait. Ils s'arrêtèrent devant un immeuble de quatre étages sans mitoyenneté, avec une plaque en cuivre à côté de sa porte noire, et une seule fenêtre ornée d'un vitrail qui ne donnait aucune indication sur les affaires qu'on pouvait y mener et servait plutôt à les dissimuler au regard des passants, quelles qu'elles puissent être. Louis se gara derrière la première BM et la seconde se colla immédiatement contre son pare-chocs.

— Vous ne pouvez pas entrer armés, prévint Philip. Laissez vos armes dans le véhicule, elles seront en sécurité.

Louis se tourna vers lui pour la première fois depuis qu'il avait envahi l'espace de sa chère Lexus.

— C'est gonflé de votre part de nous demander de vous faire confiance en entrant là-dedans sans armes.

Les traits de Philip fondirent et se recomposèrent en un ersatz de sourire.

— Ce n'était pas une demande, répondit-il.

— Vous savez vous y prendre avec les gens.

— C'est du sarcasme ?

Il avait l'air sincèrement perplexe, comme si le sarcasme était quelque chose dont il avait entendu parler mais dont il n'avait pas le mode d'emploi, ou une sorte de mets exotique auquel il n'avait pas encore goûté.

— Plutôt, oui.

— La confiance, ça marche dans les deux sens, argua-t-il. Je vous ai fait confiance en montant dans votre voiture, vous devez maintenant faire de même en franchissant la porte de cet immeuble.

— Si vous le prenez comme ça, on va en rester là, répliqua Angel.

Les quatre hommes de leur escorte entouraient maintenant la Lexus. L'un d'eux concentrait son attention sur le 22 d'Angel et son expression suggérait qu'il n'aimait pas ce qu'il voyait. Il n'y avait pas d'autre arme en vue pour le moment, mais Parker avait le sentiment que cela changerait avant longtemps.

Philip mit la main sur la poignée de la porte.

— Nous avons juste quelques questions à vous poser.

— « Nous » ? fit Parker.

— Mère et moi. En prenant le thé.

Il sortit de la voiture et attendit. Parker se tourna vers Angel, hocha la tête. Angel laissa pendre son arme au bout de son index glissé sous le pontet, la souleva pour que les types dehors puissent la voir, puis la posa soigneusement sur le plancher. Parker, qui n'était pas armé, écarta les pans de son manteau pour permettre une fouille, qui ne vint pas.

Avec un soupir, Louis se soulagea du poids de son Glock.

— Allons prendre le thé…

La porte d'entrée cliqueta et s'ouvrit à leur approche sans que quiconque ait appuyé sur une télécommande. La plaque de cuivre vissée au mur portait l'inscription *Agave Associates*. Elle était brillante et immaculée, du moins jusqu'à ce qu'Angel mouille un doigt et le passe dessus. Aussitôt un mouchoir sortit de la poche d'un des membres du quatuor et la tache disparut. Philip s'était figé sur le seuil.

— Pourquoi avez-vous fait ça ?

— Elle était trop propre, daigna expliquer Angel. J'aime pas quand c'est trop propre, ça veut toujours dire qu'y a de la saleté planquée en dessous.

Philip parut considérer un moment la remarque avant de la classer en vue d'un plus ample examen. Un petit vestibule séparait l'entrée d'une seconde porte. Comme la fenêtre, elle était ornée d'un vitrail, posé sur un panneau plus épais qui aurait pu résister à l'explosion d'une grenade. Là encore, elle s'ouvrit d'elle-même, révélant un hall aux murs recouverts d'acajou ancien dans leur partie inférieure et, au-dessus, d'un luxueux papier rouge et or dont les motifs semblaient être des masques mortuaires, visages de cire aux yeux clos. Des flammes dansaient dans des lampes à gaz disposées à intervalles réguliers. Le sol était couvert d'un tapis assez épais pour qu'un bambin puisse se perdre dans ses poils. Il conduisait à un escalier massif s'incurvant vers le premier étage. Les gravures encadrées accrochées aux murs représentaient des scènes de Providence aux siècles passés, toutes patinées par le temps.

Philip tint la porte pour laisser entrer le trio, mais cette fois l'escorte ne suivit pas, de sorte que Parker, Angel et Louis se retrouvèrent seuls avec Philip dans le hall. Il y flottait une odeur pas désagréable de poussière et de feu de bois. Ajoutée à l'éclairage à l'ancienne, au tapis épais et au papier mural, elle conférait au lieu une atmosphère floue et Parker eut l'impression que sa vue se troublait.

Ça doit faire ça, remonter dans le temps, pensa-t-il.

La porte se referma derrière eux et Philip se dirigea vers l'escalier sans vérifier que les autres le suivaient. Faute d'avoir le choix, ils lui emboîtèrent le pas.

— Vous habitez ici ? demanda Angel au dos de Philip.

— Personne n'habite ici.

— Ben, tant mieux.

Ils parvinrent au palier sombre du premier étage. Par une porte entrouverte, Parker entrevit des meubles drapés de housses et ce qui pouvait être du matériel médical, le tout à peine visible puisque les volets des fenêtres étaient fermés. Il capta une odeur d'antiseptique ne masquant pas tout à fait une puanteur sous-jacente. Cela sentait l'hôpital et les derniers jours d'un mourant. Au bref froncement de nez de Louis, Parker comprit que lui aussi l'avait détecté. C'était peut-être là que Caspar Webb avait mené son ultime combat contre les ténèbres envahissantes.

Lorsqu'ils furent au deuxième étage, Philip frappa doucement à la première porte à sa gauche, puis attendit un instant avant de l'ouvrir et de faire signe aux autres d'entrer. Parker et ses compagnons marquèrent une pause et tous pensaient la même chose : si c'était un piège, ils étaient des hommes morts.

Le détective passa le premier. Après tout, l'enquête sur Eklund était de sa responsabilité.

L'espace qu'il découvrit était vaste et s'étendait sur presque toute la totalité du sol. Une autre porte, fermée, faisait face à la première et il en remarqua une troisième sur sa droite, dans le mur du fond. La pièce était inoccupée. À sa droite trônait un bureau en chêne sculpté de la taille d'un sarcophage royal, au plateau de cuir vert et éclairé par une paire de lampes tarabiscotées. Il était placé devant la fenêtre, mais les lourds doubles rideaux étaient fermés. Un feu brûlait dans l'âtre du mur opposé flanqué de fauteuils en cuir. De ce côté, des étagères montaient jusqu'au plafond, où pendait l'un des trois lustres de cristal non allumés espacés sur toute la longueur de la pièce. La lumière provenait de lampes posées sur des tables ou sur le sol ainsi que de la lueur des flammes. Le parquet, visible seulement à la lisière des tapis, paraissait d'origine, à moins que ce ne fût une excellente recréation à partir de matériaux anciens. Les épais tapis persans, dont le plus grand mesurait au moins trois mètres cinquante de long sur presque autant de large, contribuaient à étouffer le moindre son.

Dans l'autre moitié de la pièce, il y avait des bibliothèques vitrées, et les murs étaient couverts de tableaux. Rien que des paysages, à l'exception, au-dessus d'une autre cheminée, du portrait grandeur nature d'un homme qui regardait de haut – au propre comme au figuré, si Parker en jugeait par son expression – ceux qui se trouvaient en devant lui.

Philip s'assit dans un fauteuil près du feu, croisa les jambes et joignit les mains sur son giron.

— Ne vous gênez pas pour faire le tour du propriétaire. Mère nous rejoindra dans un petit moment.

— Une fois qu'on aura fini de l'embaumer, murmura Angel.

Sa voix, à peine audible pour Parker et Louis, n'aurait pas dû être entendue de Philip, cependant, Parker remarqua une réaction, un infime froncement des yeux, un plissement des lèvres. Moins d'une heure en compagnie de cet homme avait suffi pour que le détective soit presque certain qu'il était fou. Il se tourna vers Angel afin que Philip ne puisse voir son visage, et il articula silencieusement : « Surveille-le. » Angel ne hocha même pas la tête en guise de réponse.

Parker parcourut la pièce d'un pas lent en regardant les bibliothèques. Elles contenaient des volumes reliés des actes de diverses institutions de l'État, juridiques et gouvernementales, remontant jusqu'au dix-neuvième siècle, mais il découvrit aussi une section consacrée à des monographies d'artistes et des catalogues raisonnés, répartis à parts égales entre des peintres modernistes du vingtième siècle et divers paysagistes, depuis Ralph Earle et John Trumbull parmi les plus anciens, jusqu'à des artistes plus récents tels Andrew Wyeth et Georgia O'Keeffe. Parker avait repéré au moins un Wyeth parmi les tableaux en faisant le tour de la pièce, mais hormis ceux d'Alfred Stieglitz et John Singer Sergent, la plupart des noms des auteurs des monographies ne lui disaient rien.

Devant la deuxième cheminée, où brûlait aussi un feu, on avait disposé deux sofas, quelques fauteuils et une table basse supportant un service à thé et une assiette de ces tout petits cookies qui se désintègrent en une pluie de miettes dès qu'on essaie de s'en saisir.

Louis rejoignit le détective et dit :

— Au moins il n'avait pas menti, pour le thé.

— Qu'est-ce que tu en penses ?

— Qu'ils n'ont pas l'intention de nous tuer.

— Pourquoi ?

— Ils n'auraient pas mis de cookies sur la table.

— Bien vu.

— Et le gars est fou.

— Je suis parvenu à la même conclusion. J'ai hâte de faire connaissance de sa mère.

— Ouais, ça doit être quelque chose.

Promenant le regard sur les toiles accrochées aux murs, Louis ajouta :

— Beaucoup d'argent dans cette pièce, et Caspar Webb est décédé. À l'odeur, je dirais qu'il est décédé à l'étage en dessous, et d'une mort pénible.

— Il avait de la famille ?

— Pas à ma connaissance.

Ils regardèrent le portrait.

— C'est lui ? demanda Parker.

Il ne connaissait Webb que de réputation. S'il existait des photos de lui, Parker n'en avait jamais vu.

— Je l'ai croisé une fois seulement, il y a longtemps. Mais ouais, c'est lui.

— Il ne te rappelle pas quelqu'un ?

Philip les observait de son siège à l'autre bout de la pièce. Ni Parker ni Louis ne jetèrent un coup d'œil dans sa direction pour vérifier s'il y avait ou non une ressemblance.

— Maintenant, j'ai *vraiment* envie de rencontrer Mère, dit Louis.

Et comme pour exaucer son vœu, celle-ci apparut.

IV

« Qui est celui qui vient ? »

D'après M. R. JAMES
Oh, Whistle, and I'll Come to You My Lad[1]

1. *Siffle et je viendrai*, recueil de nouvelles fantastiques, NeO, Paris, 1982.

35

Sally Buckner se souvenait parfaitement de la première fois où elle avait vu un fantôme. C'était arrivé quand elle avait cinq ans et qu'elle jouait dans le bac à sable de sa maison. Une clôture entourait le jardin de derrière, qu'une lourde grille fermée à clé séparait de celui de devant. Il n'y avait aucun risque qu'elle s'éloigne et s'égare, et sa mère pouvait la surveiller de la fenêtre de la cuisine. Elle s'amusait avec des jouets de son frère aîné, Kirk, qui, lui, était à l'école alors qu'elle était restée à la maison. Elle ne se rappelait pas pourquoi. Il lui arrivait de penser que sa mère avait soupçonné ce qui arriverait ce jour-là. Sally était la préférée de sa mère – de son père aussi, à la réflexion. « Maladif », c'était le mot qu'il employait pour parler de Kirk, qui avait souvent des problèmes de bronches. La nuit, Sally entendait sa respiration sifflante, quand il peinait si fort pour respirer qu'elle craignait qu'il ne succombe. Lorsqu'il avait une de ses crises, elle grimpait dans le lit de son frère, s'allongeait contre lui, le serrait contre elle pour le calmer et ils s'endormaient dans les bras l'un de l'autre.

Des années plus tard, elle songerait que leur liaison n'aurait peut-être jamais commencé si Kirk avait été un garçon plus solide, en meilleure santé. Non qu'elle regrettât d'être avec lui : elle l'aimait. Les Frères n'y voyaient pas d'objection. D'autres étaient là pour perpétuer la lignée de la famille et ils avaient leurs propres plans pour Sally. L'apparition du fantôme leur en avait donné confirmation. Peut-être que toute la famille avait déjà compris alors ce qui arriverait entre Sally et Kirk.

Elle avait toujours préféré les jouets des garçons à ceux des filles. Elle ne s'intéressait jamais longtemps aux poupées ou aux dînettes en plastique. Elle aimait construire des bâtisses aux couleurs vives et des véhicules bizarres avec de petites briques en plastique. Ce jour-là, sous un soleil éclatant, elle édifiait de hautes murailles le long d'un des côtés du bac à sable. Après en avoir édifié une, elle ajoutait des créneaux et des petits soldats de Kirk, puis elle lançait de toutes ses forces contre ces défenses un camion en métal qui expédiait en l'air briques et soldats. Certains se perdaient dans les broussailles proches, où elle irait peut-être les récupérer plus tard, si l'envie lui en prenait. Kirk en avait des quantités, de toute façon.

Elle s'affairait sur la construction d'une citadelle encore plus complexe quand un élément en plastique lui avait heurté la tempe...

Sally se tourna pour voir d'où il provenait et découvrit une fille qui se tenait dans un massif de fleurs entre deux arbustes. Âgée de dix-sept ou dix-huit ans, elle avait des cheveux bruns coupés court et une peau semée de taches de rousseur. Elle portait une robe chasuble en denim et ses pieds nus foulaient la terre humide – la mère de Sally avait arrosé les massifs moins d'une heure auparavant – sans que ses orteils s'y enfoncent. On eût dit qu'une mince plaque de verre avait été placée entre le sol et elle.

Ce furent néanmoins ses yeux qui retinrent l'attention de Sally. Ils étaient tellement troubles qu'on peinait à distinguer leur couleur, et leurs coins étaient incrustés de chassies, tel un dormeur qui s'éveille après un long sommeil. Elle avait les lèvres si desséchées que, lorsqu'elle ouvrit la bouche pour les humecter – laissant apparaître une langue pâle ressemblant à un filet de poisson cru –, elles se craquelèrent.

Et elle sentait. Son odeur n'était pas désagréable, juste étrange, végétale, avec une pointe de brûlé. Elle rappelait à Sally l'eau qui croupissait lentement au fond des pots d'orchidées de sa mère. Elle paraissait émaner de cette fille comme la brume monte de la mer, et retomber sur Sally tel un coup de froid, alors que le soleil lui chauffait encore la peau.

Sally n'avait jamais vu de mort jusqu'à ce jour. Elle n'avait aucune notion de la mort en tant que telle et avait dû faire un effort pour intégrer cette fille dans son expérience limitée du monde. Elle était effrayée, rien qu'un peu cependant. La fille gardait le silence, mais exprimait ses sentiments sous forme de couleurs qui la nimbaient comme un halo. Là, elle calmait Sally avec des verts et des dorés, elle l'exhortait à ne pas avoir peur, et Sally comprenait qu'elle ne lui voulait aucun mal.

— Tu m'as jeté une brique.

La fille sourit, ce qui fendilla plus encore ses lèvres. Sally n'avait pas franchement envie de voir ça, mais elle ne fit aucun commentaire. Elle ne voulait pas être grossière.

— Tes pieds touchent pas le sol, comment t'as fait pour la lancer ?

Du bleu, maintenant – d'un éclat admirable. Sally était intelligente, tout le monde l'assurait.

La fille leva la main droite, une autre brique vola et atterrit là où Sally était agenouillée, lui touchant presque la jambe.

— Waouh ! fit Sally. Comment… ?

Elle ne put formuler sa question jusqu'au bout, car la fille regardait derrière son épaule, comme si une voix ou une présence invisible l'appelait. Elle leva à nouveau la main droite, cette fois en signe d'au revoir.

— Attends ! lui cria Sally. Je connais même pas ton nom.

La fille eut un léger haussement d'épaules, indiqua sa bouche et secoua la tête.

— Je peux parler de toi à maman ?

Un hochement de tête, puis la fille tourna sur elle-même et disparut.

Sally se leva en essuyant le sable collé à ses genoux. Elle alla au massif de fleurs et l'examina, pour avoir la confirmation qu'aucune empreinte de pied ne marquait le sol. À cet endroit la fragrance végétale était plus forte, mais elle commençait déjà à se dissiper et quelques secondes plus tard elle n'était plus qu'un souvenir. L'impression de froid persista un peu plus longtemps avant de disparaître elle aussi, et tout redevint chaud.

Sally courut à la cuisine pour annoncer ce qui venait d'arriver. Sa mère, assise à la table, écossait des petits pois qu'elle ajouterait au jambon fumé pour le repas du soir. Elle leva les yeux lorsque sa fille entra.

— Maman ! Maman !

— Qu'est-ce qu'il y a, ma chérie ?

— J'ai vu un fantôme. C'était une fille.

La mère sourit et tendit les bras pour étreindre sa fille.

— Oh, trésor, je suis si fière de toi…

Tout cela semblait si loin, à présent. Sally avait été choisie pour protéger les Frères – morts, vivants ou encore à naître – et à moins qu'une faiblesse de caractère ne se révèle plus tard et ne la rende inapte à cette tâche, c'était le devoir qu'elle accomplirait jusqu'à la tombe.

Au cours des trente-cinq années écoulées depuis, la fille avait été pour elle une compagne de tous les instants. Elle s'appelait Eleanor Craig. Sally l'avait appris en faisant appel à l'intelligence innée qui avait conduit la famille à l'élire entre tous. Eleanor ne pouvait pas parler, et comme Sally ne voulait pas passer des heures, voire des jours, à tenter de deviner son nom, elle avait écrit les lettres de l'alphabet sur une feuille de papier, indiqué ensuite chaque lettre tour à tour, les retenant ou non selon la couleur de la réaction de la fille : bleu pour oui, rouge pour non.

Plus tard, Sally en avait appris davantage sur Eleanor par des recherches sur Internet ainsi que par les connaissances que les Frères se transmettaient de génération en génération. Eleanor, fille de Magus, appartenait à la lignée originelle. Elle avait brûlé à ses côtés avec vingt autres membres de sa famille lors du siège de Capstead qui avait mis fin aux prédations des Frères au dix-neuvième siècle. Elle serait l'ombre de Sally, son lien avec les autres, jusqu'à ce que vienne le jour où Sally deviendrait pareille à eux. À la vérité, cette perspective ne la réjouissait guère, mais le marché avait été conclu depuis fort longtemps et il ne pouvait être dénoncé.

L'eau de la baignoire était maintenant à peine tiède. Bien qu'elle vît des rides se former sur ses doigts et ses orteils, elle ne voulait pas sortir du bain, pas encore. Kirk quémanderait des réponses et des assurances qu'elle ne pouvait pas lui donner. Elle se pencha en avant, ouvrit le robinet pour faire couler de l'eau chaude. Eleanor rayonnait de noir pour sa rage et d'une nuance de bleu pâle pour son chagrin, mais un indigo sombre que Sally n'avait vu que rarement serpentait entre les deux. La dernière fois, c'était juste avant qu'elle convoque Routh et l'envoie réparer le gâchis de l'affaire Eklund.

L'indigo exprimait l'angoisse.

Sally mouilla un linge et l'étendit sur son visage. Le va-et-vient incessant d'Eleanor lui donnait le tournis et elle avait besoin d'avoir les idées claires pour réfléchir. Eklund lui avait livré les noms de tous ceux à qui il avait parlé au cours de ses investigations, et elle avait vérifié en les comparant aux informations contenues dans l'ordinateur portable du détective. Si Routh avait réussi à mettre la main sur toutes les autres informations qu'Eklund gardait éventuellement chez lui, Sally aurait pu laisser ces personnes tranquilles, parce que, après la disparition d'Eklund, il ne serait resté que rumeurs et théories délirantes. Mais Routh était mort, assassiné – Eleanor l'avait révélé – par un agresseur inconnu près de la maison d'Eklund. La seule conclusion qu'on pouvait en tirer, c'était qu'un individu dangereux s'intéressait aussi à Eklund, voire à Routh lui-même. Jusqu'à ce que la vérité soit connue, Sally devait présumer que cet individu et d'autres personnes concernées reprendraient l'enquête d'Eklund ou mettraient le nez dans la vie de Routh, ce qui, dans les deux cas, risquait de les mener aux Frères.

La solution, lui semblait-il, consistait à éliminer du jeu ceux des contacts d'Eklund qui représentaient la plus grande menace, juste au cas où il aurait semé des graines susceptibles plus tard de donner des fruits. Les livres et les dossiers qu'Eklund avait reconnu garder dans son sous-sol étaient dangereux, et il aurait mieux valu les transformer en cendres, mais ils ne suffisaient pas en eux-mêmes pour déboucher sur une enquête sérieuse. Eklund avait ressenti un intérêt personnel dans ses investigations du fait de son histoire familiale, et, apparemment, il était parvenu à rallier au moins deux autres individus à sa cause. S'ils mouraient, l'enquête mourrait très probablement avec eux. De leur côté, les Frères s'efforceraient de découvrir qui avait assassiné Routh et le feraient payer pour ça. Ces exécutions aideraient les Frères à long terme. Elles seraient comme un pécule à la banque, et de nombreuses années passeraient sans doute avant qu'il faille à nouveau tuer. Sally elle-même serait peut-être morte, ou assez vieille pour transmettre ses responsabilités à la génération suivante.

Une fois cette décision prise, elle ôta le linge de sa figure.

— N'aie pas peur, dit-elle à voix basse pour que Kirk ne puisse pas l'entendre. Je peux m'occuper de ça.

Eleanor cessa de faire les cent pas et se tourna vers elle. Même après toutes ces années ensemble, Sally n'aimait toujours pas croiser son regard. Ses yeux lui rappelaient ce qui les attendait tous au bout du chemin, ils lui servaient de *memento mori* déplaisant. Elle essaya de se concentrer plutôt sur les taches de rousseur d'Eleanor, sur son nez et ses joues, tout en lui exposant son plan. Lentement, le noir se changea en ivoire et le bleu en rose pâle, mais la bande d'indigo continuait à se tortiller entre les deux, tel un ver dans la chair d'une pomme.

— Tu as encore peur, dit Sally. Tu ne dois pas t'inquiéter. Nous avons affronté pire par le passé.

Tu le sais mieux que personne, pensa-t-elle. Tu es morte dans les flammes et les coups de feu.

La vitre de la fenêtre de la salle de bains était embuée. Sous le regard de Sally, Eleanor s'en approcha et tendit un doigt. Sally retint sa respiration : Eleanor avait rarement des rapports physiques avec le monde réel. Mais là, elle écrivait sur le verre en bougeant l'index pour tracer des lettres dans la buée, un effort qui faisait couler un sang noir de son nez et de ses oreilles, pleurer ses yeux et se former des bulles entre ses lèvres. Quand elle eut terminé, elle disparut, ne laissant que ce message tenant en deux mots.

En onze lettres :

HOMMES CREUX

36

La première impression de Parker à l'entrée de Mère fut qu'une grosse araignée noire venait de se faufiler dans la pièce à pas pressés.

La femme qui se tenait devant lui était un peu plus petite que lui mais presque deux fois plus large. À sa chevelure entièrement grise coupée au carré elle avait ajouté des extensions qui lui pendaient sur les épaules et sur le dos, semblables aux pattes d'un crustacé mort. Dessous, la tête était minuscule, la peau blême, les yeux lourdement maquillés pour qu'ils ne se perdent pas tout à fait à cause des orbites trop profondes dans lesquelles ils étaient enchâssés et des poches violacées qui les soulignaient. La bouche était une mince entaille rouge et le menton servait de cheville aux plis de chair molle qui descendaient en gradins jusqu'au cou pour être avalés par sa robe noire. Curieusement, son visage était émacié, de même que ses bras, qui dépassaient de ses manches telles des brindilles, et ses mollets, visibles sous l'ourlet du vêtement. Ses pieds, dont la pointure ne pouvait excéder celle d'une fillette, se cachaient dans des pantoufles de velours noir. Seul le torse était énorme, son ampleur soulignée par les contours de la robe.

Son fils la rejoignit. De même que Philip portait clairement les traces de son ascendance paternelle, il était manifestement l'enfant de sa mère : cela se voyait dans les yeux et le menton, dans la peau sans rides tendue sur les os de la figure.

— Mère, dit-il, voici les hommes dont je vous ai parlé.

Sans dire un mot, Mère examina Angel et Louis en silence avant de porter son regard sur Parker et de s'y attarder assez longtemps pour qu'il se sente mal à l'aise, telle une mouche sur un hameçon attendant l'inévitable morsure finale. Cette impression se renforça lorsqu'il se rendit compte qu'elle avait commencé à s'approcher de lui sans qu'il le remarque, ses pantoufles produisant un léger chuintement sur le tapis. Il résista à l'envie de faire quelques pas en arrière pour compenser. Quand elle fut proche, il sentit son odeur. La même exactement que son rejeton. Ou ils partageaient la même eau de Cologne, ou ils exsudaient une odeur commune par leurs pores.

Ne sachant trop comment se comporter, Parker tendit une main pour la saluer, mais les petits poings de Mère demeurèrent collés à ses flancs. Philip, qui la suivait comme si un fil de soie le liait à elle, expliqua :

— Mère n'aime pas les contacts physiques superflus.

Ladite Mère s'exprima pour la première fois, d'une voix au timbre aigu sans être désagréable :

— Monsieur Parker, voulez-vous prendre la peine de vous asseoir, vous et vos amis ?

D'un geste, elle désigna le nid de sièges entourant la table basse, puis attendit que les quatre hommes s'approchent et se percha sur le plus petit des sofas. Ils s'installèrent à leur tour, Philip sur le même sofa que sa mère, Angel et Louis sur celui d'en face, et Parker dans l'un des fauteuils. Philip souleva la théière, demanda si quelqu'un voulait du lait et entreprit de servir le thé. Des manières fort sociables, si l'on voulait bien faire abstraction du fait que soixante pour cent des personnes présentes étaient venues jusque-là sous la contrainte.

Mère but une petite gorgée de thé, grignota un cookie. Philip ne toucha pas aux gâteaux, ni même à sa tasse après l'avoir remplie. Angel prit un cookie et parvint à en manger la moitié en abandonnant le reste sous forme émiettée au sofa, au tapis et à ses vêtements. Mère avait rencontré plus de réussite dans sa tentative, probablement parce qu'elle avait davantage de pratique. Personne ne parlait.

Mère finit son gâteau, fit délicatement tomber dans sa soucoupe les miettes adhérant à ses doigts et attaqua :

— Que faisiez-vous chez Jaycob Eklund ?

Parker reposa sa tasse. Quoiqu'il ne fût pas franchement connaisseur, ce qui était sorti de la théière lui avait paru excellent. Il demanderait peut-être à Mère le nom de son thé, à supposer qu'ils finissent la soirée en bons termes, ce qui était loin d'être garanti, si l'on se référait à la brusquerie de la question d'ouverture.

— Tout d'abord, laissez-moi vous dire que nous sommes quelque peu surpris, madame...

Si elle avait un nom, elle n'était clairement pas d'humeur à le communiquer. Elle eut une expression d'étonnement feinte, comme s'il venait de formuler, avec toutefois beaucoup de retenue, une demande quelque peu inconvenante.

— C'est simplement Mère, répondit Philip.

Parker se dit qu'il savait maintenant ce qu'Alice avait ressenti au thé du Chapelier fou.

— Je ne peux pas vous appeler Mère, se justifia-t-il sans hausser le ton.

— Vous n'avez pas à m'appeler du tout, lâcha l'intéressée. Répondez juste à la question.

— Je travaille pour un client.

— Son nom ?

— Je ne suis pas en mesure de vous le révéler.

— Et ce client approuve le cambriolage ?

Elle tordit la bouche en une moue de désapprobation.

— Vous seriez étonnée de ce que mon client est prêt à cautionner.

Mère avala une autre gorgée de thé.

— J'ai vu un homme se faire écorcher vif... Très peu de choses m'étonnent.

Si elle espérait choquer qui que ce soit parmi l'assistance, elle dut être déçue.

— Vous menez apparemment une vie intéressante, fit observer Parker.

Il s'interrogeait sur la nature des relations de Mère avec Caspar Webb. Si l'existence de Philip suggérait un plan sexuel, il avait l'impression que leurs rapports ne s'étaient pas limités à celui-ci. C'était cette femme qui s'occupait maintenant des affaires de Webb, même si son fils préférait croire que l'influence de feu son père perdurait.

— J'ai passé de nombreuses années heureuses avec M. Webb, répondit-elle, comme si elle avait perçu les réflexions du détective.

— Assis autour du feu, écorchant des gens..., enchaîna Louis.

Mère lui adressa un sourire indulgent.

— Je vous connais, tous les trois. Vous avez beaucoup de sang sur les mains.

Elle braqua son petit doigt sur Louis et poursuivit :

— Cela vous intéressera peut-être de savoir que vous êtes le premier individu de votre race à pénétrer dans notre maison.

— C'est assurément un progrès, rétorqua-t-il.

Elle continuait à le fixer et Parker se demanda si, comme Philip, elle ne cillait jamais. En tout cas, il ne l'avait pas vue le faire depuis qu'elle les avait rejoints. C'était peut-être génétique.

— Avez-vous rencontré M. Webb ?

— Non, il ne fréquentait pas les gens de couleur, comme vous venez de nous en informer.

— Je crois qu'il n'avait jamais vu de Noirs avant d'émigrer aux États-Unis. Il était le produit de son époque et de sa région.

— Et quelle était cette région ? intervint Parker.
— Les pays Baltes. Il était très discret sur ses origines.
— Par honte ?
— Par prudence. Il avait laissé des ennemis derrière lui.
— La plupart morts et enterrés, si j'en crois les rumeurs.
— Si ces rumeurs ont un fondement, elles appartiennent au passé. M. Webb n'est plus de ce monde, il n'a plus de ces préoccupations.

Si un dixième de ce qu'on murmure sur Webb est vrai, pensa Parker, il a d'autres soucis, là où il se trouve maintenant. Il doit y faire très, très chaud, entre autres.

— Il avait mis sur pied un réseau remarquable, dit-il. J'espère que quelqu'un perpétue la tradition familiale. Ce serait dommage de voir se perdre tout ce dur labeur.
— En fait, nous nous désinvestissons actuellement de ses activités antérieures, répondit Mère.

À cet instant précis, Parker crut déceler une réaction de Philip à cette déclaration, un infime changement dans sa posture.

Ils sont en désaccord, là.

— Vraiment ? fit Louis. Et qu'en pense Vincent Garronne ?

D'après le peu que Parker connaissait sur ce réseau, Garronne avait été l'homme de main de Webb, le visage public des activités de son maître. Sachant se montrer violent quand c'était nécessaire, Garronne était un homme intelligent et ambitieux. Durant la période de déclin physique de Webb, c'était lui, disait-on, qui gérait l'empire au jour le jour.

Or personne ne l'avait vu depuis un moment.

— Vincent Garronne est mort, annonça Mère.
— Ah, fit Louis. Ça a été soudain ?
— Ça l'a été quand il a heurté le sol, répondit Philip.
— Il est tombé du haut d'un immeuble, précisa Mère.
— Il faut être prudent quand on évolue sur les sommets, commenta Louis.

— Je ne crois pas que la prudence l'aurait sauvé, dit Mère, mettant ainsi un terme à toute spéculation sur la fin de Garronne.

Philip lui proposa une autre tasse de thé, qu'elle déclina. Il n'en offrit pas aux autres.

— M. Webb a laissé un héritage considérable, reprit Mère. Il tenait à soutenir plusieurs œuvres charitables, ainsi que des galeries et des musées qu'il aimait beaucoup.

Après une pause elle ajouta :

— Il avait aussi un frère.

Parker attendit. On en arrivait enfin à la raison de leur présence dans cette maison.

— Ils étaient brouillés. Le frère de M. Webb n'approuvait pas son mode de vie. Il avait une femme et un fils, et il pensait que, si ses liens avec M. Webb venaient à être connus, sa famille serait en danger. Il avait changé de nom – il avait pris celui de sa femme après leur mariage – avant de rompre tout contact avec son frère et de mener une vie irréprochable.

— Je relève que vous parlez de lui au passé, dit Parker.

— Il a disparu il y a près d'un an. M. Webb a engagé des détectives privés, il a sollicité comme une faveur l'intervention de la police, mais on n'a retrouvé aucune trace de son frère.

— Et du côté de son épouse ?

— Il n'existait aucune raison de la soupçonner. En fait, c'était elle qui avait demandé à M. Webb de l'aider à retrouver son mari.

— M. Webb a quand même enquêté sur elle, juste pour être sûr… ?

— Naturellement. Cela n'a rien donné, comme il s'y attendait.

— Et a-t-il eu plus de succès pour établir ce qui était arrivé à son frère ?

— Non, mais il était déjà occupé à mourir. Si sa santé avait été meilleure, il se serait personnellement impliqué dans les recherches.

Elle examina ses ongles, dépourvus de vernis et coupés si court que le lit de l'ongle était visible à chaque doigt.

— Je vous repose la question, monsieur Parker. Pour qui travaillez-vous ?

— Et je vous rappelle que je ne peux pas divulguer son nom.

La main de Mère se recourba en une serre. Parker avait conscience de se la mettre à dos, mais il s'agissait d'un échange d'informations et il ne voulait pas être le dindon de la farce.

— Toutefois, ajouta-t-il, je peux vous assurer que j'ai été engagé par quelqu'un qui cherche à retrouver Jaycob Eklund et ne lui veut aucun mal.

— Vous en êtes sûr ?

Parker pensa à Ross : pas tout à fait, dut-il reconnaître pour lui-même.

— Absolument. Je présume que vous étiez au courant de la disparition d'Eklund, puisque vous faisiez surveiller son domicile.

— M. Webb possédait la société de gardiennage qui s'en occupe. Lorsque l'alarme s'est déclenchée, plus tôt dans la soirée, nos gens sont allés voir. Ils ont découvert le brouilleur. Et votre voiture a été filmée par les caméras braquées sur la maison et la rue.

— Des caméras, répéta Parker en jetant un coup d'œil à Angel. Et ça se dit professionnel…

— Ne faites pas de reproches à votre ami, monsieur Parker. Elles sont minuscules et bien cachées. Avec la marque, le modèle et l'immatriculation de votre véhicule, il n'a pas été difficile de vous retrouver. Nous avons donné quelques coups de fil, obtenu des enregistrements de caméras de surveillance. En faisant halte dans le Massachusetts, vous nous avez épargné un voyage dans le Maine.

— Pourquoi vous préoccuper autant du sort d'Eklund ?

— Parce que nous avons pensé qu'après sa disparition quelqu'un pourrait s'intéresser à ce qu'il gardait chez lui.

On pénétrait en terrain dangereux. Parker ne voulait pas lui demander carrément si elle était responsable de cette disparition. Il n'était pas pressé de finir comme Vincent Garronne, ni comme le malheureux écorché vif mentionné par Mère.

Elle comprit apparemment le souci du détective :

— Nous n'avons fait aucun mal à M. Eklund. Nous tenons cependant beaucoup à ce qu'on le retrouve. Sa disparition pourrait être liée à ce qui est arrivé au frère de M. Webb et à sa famille.

— À savoir ?

— La belle-sœur de M. Webb et son neveu sont morts ces dernières vingt-quatre heures. Poignardés dans leur maison de Millwood, New Hampshire. Ils s'appelaient May et Alex MacKinnon.

Ce nom rappela à Parker les dossiers du sous-sol d'Eklund ainsi que les informations inscrites à côté de la carte murale concernant la plus récente des disparitions sur lesquelles Eklund enquêtait.

— Vous savez, poursuivit Mère, peu avant de décéder, M. Webb avait été contacté par Jaycob Eklund. Cet homme était persuadé qu'ils avaient certaines préoccupations en commun, la disparition du frère de M. Webb, entre autres. M. Webb fut prudent, bien sûr. Il fit appel à des intermédiaires, notamment à Philip, et finalement une rencontre eut lieu dans cette pièce même. J'ai assisté à la discussion.

Philip s'approcha de la cheminée, y jeta deux bûches qui sifflèrent en tombant sur les braises, tels des êtres vivants condamnés au bûcher.

— Et de quoi Eklund voulait-il parler à M. Webb ? demanda Parker.

— Il voulait lui parler de fantômes, répondit Mère.

37

Le Collectionneur s'était discrètement garé à quelque distance des bureaux d'Agave Associates. Il avait eu l'intention d'explorer la maison qui avait suscité l'intérêt tant de Parker que de feu Donn Routh, mais l'alarme s'était déclenchée et avait sonné un bon moment. Le bruit avait attiré un véhicule d'une société de surveillance, suivi peu après de deux BMW, dont l'une était conduite par quelqu'un qui ne lui était pas inconnu : Philip, l'enfant naturel naturellement non reconnu de feu Caspar Webb.

Après une courte discussion et plusieurs coups de téléphone, l'agent de sécurité était resté sur place, les deux BM étaient reparties, et le Collectionneur avait décidé de filer Philip, décision qui l'avait amené à passer dans le Massachusetts, puis à revenir à Providence dans le sillage du petit convoi formé par Parker, Philip et les autres. Entre-temps, le Collectionneur avait appelé son père, l'avocat Eldritch, pour lui demander de trouver à qui appartenait la maison de Fox Point. Il apparut que le détective s'intéressait à un confrère nommé Jaycob Eklund. Malheureusement pour Parker, Philip s'y intéressait aussi, et là où il y avait Philip il y avait Mère.

Le Collectionneur connaissait les fautes de Caspar Webb, mais elles n'avaient pas d'importance pour lui. Webb n'avait guère été plus qu'un vulgaire gangster, bien qu'il s'entourât d'une aura de mystère. Ses péchés étaient la conséquence de sa cupidité et de sa frayeur, car tous les puissants éprouvent une peur secrète. Webb était un type antipathique, mais il lui manquait le côté dépravé qui aurait pu attirer les foudres du Collectionneur sur lui, et la mort aurait ensuite réglé la question.

Mère, elle, présentait un fond d'iniquité qui méritait une certaine attention, pas encore toutefois une action immédiate.

Mais le fils ?

Ah, le fils était vraiment très intéressant.

38

Kirk somnolait sur le sol tel un chien, la tête sur un coussin, lorsque Sally finit par ressortir de la salle de bains, une grande serviette enveloppant son corps, une autre nouée en turban autour de sa chevelure. Ce fut sans doute une bonne chose que Kirk ne remarquât pas l'expression de son visage, car il n'y aurait pas vu d'amour : de la pitié, peut-être, de la frustration certainement, mais pas d'amour.

Elle le poussa de la pointe du pied.

— Réveille-toi.

Il remua, ouvrit les yeux et grogna :

— T'en as passé, du temps, là-dedans.

— Il fallait que je réfléchisse. Descends et sers-moi un verre de vin. Je te rejoins dans une minute.

Sally alla dans sa chambre. Kirk et elle faisaient chambre à part et ne couchaient ensemble que lorsque l'un ou l'autre en éprouvait le désir – c'était cependant à elle que la décision revenait généralement. Au moment précis où elle franchissait le seuil de la pièce, elle laissa tomber la grande serviette, offrant à son frère une brève vision de son corps nu, mais il n'y avait là rien d'aguichant. Kirk n'était même pas sûr qu'elle ait eu conscience du timing ni de l'effet produit.

En passant, il jeta un coup d'œil dans la salle de bains. Malgré la vapeur flottant dans la pièce, il remarqua que le carreau du bas de la fenêtre avait été maladroitement essuyé et il crut y distinguer des restes de lettres. Il cherchait encore à les déchiffrer quand la peau de sa figure et de ses mains se mit à picoter et qu'un froid humide s'insinua dans la chaleur de la pièce.

C'est lequel ?... Eleanor, à tous les coups.

Au lieu de battre immédiatement en retraite, il fixa la vapeur qui se dissipait, comme pour dire : « J'ai ma place, j'ai un but. Je ne suis pas une marionnette insignifiante. » Une dérisoire manifestation de défi.

Quelque chose toucha ses lèvres et sa bouche fut envahie d'un goût de pourri, de fleurs mortes. Il hoqueta, vacilla, frotta ses lèvres de sa manche pour se débarrasser du polluant. Geste vain : il était déjà sur sa langue, sur son palais, et Kirk eut juste le temps de se retourner et de saisir un vase – parce qu'il n'était pas question de se précipiter aux toilettes, pas en passant à travers ce qui se tenait dans l'encadrement de la porte – pour vomir dedans.

— Sale garce, murmura-t-il quand il eut fini.

Il eut un dernier rot, qui avait le goût et la puanteur du gaz des marais, mais il sentit qu'Eleanor était déjà partie. Le couloir était plus chaud, la lumière un peu plus vive dans la salle de bains.

Il descendit avec le vase et le lava dans l'évier, servit un verre de vin à Sally avant de se verser deux doigts de Four Roses dans un verre et d'en avaler la moitié d'un coup pour se rincer la bouche. C'était un vilain tour qu'Eleanor lui avait joué, la morsure – le baiser – d'une mauvaise chienne. Elle n'avait aucune raison de faire ça, il s'était juste contenté de lui tenir tête.

Soudain, il se mit à pleurer. C'était dû en partie, il le savait, à son contact avec Eleanor. Ça ne valait rien à personne de passer trop de temps à proximité des morts : Sally serait d'humeur exécrable pendant le reste de la soirée et se réveillerait le lendemain matin avec un putain de mal de tête. Mais toucher l'un d'eux, ou se faire toucher par l'un d'eux, vous plongeait dans la déprime, c'était comme avoir une brève vision de sa propre mortalité.

Le moment de désespoir que traversait Kirk n'était pas seulement dû à Eleanor. Il ne voulait pas finir comme eux. Il ne voulait pas se retrouver pris au piège comme eux dans l'au-delà et passer sans cesse d'un monde à l'autre tel un rat dans les murs creux d'une vieille bicoque. Il valait mieux ne plus exister, mais il n'avait pas le choix : c'était la damnation ou la dissimulation, l'enfermement avec les autres Frères défunts qui cherchaient à échapper au châtiment pour les péchés de nombreuses générations. Et cependant il n'avait aucune envie de passer l'éternité en compagnie d'Eleanor. Quelle qu'elle ait pu être de son vivant, la mort lui avait sérieusement aigri le tempérament.

Kirk ne pouvait arrêter le cycle. Il craignait même de se demander en présence de Sally comment ce serait possible. Elle avait toujours su deviner la direction de ses pensées. Elles transparaissaient sur ses traits. Il aurait fait un minable joueur de poker – il était minable en à peu près tout.

Il entendit les pas de Sally dans l'escalier, essuya ses larmes avant qu'elle entre dans la cuisine. Elle avait enfilé son peignoir de bain rouge. Il avait l'air en soie mais ne l'était pas. Ils menaient une vie parcimonieuse parce que toute richesse était partagée entre chaque membre de la famille élargie. Pour leur propre sécurité, il importait que personne ne se sente privé ou exclu.

— Ça va ? s'enquit-elle.

— J'ai bu trop vite. Je me suis brûlé le gosier.

— Tu aurais dû prendre du vin.

— Je voulais quelque chose de plus fort.

Elle hocha la tête, avala une longue gorgée de son verre. Instantanément, le vin lui tacha les lèvres et les dents. Kirk se tenait si près d'elle qu'il le sentait dans son haleine. Elle tendit le bras, fit tomber un peu de moisi resté collé à la joue de son frère.

— Je suis désolée. Eleanor n'aurait pas dû faire ça.

Il ne prit même pas la peine de lui demander comment elle savait. Putain d'Eleanor. Il faillit recommencer à pleurer. Ce gâchis, ce lamentable gâchis...

— Assieds-toi, lui ordonna-t-elle.

Il obéit. Elle prit la main gauche de son frère dans sa main droite et la pressa pour le rassurer.

— Elle est partie, dit-elle. Il n'y a plus que nous deux.

— Elle est méchante, geignit-il, tel un enfant de cinq ans.

— Elle est inquiète. Le Cousin est mort. Nous sommes peut-être en danger.

— Qu'est-ce qu'on va faire, alors ?

Sally lâcha la main de Kirk pour tirer une feuille de papier d'une poche de son peignoir.

— Ce sont les noms qu'Eklund m'avait donnés, ceux des gens à qui il avait parlé. Nous allons convoquer une réunion de toute la famille...

Elle but une autre gorgée avant d'ajouter :

— Et nous déterminerons lesquels il faut tuer.

39

Mère contemplait le portrait de Caspar Webb accroché au-dessus de la cheminée depuis un long moment déjà, et Parker comprit qu'elle avait oublié jusqu'à leur présence. Il tenta de déchiffrer l'expression de son visage, n'y décela pas beaucoup d'amour. Lorsqu'il tourna brièvement son attention sur Philip, dont le regard avait suivi celui de Mère, il n'y vit pour le coup aucun amour du tout.

— Vous le savez, dit-elle enfin, M. Webb venait d'une autre culture que la nôtre. C'était aussi un croyant fervent, issu d'une tradition orthodoxe que je n'ai jamais vraiment comprise. À la fin de sa vie, il m'avait confié qu'il savait pertinemment que certains étaient convaincus de brûler en enfer pour ce qu'ils avaient commis, mais lui pensait qu'ils se trompaient. Pour lui, le paradis et l'enfer n'existaient pas : il pensait qu'il regarderait Dieu et qu'il percevrait Sa présence comme un grand feu à travers lequel tous devraient passer, les justes et les impénitents. Les premiers en sortiraient indemnes, les autres seraient consumés par les flammes. Sur son lit de mort, M. Webb s'est repenti de ses péchés. C'est conformément à ses dernières volontés que nous démantelons les structures qu'il avait créées et que nous faisons bon usage des richesses accumulées grâce à elles.

Là, à nouveau : un raidissement mal maîtrisé du fils. Toute

allusion à la disparition des entreprises de Webb était comme un coup d'épingle pour Philip.

— Je ne savais pas que le salut s'obtenait de cette façon, dit Parker.

— Il n'est jamais trop tard pour se repentir, affirma Mère, dont le regard le défiait de la contredire.

— Malheureusement, en l'absence de message expédié de l'autre monde, vous n'avez aucun moyen de savoir si M. Webb a réussi son numéro de sauvetage…

— Du coup, ajouta Louis – Parker savait que lui aussi avait remarqué la réaction de Philip –, toutes ces années d'efforts pour édifier un empire dans le Nord-Est balayées au nom d'un homme qui est déjà en train de brûler, d'une façon ou d'une autre… C'est comme vendre des actions alors qu'elles continuent à grimper.

— Nous ne serons pas réduits à la pauvreté, assura Mère. M. Webb y a veillé.

Louis haussa les épaules.

— Ce n'est pas mon argent.

Il détourna les yeux afin de signifier que, pour lui, le sujet était clos. Ils avaient appris quelque chose sur Philip, c'était déjà ça.

— Mais quel rapport avec Eklund ? voulut savoir Parker.

Et Mère répondit. Pendant de longues heures, le détective avait expliqué à Webb qu'une série de meurtres et de disparitions s'étalant sur plus d'un siècle et demi pouvait être liée à des apparitions à la fois de nature paranormale et d'une similarité frappante dans leurs détails. Le frère de M. Webb avait été témoin de ces apparitions dans les semaines précédant sa disparition. Ces « hallucinations » étaient mentionnées dans le rapport de police, mais juste incidemment, comme pour indiquer que MacKinnon souffrait peut-être de troubles mentaux avant de disparaître. Elles figuraient aussi dans certains articles de presse et, par voie de conséquence, sur des sites web spécialisés, ce qui expliquait comment Eklund les avait relevées.

— Qu'est-ce que MacKinnon prétendait avoir vu ? demanda Parker.

— Des variantes de trois silhouettes : un vieil homme barbu, flanqué de deux femmes plus jeunes. MacKinnon était très précis sur leur apparence et leur mise. Il avait dit à sa femme qu'il les avait vus pour la première fois alors qu'il rentrait sa voiture au garage et qu'il avait failli les emboutir tant ils étaient apparus subitement. Il avait freiné, ils étaient restés sous son regard quelques secondes avant de disparaître.

— Il avait continué de les voir par la suite ?

— Oui, selon son épouse. D'après elle, ils ne se cachaient pas. Son mari dormait mal. Il était réveillé par des bruits au rez-de-chaussée, des odeurs étranges, que personne d'autre dans la maison n'entendait ni ne sentait. Il avait pris rendez-vous avec un psychiatre, mais il a disparu avant la première consultation.

— Et Webb était au courant ?

— *Monsieur* Webb avait connaissance de chaque élément de l'enquête sur la disparition de son frère. Il avait dépensé des sommes considérables dans ces investigations privées, mais il n'avait pas eu plus de chance que la police.

— Et puis Eklund est arrivé.

Parker gardait un œil attentif sur Philip, qui ne révélait plus grand-chose de ce qu'il pensait et paraissait même s'ennuyer. Difficile, donc, de deviner sa position sur ce point. Neutre, peut-être. Au mieux.

— M. Webb ne cultivait pas le scepticisme en matière de paranormal. Il trouvait les hypothèses de M. Eklund intéressantes, au point d'être prêt à le financer. Le détective avait accepté une faible rémunération et promis d'informer M. Webb s'il découvrait quoi que ce soit pouvant faire la lumière sur la disparition de Michael MacKinnon. L'une des clauses du testament de M. Webb stipulait qu'il faudrait continuer à aider et à guider M. Eklund dans son enquête. Une somme était réservée à cette fin.

— Mais Eklund a disparu des écrans radar...

— M. Eklund se déplaçait beaucoup pour son travail. Nous ne nous sommes inquiétés de son sort que récemment. L'accord que nous avions conclu prévoyait des rapports hebdomadaires et M. Eklund veillait scrupuleusement à satisfaire nos conditions.

Ainsi Eklund prenait l'argent de Webb tout en encaissant de temps en temps un chèque de Ross. Deux maîtres très différents à servir. À tout le moins, Eklund s'était montré peu avisé, conclut Parker.

— Vous avez fouillé sa maison ? demanda-t-il.

— Nous y sommes entrés pour nous assurer qu'il ne lui était rien arrivé, et apparemment rien n'avait été touché ni emporté. Vous, en revanche, vous n'avez pas eu de tels scrupules.

— Nous pouvons vous remettre tout ce que nous avons pris, si vous le souhaitez.

— Et votre client ?

— Mon client sera mécontent, mais c'est pour lui un état existentiel permanent. Il pourrait mettre un moment à s'apercevoir que cet état a empiré.

— Et que fera-t-il alors ?

— Je pense qu'il s'en prendra à toute personne en possession de ces documents. C'est ce que vous voulez ?

— Vous le présentez comme un criminel.

— Si tel était le cas, il se plairait en notre compagnie, mais comme vous pouvez le constater il brille par son absence... C'est tout le contraire, en fait.

Parker laissa ses mots résonner dans la pièce. Il avait livré à Mère autant qu'il était disposé à le faire, sans pour autant mentir : Ross finirait par s'attaquer à ce qui restait du réseau de Caspar Webb afin de mettre la main sur toute information pouvant le conduire à Eklund.

Mère hocha la tête pour montrer qu'elle avait compris.

— Quoi que vous puissiez penser de nous, ou de feu M. Webb, dit-elle, il se souciait sincèrement du sort de son frère, et tout autant du bien-être de sa femme et de son enfant. Je pense que Michael MacKinnon est mort, lui aussi. Nous qui restons avons une obligation envers eux. Je suis disposée à vous verser une somme de cent mille dollars, à vous et vos amis, si vous trouvez les responsables et si vous me les amenez pour qu'ils soient châtiés. Je ne m'intéresse pas aux rouages de la loi, je ne me préoccupe que de justice.

Parker ne voyait aucune raison d'envisager un tel marché.

— Ça ne va pas être possible.

— La prime n'est pas suffisante ?

— Ce n'est pas une question d'argent.

— Ni de légalité, pas pour vous. Comme je l'ai mentionné, je suis au fait de votre passé.

— Non, j'ai déjà un client, je n'en veux pas d'autre. Cela pourrait conduire à des conflits d'intérêts.

— L'un n'a pas nécessairement à connaître l'existence de l'autre.

— Oh, je crois bien que mon client en sait déjà sur vous plus que vous ne le souhaiteriez.

— Ah, fit Mère, qui n'ajouta rien d'autre.

Parker se leva. Angel et Louis aussi.

— Où allez-vous ? lança sèchement Philip. Mère ne vous a pas autorisés à partir.

Parker ne lui accorda pas même un coup d'œil.

— Je pense que Mère sait déjà que notre entretien est terminé.

— M. Parker a raison, Philip. Laisse-les prendre congé.

— Vous leur faites confiance ?

— Je ne vois aucune raison de ne pas le faire.

— Mais ils n'ont pas accepté de nous aider !

— Ce n'était pas nécessaire. Ils continueront de toute façon à rechercher M. Eklund. S'il a des ennuis, et si c'est en lien avec ce qui est arrivé aux MacKinnon, ils agiront dans notre intérêt, qu'il y ait ou non accord entre nous. Et si le sort de M. Eklund n'a rien à voir avec les MacKinnon, il ne nous intéresse pas – sauf s'il nous permet de récupérer des documents pris chez lui qui pourraient éventuellement nous aider par la suite. J'ai bien résumé la situation, monsieur Parker ?

— Je crois que oui.

— Alors, Philip va vous raccompagner. Il vous communiquera aussi un numéro à appeler si vous souhaitez me rendre à nouveau visite.

— Je ne pense pas que ce soit indispensable.

— Passez donc ce caprice à une vieille femme, plaida Mère.

Elle caressa d'une main son décolleté en une grotesque parodie de flirt, mais on ne lisait ni désir ni joie dans son regard.

— Il ne me reste que peu de plaisirs, ajouta-t-elle.

Une bûche éclata dans l'âtre et les flammes projetèrent sur le mur une ombre évoquant un homme suspendu agitant les jambes, une silhouette trop sombre pour qu'on puisse voir son corps écorché.

— Je suis sûr que vous trouverez quelque chose, répondit Parker.

Et il sortit à la suite d'Angel et de Louis.

40

Personne, apparemment, ne s'était intéressé à la Lexus, mais Louis jeta quand même un coup d'œil dans le coffre après avoir désactivé l'alarme. Si, pour un observateur peu attentif, on n'avait touché à rien, Louis avait pour habitude de coller deux petits morceaux de ruban adhésif transparent de chaque côté du fond amovible du coffre. Il constata qu'ils n'étaient plus en place. Il ne prit cependant pas la peine de pousser plus avant son investigation. Si les hommes de Philip avaient réussi à pénétrer dans la voiture sans déclencher l'alarme, les verrous fermant le compartiment caché sous le fond du coffre étaient soigneusement dissimulés et il fallait un code électronique pour les ouvrir. Les documents s'y trouvaient toujours, mais l'intrusion dans sa Lexus le contrariait.

Parker le rejoignit.

— Tout est en ordre ?

— Quasiment.

Louis se tourna vers les quatre hommes qui les observaient derrière Philip.

— Au moins, vous n'avez pas chié dedans.

Personne ne répondit. Louis s'en moquait, il voulait seulement qu'ils ne s'imaginent pas qu'il n'avait pas remarqué l'intrusion. Il était en outre à peu près sûr qu'ils avaient placé un émetteur quelque part sur la voiture, parce que c'était ce qu'il aurait fait lui-même en pareilles circonstances. Angel ne mettrait pas longtemps à le dénicher. Louis le fixerait alors sur un camion d'éboueurs ou un véhicule de livraison pour balader un moment les sbires de Mère.

— Vous nous préviendrez, naturellement, si vous avez l'intention de retourner à Providence, dit Philip.

— Ta môman t'appelle, répliqua Louis. Cours, si tu ne veux pas recevoir une fessée.

Quelqu'un ricana derrière Philip, qui ne se retourna pas pour voir qui c'était.

— Elle est très âgée, dit-il, elle vous l'a elle-même fait remarquer. Il y aura bientôt du changement, ici.

— Ce n'est pas l'impression que nous avons eue, intervint Parker. Vous feriez bien de mettre un peu de sous de côté en prévision des mauvais jours qui s'annoncent. Ce que votre papa vous a laissé ne vous suffira pas, vu les goûts que vous avez.

Cette fois, Philip ne chercha même pas à masquer sa réaction. Sa bouche s'ouvrit toute grande, révélant de petites dents blanches – une denture d'enfant – qui mordirent l'air de la nuit. On eût dit une tête en cire qui se déformait. Et soudain, dans sa rage, il cracha sur la voiture. Louis fit un pas en avant, Parker le retint par le bras.

— Non.

Louis prit une inspiration, se détendit et dit :

— Je m'en souviendrai, gamin.

— Ne me traitez pas de « gamin », espèce de sale n…

Philip n'alla pas plus loin.

— Vas-y, l'incita Louis. Lâche-toi. Dis-le.

Philip ne le fit pas. Un reste de bon sens prévalut, ce dont Parker se félicita. Louis et lui n'avaient pas récupéré leurs armes. Seul Angel, déjà dans la Lexus, pouvait en saisir une. Si on sortait les flingues, ça finirait mal.

— Décampez de ma ville, leur ordonna Philip.

Parker s'assit à l'avant, Louis prit le volant. Aucun d'eux ne se donna la peine de lui rappeler que cette ville ne lui appartenait pas, qu'elle ne lui appartiendrait jamais. Restait à savoir quel genre de dégâts Philip pourrait causer avant que quelqu'un le ramène définitivement à la raison.

Des gros, pensa Parker. Et un sacré paquet.

41

Le Collectionneur regarda la Lexus s'éloigner. Il aurait voulu entendre le dernier échange entre le fils de Mère et les trois visiteurs, presque plus que la conversation qu'ils avaient eue dans les appartements d'en haut. Les mots qui avaient provoqué chez Philip une réaction aussi peu maîtrisée méritaient d'être entendus : si certains individus étaient capables d'en amener d'autres à révéler leur vraie nature, ces trois hommes en faisaient partie. Angel et Louis, en particulier, auraient réussi à tirer un comateux de son inconscience.

Il savait où le trio se rendait : la voiture de Parker était restée au motel et ils y avaient encore leurs chambres, bien qu'il fût peu probable qu'ils choisissent d'y coucher après ce qui s'était passé à Providence. Ils s'étaient maintenant rendu compte de l'imprévisibilité de Philip – une façon diplomatique de se référer à sa folie évidente – et ils dormiraient sans doute mieux en mettant quelques centaines de kilomètres entre eux et lui.

Le Collectionneur aurait pu les suivre de nouveau jusqu'au motel et y parler à Parker, mais il s'efforçait encore d'éviter chaque fois que possible Angel et Louis. Parker, pour le meilleur ou pour le pire, était prêt à collaborer avec lui sur une base mutuellement bénéfique, même si le détective devait parfois faire un gros effort pour cacher le dégoût que cet arrangement lui inspirait, alors qu'Angel et Louis lui trancheraient la gorge dans la seconde si l'occasion s'en présentait. Tout en étant convaincu qu'ils n'y parviendraient pas, le Collectionneur ne voyait aucun intérêt à leur laisser la moindre ouverture et il n'avait assurément aucune envie de passer du temps avec des individus qui lui étaient si manifestement hostiles. Il envisageait donc de prendre contact avec le détective d'ici un jour ou deux, soit en arrangeant un rendez-vous, soit en se présentant simplement à un moment propice, sans prévenir. Parker était persuadé d'avoir fait de lui son vassal, et il y avait assez de vrai dans cette conviction pour qu'elle soit contrariante. Le Collectionneur pensait qu'il pouvait être amusant de suivre les fils reliant Eklund à Donn Routh et de les trancher au fur et à mesure, juste pour faire connaître à Parker le goût de l'échec.

Pour le moment, néanmoins, il attendait dans l'ombre, prolongeant sa surveillance d'Agave Associates. Philip tapa un de ses larbins d'une cigarette qu'il alla fumer à quelque distance, le temps de recouvrer son calme. Au deuxième étage, un des volets s'entrouvrit et le Collectionneur put entrevoir Mère scrutant l'obscurité à la recherche de son fils.

Tu as été trop indulgente avec lui, pensa-t-il, et Caspar Webb pas assez.

Mauvaise combinaison, qui avait contribué à créer un *lusus naturae*, un monstre. « Les femmes fécondées dans leur impureté porteront des monstres » – n'était-ce pas la formule du deuxième livre d'Esdras ? Le Collectionneur était un fervent lecteur des Apocryphes. Après tout, il y avait trouvé le nom qu'on lui donnait parfois : Kushiel, l'ange du châtiment.

Parker avait eu tort de se faire un ennemi de Philip. Il faudrait guider ce garçon et même, finalement, traiter avec lui. Le prendre pour cible serait s'attirer le courroux de Mère, et le Collectionneur n'en voyait pas l'intérêt.

Le Collectionneur s'éloigna. Ce fut seulement quand il

put le faire sans risque qu'il alluma lui aussi une cigarette et s'enfonça dans l'obscurité jusqu'à ce qu'on ne vît plus que son bout rougeoyant.

Puis ce point lumineux fut lui aussi avalé par la nuit.

42

Parker éprouva un sentiment de soulagement quand il vit Providence disparaître dans son rétroviseur. La rencontre avec Mère et Philip avait ressemblé à une sinistre attraction de fête foraine, de celles qui vous laissent un arrière-goût nauséeux et une vague sensation de souillure.

— C'est pas une expérience que je souhaite renouveler, grommela Angel sur la banquette arrière.

— Moi, j'ai bien aimé Philip, dit Louis. Il a du caractère.

De son index droit il se tapota l'oreille, puis fit tourner son doigt en l'air pour désigner tout l'espace intérieur de la Lexus et les appareils d'écoute qui pouvaient s'y trouver.

— Et beau gosse, avec ça, renchérit Angel.

Parker mit la radio et ils roulèrent sans dire un mot jusqu'au motel. Leurs chambres avaient été fouillées en leur absence – Philip, ou Mère, avait dû donner des coups de téléphone – mais ils n'eurent pas l'impression qu'il manquait quelque chose. Non qu'il y ait eu quoi que ce soit à prendre : ils voyageaient léger et tout ce qui avait de l'importance était dissimulé dans le compartiment secret de la voiture de Louis. La Mustang de Parker avait également eu de la visite, mais là aussi, pas de butin intéressant à emporter.

Ils garèrent les deux véhicules dans un coin tranquille du parking éclairé par une ampoule. Angel les inspecta l'un après l'autre et ne tarda pas à découvrir les deux traceurs GPS planqués derrière les jantes des roues arrière droites.

— Des amateurs, dit-il.

Il remit les appareils à Louis qui, faute d'un camion d'éboueurs ou d'un rongeur obligeant, fixa l'un sur un camping-car, l'autre sur une voiture de location immatriculée au Canada. Il faudrait attendre d'être de retour dans le Maine pour qu'Angel puisse se mettre à la recherche d'éventuels mouchards supplémentaires. Si les modèles analogiques étaient faciles à détecter, les modèles numériques posaient plus de problèmes parce qu'ils utilisaient les mêmes fréquences que les téléphones portables et la wi-fi. Angel devrait opérer dans un espace neutre, non pollué par d'autres signaux, pour savoir si on en avait planqué dans leurs véhicules. D'ici là, ils devraient garder pour eux leurs opinions sur Philip et Mère quand ils rouleraient.

Ils transbordèrent les documents pris chez Eklund dans le coffre de la Mustang, rendirent les clés de leurs chambres et prirent la direction de Portland. Pendant le trajet, Parker réfléchit à Webb, Mère, Philip et à leurs liens avec Jaycob Eklund. Il fallait absolument qu'il ait une autre conversation avec Ross. L'agent du FBI serait-il surpris d'apprendre que Caspar Webb jetait une ombre posthume sur l'affaire ? Savait-il déjà qu'Eklund avait rencontré Webb ? Cela paraissait peu probable. Même Ross n'aurait pas laissé Parker s'aventurer dans ce nid de vipères sans le prévenir.

Il avait l'impression de commencer enfin à mieux connaître Eklund. Deux pistes prometteuses s'offraient aussi à lui sur la base du travail de la soirée : la disparition de Claudia Sansom, suivie de la découverte de son corps, et le lacis de connexions établies par Eklund parmi ce qu'il pensait être des expériences de hantise. Ses investigations l'avaient finalement mené jusqu'à la porte de Caspar Webb. Parker se concentrerait sur la disparition de Michael MacKinnon, le meurtre de sa femme et de son fils, mais deux éléments le troublaient déjà.

Quoiqu'il lui restât encore à déterminer si la disparition d'Eklund était liée à l'affaire Sansom ou à son intérêt pour l'étrange, il avait conscience que, dans un cas comme dans l'autre, quelqu'un avait eu une raison de vouloir mettre fin à l'enquête du détective. Mais il se pouvait aussi que l'obsession d'Eklund l'ait conduit jusqu'à May MacKinnon, et Parker n'en savait pas encore assez pour exclure qu'il soit un meurtrier.

43

Parker roula derrière Louis et Angel pendant la majeure partie du trajet de retour dans le Maine et ne les laissa filer que lorsque la sortie pour Scarborough apparut devant lui. Il leur fit un appel de phares en guise d'au revoir et ne croisa aucun autre véhicule après avoir quitté la route 1 pour le chemin sinueux menant chez lui. Une lampe brillait dans la pièce du bas qui lui servait de bureau. Il la laissait allumée pour Jennifer, sa fille morte, afin qu'elle puisse la voir dans le noir et savoir qu'il pensait à elle, qu'elle la guide jusqu'à lui si elle avait envie de le retrouver.

Avant de tourner dans son allée, il prit le temps d'interroger son système d'alarme avec son portable. C'était l'une des modifications ajoutées après l'agression qui avait failli lui coûter la vie. L'appareil détectait maintenant à proximité toute activité plus importante que les mouvements d'un mammifère de taille moyenne, et des caméras braquées sur la maison enregistraient une vidéo à laquelle il pouvait avoir accès avec son téléphone. En l'occurrence, la seule visite avait été celle d'un chauffeur d'UPS qui, peu avant midi, avait déposé quelque chose sur le seuil de la porte d'entrée et non dans la boîte aux lettres installée à l'entrée du chemin. C'était une mince enveloppe, qui suscita aussitôt chez Parker un malaise inexplicable.

Il se gara, vida son coffre et déposa les dossiers d'Eklund

dans son bureau avant d'ouvrir l'enveloppe. Elle contenait des documents juridiques l'informant que Rachel avait entamé une procédure pour officialiser les dispositions concernant la garde de Sam et ses droits de visite. Il les lut rapidement, tout en prenant conscience que Rachel avait mis cette procédure en branle avant leur toute dernière rencontre.

Il s'assit devant la fenêtre de son bureau pour contempler les marais au clair de lune, resta un long moment sans bouger et finit par s'endormir, le visage tourné vers la nuit. Malgré son sommeil troublé, il ne vit pas Jennifer s'approcher parmi les arbres, il ne s'éveilla pas pour la voir devant la vitre, l'observant de ses yeux trop âgés pour ses traits d'enfant. Au bout d'un moment, elle s'assit dans la véranda, le dos contre le mur de la maison, et veilla sur son père jusqu'à l'aube.

44

Parker se réveilla le corps raide et glacé, en plus mauvaise forme que s'il n'avait pas dormi du tout. L'horloge indiquait sept heures du matin. Les documents envoyés par l'avocat de Rachel ne constituaient pas tout à fait une surprise et le rendaient plus triste que furieux, déçu aussi d'y percevoir une certaine duplicité de la part de Rachel.

Ça n'aurait pas dû finir comme ça, pensa-t-il. Mais c'est ma faute.

Il monta à l'étage, se déshabilla et prit une douche, mit des vêtements propres, puis se fit du café et des toasts. Il irait voir Moxie Castin plus tard pour étudier avec lui la conduite à adopter. En tout cas, il tenait à ce que Sam soit le moins perturbée possible, et il savait que Rachel le voulait aussi.

Un morceau de toast dans la bouche, un mug de café dans la main droite, il retourna dans son bureau pour accorder toute son attention aux dossiers d'Eklund. Bien qu'il fît froid dehors, il entrouvrit la fenêtre parce que la pièce sentait le sommeil. Son geste délogea de l'encadrement un petit objet rouge et noir qui tomba sur le sol de la véranda. Il sortit pour le récupérer. Lorsqu'il revint dans son bureau, il tenait dans ses mains un collier de cosses et de tiges de plantes d'hiver, un collier qu'un enfant aurait pu tresser dans un moment tranquille.

Un collier que Jennifer aurait aimé offrir à ses parents.

Parker le passa autour du col de sa lampe pour l'avoir sous les yeux pendant qu'il travaillait, tandis que la lumière changeait, que les ombres se modifiaient et qu'il prenait connaissance de la façon dont avaient fini les Martyrs de Capstead. C'était le nom que d'autres leur avaient donné, pas celui par lequel ils s'appelaient entre eux.

Entre eux, ils étaient les Frères.

45

Tobey Thayer ne connaissait qu'une autre personne qui fût au courant des investigations de Jaycob Eklund, ou plutôt une seule à qui il pouvait confier ses craintes. Il avait appris par le détective les liens familiaux entre Michael MacKinnon et Caspar Webb. Ce nom n'avait rien signifié pour Thayer, mais Eklund lui avait suffisamment parlé des activités du truand pour qu'il se félicite de ne l'avoir jamais croisé et qu'il n'ait aucune envie de faire la connaissance de ceux qu'il avait laissés derrière lui en mourant, à savoir Mère et Philip. Il ne pouvait en aucun cas leur demander conseil et il ne le ferait pas.

Or, depuis, la femme et l'enfant de MacKinnon avaient été assassinés et nul ne savait où était passé Eklund. Thayer aurait pu aller à la police déballer tout ce qu'il savait, mais ils l'auraient pris, au mieux, pour un fou et, au pire, il aurait attiré des soupçons sur lui.

Il téléphona donc à une femme qui s'appelait Michelle Souliere et il eut avec elle une conversation qui ne dissipa que peu ses craintes. Elle n'était pas une adepte du paranormal comme Eklund, et certainement pas comme Thayer lui-même, mais elle convint qu'ils devaient elle et lui se montrer prudents. À la différence de Thayer, elle gardait l'espoir d'un retour sain et sauf d'Eklund.

Il raccrocha avec le sentiment que Souliere n'avait pas saisi la gravité de la menace à laquelle ils faisaient face. Elle croyait encore que les Frères, s'ils existaient bien, étaient par nature mortels. Lui pensait le contraire.

Il avait souvent discuté des Frères avec Eklund. Le détective pensait qu'ils étaient désespérément corrompus avant même de débarquer sur la côte américaine et que le Nouveau Monde leur offrait simplement un butin plus riche que l'Ancien. Thayer n'en était pas si sûr. Il se demandait s'il n'y avait pas dans la terre des Amériques une composante élémentaire qui attirait des créatures telles que les Frères et aiguisait leurs appétits les plus vils. Il songeait à une sorte de feu caché, pareil à la combustion souterraine invisible du charbon dans cet État même, sous la ville de Centralia, qui ne se manifestait que par des tourbillons de gaz sulfureux et des failles dans les routes goudronnées alors que l'incendie couvait dans les profondeurs du sol.

Thayer se laissa tomber dans son fauteuil favori. Il pouvait encore retrouver les Frères morts. Il savait où ils se cachaient et il croyait aussi savoir pourquoi. Il lui suffisait de fermer les yeux et de rêver.

Mais il n'arrivait pas à fermer les yeux.

46

Plus au nord, Parker poursuivait sa lecture.

Les Frères étaient des pillards, ils avaient commencé comme tels : une poignée de brutes qui tabassaient des femmes pour qui la promesse de l'Amérique s'était révélée moins dorée qu'elles ne l'avaient espéré. Ou peut-être avaient-ils toujours nourri ce projet et étaient-ils déjà déterminés à vivre aux dépens des faibles au moment même où leurs navires étaient ballottés sur des eaux si sombres que seule l'écume signait la différence entre elles et la nuit.

Eklund s'était efforcé de retracer leurs origines, mais ils provenaient de divers pays et avaient changé de noms dès qu'ils avaient mis le pied sur la terre ferme, car beaucoup d'entre eux fuyaient le châtiment de crimes commis en Europe et redoutaient que le pouvoir de ceux qui les pourchassaient ne s'exerce même par-dessus l'océan. Appelez cela le destin, ou la malchance, ces individus disparates avaient peu à peu été rassemblés sous l'égide d'un seul homme. Appelez même cela l'œuvre de dieux anciens, si vous pensez comme Jaycob Eklund et ceux qui partageaient sa fascination.

Ou le dessein de certains anges.

Le chef des Frères s'appelait Peter Magus, le Mage, un nom que Parker se souvenait d'avoir vu dans les notes inscrites sur le mur d'Eklund. Selon les informations rassemblées par Eklund, il était probablement originaire de la région bordant la frontière anglo-galloise connue sous le nom de Welsh Marches. Il possédait certaines capacités dans le travail du fer qui suggéraient qu'il avait exercé le métier de forgeron. Un processus d'élimination avait réduit sa véritable identité à trois individus possibles, Rhydderch ap Rhys semblant le plus probable. Rhydderch signifie « brun-roux » en gallois et des témoignages de l'époque indiquaient que le Mage avait des cheveux de cette couleur. Par ailleurs, ap Rhys signifie « fils de Rhys » et le fils d'un forgeron répondant au nom de Rhys ap Madoc avait disparu des registres de la paroisse locale de Monmouth cinq ans avant l'apparition de Peter Magus aux États-Unis dans la première moitié du dix-neuvième siècle. Ce que Rhydderch avait pu faire dans l'intervalle n'était pas clair. Le seul indice émanait d'une survivante de son clan, Nessa Parry, sans doute une des maîtresses du Mage, pendue plus tard pour ses crimes. Magus lui aurait confié qu'il avait pendant de nombreuses années « étudié les runes » et « lu des vaillants » – référence, selon Eklund, à des ouvrages occultes. Le Mage semblait n'avoir aucune affiliation religieuse, ou plutôt aucune qu'une Église établie aurait reconnue. Il parlait du savoir des anges, était versé dans les Écritures apocryphes, et prétendait fréquenter les esprits pendant la nuit.

« Je ne prie pas, avait-il un jour déclaré à Nessa Perry. Je parle aux anges en tant qu'égal. »

Les relations amoureuses exclusives étaient découragées parmi ses adeptes. Hommes et femmes changeaient fréquemment de partenaires, même si certaines relations duraient plus que d'autres. La jalousie n'était pas permise. Si d'aventure elle dressait la tête, on la lui coupait comme à un serpent.

Cela ne concernait pas vraiment ceux que le Mage attirait à lui, car peu d'entre eux faisaient d'une vie de couple stable leur priorité. Ce qui leur importait, c'était que le Mage – par son charisme, par une disposition hors du commun à manipuler aussi bien les hommes, les femmes et plus tard les enfants – parvienne à donner l'illusion d'un père de famille craignant Dieu, d'un chef de clan déterminé à implanter puis à enraciner un nouveau foyer dans une terre étrangère, amenant par la suite des voyageurs de passage à baisser la garde jusqu'à se transformer en proies faciles : des cavaliers solitaires, des diligences, et même, vers la fin, des convois entiers de chariots étaient tombés aux mains des Frères. Qu'ils soient parvenus si longtemps à ne pas se faire remarquer tenait, semblait-il, à une excellente organisation et à une cruauté sans faille. Personne n'était épargné, personne ne s'échappait. Les corps étaient enterrés, les chariots débarrassés de tout signe distinctif, les bêtes à nouveau marquées au fer. Le butin était soigneusement caché dans un lieu secret, des cavaliers étaient expédiés loin de la scène de leurs crimes pour vendre des objets de valeur qui auraient pu être reconnus dans les environs.

Ce qui différenciait les Frères des autres brigands, leur cruauté mise à part, c'était une volonté d'exterminer toute une lignée. Ceux qui voyageaient seuls ne mouraient pas avant d'avoir révélé des renseignements sur leurs familles ainsi que sur les fermes qu'ils avaient laissées derrière eux et auxquelles les Frères s'en prenaient ensuite. Une maison sans un homme pour la défendre était aisément conquise, et plus elle était isolée, mieux c'était. Le mode d'opération consistait simplement à la piller et à faire disparaître toute la famille. Dans l'idéal, on cherchait à donner l'impression que les pionniers avaient renoncé et étaient partis ailleurs, mais les Frères aimaient aussi que leur disparition demeure à jamais un mystère. Les bébés étaient souvent épargnés et confiés à des femmes stériles du clan ou à celles qui avaient perdu leurs propres enfants. Lorsque les Frères devenaient trop nombreux, ils se séparaient en petits groupes pour ne pas attirer l'attention. Certains devenaient eux-mêmes fermiers et s'intégraient à une communauté, observaient tous ceux qui allaient et venaient pour les livrer, au moment opportun, aux Frères restés nomades.

Cela ne pouvait pas durer, bien sûr. Malgré leurs efforts, les Frères commencèrent à laisser des traces de leur passage. Ils se montraient négligents, des témoins survivaient. Le filet se resserra autour d'eux. Le Mage avait alors établi sa propre communauté à Capstead, près du confluent du Mississippi et du Missouri. Il s'y était retranché et ses adeptes vivaient dans des fermes qui ressemblaient plus à des redoutes, avec des fentes en guise de fenêtres dans la partie supérieure et des pièces creusées dans le sol. Au début des années 1860, ils se battirent sous la neige pour repousser la première de deux attaques de milices, mais il était clair que la fin approchait. La seconde attaque, soutenue par un détachement de soldats, vit une canonnière, la *Pioneer,* remonter le fleuve et bombarder Capstead pour préparer l'assaut final. Toutefois, avant qu'une brèche ait été ouverte dans les défenses du Mage, de la fumée s'éleva, puis des flammes. On ne sut jamais si c'était la conséquence du bombardement ou si les assiégés avaient mis le feu, mais il en résulta l'immolation de tous les Frères de Capstead à l'exception d'une poignée. La plupart des survivants – sauf les très jeunes – furent abattus ou pendus, sans même un semblant de procès, les soldats n'ayant rien fait pour les soustraire à la foule déchaînée.

L'intervention de l'armée, conjuguée à l'absence d'un procès équitable pour les Frères, suscita du mécontentement. De simples soupçons de crime ne sauraient suffire à brûler vifs des femmes et des enfants, et il y avait aussi ceux qui se demandaient, à juste titre, si le sort des Frères ne préfigurait pas celui qui leur serait un jour infligé s'ils refusaient de plier le genou devant les autorités. Ainsi naquirent « les Martyrs de Capstead ».

Parker se leva et s'étira. Il restait des documents sur cette période dans les dossiers d'Eklund, mais il n'avait pas besoin de les étudier pour le moment. Ce qui l'intéressait, c'était la conclusion tirée par Eklund et les divers historiens amateurs que celui-ci avait consultés ou dont il avait lu les textes : Capstead avait peut-être mis fin aux pillages des Frères, mais il ne les avait pas totalement éradiqués. Il restait ceux qui s'étaient fondus dans des communautés civilisées. Et la question était de savoir ce qu'ils étaient devenus.

C'était là que la thèse d'Eklund bifurquait sur les sentiers de l'étrange. Parker avait transféré sur son ordinateur les photos qu'il avait prises du mur du sous-sol d'Eklund. En examinant les notes et en les comparant à d'autres sources, il comprit qu'Eklund était convaincu que les prétendus phénomènes paranormaux entourant chaque meurtre ou disparition étaient des vestiges des Frères, Peter Magus compris. Comment Eklund était-il parvenu à cette conclusion ? Ce n'était pas tout à fait clair, et elle reposait apparemment sur des éléments difficilement vérifiables : pour la plupart, des témoignages fournis par des amis ou des parents survivants. Eklund rapportait leurs propos avec une certaine objectivité, sans scepticisme, et Parker lui-même devait reconnaître une similarité frappante dans ces témoignages. Il était cependant possible qu'Eklund ait manipulé les faits, ou enregistré une forme d'hystérie commune à divers individus qui avaient échangé des informations déformant ensuite leurs propres souvenirs, qu'ils en aient conscience ou non, le tout facilité par Internet.

Parker remarqua en outre des lacunes dans les dossiers. Des entrées, des références étaient incomplètes. Cela voulait dire qu'Eklund gardait des documents et des mises à jour ailleurs, probablement dans son ordinateur portable. Rien de ce que Parker avait lu jusque-là ne permettait de lier des meurtres et des disparitions plus récentes à une secte dont la plupart des membres avaient été liquidés au dix-neuvième siècle.

À moins, évidemment, que des descendants des rescapés ne continuent à commettre des crimes, car les vieilles habitudes ont la vie dure. Mais la nature de ces crimes avait changé. Les Frères historiques étaient des voleurs : des voleurs cruels, certes, mais des voleurs avant tout, le meurtre ne constituant qu'un sous-produit. Or, si on laissait de côté les disparitions inexpliquées, les crimes relatés par Eklund semblaient avoir le meurtre comme fin en soi.

Fantômes ou pas, cette histoire avait vu souffrir et mourir énormément de vraies personnes.

47

Angel et Louis arrivèrent peu avant midi, le premier portant sa boîte à outils.

— Y avait un micro-émetteur dans la Lexus, confirma-t-il, et je parie que Philip a dû regretter de l'avoir fait installer…

— Mais encore ? demanda Parker.

— Ce gars, Charley Pride, nous a servi sa musique country de merde pendant tout le trajet. Je l'ai supporté parce que je me suis dit que ça devait être encore plus pénible pour Philip que pour moi, mais là, je suis quasiment en état de choc, maintenant.

— Quelle portée, l'émetteur ?

Parker avait posé cette question parce que, selon la portée limite de l'appareil, Philip aurait peut-être dû charger quelqu'un de les filer. Si c'était le cas, cet individu pouvait encore se trouver à proximité, et Parker n'aimait pas l'idée qu'un des hommes de Philip et de Mère pût être plus près de Portland que de Providence.

— Quasi illimitée, répondit Angel. Comme ils l'ont branché sur le circuit électrique, y avait pas à craindre que la batterie se décharge, et le machin commence à envoyer des signaux dès que la voiture démarre. Ils sont transmis par un réseau 3G, Philip peut les capter peinard dans le lit de sa mère.

C'était une image que Parker ne tenait pas particulièrement

à garder en tête et il fit de son mieux pour l'effacer aussitôt de sa mémoire. Angel s'était déjà mis au travail sur la Mustang. Comme il savait maintenant ce qu'il cherchait, il ne lui fallut pas longtemps pour trouver le second émetteur. C'était une petite boîte noire avec un fil de microphone gris.

— Tu veux que j'en fasse quoi ? demanda Angel quand ils se furent éloignés de la voiture.

— Qu'est-ce que vous avez fait du vôtre ?

— On a décidé de le laisser en place jusqu'à ce qu'on t'en ait parlé. On n'a rien dit d'important en route.

Parker songea que Philip ne tarderait pas à comprendre qu'ils avaient découvert les traceurs GPS et qu'ils s'en étaient débarrassés, mais il pouvait aussi supposer que, satisfaits de les avoir trouvés, Parker et Cie n'auraient pas envisagé la possibilité qu'on ait fixé en plus sur leurs véhicules des dispositifs d'écoute. S'ils s'en débarrassaient aussi, Philip pouvait tenter d'en installer d'autres et Parker n'avait pas envie de devoir faire la chasse aux micros tous les matins dans sa Mustang. Et maintenir un canal d'information – ou plus exactement, en l'espèce, de désinformation – avec Philip pouvait se révéler utile.

— On les laisse pour le moment, décida-t-il. Entrez, il faut qu'on parle.

Parker fit du café frais et dénicha un paquet de biscuits à la pâte de figue dont la date de péremption n'avait pas été dépassée depuis trop longtemps. Louis, qui avait le nez pour ce genre de choses, jeta un coup d'œil au paquet et passa son tour. Angel, lui, ne s'arrêtait pas à de telles broutilles et il tendit la main vers les biscuits, mais Parker les subtilisa avant qu'il puisse s'en emparer.

— Tu l'as pris, ton rendez-vous ?

Les épaules d'Angel s'affaissèrent.

— Ouais, je l'ai pris.

— Pour quand ?

— La semaine prochaine. C'est bon, m'man ?

— Très bien. Maintenant, tu peux avoir un biscuit à la figue.

— C'est pas vrai, marmonna Angel.

Il se mit à manger et à bouder simultanément tandis que Parker leur exposait ce qu'il avait glané jusque-là dans les dossiers d'Eklund.

— Ça fait pas beaucoup, fit observer Louis quand Parker se tut.

— Eklund avait repéré des aspects récurrents entre les affaires. Sans parvenir toutefois à concevoir une explication – ou s'il en avait échafaudé une, elle se trouvait sur son ordinateur portable. Ce dont il semblait sûr, c'est que tout remontait d'une façon ou d'une autre aux Frères.

Louis eut une moue sceptique.

— Alors il a montré des photos de types du dix-neuvième siècle à des gens qui prétendaient avoir vu des fantômes et qui se sont exclamés : « Ouais, c'est eux ! » Je ne qualifierais pas ces investigations de scrupuleuses.

— Ce n'est pas exactement de cette manière qu'il a procédé. Tous ceux qui disaient avoir été témoins d'une apparition étaient déjà morts. Eklund s'appuyait sur les souvenirs de leurs amis ou parents...

— Hé, c'est encore pire.

— Peut-être que tous ces gens communiquaient entre eux, suggéra Angel, qu'ils échangeaient des infos sur Internet.

— J'ai envisagé cette hypothèse, mais Eklund ne le pensait pas. Plusieurs des personnes qu'il avait interrogées étaient assez vieilles pour assimiler l'informatique à de la sorcellerie.

— Alors, reprit Angel, des individus sans liens entre eux, tous décédés de mort violente, ou portés disparus, avaient déclaré avoir vu des fantômes qui se ressemblaient drôlement et qu'Eklund avait identifiés comme les membres d'un clan massacrés pendant un siège au dix-neuvième siècle ? J'ai bien saisi le topo ?

— Aussi bien que moi, dit Parker.

— Dans ce cas, la seule solution, c'est de rechercher les descendants des Frères et de leur demander leur avis sur la question.

— Eklund t'avait devancé. Il n'a pas réussi à les trouver. S'il en reste, ils se sont bien planqués. Et leur histoire familiale n'est pas exactement de celles dont on aime se vanter.

— Sinon, il n'y a rien pour relier les victimes entre elles ? demanda Louis.

— Il n'y avait rien jusqu'à ce qu'on apprenne le sort du frère de Caspar Webb, de sa femme et de son enfant.

— Ça pourrait n'être qu'une coïncidence.

— Exact, mais c'est la première connexion que j'ai pu trouver entre les affaires, et elle colle avec un élément que j'ai relevé dans les notes d'Eklund : les Frères s'en prenaient aux familles de leurs victimes chaque fois que c'était jouable, c'est-à-dire lorsqu'ils supposaient qu'elles étaient vulnérables.

— Malin, estima Louis. Pas hyperclasse, mais malin.

— En tout cas, c'est notre meilleur point de départ. Eklund a interrogé un certain Tobey Thayer quand il a commencé à enquêter sur la disparition de MacKinnon. Ce Thayer tient un magasin de meubles discount. Il est aussi médium, d'après les notes d'Eklund.

Angel fit une pause dans sa tentative d'en finir avec le contenu du paquet de biscuits.

— Un marchand de meubles ? Tu rigoles ? Les médiums, c'est pas censé être des petites vieilles ?

— Ça peut être un avantage dans ce métier, remarqua Louis. Il pourrait louer ses guéridons comme tables tournantes pour des séances de spiritisme.

— Très drôle, dit Parker. Je te propose de lui en faire la suggestion quand tu le rencontreras.

— Je n'ai aucune envie de le rencontrer.

— Tu veux que j'opère seul ?

— Hé, c'est toi qui as décidé d'accepter la tune de Ross.

— Tu ne crois pas que le marché conclu avec Ross vous permet à vous aussi de respirer un peu mieux ? De toute façon, il faut aussi faire entrer Philip et Mère dans l'équation. Mère, en particulier, me paraît être une personne qui s'est fixé un objectif.

— Et Philip ?

— Chez lui, ce serait plutôt une idée fixe, et il a peut-être un problème à régler avec le père.

— D'après ce que je sais de Webb, il n'a jamais reconnu aucun gosse, souligna Louis.

— Si Philip était ton enfant, tu le reconnaîtrais ? intervint Angel.

— Sûrement pas. D'ailleurs, je ne suis même pas sûr que j'aurais été capable d'avoir avec Mère des relations assez intimes pour ça.

— Elle était peut-être plus aguichante à la fleur de l'âge.

— C'est possible. Ça ne veut quand même pas dire qu'elle était jolie.

Parker avait réfléchi au problème Philip :

— Voilà comment je vois les choses : Webb a une relation avec Mère qui prend à un moment donné un caractère sexuel. Pendant combien de temps ? Impossible à dire. Assez pour engendrer Philip, en tout cas. Webb ne reconnaît pas le gamin, mais il pourvoit aux besoins de Mère et de l'enfant. Elle devient plus qu'une maîtresse pour lui, ou cesse tout à fait d'être une maîtresse pour devenir un rouage du réseau. Elle réussit à se rendre indispensable et c'est à elle qu'il confie la liquidation de son entreprise après sa mort. Elle est probablement heureuse de le faire parce qu'elle n'a pas envie de devenir une nouvelle Ma Barker. Elle a mis de côté un peu d'argent pour ses vieux jours et Webb lui en a aussi laissé dans son testament.

« Sauf que Philip ne veut pas voir disparaître l'affaire de son père. Il aimerait en prendre la direction, ne serait-ce que pour pisser sur la tombe du vieux. Il en fait la suggestion à Mère, mais elle ne marche pas, soit parce qu'elle est intelligente, soit parce qu'elle a peur. Beaucoup trop de gens, notamment dans une ville aussi proche que Boston, verraient en elle une cible facile. Plus elle se désinvestira des intérêts de Webb, plus le flot de pactole commencera à se déverser naturellement dans d'autres poches, plus elle aura de chances de survivre assez longtemps pour s'acheter un appartement à Miami ou à Tucson et éviter de se faire balancer dans la baie de Narragansett pour y servir de pâture aux crabes.

— Mais son lardon est pas aussi futé qu'elle, dit Angel.

— Je pense que nous avons établi qu'il est fou, et la folie exclut toujours l'intelligence.

— Tu crois que Mère le sait ?

— Qu'il est ambitieux ? Oh, oui. Qu'il est fou ? C'est autre chose. Elle le soupçonne peut-être, mais je n'ai jamais rencontré de mère prête à admettre que son fils a une case en moins – pas sans se battre, en tout cas.

— Pourtant, elle a donné son accord pour que Vincent Garronne s'envoie en l'air du haut d'un immeuble, rappela Louis.

— Probablement parce que Garronne poursuivait le même objectif que Philip, mais en l'affichant trop ouvertement.

— Et Mère surveillait ses propres arrières.

— Ainsi que ceux de son rejeton.

— Elle n'a fait qu'échanger un problème contre un autre, remarqua Louis. Parce que si Garronne n'est plus dans la course, Philip l'est toujours, et il considère que l'élimination de Garronne a créé une vacance de pouvoir. S'il se décide à franchir le pas, Mère pourrait hésiter à le faire jeter du haut d'un immeuble.

— Mais est-ce que *lui* hésiterait à le faire à Mère ? s'interrogea Parker.

— Je crois Philip capable de passer tout un après-midi à balancer des poupées du haut de l'Empire State jusqu'à en avoir mal au bras.

— Ce n'est pas la même chose que trucider sa mère. Il faut avoir beaucoup de sang-froid pour ça.

— Mais si Philip haïssait son père et n'était pas contre liquider sa mère, pourquoi il se serait donné le mal de planquer des mouchards dans nos caisses ? objecta Angel.

— Parce que Mère le lui aurait demandé ? suggéra Parker.

— Ça se pourrait, mais ça veut pas dire qu'il était obligé de le faire.

— Supposons que les micros et les traceurs GPS soient l'idée de Philip..., avança Parker, parce que cette hypothèse lui paraissait intéressante. Pourquoi tiendrait-il autant à découvrir qui aurait pu tuer sa tante et son cousin, ou causer la disparition de son oncle ?

— Parce que, si c'était Webb qui était visé, Philip pourrait être la prochaine victime, proposa Louis.

— Mais on ne doit pas être nombreux à savoir que Philip pouvait être son fils : Webb se tenait si soigneusement à l'écart que seules quelques personnes savaient à quoi il ressemblait. La première fois que nous avons envisagé cette filiation, c'est quand on a fait la connaissance de Philip, qu'on a vu le portrait de son vieux et qu'on a relié les deux points. Si c'est Webb qui était finalement la cible, Philip n'est pas le prochain à être dans le collimateur, c'est Mère.

— Et Philip, en bon fils, veut s'assurer qu'il n'arrivera rien à sa môman, conclut Louis.

— Ou au contraire qu'il lui arrive quelque chose.

— Ah, la famille ! soupira Angel avec émotion. On peut pas vivre avec et on peut pas la liquider sans complications...

— Donc, on évite Philip, on garde Mère à distance, et on va voir Thayer, le médium marchand de meubles ? voulut savoir Louis.

— Le médium marchand de meubles *discount*, corrigea Angel. C'est du bas de gamme, ce mec.

— C'est le plan, confirma Parker. Faute de mieux.

— Et Ross ? lui rappela Angel. Qu'est-ce que tu vas lui raconter ?

— Tout. C'est lui paie la note.

— Tout ? Même Mère et Philip ?

— En particulier Mère et Philip.

— Ça va leur attirer des ennuis, prédit Louis.

— Ça te contrarie ?

— Juste parce que je ne pourrai pas assister au spectacle.

— Il nous enverra peut-être des photos.

— Y a plus qu'à l'espérer.

48

En plus de ne jamais convier d'autres membres de leur paroisse dans leur maison, Kirk et Sally les fréquentaient rarement. Leurs voisins les plus proches, les Ferrier, pouvaient compter sur les doigts d'une main le nombre de fois où ils avaient vu des inconnus se présenter à la porte des Buckner et être autorisés à entrer un moment.

N'étant pas particulièrement pratiquants, les Ferrier se contentaient de faire un effort le 25 décembre parce qu'ils aimaient tous deux les chants de Noël et qu'ils appréciaient les décorations de l'église catholique Saint-Joseph. Leurs deux enfants, qui avaient leurs propres rejetons, ne montraient pas plus de zèle religieux que leurs parents. Si les Ferrier – première et seconde génération – croyaient en quoi que ce soit, c'était que les gens devaient s'efforcer le plus souvent possible de ne pas se conduire comme des cons. Ce qui n'était déjà pas mal.

Or, même en gardant ce principe à l'esprit, David Ferrier avait du mal à trouver les Buckner sympathiques. Oh, ils étaient aimables et ne faisaient rien dont on pût se plaindre. Ils ne donnaient pas chez eux de soirées tapageuses, ils entretenaient avec soin leur maison et leur jardin. Kirk concevait et gérait des sites web ; Sally faisait des pâtisseries qu'elle vendait à des magasins, des cafés et des restaurants de la ville, elle prenait aussi des commandes spéciales pour les anniversaires et autres fêtes. Ferrier avait appris à reconnaître ses œuvres au premier coup d'œil pour ne pas risquer d'en ingérer un morceau par mégarde. Etta, son épouse, le jugeait excessif. Elle se disait qu'il avait trop de temps à tuer, qu'il n'aurait jamais dû prendre sa retraite si tôt. Elle pensait aussi qu'il était trop renfermé et que, s'il fréquentait un peu plus les gens, s'il s'impliquait davantage dans les associations de la communauté, il ne serait pas aussi enclin à juger les autres à l'emporte-pièce. Certes, Ferrier aimait sa propre compagnie, peut-être un peu trop, mais, au moins, il ne s'ennuyait jamais, il ne se sentait jamais seul. Il y avait des livres à lire, des films à regarder, des poèmes – d'accord, de mauvais poèmes – à écrire et des promenades à faire avec son chien. En fait, il n'y avait pas assez d'heures dans une journée pour se laisser distraire par de fichues réunions de comités. Il avait assez d'amis à son goût – quatre, dont deux proches – et n'allait pas se mettre à faire passer des auditions à ce stade de sa vie. Il détestait foncièrement quelques personnes, pour la plupart des avocats, des hommes politiques, des golfeurs et des prédicateurs.

Sur le plan local, il n'y avait donc que les Buckner qui le faisaient grincer des dents, et l'aurait-on sommé de s'en expliquer en lui braquant une arme sur la tempe qu'il aurait été incapable de le faire. Si sa femme le considérait parfois comme un vieux grognon, David Ferrier était en fait un observateur, un homme qui étudiait l'humanité, fût-ce de loin. Il avait été un excellent comptable, méticuleux dans son travail. On peut apprendre beaucoup de choses sur les gens à la façon dont ils gèrent leur argent, et il avait passé plus de quarante ans à examiner les petits détails financiers de la vie des autres.

Il aurait adoré jeter un œil aux comptes des Buckner, parce qu'ils devaient être parfaitement clairs, sans un seul petit détail qui clochait et qui aurait pu attirer l'attention du fisc. Cela cadrait tout à fait avec leurs personnages, car Ferrier était persuadé que c'était ce qu'ils étaient : des personnages, des façades. Ils jouaient un rôle. Leurs sourires n'éclairaient jamais leurs yeux et ils restaient constamment sur leurs gardes. Il avait aussi remarqué une discordance dans leurs rapports, une sorte de distance émotionnelle et physique entre eux qui l'amenait à s'interroger sur la nature de leurs relations et l'état de leur couple. Il ne doutait pas, en revanche, de leur intelligence. La ville était assez petite pour qu'ils aient su s'assurer une position d'autorité et d'influence au sein de leur propre Église sans qu'on remarque les efforts déployés à cette fin, et c'était tout sauf facile à réussir.

Mais intelligent ne veut pas dire honnête.

Ferrier avait fait une recherche sur Internet et n'avait pas appris grand-chose : quelques liens avec le site web de Kirk, la même chose pour Sally. Il n'avait pas pu découvrir où ni quand ils s'étaient mariés, ni même où ils avaient vécu avant de s'installer à Turning Leaf. Il avait abordé une fois le sujet, juste en passant, peu après qu'ils avaient emménagé dans leur maison. Ce jour-là, ils s'occupaient tous les deux de leurs jardins respectifs, des deux côtés de la rue, par une forte chaleur, et Ferrier avait proposé une boisson fraîche à Kirk en guise de premier pas. La conversation n'avait pas duré longtemps – juste le temps que Kirk avale son soda et échange quelques remarques sur la météo – et tout ce que Ferrier était parvenu à lui soutirer, c'était que sa femme et lui avaient souvent déménagé.

« On est du genre esprit libre, avait dit Kirk, sans sourire.

— Des hippies, quoi, avait hasardé Ferrier.

— Nan, pas nous. Je n'aime pas la beuh et j'ai jamais pu écouter un air des Grateful Dead jusqu'au bout. »

Kirk avait écrasé sa boîte de soda vide et l'avait lancée vers sa porte.

« Bon, c'est bien joli, tout ça, avait-il conclu, mais faut que je m'y remette, ma pelouse ne va pas se tondre toute seule. Merci pour le soda. »

Il avait appuyé sur le bouton de sa tondeuse, qui avait recommencé à vrombir. Ferrier ne s'était pas éloigné pour autant.

« Ma femme aimerait que vous veniez dîner chez nous un de ces soirs, avait-il lancé par-dessus le bruit de la machine.

— Ah ouais ?

— On est voisins et on n'a pas vraiment fait connaissance.

— Oh, nous sommes des gens ordinaires. Rien de très intéressant dans notre vie. »

Kirk avait recommencé à pousser la tondeuse et Ferrier, après avoir traversé la rue, l'avait suivi, ce qui impliquait d'empiéter à la fois dans le jardin et dans l'espace personnel de Buckner.

« Tous les gens intéressants disent ça, avait souligné Ferrier.

— Sauf que dans notre cas c'est vrai.

— Nous ne savons rien de vous… Au hasard : vous êtes mariés depuis combien de temps ? »

Kirk avait choisi de répondre par une plaisanterie :

« Trop longtemps. »

Plus encore que les autres fois, son sourire avait semblé forcé.

« Je vous comprends. Etta et moi, nous nous sommes mariés ici même, à Saint-Joseph. On aurait pu le faire dans une grande ville, mais comme on avait déjà repéré une maison à Turning Leaf, nous avons décidé de nous passer la bague au doigt là où nous allions vivre. Une façon de planter un jalon. Et vous deux ?

— Mariage civil, rien de spécial.

— Mais vous êtes baptistes, non ? Je vous croyais plutôt stricts sur ce point.

— Nous avons eu une cérémonie religieuse plus tard.

— Vraiment ? Où ça ? »

Kirk avait arrêté le moteur de la tondeuse. Il flottait dans l'air une odeur d'herbe fraîchement coupée par-dessus les relents d'essence. C'était une de ces journées étouffantes pendant lesquelles les oiseaux eux-mêmes renoncent à voler, mais Kirk n'était pas en sueur. Il avait regardé Ferrier bien en face cette fois.

« Nous sommes des gens vraiment très réservés, monsieur Ferrier. Je ne veux pas être grossier, mais nous n'aimons pas trop la compagnie. Nous ne fréquentons personne en dehors de l'Église. Être tous les deux nous suffit.

— D'accord..., avait dit Ferrier lentement, comme si Kirk Buckner venait de braquer un fusil sur lui. Alors je vais cesser d'envahir votre jardin.

— Merci encore pour le soda.

— Il n'y a pas de quoi. »

Ferrier était retourné chez lui. Ni furieux ni offensé. En fait, content de lui. Il était convaincu d'avoir obtenu la confirmation de ses soupçons et cela lui suffisait.

Les Buckner cachaient quelque chose.

Plus tard dans la journée, lorsque sa femme était rentrée d'une conférence sur l'intégration au foyer municipal, il lui avait parlé de sa conversation avec Kirk Buckner, concluant :

« Je les ai invités à dîner. »

De stupeur, Etta avait arrêté net de verser de l'eau chaude sur son sachet de tisane et posé sur son mari un regard ébahi.

« Tu les as *quoi* ?

— Je les ai invités.

— Des extraterrestres ont kidnappé mon époux pendant mon absence et l'ont reformaté ? »

Agitant le poing en direction du plafond, Etta avait ajouté :

« Rendez-le-moi, monstres de l'espace !

— Très drôle.

— Qu'est-ce qu'il a répondu ?

— Il a décliné l'invitation.

— Tu n'aurais pas été grossier, par hasard ?

— Comment on peut être grossier en invitant des gens à dîner ?

— Je sais pas, mais si quelqu'un en est capable, c'est bien toi.

— Je n'ai pas été grossier. Il m'a dit qu'ils étaient très

réservés, qu'ils préféraient ne voir personne. Il ne m'a pas viré de son jardin, mais c'était tout comme.

— Et pourquoi tu les as invités à dîner ? Tu ne m'invites même pas, *moi*.

— Simple curiosité.

— Oh, David !

— Quoi ?

— Tu voulais fourrer ton nez dans leurs affaires. Qu'est-ce que tu lui as demandé d'autre ? Sa pointure ? Combien de fois par jour il va aux toilettes ? Tu es vraiment un phénomène, tu sais.

— Je lui ai juste demandé où ils se sont mariés. Et, euh, quand.

— Seigneur Dieu. Je vais devoir leur présenter des excuses la prochaine fois que je les verrai.

— Pourquoi ?

— Pour m'être mariée avec toi ! »

Elle avait attrapé son mug de tisane et était sortie de la pièce d'un pas rageur.

« Je les ai juste invités à dîner ! » avait plaidé Ferrier.

Dans le vide : il n'y avait plus eu personne pour l'entendre, à part Slipper, leur basset.

Le chien avait regardé son maître. Ferrier avait regardé Slipper.

« J'essayais d'être aimable, c'est tout. »

Slipper avait fermé les yeux.

Dans la maison d'à côté, Kirk se tenait au pied du lit de Sally et lui parlait de sa conversation avec Ferrier.

« C'est normal qu'il soit curieux, avait-elle argué. Nous sommes ses voisins.

— Je n'aime pas ce type.

— Tu n'as pas à l'aimer, tu dois juste le tolérer.

— Je pense qu'il essaie d'en savoir plus sur nous.

— Laisse-le faire.

— Ça risque de nous obliger à mentir.

— Eh bien, nous le ferons.

— Tu ne comprends pas. C'est plus difficile, maintenant, à cause d'Internet.

— Ne me parle pas comme si j'étais idiote. »

Sally avait reporté son attention sur le livre qu'elle était en train de lire. C'était un de ces bouquins d'Oprah Winfrey qu'il n'ouvrait jamais.

« Excuse-moi, je n'ai rien voulu suggérer de tel. Mais Ferrier cherchait bel et bien à mettre son nez dans nos affaires.

— Je parlerai à sa femme. Elle a l'air bien.

— D'accord. »

Kirk s'était attardé sur le pas de la porte.

« Tu veux que je reste ? »

Elle n'avait même pas levé les yeux.

« Non, je vais lire un peu avant de dormir. J'ai une grosse commande à préparer demain matin. »

Kirk avait refermé la porte derrière lui et était retourné dans sa chambre.

Nous n'existons pas, avait-il pensé. Il n'y a pas de Kirk et de Sally Buckner.

Nous sommes déjà des fantômes.

49

Le Collectionneur ne monta pas dans le Nord vers le Maine et Parker, il descendit en direction de son refuge, dans le Delaware. Il était menacé, ce repaire, ce sanctuaire. Parker avait suivi sa piste jusque là-bas. Toutefois, le détective était seul ce jour-là et il n'avait pas manifesté depuis l'intention de partager avec d'autres ce qu'il avait appris. C'était une bonne chose : le Collectionneur n'avait aucune envie de vendre sa maison et de déménager une fois de plus, pas pour le moment en tout cas.

Son père, l'avocat Eldritch, s'affaiblissait. Il avait un moment paru reprendre des forces après les blessures qu'il avait subies lors de l'attaque de son ancien cabinet dans le Massachusetts, mais ce regain de santé avait été suivi par un lent déclin. Il passait maintenant presque toutes ses journées à dormir et peinait souvent à se rappeler les noms et les détails d'anciennes affaires. Ses efforts pour reconstituer de mémoire ses dossiers détruits avaient pris fin. Sans son métier pour le stimuler, Eldritch avait jeté l'éponge. Ses yeux autrefois clairs et vifs étaient devenus jaunâtres et chassieux. Il ne se rasait plus chaque matin, il ne mettait plus les cravates qui avaient constitué auparavant la dernière touche à des choix minutieux dans sa garde-robe. Même si le Collectionneur s'était finalement décidé à déménager, il y aurait renoncé, de crainte de l'effet qu'un tel bouleversement aurait eu sur son père.

Dans ses rares moments de lucidité, cependant, ses anciennes capacités réapparaissaient. Mais, s'agissant de Routh, plus son père en découvrait sur lui, plus il semblait en définitive impossible à connaître. Il se révélait insaisissable, impénétrable. Il n'avait pas été aussi facile à déchiffrer que tant d'autres que le Collectionneur avait châtiés par le passé. La faute n'en incombait peut-être pas à Eldritch – si faute il y avait. Routh était tout bonnement hors normes, et si le Collectionneur en voulait une preuve supplémentaire, elle se trouvait dans la réaction des Hommes creux. Ils s'étaient refusés à le toucher. Ils n'avaient pas voulu l'accueillir parmi eux. Routh portait une tache plus sombre, plus étrange, qui rendait à coup sûr son passé digne de nouvelles investigations.

Dans le calme de son bureau, tandis que son père somnolait dans la pièce voisine et que la télé diffusait en silence des inanités, le Collectionneur réexamina avec soin les informations rassemblées sur Routh, pour n'obtenir au final que la confirmation de ce qu'il soupçonnait déjà : pendant des dizaines d'années, Routh avait réussi à cacher une étrangeté innée et n'avait laissé en mourant aucun indice – aucun du moins que le Collectionneur pût suivre.

La lumière de l'après-midi faiblissait, l'obscurité émergeait de son sommeil. Le Collectionneur entendit un bruit derrière lui et Eldritch posa une main, légère comme la patte d'un oiseau, sur l'épaule de son fils.

— Qu'est-ce que tu fais ?

— Je réfléchis à cet homme.

Le Collectionneur montra le dossier à son père, qui se pencha pour mieux voir la photo qui y était agrafée.

— Routh.

— Oui.

— Où est-il maintenant ?

— Il est mort.

— Tu l'as fait ?

— Oui.

— Alors pourquoi son dossier se trouve-t-il sur son bureau et son sort dans tes pensées ? Il n'est plus, c'est fini.

— Il était différent.

— En quoi ? Ne me dis pas que tu as des regrets.

— Je regrette seulement de ne pas l'avoir interrogé avant qu'il meure, même si je crois qu'il n'aurait pas parlé, y compris sous la menace d'un couteau. Il avait un secret. Il l'avait caché pendant la majeure partie de sa vie, je pense.

— Et quel était ce secret ?

— Je ne l'ai pas encore découvert. Le fait qu'il était pire encore que nous ne l'imaginions, peut-être.

Les doigts d'Eldritch se crispèrent sur son épaule : les serres de l'oiseau de proie se préparant à s'envoler.

— Alors qu'il aille au diable.

Chacun d'eux regardait le reflet de l'autre dans la vitre de la fenêtre. La neige pesait sur le gazon, des branches dénudées d'arbustes perçaient le manteau blanc par endroits comme les doigts brunis d'hommes enfouis.

— Je suis en train de mourir, déclara Eldritch.

— Je sais.

La voix de son fils ne trahissait aucune émotion.

— Tu ne m'as jamais dit...

— Quoi ?

— Ce qu'il y a de l'autre côté. Ce qui m'attend.

— Tu ne cours aucun danger. Tu dormiras et tu te réveilleras transformé.

— Je me souviendrai de quelque chose ?

— Seulement si tu en as envie.

— Je ne crois pas que j'en aurai envie – pas de ça, en tout cas.

Le Collectionneur savait que son père parlait de ce qu'ils avaient fait ensemble, des exécutions auxquelles Eldritch avait été mêlé.

— Mais je ne veux pas tout oublier. J'aimerais, par exemple, me souvenir de ta mère.

— Et de moi ?

Le silence qui suivit ne fut brisé que par le sifflement de la respiration de l'avocat.

— Je t'ai traité comme mon fils.

— Ne suis-je pas ton fils ?

— Mon fils est mort. Tu as pris sa place. Tu portais sa peau, tu parlais par sa voix, tu me regardais avec ses yeux, mais tu n'as jamais été mon garçon. Les fées t'avaient mis à sa place.

— Tu m'as élevé. Je t'ai appelé « père ». Si je n'étais pas le fils que tu aurais pu avoir, j'étais au moins un fils.

— Sans doute. Quelle que soit la vérité, il ne sert à rien d'en discuter maintenant. J'ai faim. Il y a de la viande froide dans le frigo, je vais me faire un sandwich. Tu en veux un ?

Bien qu'il n'eût pas faim, le Collectionneur s'entendit acquiescer. Il savait qu'Eldritch ne ferait que picorer le pain et laisserait le reste pour la poubelle. Il mangeait pour que son fils mange, et le fils mangeait pour que le père mange. Si c'était de la folie, elle était d'une douce espèce.

— Alors je vais les faire, dit le père.

Il s'éloigna et son reflet s'estompa, mais Eldritch s'arrêta avant qu'il disparaisse tout à fait.

— Tu étais un bon fils. Je n'aurais pu souhaiter mieux.

Le Collectionneur ne répondit pas. Il regardait au-delà de lui-même, dans l'obscurité naissante, en songeant que le chagrin, qui lui avait si longtemps été étranger, ne le serait peut-être bientôt plus.

50

Moxie Castin avait son cabinet dans une enfilade de pièces d'un immeuble de Marginal Way à Portland. Il s'était marié et avait divorcé trois fois en demeurant, par une sorte de miracle, en bons termes avec toutes ses ex. Il ne semblait toutefois pas disposé à tenter sa chance une quatrième fois. Il n'avait jamais manqué de compagnie féminine malgré son physique peu séduisant. Il avait des kilos en trop – ou pas assez de centimètres. Comme il se plaisait à le dire à Parker : « Mon poids, ça va, c'est ma taille qui pose problème. » Il portait des costumes coûteux qui ne tombaient jamais bien sur lui, de grosses godasses noires ou marron, sans se soucier de les assortir à la couleur de sa mise. Il fumait assez de cigarettes par jour pour mériter chaque année une carte de vœux de Philip Morris et tirait son surnom d'une boisson gazeuse dont il faisait une consommation immodérée. Quoiqu'il fût né Oleg, personne à Portland ne l'appelait par ce nom. Même les journaux se dispensaient de mettre son surnom entre guillemets. Il était Moxie Castin, et c'était le nom qu'on graverait sur sa tombe.

Parker avait téléphoné auparavant pour s'assurer qu'il serait là et l'avait trouvé révisant avec sa secrétaire les détails d'une affaire concernant un homme qui avait perdu son bras droit dans un accident industriel. D'après ce que Parker avait compris avant que Moxie ne lui fasse signe d'entrer dans son bureau, la société d'assurances faisait des difficultés parce que le client de Moxie était gaucher, d'après les témoignages, et avait donc proposé des indemnités de trente pour cent inférieures aux estimations de Moxie.

— Des vampires, se plaignit l'avocat. Des sangsues. Des serpents venimeux tapis dans l'herbe...

La secrétaire avait salué Parker d'un simple signe de tête. Soit elle n'était pas bavarde, soit elle avait renoncé à placer un mot quand son patron était là.

— Qu'est-ce que vous allez faire ? demanda Parker à Moxie.

— Je vais dire qu'il était ambidextre. Et bonne chance aux assureurs pour prouver le contraire.

Il finit de griffonner quelques notes, les remit à sa secrétaire et la chargea de les taper. Moxie gérait seul un excellent petit cabinet. Il employait parfois au besoin deux ou trois autres juristes, mais il se targuait de s'occuper en personne de tous ceux qui recouraient à ses services. Parker travaillait de temps en temps pour lui, le plus souvent pour des enquêtes précédant un procès. Moxie payait bien, et sans retard. À sa mort, les habitants du Maine devraient se cotiser pour ériger une statue en son honneur afin de se rappeler – et de rappeler à la majorité de ses confrères – qu'il n'est pas nécessaire d'être un sale con pour exercer la profession d'avocat. Tout dépendait, bien sûr, supposait Parker, de quel côté était Moxie. Quelque part, l'avocat d'une société d'assurances allait maudire le nom de Moxie et se demander comment on peut prouver de façon concluante qu'un manchot n'a pas été ambidextre.

Moxie ouvrit une canette de soda, invita Parker à s'asseoir et lui demanda ce qu'il pouvait faire pour lui. Parker lui remit les documents envoyés par l'avocat de Rachel. Moxie les lut, lentement. Parker attendit sans moufter. Quand il eut terminé, Moxie posa les papiers sur son bureau, fit la grimace.

— C'est plutôt standard, à ce stade. Vous vous entendez bien avec Rachel ?

— Ça pourrait aller mieux. Je ne serais pas là, sinon.

— Ouais, c'est évident. Ce que je vous demande, c'est si vous vous jetez des trucs à la figure, si vous échangez des coups de feu…

— Non.

— Elle fait ça en dernier recours ?

— Je suppose.

— Vous l'aviez senti venir ?

— Plus ou moins. Après ce qui est arrivé à Sam, ça pouvait finir comme ça.

— Ouais. Au moins elle joue franc jeu, apparemment. Quand on vous entube, on vous entube. Mais si on vous entube en vous souriant, là on vous entube *vraiment*.

— Une maxime pleine de sagesse.

— Je me plais à le croire. Je vais téléphoner à son avocate pour entamer la partie. Je ne la connais pas, mais si elle exerce dans le Vermont elle porte sans doute un collier de perles et paie quelqu'un pour astiquer son aura. Le mieux, dans ce genre d'affaire, c'est de découvrir ce que veut l'autre partie et ce qu'elle est prête à accepter. Ensuite, vous me dites ce que vous voulez et ce que vous êtes prêt à accepter, et quand tout le monde se retrouve au même niveau d'insatisfaction on tient un accord qu'on peut présenter à un juge.

— Je veux juste ce qui sera le mieux pour Sam.

— Bien sûr, mais sans vous retrouver sur la paille. Vous pensez peut-être que Rachel ne ferait jamais ça, mais si elle doit en venir là elle le fera. Vous ne vous êtes pas mariés, vous vivez dans des États différents et, apparemment, l'une des parties – à savoir vous – se fait canarder régulièrement. Au risque de paraître pessimiste avant même que la partie s'engage, je dirais que vous n'êtes pas au départ en position de force. Je présume que vous subvenez aux besoins de l'enfant.

— Oui.

— Cela a fait l'objet d'un accord officiel ?

— Non. Rachel et moi avons réglé ça nous-mêmes.

— Vous gardez des preuves de vos versements ?

— Non.

— Mauvais.

— Elle ne les niera pas.

— Vous en êtes sûr ?

— Oui.

— Vous avez des talons de chèque, des photocopies, quelque chose ?

— Je vous le répète : Rachel ne mentira pas.

— Je vous entends, mais trouvez ce que vous pourrez et remettez-le-moi, d'accord ?

— D'accord.

— En attendant, laissez passer quelques jours. Réfléchissez à ce que vous voulez vraiment, mis à part le bonheur de votre fille.

Parker ouvrit la bouche pour répondre, mais l'avocat leva une main.

— Je sais, je sais : vous êtes prêt à tout concéder pour elle, mais si vous avez l'intention de vous faire crucifier cherchez un autre avocat pour enfoncer les clous. Je ne fais pas dans l'incitation au martyre. Voilà pourquoi je vous conseille d'attendre un peu, le temps de savoir ce que vous êtes prêt à supporter. Pour le moment, essayez de ne tirer sur personne, et si quelqu'un semble sur le point de vous tirer dessus priez-le de s'en abstenir, au moins jusqu'à ce que nous soyons passés devant un juge. Vous restez en ville ?

— Je vais peut-être devoir m'absenter un jour ou deux.

Parker informa Moxie de son entretien avec Ross et de l'enquête sur la disparition de Jaycob Eklund. À cause de sa participation à l'élaboration du contrat de vacataire liant Parker à Ross, Moxie était l'une des rares personnes à être au courant de l'accord conclu – un accord qui ne lui avait pas plu.

— Je vous ai dit que cet accord ne me plaisait pas ?

— À peu près un million de fois.

— Alors, je vous le répète. Ça finira mal. Vous pensez manipuler Ross et Ross pense qu'il vous manipule. Cela requiert un équilibre délicat pour que les deux parties demeurent satisfaites, et vous ne maintiendrez pas longtemps cet équilibre. C'est comme le mariage.

— Je vois maintenant pourquoi vous avez divorcé par trois fois.

— « Par trois fois » ? Vous vous prenez pour Shakespeare ? L'avocat qui vous a laissé signer ce contrat devrait avoir honte de lui.

— Je ne suis pas sûr qu'il en soit capable.

Parker se leva, les deux hommes se serrèrent la main.

— Nous réglerons le problème pour votre fille, assura Moxie. Je vous le promets.

— Je vous fais confiance.

— Et je sais que c'est nul. Personne n'a envie de discutailler au sujet d'un enfant devant un juge. Si nous trouvons un moyen d'éviter ça, nous aurons tous les deux bien travaillé.

— À un de ces jours, Moxie.

Parker sortit du bureau et ferma la porte derrière celui. Il était presque à la réception quand elle se rouvrit.

— Hé, je vous ai déjà dit que vous n'auriez jamais dû passer cet accord avec Ross ?

Parker prit sa voiture pour se rendre dans Middle Street et réussit à se garer près du Bull Moose. Le magasin s'était agrandi et accordait plus d'espace qu'avant aux DVD et aux Blu-ray, tandis que le rayon CD avait gardé les mêmes dimensions et qu'il y avait plus de vinyles. Quel que soit l'équilibre, le détective était content de voir un commerce qui continuait à faire la nique à la mort annoncée des magasins de disques et paraissait prospérer. Il aimait même l'odeur des lieux, un désagréable mélange de papier et de plastique. Il dépensa assez d'argent pour avoir l'impression de défendre la cause des disquaires, puis se rendit à l'Arabica, y commanda un café et s'installa dans la partie surélevée, au fond. Il n'y avait aucun autre client.

Il regarda les voitures passer dans Spring Street en songeant à Sam. Il se rappela le soir où Rachel lui avait annoncé qu'elle était enceinte, comme il l'avait serrée dans ses bras jusqu'à ce qu'elle s'endorme, submergé qu'il était de gratitude et de peur. Il avait perdu sa fille et n'avait jamais imaginé devenir père une seconde fois. Sa vie gravitait à présent autour de Sam, d'une façon qu'il ne pouvait entièrement expliquer à quiconque.

Il était content de devoir quitter Portland, cela le distrairait de ses problèmes personnels. Il n'était toujours pas en colère, ce dont, au moins, il était satisfait. Se mettre en colère n'arrangerait rien.

Il finit son café et se leva pour partir. Le sol lui parut mince et creux sous ses pieds, prêt à s'écrouler sous un poids plus lourd. Dessous – là et partout ailleurs –, il n'y avait que des ténèbres.

Des ténèbres et des créatures qui se mouvaient à travers le monde alvéolé.

51

Philip regardait Mère se servir une autre tasse de thé. Lorsqu'elle mourrait enfin et que sa chair pourrirait, ses os révéleraient leur couleur marron clair.

Il aimait sa mère.

Il la haïssait.

Pas autant toutefois qu'il avait haï son père.

— J'ai un travail pour toi, lui annonça-t-elle.

Il ne se hérissa pas, bien qu'elle s'adressât à lui comme à un garçon de courses. Il s'était donné du mal pour se construire une façade ne trahissant aucun sentiment. Chaque fois que cette cuirasse se fendillait, comme lorsque le détective avait plaisanté sur son ascendance, il était profondément déçu de lui-même. Aussi avait-il mal dormi la veille, l'esprit tourmenté par des variantes de sa confrontation avec les trois hommes, chacune se terminant pour eux par terre et même sous terre. Chaque étalage de sa faiblesse lui rendait les choses plus difficiles. S'il voulait devenir un chef, il devait apprendre à se conduire comme tel.

— Bien sûr, Mère. Que voulez-vous que je fasse ?

— Je veux que tu t'éloignes.

Elle feuilletait une liasse de documents, en annotait certains, collait des Post-it sur d'autres, en destinait d'autres encore à la déchiqueteuse. Il dut lutter contre une envie de les lui arracher des mains. C'était son avenir qu'elle morcelait devant ses yeux, et elle n'avait même pas eu la décence de le consulter avant. Elle paraissait même prendre un certain plaisir à lui signifier qu'elle l'excluait de ces décisions en ne s'interrompant pas dans son travail pour s'adresser à lui, alors qu'elle aurait pu s'occuper de ces questions dans l'intimité de son propre petit bureau.

Philip était dérouté.

— Que voulez-vous dire par là ?

— Je crains que la liquidation finale des actifs et des entreprises de...

La pause avait été à peine perceptible, mais Philip avait vécu trop longtemps dans l'ombre de sa mère pour ne pas la remarquer.

Vas-y, pensa-t-il. Dis-le, ne serait-ce qu'une fois : de ton père.

Or Mère, comme toujours, refusait de reconnaître l'ascendance masculine de son fils. C'était un jeu étrange qu'ils jouaient. Depuis son enfance, Philip soupçonnait que Caspar Webb était son père, bien que l'homme ne lui ait manifesté aucune affection particulière, ni montré le moindre intérêt pour ses activités. Pendant la majeure partie de son existence, il avait occupé avec Mère une aile de la maison de Block Island, et c'était seulement vers ses quinze ans que Philip avait fini par comprendre que Webb, l'homme à qui Mère servait de secrétaire, était plus qu'un reclus fortuné.

Philip suspectait que sa conception avait été le résultat d'une brève liaison, d'un moment de faiblesse et de stupre tant chez Mère que chez Webb. Il ne croyait pas être le fruit d'un viol parce que la dévotion de sa mère à l'égard de Webb n'aurait alors eu aucun sens, et cependant il ne se rappelait pas avoir été témoin d'un seul moment d'intimité entre eux.

Alors qu'il se faisait ces réflexions, il s'aperçut qu'il tenait ses doigts difformes au creux de son autre main comme pour les cacher. Ils étaient à ses yeux une preuve extérieure de son pedigree dégradé, un symbole physique de son échec. Il avait parfois surpris Webb en train de le regarder avec dégoût – à moins que cela n'ait été qu'un tour que son esprit lui jouait, une justification par avance des actes qui allaient suivre.

Webb était resté une figure hautaine et distante dans la vie de Philip jusqu'à la fin, lorsque la maladie avait restreint sa mobilité et qu'il avait décidé de quitter Block Island pour ses appartements dans le quartier des joailliers, où il s'était très vite retrouvé cloué au lit et abruti par les médicaments. Même si une noria d'infirmières avait constamment veillé sur Webb, si des médecins n'avaient cessé de l'ausculter, les soins prodigués incombaient en grande partie à la mère de Philip et, à l'occasion, à Philip lui-même, qui prenait son tour au chevet du vieil homme. À la toute fin, Webb respirait à l'aide d'un masque à oxygène et n'était conscient que quelques minutes par jour. La mort ne serait plus qu'un petit pas, un simple passage de l'être au néant.

Et Philip avait aidé Webb à partir. Un petit pincement du tuyau d'oxygène. Un hoquet. Un spasme.

Parti.

Lorsque l'alarme avait sonné, Philip appelait déjà à l'aide. L'infirmière, qui faisait une pause dans la pièce attenante, avait tenté de ranimer Webb, mais le cœur avait finalement lâché. Il fallait s'y attendre et Philip avait eu l'impression que les efforts déployés par l'infirmière étaient à peine un peu plus que de pure forme. Mère n'était pas présente. Elle se reposait dans leur logement moins spacieux de l'immeuble voisin. Dès son entrée dans la pièce, elle avait pris la main du mort. Elle n'avait pas pleuré. Elle n'avait pas non plus accordé un regard ni un mot à son fils.

Depuis, elle n'avait jamais donné l'impression qu'elle soupçonnait Philip d'une implication quelconque dans la mort de Webb. Pourquoi aurait-elle eu des soupçons ? Webb était vieux et malade. Les docteurs eux-mêmes s'étaient déclarés étonnés qu'il ait tenu aussi longtemps.

Mais Philip savait que Mère savait.

Parce que Mère savait toujours.

Tout cela dans cette brève pause.

— … M. Webb pourrait susciter en toi un désarroi excessif, acheva-t-elle.

— Je vous ai fait part de mon opinion sur ce point, mais je me suis résigné à l'inéluctable.

— Vraiment ?

Les yeux de biche le considéraient avec une parfaite neutralité. Mère excellait dans cet exercice. Elle était capable de laisser libre cours à ses sentiments comme de les endiguer en un instant, y compris avec son fils. Cela lui permettait d'examiner tout problème avec équanimité.

— Oui, Mère. Franchement, il n'est pas nécessaire de m'éloigner.

— Une fois cette liquidation faite, tu seras tranquille pour le reste de ta vie.

Tranquille : quel mot étriqué. La tranquillité, c'était pour les vieux, pour les mourants.

— Je sais. Nous avons déjà eu cette conversation.

— Nous l'avons une fois de plus parce que tu ne m'écoutes pas vraiment.

— C'est dur pour moi. C'est dur de savoir que vous ne me faites pas confiance.

— Pour ces affaires ?

— Pour tout. Même ma part de l'héritage est soumise à conditions et sera perçue sous forme d'allocations. Je la recevrai au compte-gouttes, je devrai mendier pour avoir davantage.

— J'ai les mains liées. Combien de fois faudra-t-il que je te le répète ? Il y a des dispositions légales. Le testament de M. Webb est parfaitement clair sur ses dernières volontés.

— Ce n'est pas tout à fait exact, Mère, et vous le savez. Une bonne partie des activités dont nous parlons ne sont pas légales du tout.

Et la discussion reprit, pour la énième fois. On éparpillait un empire à tous les vents et, du même coup, les rêves de Philip de devenir empereur.

— Philip, je t'aime beaucoup, mais tu n'es pas Caspar Webb.

— J'ai son sang.

Mère fit la grimace.

— Ce que tu as, c'est de l'ambition.

— Vous avez vu ce dont je suis capable.

Certes. Elle se rappelait encore la convocation dans l'entrepôt, et Philip se tenant devant le corps suspendu de Terry Nakem, l'homme lige de Vincent Garronne. Mère avait ordonné la mort de Garronne parce qu'il complotait contre elle. Nakem aurait dû fuir à la mort de son patron, Mère ne l'aurait pas pourchassé. Mais Nakem était resté, ce qui laissait penser qu'il envisageait peut-être de leur causer des ennuis. Mère avait simplement demandé à Philip de retrouver Nakem, pas de l'écorcher. L'image de son fils torse nu, pataugeant dans le sang, un couteau à lever des filets dans sa main droite, tandis que la carcasse rouge de Nakem palpitait derrière lui, avait failli menacer la santé mentale de Mère.

C'était toutefois l'expression de Philip qui demeurait gravée dans son esprit et lui revenait au plus profond de ses nuits. L'expression d'un enfant attendant des éloges pour son acte de destruction : *Regardez, Mère. Regardez ce que j'ai fait.*

Et pourtant elle était restée pour le voir finir le travail.

— Oui, répondit-elle. J'en ai été témoin.

— Je suis plus dur que vous ne le pensez. Je peux être impitoyable.

— Dureté ne veut pas dire sauvagerie.

— Je peux apprendre. J'ai...

— Assez, Philip. J'ai décidé. Tu as le choix : tu restes et tu te tais, ou tu vas attendre ailleurs que ce soit fini. Tu pourras aller n'importe où dans le monde. Dans d'excellentes conditions, j'y veillerai. Emmène Erik.

De tous les hommes faisant encore partie de leur personnel, Erik Lastrade était le plus loyal envers Philip. Ils avaient à peu près le même âge et le même tempérament. Dans l'esprit dérangé de Philip, encrassé par des visions impériales, Erik jouait le rôle d'Héphaestion pour l'Alexandre qu'il s'imaginait être.

— Je préfère rester, Mère, si cela ne vous dérange pas.

— Cela me dérange, mais fais comme tu veux, et n'en parlons plus.

Elle reporta son attention sur ses papiers et Philip laissa s'écouler quelques minutes, ne fût-ce que pour s'assurer la parfaite maîtrise de lui-même. Il avait les yeux brûlants, il savait que sa voix se fêlerait s'il parlait trop tôt. Seule Mère était capable de lui faire cet effet, de le rabaisser au niveau d'un enfant. Finalement, lorsqu'il fut certain de se contrôler, il demanda :

— Et Parker ?

— Quoi, Parker ? Je lui ai fait une offre, il l'a rejetée. Qu'il fasse ce qu'il doit faire et tant mieux si cela sert nos intérêts.

— Je n'aime pas ce type. Ni ses amis.

— À ta place, je garderais cette opinion pour moi, lui conseilla-t-elle. La tolérance de ces individus pour ceux qui les contrarient est encore plus faible que la mienne. Maintenant, laisse-moi travailler.

Mère n'avait pas même levé la tête pour répondre, mais Philip n'avait pas eu besoin de voir son expression : le ton moqueur lui avait dit tout ce qu'il avait besoin de comprendre.

Il se leva, s'approcha du bureau et embrassa Mère sur le dessus de la tête. De sa main libre, elle lui caressa la joue.

— Je fais vraiment pour le mieux, affirma-t-elle.

— Je vous le répète, Mère : je me suis résigné à l'inévitable.

Et c'était vrai : Mère devait disparaître.

52

Parker avait retardé son coup de téléphone à Ross, en grande partie parce qu'il s'efforçait encore d'assimiler ce qu'il avait appris sur Eklund et sa croisade. En même temps, si quelqu'un était capable d'écouter une histoire de fantômes en tenant la bride à son scepticisme, c'était probablement l'agent du FBI. Parker l'appela au numéro qu'il lui avait donné et obtint sa messagerie dès la seconde sonnerie. Il ne se donna pas la peine de laisser un message, il supposa que Ross n'utilisait ce numéro qu'à une seule fin. Deux minutes plus tard, Ross le rappelait :

— Désolé, j'étais en réunion.

Parker entendait en fond sonore une rumeur de circulation – rien d'alarmant, juste le bruit d'une grande ville.

— J'ai pensé que vous aimeriez avoir un rapport sur les progrès de l'enquête.

— Ouais, mais pas au téléphone. Je suis à Boston. On peut se voir ?

Parker ne demanda pas pourquoi Ross se retrouvait une fois de plus au nord de New York, son terrain de chasse habituel. Quelle qu'en fût la raison, c'était une mauvaise nouvelle pour quelqu'un. Parker n'allait quand même pas descendre à Boston pour le plaisir de la compagnie de l'agent fédéral. S'il avait envie d'être accablé d'injures et de coups de klaxon agressifs, il lui suffisait de s'arrêter net au milieu de Congress Street à ce qui passait pour être l'heure de pointe à Portland. Au moins, là, les gens auraient une bonne raison de râler. À Boston, les gens râlaient pour rien.

— Boston, c'est – comment dire ? – très bostonien, à cette période de l'année, fit observer Parker.

— Boston est bostonien en toute saison, déclara Ross, non sans raison.

— Ouais, c'est le problème de cette ville.

— Vous auriez un compromis à proposer ?

— Portsmouth ?

— Vous n'avez pas une dent aussi contre les habitants du New Hampshire ?

— Pas autant que contre ceux du Massachusetts. Dans le New Hampshire, ils sont fous, mais pas furieux.

— Subtile distinction. Je prends la navette ce soir pour rentrer à New York. De là, je peux être à Portsmouth en, voyons, une heure. On se retrouve où ?

— Ils ont une librairie qui vend de la gnôle.

— Ça ne m'étonne pas. Comment elle s'appelle ?

— Le Portsmouth Book and Bar.

— Très bien, je trouverai.

Il raccrocha.

Ouais, et sois prudent sur la route, surtout.

Parker songea que Ross devrait prendre sa retraite au Massachusetts.

En fait, Ross eut une heure de retard, ce qui laissa le temps à Parker de flâner dans les rayons, de boire un café de fin d'après-midi en pensant à Sam et à Rachel. Lorsqu'il fut las de battre sa coulpe, il acheta un exemplaire d'occasion mais en parfait état de *Man on the Run,* une biographie de Paul McCartney commençant non avec les Beatles mais par ce qu'il avait fait après la dissolution du groupe. Parker avait toujours préféré McCartney à John Lennon, sans se soucier de l'effet que cette opinion pouvait avoir sur les adolescents cool. Lennon n'écrivait que sur lui-même et manquait d'empathie. McCartney, au contraire, était capable de s'inspirer de la vie des autres. C'était toute la différence entre « Strawberry Fields Forever » et « Penny Lane » : Parker aimait les deux chansons, mais la seconde était peuplée de nombreux personnages alors que la première n'en montrait qu'un seul et il s'appelait John Lennon. Parker serait même allé jusqu'à conseiller à Lennon de sortir un peu de son appartement, mais lorsque le chanteur l'avait fait un illuminé l'avait abattu. Finalement, Lennon avait probablement eu raison de passer près de dix ans cloîtré chez lui.

Ross arriva au moment où McCartney se laissait pousser la barbe et reprenait le dessus à la campagne. L'agent du FBI n'avait pas l'air content, bien qu'avec lui ce fût toujours difficile à dire. Il n'était pas seul : Parker avait repéré son escorte, une jeune femme vêtue d'un blouson qu'elle n'ôta pas malgré la chaleur de la salle. Elle s'assit face à la porte d'entrée tandis que Ross se dirigeait vers le comptoir et commandait deux cafés – dont un à porter à la jeune femme – avant de rejoindre Parker.

— Désolé de ce retard, s'excusa-t-il. J'aurais été à l'heure si on avait eu rendez-vous à Boston.

Le détective referma son livre, que Ross pointa du doigt.

— Je lui ai toujours préféré John Lennon.

— Vous m'en direz tant, dit Parker.

Ross ne demanda pas pourquoi, ce que Parker imputa au solipsisme inné de l'agent fédéral.

— Pourquoi ce garde du corps ?

— Une concession à mon équipe. Il y en a un deuxième qui attend dans la voiture.

— Vous êtes monté en grade – ou alors, vous avez encore mis le boxon.

Une serveuse apporta le café de Ross, qui le refusa d'un geste.

— Finalement, donnez-moi plutôt un verre de vin. Rouge. Corsé. Vous en voulez un ?

— Bien sûr, répondit Parker. Le même.

La décision de commander plutôt du vin sembla détendre un peu Ross. Il défit son manteau, se renversa sur le dossier de son siège. Il avait aux coins des yeux de fines rides que Parker n'avait jamais remarquées. Elles étaient peut-être récentes : le stress, probablement.

— Nous venons d'avoir une conversation avec quelqu'un que vous connaissez, dit Ross. Garrison Pryor.

Pryor était le P-DG de Pryor Investments, société qui faisait l'objet d'une enquête de la section financière du FBI, spécialisée dans la fraude sur les actions et les matières premières. Fait plus intéressant, Parker et Ross le soupçonnaient tous deux de servir d'intermédiaire à un groupe d'individus connus sous le nom des Commanditaires, des hommes et des femmes dirigeant la quête du Dieu enfoui. Parker supposait naturellement que Ross avait négligé de communiquer à la section financière la partie la plus ésotérique et mystérieuse de ses soupçons et avait allégué une autre raison pour la brancher sur Pryor.

La SF avait commencé, à l'instigation de Ross, d'augmenter la pression sur Pryor dans l'espoir de le forcer à devenir un de leurs informateurs. Cela, Parker le savait, mais il avait compris que Ross suscitait délibérément son intérêt, parce que l'agent fédéral ne révélait jamais rien sans une bonne raison.

— Et ça donne quoi ?

— Il a été mis en examen cet après-midi.

— Sur quelle base ?

— Certaines des transactions de sa société n'ont pas résisté à l'enquête minutieuse de la section financière.

Parker n'en fut pas étonné. La SF aurait trouvé le moyen de faire passer pour un escroc son propre grand-père, l'homme le plus honnête qu'il ait jamais connu, un citoyen d'une probité morale absolue.

— Comment a-t-il réagi ?

— Ses avocats ont exprimé leur désaccord poliment. Ils gagnent du temps.

— Alors vous êtes embarqué pour un bon bout de temps.

— L'enquête se poursuit.

— Je n'en doute pas.

— Tout a commencé par une partie de pêche, qui d'ailleurs n'était pas sans rapport avec vous, mais l'hameçon s'est accroché à quelque chose…

Ross s'était servi de l'agression qui avait failli coûter la vie de Parker pour augmenter la pression sur ceux qui avaient des raisons de vouloir sa mort. Parker se serait peut-être senti touché s'il s'était agi d'une préoccupation sincère pour sa personne, pas d'un prétexte pour exhiber les muscles du Bureau.

— Accroché à quoi, exactement ?

— Cela reste à établir. Disons qu'il s'est accroché à Pryor et qu'il commence à gigoter. Il est vulnérable, malgré tout ce que ses avocats prétendent.

Le vin arriva : un cabernet sauvignon. Sans prendre le temps de trinquer, ni même de lever son verre, Ross en avala une longue gorgée. Parker crut remarquer que le garde du corps lançait à son chef un regard d'envie par-dessus son café.

— Pryor figure sur votre liste ? demanda Ross.

— Non, il n'est pas sur la liste.

— Vous devriez vraiment envisager de me la remettre.

— Je l'ai envisagé. J'ai décidé de ne pas le faire.

— Vous croyez encore que vous découvrirez quelque chose tout seul ?

— Je cherche peut-être seulement à vous frustrer.

— Cette hypothèse me paraît plus probable de jour en jour. Si vous trouvez le nom que vous cherchez, écrivez-le sur un bout de papier et collez-le sur votre frigo, qu'on puisse le lire quand vous serez mort.

— Je n'y manquerai pas. C'est à cause de l'affaire Pryor que vous vous déplacez avec une escorte armée ?

— Je vous l'ai dit, ce sont les autres qui ont insisté.

— Vous pensez vraiment que les Commanditaires pourraient s'en prendre à vous, à cause de Pryor ? Ce serait un grand pas, tuer un agent fédéral.

— Les gens que nous recherchons sortent de l'ordinaire.

— Alors, je risque ma vie rien qu'en étant en votre compagnie ?

— Vous savez maintenant ce que le reste de l'humanité ressent en vous fréquentant.

— Très drôle. Je m'en voudrais d'écarter *a priori* votre exécution comme une solution à leur problème, mais il serait plus facile pour eux de se débarrasser de Pryor.

— Cette possibilité m'a traversé l'esprit.

— Celui de Pryor aussi, je parie.

— Nous avons abordé ce point dans la conversation. Son sourire suffisant s'est à peine altéré.

— C'est vrai qu'il a un sourire suffisant, maintenant que vous le dites. Vous croyez qu'il sait quelque chose que vous ignorez ?

— Il en sait beaucoup, j'imagine, mais il est prêt à jouer la montre. Une affaire comme celle-là pourrait rester en suspens pendant des années avant de passer en jugement. Qui sait ce qui pourrait se passer entre-temps ?

— Je présume que vous avez votre idée là-dessus.

Ross but une autre gorgée de son vin. Un air de musique créait un discret fond sonore. Par la fenêtre, Parker regarda le vent emporter la neige recouvrant les toits et la laisser retomber sur les passants sans méfiance.

— Si Pryor ne craque pas, reprit Ross, je le menacerai peut-être de le libérer. Sans retenir aucune charge.

— Et... ?

— Et de faire courir le bruit, par des canaux officieux, qu'il a coopéré, et qu'il est disposé à coopérer encore. J'essaierai peut-être aussi de vous persuader de nous livrer quelques noms de plus, dans l'idéal ceux qui sont liés, même de façon lointaine, au secteur d'activité de Pryor. Nous commencerions alors à leur serrer la vis.

— Et à Pryor également, du coup.

— Exactement.

— Cela pourrait aussi entraîner sa liquidation.

— C'est un risque qu'il va devoir courir – et nous aussi.

— Ça vous plaît, hein, d'attacher une chèvre à un piquet ?

— Surtout ne manquez pas de m'informer quand la corde commencera à vous irriter le cou.

— Mon avocat pense que je n'aurais jamais dû passer cet accord avec vous.

— M. Castin ? J'ai parlé à plusieurs de nos juristes qui ont eu affaire à lui. Certains d'entre eux tardent à se remettre de cette expérience.

— Il sera heureux de l'apprendre.

— Il vous a aussi mis en garde, je suppose, contre les conséquences ultimes qui vous pendent au nez si vous ne me remettez pas la liste, dit Ross. Les Commanditaires et ceux qui sont de mèche avec eux finiront par comprendre qu'elle est en votre possession. Les noms de ceux que vous avez éliminés apparaîtront comme liés. Ces gens ne sont pas idiots. Quand ils auront compris, ils vous tomberont dessus. Si vous avez de la chance, ils se contenteront de vous tuer.

— J'ai bien noté. Le nom. Un bout de papier. Collé sur la porte du réfrigérateur.

Parker goûta son vin. Il était bon, mais il n'avait pas l'intention de finir son verre. Une gorgée suffirait. Il voulait garder les idées claires.

— Vous n'aurez toujours pas la liste.

— Oh, si, je l'aurai, repartit Ross. Par-dessus votre cadavre, mais je l'aurai.

— Alors, à ma santé, dit Parker en levant son verre.

Ross s'abstint délibérément de répondre au toast et demanda plutôt :

— Parlez-moi d'Eklund.

Parker lui communiqua ce qu'il savait. D'abord l'obsession du détective pour une série de prétendues apparitions pouvant être connectées ou non à un clan connu sous le nom des Frères, et la conviction dudit détective que ces apparitions étaient liées à des meurtres commis au dix-neuvième siècle ; ensuite, la découverte du corps de Claudia Sansom trois ans après sa disparition, âgée de trois ans de plus, ce qui créait un mystère supplémentaire : qu'avait-elle fait pendant ces trois années ?

— Le reste des affaires traitées par Eklund est plutôt ce à quoi on pouvait s'attendre, poursuivit Parker, ce qui ne signifie pas qu'elles n'aient pas causé du ressentiment. Il travaillait sur des divorces, des détournements de fonds, des conjoints fugueurs. Autant d'enquêtes banales, mais dont certains aspects ont pu constituer une source potentielle de rancune. Il n'y a pas de petites affaires, pas pour les gens impliqués. Mais Eklund faisait une fixation sur les Frères, et le dossier de Claudia Sansom était resté sur son bureau quand nous avons fouillé la maison, ce qui indique qu'il l'avait réexaminé récemment.

Ross ne prenait aucune note. Il n'en avait pas besoin. Selon l'expérience de Parker, l'homme avait une excellente mémoire pour les mauvaises nouvelles.

— Les deux affaires pourraient être en rapport ?

— Rien ne suggère qu'Eklund le pensait, et il était méticuleux dans ses recherches.

— Alors, que proposez-vous ? demanda Ross.

— Je pourrais commencer par interroger Oscar Sansom – ne serait-ce que parce qu'il habite à quelques heures de voiture d'ici. Ça n'aurait aucun sens de nous mettre à chasser de vieux fantômes plus lointains avant de savoir si la clé de la disparition d'Eklund ne se trouve pas chez les Sansom.

— D'accord. Quoi d'autre ?

— Je pense à un autre détail relatif aux Frères. Il vaut à peine d'être mentionné, à vrai dire.

— Pourquoi ai-je l'impression que vous avez gardé le meilleur pour la fin ? Allez-y.

— Le frère de quelqu'un que nous connaissons apparaît dans les dossiers d'Eklund...

— Je suis sur des charbons ardents, là.

— Caspar Webb.

Les yeux de l'agent fédéral s'arrondirent quelque peu d'une manière que Parker ne pouvait que trouver satisfaisante.

— Vous devriez peut-être commander un autre verre de vin, suggéra Parker. Le temps que je vous parle de Mère...

53

Sam cherchait une agrafeuse. Elle venait de mettre la dernière touche à un dossier sur les montagnes pour lequel elle avait rassemblé des photos, quelques cartes, et ajouté des dessins de sa main aux faits et aux chiffres qu'elle et sa grand-mère avaient trouvés dans des livres et sur Internet. La grand-mère y avait pris plus de plaisir que Sam, pour qui c'était un exercice un peu idiot. Au départ, elle était censée le faire avec Stacie Mayer, mais elles s'étaient disputées pour savoir qui écrirait la partie consacrée à l'Everest. Leur institutrice, Mme Howard, avait décidé, dans sa sagesse de Salomon – du moins ce que la grand-mère avait décrit comme tel, une fois éclairci l'objet de la querelle –, que les deux fillettes travailleraient séparément et que chacune d'elles inclurait l'Everest dans son dossier. Sam avait estimé qu'il fallait empêcher Stacie Mayer de se mêler de l'Everest parce que c'était une crétine et qu'elle-même se disposait à rédiger un texte définitif sur cette montagne. En conséquence, son dossier comportait maintenant dix pages sur le toit du monde et deux ou trois paragraphes sur divers pics de moindre intérêt.

Elle n'était pas autorisée à pénétrer dans le bureau de sa mère sans sa permission, mais celle-ci était sortie avec grand-mère, grand-père faisait un somme, et Sam avait hâte de se débarrasser de ce dossier débile pour pouvoir jouer sur son iPad.

De toute façon, elle savait où sa mère rangeait l'agrafeuse, il n'y aurait pas de problème.

Son dossier sous le bras, elle ouvrit le bon tiroir, trouva l'agrafeuse et s'apprêtait à l'utiliser quand son regard fut attiré par son nom sur une lettre dépassant d'un classeur posé sur le bureau de sa mère. Sam posa l'agrafeuse, regarda derrière elle pour s'assurer que personne n'était mystérieusement entré dans la pièce sans qu'elle s'en fût aperçue, avant d'extraire la lettre du classeur.

Elle émanait d'un cabinet juridique. Sam ne comprit pas une grande partie des mots, mais ce n'était pas nécessaire. Elle savait ce que « garde » et « visite » signifiaient, elle devinait à peu près le sens de « restriction ». Elle fixa la lettre un moment avant de la remettre dans le classeur, puis elle termina calmement son dossier sur les montagnes, rangea l'agrafeuse et sortit du bureau en refermant la porte derrière elle.

De retour dans sa chambre, elle s'assit au bord du lit, le menton appuyé sur ses mains, le visage tourné vers la plus étroite des deux fenêtres, celle que ses grands-parents avaient commandée spécialement pour elle. La vitre était claire en son centre, bordée de petits carreaux de diverses couleurs, et le soleil en tournant au fil de la journée projetait des perles de lumière colorée sur les murs.

Sam concentra son regard sur la fenêtre et l'un après l'autre les carreaux se fendillèrent.

54

La première des voitures arriva devant chez les Buckner un peu après quatre heures de l'après-midi. Il faisait un froid glacial qui n'avait pas incité les gens à sortir. Quelqu'un eût-il pris une photo du ciel et des maisons disséminées dessous qu'il aurait été impossible de dire si l'on était devant une scène d'été ou d'hiver sans recourir à un examen des arbustes et des arbres, car un large aplat de bleu ininterrompu s'étendait au-dessus de l'horizon. Mais à peine aurait-on mis un pied dehors que la réponse se serait présentée d'elle-même : l'air était atrocement froid, et sa morsure rendue plus vive par un vent qui semblait s'attaquer avec une férocité particulière au nez, aux oreilles, aux extrémités des doigts, et faisait larmoyer les yeux en un simulacre de chagrin.

David Ferrier, homme sensé, était resté chez lui. Assis à son bureau, il essayait de se rappeler quelle combinaison de rimes dans un sonnet était pétrarquienne ou shakespearienne. Il aurait pu faire une recherche sur Internet, mais cela serait revenu à admettre son échec. De plus, à l'instar de beaucoup d'individus se considérant comme cérébraux, il vivait dans la peur de perdre la mémoire, bien que son médecin lui eût conseillé de ne pas se tourmenter s'il oubliait des faits ou des noms, et de commencer seulement à s'inquiéter s'il ne remarquait plus ces oublis – autrement dit, s'il oubliait qu'il oubliait. Ferrier n'avait pas pris la peine de souligner la faille logique de ce conseil puisqu'il était certain que le Dr Cyr l'avait lui-même remarquée depuis longtemps.

Ferrier fouilla dans le grenier de ses souvenirs pour se rappeler un poème de Shakespeare et en extirpa un passage qui prouvait que le sonnet shakespearien était composé de trois quatrains aux rimes alternées (abab cdcd efef) et d'un distique (couplet) rimant gg. Il tapota triomphalement son cahier de son stylo et allait s'attaquer à un nouveau poème que personne ne lirait jamais quand il vit un véhicule se garer dans l'allée des Buckner. Ce n'était pas un vrai camping-car mais une camionnette aménagée, avec des rideaux aux vitres, pour pouvoir y dormir. La carrosserie peinte en vert, manifestement à la bombe et par un amateur, était rendue encore moins plaisante à l'œil par des plaques de rouille et de mastic. Ferrier n'aurait jamais accepté d'y passer une nuit, mais il se distinguait de ses pairs en ayant toujours refusé d'emmener sa famille camper, sous le prétexte qu'il ne voulait pas imposer à sa femme et à ses enfants quelque chose qu'il ne souhaitait pas faire lui-même. Et lorsque ses rejetons avaient commencé à réclamer des vacances en camping, ou juste un week-end sous la tente, il avait répondu qu'ils passaient déjà trop de temps sous un soleil brûlant et avait rejeté leurs demandes pendant des années, jusqu'à ce que l'envie de lui infliger cette punition leur soit passée.

Un couple de quinquagénaires descendit de la fourgonnette. Ferrier les soupçonna de se nourrir de mauvaise bouffe juste pour rester en adéquation avec leur mauvais goût en matière de vêtements et de bagnoles. La femme avait teint ses cheveux en un roux manifestement pas naturel, tandis que l'homme aurait pu donner aux siens toutes les couleurs de l'arc-en-ciel sans que cela lui coûte davantage qu'une poignée de pièces, car il ne lui restait pas grand-chose sur le crâne. Tous deux portaient des jeans amples, des blousons en tissu polaire assorti et des baskets blanches.

Des ploucs, pensa Ferrier.

Sally Buckner sortit pour les accueillir, son mari apparaissant dans l'encadrement de la porte quelques secondes après. Sally serra la femme dans ses bras, puis l'homme, dans une étreinte qui avait quelque chose de consolateur, comme pour des parents endeuillés. Elle les fit ensuite entrer en entourant de son bras la taille de la femme – enfin, ce qu'elle parvenait à en entourer, et que Ferrier estima à cinquante pour cent environ. Kirk serra la main de l'homme, embrassa la femme sur la joue et la porte se referma derrière eux, pas avant, toutefois, que Ferrier ait pu remarquer que Kirk avait jeté un coup d'œil dans sa direction, mais les rideaux en filet empêchaient de distinguer quiconque derrière la fenêtre.

Ferrier avait abandonné toute velléité d'écrire un poème, non seulement parce que c'était l'une des rares fois où il voyait quelqu'un d'autre que les Buckner entrer chez eux, mais aussi parce qu'il avait toujours considéré Sally comme une femme frigide. Il n'arrivait pas à l'imaginer laissant Kirk la prendre dans ses bras, même tout habillée, encore moins un autre homme, et voilà qu'elle étreignait et touchait d'autres personnes – bref, qu'elle se comportait en être humain.

Pendant l'heure qui suivit, trois autres véhicules stoppèrent devant la maison des Buckner. Les deux premiers dégorgèrent des couples d'une quarantaine d'années. Du troisième sortirent trois jeunes gens – deux filles et un garçon –, qui pouvaient être frère et sœurs. Nouvelles embrassades et poignées de main chaleureuses : un tsunami d'émotion.

Les jeunots étaient sur le point d'entrer avec Kirk et Sally quand la Subaru de la femme de Ferrier tourna dans la rue. Etta s'arrêta, descendit sa vitre et parla une bonne minute avec Sally avant de repartir et de se garer dans son allée.

Son mari l'attendait dans le couloir lorsqu'elle entra.

— C'est quoi, tout ça ? lui demanda-t-il.

— Tout ça quoi ?

— Les gens chez les Buckner. Ils donnent une petite fête ?

Etta se hérissa. Il n'y avait pas d'autre mot : un véritable hérissement. Si elle avait été un animal, ses poils se seraient dressés.

— Non, pas du tout, répondit-elle. Ils viennent de perdre leur grand-tante, la dernière de la génération précédente. Sally dit que c'est un peu de leur histoire qui s'en est allé. Elle vivait seule et il y a tout un bazar chez elle qu'il faudra trier. Sally a donc demandé aux membres de la famille – du moins à ceux qui n'habitent pas trop loin – de faire le voyage pour pleurer ensemble la vieille dame et se répartir les tâches. Une petite fête !... J'espère que c'est de la honte que tu ressens en ce moment même...

Ce n'était pas le cas, mais Ferrier se composa une expression contrite, ne fût-ce que pour avoir la paix, et présenta ses excuses. Sa femme répondit par un « Hum » qui en disait long. Elle passa ensuite dans la cuisine pour mettre dans un panier des cookies, du vin, des bonbons, tout ce qu'elle avait de disponible, afin de le porter aux Buckner. Ferrier la regardait s'affairer.

— Pourquoi des cookies ? Sally est pâtissière.

— Ah, tais-toi.

— Et ils sont baptistes. Ils boivent du vin, les baptistes ? Je suis sûr que non.

— Je te préviens...

Ferrier retourna dans son bureau et considéra les véhicules rassemblés en face de chez lui. Quoique n'étant ni injuste ni insensible, il n'arrivait pas à éprouver une once d'empathie pour les Buckner ou leurs péquenots de parents. Il se tenait encore devant la fenêtre lorsque sa femme entra et posa le panier en plein sur le cahier de poésie.

— Hé, fais un peu attention, protesta-t-il.

— Non, toi, fais attention. J'en ai plus qu'assez. Les Buckner n'ont rien fait pour t'offenser à part s'occuper de leurs oignons.

Tu n'es qu'un fouineur dénué de toute charité, mais je vais te donner une chance de te racheter à mes yeux et de prouver aux Buckner que tu n'es pas totalement abruti. Tu leur apportes ce panier et tu leur exprimes ta profonde sympathie.

Ferrier savait qu'il valait mieux ne pas discuter avec sa femme quand elle était de cette humeur. Slipper passa son museau dans la pièce et se mit à aboyer. Tout le monde s'était ligué contre lui, apparemment. Finalement, il grommela :

— Bon. J'y vais.

Sa femme fit volte-face et le laissa en plan.

Kirk Buckner parut surpris de découvrir Ferrier sur le pas de sa porte, ce que Ferrier aurait eu mauvaise grâce à lui reprocher. Depuis l'incident tonte/soda survenu des années plus tôt, les deux hommes s'en étaient tenus à des salutations polies quand ils se croisaient. Et, là, Ferrier tendait maladroitement un panier à Kirk tout en maintenant Slipper au bout de sa laisse. Sally se tenait dans le chambranle de la cuisine, un bol de chips à la main, et, par la porte du séjour, à gauche, il apercevait une moitié du couple de bouseux buvant une bière. Les Buckner n'étaient peut-être pas des baptistes très stricts.

— Etta m'a mis au courant de votre deuil, toutes mes condoléances. Nous avons pensé que ces petites choses pourraient être utiles – euh, pour vos invités.

Kirk hésita un instant avant de saisir l'anse.

— C'est vraiment très gentil de votre part à tous les deux. Nous vous en sommes reconnaissants.

Sally s'avança, Kirk se mit de côté pour lui faire de la place. Une fois de plus, Ferrier eut la nette impression que ce n'était pas Kirk qui portait la culotte dans le ménage.

— Vous remercierez Etta pour nous, dit Sally.

Et quelque chose dans son ton, dans la façon dont elle mit l'accent sur le nom de sa femme, fit à Ferrier l'effet d'une baffe dans la figure, comme si Sally savait pertinemment que l'idée de ce foutu panier n'était pas de lui.

— Je n'y manquerai pas.

Je t'emmerde, toi et ta famille de péquenots.

Ferrier se retourna si vivement que Slipper poussa un jappement quand il fut contraint de suivre le mouvement. La porte se referma, mais Ferrier n'eut pas un regard en arrière. Il promena son basset jusqu'au terrain de golf, interdit aux chiens, et, par dépit, le laissa se glisser par une brèche dans la clôture et faire sa crotte près du trou numéro dix-huit. Comme il faisait maintenant nuit, Ferrier reprit le chemin de la maison et s'arrêta au passage devant la résidence des Buckner. Un rai de lumière passait par une fente entre les doubles rideaux mal fermés du living.

Ferrier avait un stylo dans une poche de son blouson. Il gardait toujours un stylo et un bout de papier sur lui au cas où une idée lui viendrait ou, le plus souvent, pour noter les courses dont son épouse l'avait chargé. Dissimulé par l'obscurité et la masse sombre de la camionnette, il nota rapidement le modèle et le numéro d'immatriculation de chaque véhicule garé dans l'allée des Buckner ou à proximité. Sur le coffre de l'un d'eux, un Chevrolet Blazer beige, il remarqua un autocollant *Soutenez les professeurs de votre lycée* qu'il interpréta comme l'invite d'un élève mécontent à le faucher ou à l'arroser d'acide.

— Viens, Slipper, on rentre, dit-il quand il eut terminé.

Il traversa la rue en sifflotant.

De la fenêtre de sa chambre, Sally Buckner le regarda s'éloigner.

55

Ross ne connaissait Caspar Webb que de réputation, mais, d'après ce que ses collègues du FBI et lui avaient compris, son réseau était en cours de démantèlement et la fragmentation de ses activités criminelles était probablement une bonne nouvelle. Dans l'intimité relative du rayon arts de la librairie, il donna quelques coups de téléphone pour vérifier deux ou trois détails, puis retourna à sa table.

Il apparut que les agents fédéraux ne voyaient en Philip qu'un simple rouage dans l'organisation de Webb et qu'une vulgaire secrétaire en la personne de Mère. Elle s'appelait Lydia Orzel, mais les collègues de Ross n'étaient pas sûrs qu'il ne s'agissait pas d'une fausse identité, car elle avait surgi de nulle part, sans passé, plusieurs dizaines d'années plus tôt.

— Très impressionnant, ironisa Parker. Vous avez vraiment dégringolé la pente, au Bureau, depuis la mort de Hoover.

— Nous n'avions aucune preuve contre Webb, rien que des soupçons et des suppositions. Il a émergé de l'ombre avec certains moyens financiers et il a structuré ses activités en cellules indépendantes : des hommes et des femmes travaillant pour lui sans avoir la moindre idée de qui était leur vrai patron, si bien qu'il nous était impossible d'infiltrer le réseau. Webb était sans doute entouré de trois ou quatre proches dont nous ne savons pas au juste dans quelle mesure il leur faisait confiance.

— Exception faite pour Mère.

— Si on peut la croire.

— Je ne vois personne d'autre pour prendre la succession, et Vincent Garronne est mort.

— Ça, nous le savions. Et son lieutenant, Terry Nakem, s'est évaporé dans la nature.

— Mère a mentionné qu'elle avait vu un homme se faire écorcher vif, sans préciser qui ni quand.

— Que Nakem soit maintenant sous terre, avec ou sans sa peau, c'est quasiment une certitude. Les deux hommes guignaient le trône de Webb. Après les avoir écartés, Mère avait le champ libre.

— Vous oubliez Philip.

— Vous êtes sûr qu'il est le fils de Webb ?

— Il a le physique attrayant de son père, la tête d'un mannequin de cire après un crash test. Il flotte aussi autour de lui une odeur de pompes funèbres, mais c'est peut-être un détail secondaire.

— C'est le problème de Mère, pas le nôtre, dit Ross. Ils espèrent que vous obtiendrez des infos sur le meurtre du frère de Webb et de sa famille ?

— J'ai eu le sentiment qu'exécuter les dernières volontés de Webb, y compris sur la question de son frère, était très important pour Mère, moins pour Philip.

Ross finit son verre de vin. Parker avait à peine touché au sien. Il était content de sa maîtrise de soi.

— Si je dois exprimer une préférence, ce serait de laisser un canal de communication ouvert. Au FBI, nous aimons ce qui est prévisible. Avec Webb en place et les Italiens parqués à Boston, le Nord-Est était à peu près en équilibre. Le démantèlement des affaires de Webb entraînerait une redistribution, mais selon des lignes déjà existantes. Cela offrirait aussi aux polices des États concernés et aux autorités fédérales l'occasion de trouver un point d'entrée et de déclencher un processus de démembrement. L'intérêt de Mère pour votre enquête pourrait se révéler utile.

— J'aurai droit moi aussi à un insigne d'agent fédéral ?

— Non, juste à ma gratitude éternelle et au maintien de vos honoraires.

Il faut savoir quand jouer sa carte et Parker avait attendu patiemment ce moment.

— Je n'ai pas l'intention de soutirer des informations à Mère uniquement pour que vous puissiez étoffer votre rapport de fin de trimestre. Vous ne les avez pas rencontrés, elle et son fils. Leur compagnie n'est pas de celles que je recherche. Et si je ne me trompe, vous utilisez des fonds du Bureau pour enquêter sur une disparition dont vous voulez que vos copains de Federal Plaza ignorent tout. Je me doute aussi que vous me cachez des informations pertinentes sur Eklund, pour des raisons que je ne cherche même pas à faire semblant de comprendre.

L'expression de Ross, déjà peu chaleureuse, se fit glaciale.

— Vous voulez quoi ?

Parker posa sur la table une liasse de documents qui représentaient la dernière implication d'Aimee Price dans ses affaires.

— Vous n'avez pas seulement recours à mes services, vous utilisez aussi mes amis.

— Et ?

— Un gage de votre reconnaissance serait le bienvenu.

— Plus d'argent ? Ça ne va pas être possible.

— Ils n'ont pas besoin d'argent, mais vous pouvez leur prodiguer une aide qui servirait votre cause. Louis n'a pas de casier, Angel si.

— Permettez-moi de vous rappeler que tout cela m'a contraint à nettoyer plus d'un merdier et à calmer un bon nombre de représentants des forces de l'ordre au niveau local et régional. Quant à Louis, qu'il n'ait jamais été condamné ne signifie pas qu'il échappe à nos radars.

— Le problème ce n'est pas Louis, c'est Angel. Mon prix pour m'occuper d'Eklund vient de grimper. C'est ça.

Il tendit les papiers à Ross, qui les parcourut rapidement.

— Une procédure pour effacer son casier dans l'État de New York..., dit-il lorsqu'il eut terminé. Mme Price et vous avez bossé.

— Ce casier complique certains aspects de la vie d'Angel, notamment la possession d'une arme à feu. Nous aurions demandé nous-mêmes l'amnistie si c'était possible dans l'État de New York, mais ça ne l'est pas. Comme vous le constaterez, on n'a pas tenu compte de l'âge d'Angel au moment où il a commis le délit qui lui a valu de se retrouver en taule – et pour un simple cambriolage, pas pour un crime avec violence.

— Tout cela est très touchant, mais je ne vois pas en quoi cela me concerne.

— J'aimerais que vous souteniez la demande.

— Officiellement ou officieusement ?

— Nous nous contenterons de la seconde méthode, du moment que nous obtenons le résultat souhaité. Nous savons aussi qu'Angel figure dans les bases de données du FBI et que le Bureau, en sa qualité d'agence fédérale, n'est pas tenu de suivre les injonctions du tribunal d'un État. Nous voulons être sûrs que la décision de ce tribunal sera appliquée par toutes les autorités concernées.

— Juste pour qu'un de vos amis puisse continuer à tirer impunément sur des gens ?

— Non, pour qu'il puisse tirer impunément sur les *bonnes* cibles, corrigea Parker.

S'il y avait quelque chose à dire en faveur de l'agent spécial Edgar Ross, c'était qu'il ne perdait pas de temps à tourner autour du pot.

— Il faudra que j'en parle à mes supérieurs. Je verrais ce que je peux faire. De votre côté, vous pourriez nous communiquer quelques noms de votre liste. Cela mettrait de l'huile dans les rouages.

— Je pense pouvoir en trouver deux.

— Je pense que vous pouvez en trouver cinq.

— Disons trois.

C'était un bon accord : Parker était prêt à offrir plus que ça au départ.

Ross remit son blouson et les deux hommes se serrèrent la main.

— L'affaire Webb est intéressante, mais Eklund demeure le point central, rappela l'agent fédéral.

— À ce propos…

— Oui ?

— Vous m'avez précisé que mon enquête sur Eklund ne doit pas apparaître dans les fichiers du FBI, et pourtant vous vous pointez ici avec deux agents fédéraux comme escorte… Ça ne colle pas.

Ross plissa le front.

— Qui vous a dit que c'étaient des agents fédéraux ?

En retournant à Portland, Parker fut retardé près de l'aire d'autoroute de Kennebunk, où un semi-remorque avait dérapé et s'était couché sur le flanc. Il en profita pour faire une halte et boire un café. Lorsqu'il retourna à son véhicule, il alluma le plafonnier et localisa le micro. Il jouerait le jeu de Mère, pas celui de son fils.

— Je t'emmerde, Philip.

Il descendit de la voiture, fit tomber le micro par terre et le réduisit en miettes sous son talon.

56

Sam ne prononça pas un mot de tout le dîner ce soir-là. Rachel ne le remarqua pas, absorbée qu'elle était par la préparation de la réunion du lendemain, dont dépendrait le financement de ses recherches biocomportementales. Elle ne regardait même pas ce qu'elle avalait tant elle était concentrée sur l'écran qu'elle avait devant elle.

Rachel et sa fille se trouvaient dans la cuisine des écuries aménagées qui leur servaient de logement. Elles dînaient en général avec les grands-parents un soir sur trois et le week-end. Malgré leur proximité, ils ne voulaient pas être tout le temps ensemble.

Sam fit glisser ses légumes sur le bord de son assiette. Elle avait mangé presque tout son poulet et un peu de riz, elle n'avait pas très faim.

— Je peux quitter la table, s'il te plaît ?

Rachel releva la tête.

— Tu n'as pas fini.

— Je n'en veux plus.

— Tu ne te sens pas bien ?

— Non, je n'ai plus envie de rien.

— Si tu en es sûre… Qu'est-ce que tu vas faire, maintenant ?

— Je vais aller dans ma chambre.

— Tu es certaine que ça va ?

— Oui.

— Alors viens m'embrasser.

Sam s'exécuta, garda cependant les yeux grands ouverts et ne serra pas longtemps sa mère contre elle. Dans sa chambre, elle examina les carreaux fendus. Elle avait fermé les doubles rideaux pour dissimuler les dégâts, mais on les découvrirait le lendemain, quand sa mère ou sa grand-mère viendrait faire le ménage ou apporter des vêtements propres.

Elle se déshabilla et se coucha. Lorsque sa mère vint vérifier que tout allait bien, Sam feignit de dormir et gigota un peu quand elle sentit un baiser sur sa joue. Elle était encore fâchée, encore triste, mais elle finit par s'endormir pour de vrai et rêva d'incendie.

57

Madlyn fut la dernière à arriver chez les Buckner. Quand elle entra chez eux, il était déjà plus de dix-neuf heures. Son fils Steven Lee conduisait la voiture, mais David Ferrier n'assista pas à l'accueil qu'on leur réserva. Sa femme, après lui avoir signifié qu'elle en avait plus qu'assez de son attitude pour ce soir – et pour tous les autres soirs passés et à venir –, l'avait forcé à la rejoindre dans la cuisine, où ils avaient entamé une partie de gin rummy que seuls deux verres de vrai gin allaient rendre un rien plus détendue. La porte étant fermée et la fenêtre donnant sur le jardin de derrière, Ferrier se retrouva coupé de toute activité dans la maison Buckner.

Madlyn était *de facto* la matriarche des Frères. S'il y avait certes des membres de la famille plus âgées qu'elle, ils étaient tout juste capables de manger, de dormir et d'essayer d'arriver à temps aux W-C. Âgée de soixante-dix-neuf ans, Madlyn en faisait dix de moins. Grande et mince, elle avait un faible pour un obscur parfum français qui rappelait à Kirk des chanteuses mortes.

Madlyn voyait encore les fantômes, moins souvent toutefois depuis que Sally occupait le devant de la scène. Steven Lee, son seul enfant, gras et luisant comme une statue du Bouddha, ne s'était jamais marié et demeurait tout dévoué à sa mère. On pensait généralement qu'à la mort de Madlyn il faudrait enterrer son fils à ses côtés, vivant ou décédé.

Lorsqu'ils arrivèrent, Kirk se trouvait dans le sous-sol, où il faisait admirer ses essais en plâtrerie à Sumner, qui travaillait dans le bâtiment. Ce dernier pensait que c'était un miracle que la maison de Kirk et Sally ne se soit pas écroulée sur eux si les travaux de Kirk avaient été de la même qualité partout, mais il fit de son mieux pour ne pas laisser deviner ses pensées. Il se promit cependant d'en toucher un mot à Sally avant de repartir, ne serait-ce que pour lui suggérer de faire disparaître tous les outils de Kirk et de s'assurer qu'il ne puisse jamais les retrouver.

Sumner buvait une bière alors que Kirk s'en tenait au soda. Apparemment, Kirk avait gobé une partie des conneries baptistes. Tous les Frères avaient leur méthode à eux pour se fondre dans une communauté – activités bénévoles, surveillance du quartier, Rotary Club, etc. – et les Buckner avaient choisi la religion dès le départ. Mais si c'était une chose de s'en servir comme couverture, c'en était une autre de prendre ça au sérieux. Ça ne changerait rien, de toute façon. Il n'y aurait de salut pour aucun d'eux.

Les deux hommes remontèrent pour accueillir les nouveaux venus et tous s'entassèrent dans la salle de séjour, certains forcés de s'asseoir par terre ou de se percher sur les bras des fauteuils et des canapés déjà occupés. Cela faisait longtemps qu'ils ne s'étaient pas rassemblés en aussi grand nombre pour autre chose qu'un enterrement ou un mariage, une union qui n'était le plus souvent heureuse qu'en apparence, en particulier lorsque l'un des conjoints n'appartenait pas à la famille. C'était la raison pour laquelle les Frères épousaient en général des cousins éloignés : pas de secrets à garder par-devers soi. Quand ils se mariaient en dehors du clan – une bonne chose pour le sang de la lignée –, ils s'efforçaient de cacher la vérité à la pièce rapportée. Des générations de conjoints extérieurs à la famille avaient passé toute leur vie dans l'ignorance de ce qui leur arriverait à leur mort, sans avoir conscience qu'ils s'étaient maudits dès le premier instant de la première consommation de l'acte, et que leurs enfants seraient maudits eux aussi, et les enfants de leurs enfants après eux.

Ceux qui étaient réunis chez les Buckner étaient tous apparentés par le sang, mais Sally et Kirk formaient le seul couple de frère et sœur. De telles unions n'étaient pas inconnues parmi les Frères, et l'on considérait que c'était en l'occurrence pour le meilleur : Sally n'aurait pas à porter seule son fardeau.

Ils savaient tous pourquoi ils étaient là. Donn Routh était mort, et on n'avait toujours pas retrouvé son corps. Les femmes avaient ressenti quelque chose au moment de son trépas, certaines – comme Sally et Madlyn – avaient même éprouvé un chagrin inexplicable. Ils étaient maintenant réunis pour découvrir comment cela avait pu arriver et discuter des mesures à prendre.

Sally n'avait parlé qu'à Madlyn du détective privé, Eklund. Kirk était naturellement au courant, puisqu'il était là lorsque Eklund s'était présenté à leur porte, et ce n'était pas comme si Sally avait besoin de consulter tout le monde avant d'agir. Elle avait tout de suite compris la menace qu'Eklund représentait, et leur seul coup de chance dans toute cette affaire, c'était que cet empaffé de David Ferrier et sa salope de femme étaient partis pour le week-end quand Eklund était apparu. Si bien que personne ne l'avait vu entrer dans la maison, tout comme personne n'avait vu Kirk partir plus tard avec la voiture du détective, qu'il avait conduite par de petites routes au chantier de ferrailleur de Steven Lee, où elle avait été réduite en à peine plus qu'un cube de métal avant même que le soleil ait eu le temps de se coucher.

Devant des Frères attentifs, Sally expliquait maintenant ce qui s'était passé jusqu'au moment où elle avait envoyé Routh faire disparaître tout document compromettant de la maison d'Eklund. Elle avait toutefois omis de mentionner les mots qu'Eleanor avait écrits sur la vitre de la fenêtre de la salle de bains. Elle ignorait ce qu'ils signifiaient, elle savait seulement qu'Eleanor avait exprimé de la colère et de la peur en les traçant dans la buée. Jusqu'à ce qu'elle en apprenne davantage, il valait mieux n'alarmer personne. Ils étaient tous déjà suffisamment inquiets. Seule exception, Madlyn, à qui Sally se confierait en toute discrétion plus tard.

— Alors, qu'est-ce qu'on doit faire ? demanda Jeanette.

Elle était venue avec sa sœur cadette, Briony, et son frère aîné, Art. Leurs parents étaient morts dans un accident de voiture alors que les deux filles n'étaient encore qu'adolescentes et qu'Art avait à peine vingt et un ans. Il s'était occupé de ses sœurs avec l'aide des autres Frères, mais c'était Jeanette qui avait toujours été la plus mature. Sally se disait qu'elle et Art coucheraient bientôt ensemble – si ce n'était déjà fait. Cela se voyait à la façon dont ils se regardaient, dans la façon qu'avait Art de poser une main sur la cuisse de sa sœur. Sally interrogerait Jeanette sur ce point avant leur départ. Il se pouvait que le prochain leader émerge enfin et que Sally puisse, le moment venu, remettre les rênes à Jeanette, qui lui succéderait avec l'aide de son frère. L'arrangement présenterait une agréable symétrie.

— Eklund a parlé à des tas de gens dans le cadre de ses investigations, dit Sally, sans répondre tout à fait à la question.

Elle devait avancer avec prudence sur ce sujet. Il fallait amener les Frères à un point de non-retour.

— Il a passé des années à nous chercher, poursuivit-elle, même s'il n'avait compris que tout récemment que nous, les vivants, étions le véritable objet de sa quête.

— S'il s'acharnait tellement à nous trouver, comment se fait-il qu'on ne l'ait pas remarqué avant qu'il frappe à votre porte ? demanda Sumner.

Sally détecta un ton accusateur qui ne lui plut pas. La question suscita les murmures approbateurs de deux couples âgés : Esther et Allan, les premiers arrivés, et Sophia et Richard. Allan et Richard étaient frères, ils avaient épousé deux sœurs d'une branche déclinante de la famille dans l'Iowa. Parfois, les arrangements maritaux des Frères donnaient le tournis à Sally elle-même. Esther et Allan étaient des suiveurs, pas des meneurs. Quelle que soit la décision que la majorité prendrait ce soir, ils l'approuveraient. Si, hypothèse peu probable, ils montraient un signe de réflexion personnelle, Sally saurait les remettre aussitôt dans la bonne direction. Richard et Sophia, quoique plus intelligents, étaient eux aussi faciles à manipuler. Sumner, en revanche, était un petit malin emmerdeur, alors que Jesse, sa femme, était plutôt bien.

— Je n'ai pas la réponse à ta question, reconnut Sally. Je pense qu'il a eu de la chance, parce que nous avons toujours soigneusement effacé nos traces.

— Qu'est-ce qui a changé ?

— Eklund a reçu des fonds qui lui ont permis de se concentrer uniquement sur son obsession, et il a commencé à interroger les bonnes personnes. Ce qui nous amène à la raison pour laquelle vous êtes tous ici. Nous sommes sous la menace et nous devons réagir. Nous devons nous occuper de ceux qui ont aidé Eklund à nous trouver.

La nouvelle ne suscita pas un accord unanime. À une exception près, les Frères qui l'entouraient n'étaient pas des tueurs, même s'ils avaient le meurtre dans leurs gènes. C'étaient des gens ordinaires, exerçant des métiers ordinaires, menant une vie ordinaire. Esther souffrait d'arthrite précoce ; Allan avait triomphé d'un cancer de l'estomac et cela ferait trois ans en avril qu'il n'y avait pas eu récidive. Richard et Sophia étaient tous deux enseignants et leurs enfants avaient de l'intelligence à ne plus savoir qu'en faire. Richard avait trompé Sophia un ou deux ans plus tôt, elle l'avait découvert, mais ils avaient surmonté cet accident de parcours et s'efforçaient tous deux de mieux s'entendre. Ce qui unissait tous les Frères, c'était un pacte qui avait été conclu en leur nom cent cinquante ans plus tôt, et tout cela parce que le Mage craignait la justice à laquelle lui-même et sa progéniture devraient peut-être faire face dans l'au-delà. Ses descendants payaient, depuis, le prix de ce marché.

Donn Routh s'était jusque-là chargé du sale boulot pour eux, mais il était mort. Steven Lee pouvait être utile, mais il savait réagir, pas anticiper, et il n'aimait pas quitter sa mère. Il préférait aussi tuer des femmes, ce qui inquiétait Sally.

— Tu as des noms ? demanda Allan.

— Oui.

— Comment peux-tu être sûre qu'Eklund ne t'a pas menti, ou qu'il ne t'a pas caché quelque chose ? insista Sumner.

Enfoiré de Sumner.

— Ça, je peux te le prouver, répliqua Sally.

La pièce jouxtait le sous-sol. Sumner estima qu'elle ne devait pas mesurer plus de trois mètres sur quatre, mais ses murs paraissaient assez solides pour que Kirk n'ait pas participé à leur construction. Sally expliqua que les précédents propriétaires l'avaient carrelée et y avaient installé la tuyauterie nécessaire pour une douche et des toilettes, mais qu'ils avaient ensuite vendu la maison avant la fin des travaux. Le sol était en béton, le carrelage des murs, crème. Couverts l'un et l'autre de sang.

Comme les Frères ne pouvaient pas tous voir l'homme enchaîné à un tuyau dans un coin, ceux du premier rang durent faire place à ceux du fond après avoir longuement regardé, bouche bée. Bien qu'il ne fît pas très froid dans la pièce – la chaudière se trouvait de l'autre côté du mur –, l'homme tremblait de tout son corps. Il ne portait sur lui qu'un caleçon souillé et les extrémités des doigts et des orteils qui lui restaient étaient bleues. Les moignons avaient été grossièrement cautérisés. Une gaze maintenue en place par une bande recouvrait ses yeux et sa bouche était fermée par du ruban adhésif. Il se tourna pour faire face aux nouveaux venus, essaya de dire quelque chose que le ruban étouffa.

— Dieu, quelle puanteur ! se récria Esther.

— On l'arrose au jet une fois par jour, expliqua Kirk. Pour que ça sente moins.

— Qui lui a coupé les doigts et les orteils ? voulut savoir Sophia.

— Moi, répondit Sally.

— C'était dur ?

— Seulement pour les pouces.

Elle se tourna vers Sumner.

— Tu vois maintenant pourquoi je l'ai cru ?

— Oui.

— Il avait un ordinateur portable dans sa voiture, il nous a donné le mot de passe. Je m'en suis servie pour vérifier tout ce qu'il racontait.

Une question d'Allan :

— Pourquoi l'avez-vous maintenu en vie ? Pourquoi vous ne l'avez-vous pas plutôt...

— ... tué ?

Allan hocha la tête. Il avait l'air bouleversé par ce qu'il voyait. Il ne leur serait d'aucune utilité pour ce qui allait suivre – non pas que Sally ait attendu quoi que ce soit de lui.

— J'attendais que Donn ait fini son travail, au cas où nous aurions eu de nouvelles questions à lui poser.

— Et maintenant ?

— Il vaudrait mieux se débarrasser de lui, mais ce n'est pas moi qui m'en chargerai.

— Kirk, alors, suggéra Esther.

— Kirk n'est pas un tueur. Et tu ne crois pas qu'on a déjà fait plus que notre part, lui et moi ? Il est temps que d'autres fassent la leur.

Sumner fut le premier à comprendre :

— C'est une sorte de test ?

— Si tu veux le voir comme ça...

Eklund gémissait et secouait la tête. Il ne pouvait ni voir ni parler, mais il pouvait sûrement entendre. Tous le regardèrent en silence, puis Richard se décida :

— OK, je m'en occupe. J'ai un pistolet dans ma voiture.

— T'as un flingue, toi ? s'étonna Sumner.

Il avait toujours pris Richard pour un de ces types de gauche qui enlacent les arbres. Richard avait pleuré de joie quand Obama avait été élu pour la première fois, il avait pleuré plus encore la seconde fois.

— Oui. Et je sais m'en servir.

— Et il est vraiment bon tireur, renchérit Sophia. Je n'arrête pas de lui répéter qu'il devrait faire de la compétition.

— On ne peut pas utiliser une arme à feu, rappela Sally. Quelqu'un pourrait nous entendre, même ici.

— Comment, alors ?

Elle releva le bas du sweater qui tombait bas sur son jean, plongea la main dans une des poches, en sortit un couteau à cran d'arrêt. Richard le prit et fit jaillir la lame. Elle ne faisait qu'une dizaine de centimètres, mais elle était très tranchante. Il s'humecta les lèvres, cligna des yeux derrière ses lunettes à monture noire.

— Il faudrait que quelqu'un le tienne, dit-il.

— Je vais t'aider, proposa Sumner.

Esther se déclara incapable de regarder ça. Tant mieux, répondit Richard, parce qu'il ne voulait pas de spectateurs. Kirk fit remonter tout le monde, à l'exception de Sally et de Madlyn, qui avaient décidé de rester.

Eklund pleurait, poussait des cris aigus de femme qui souffre. Quand il entendit les deux hommes s'approcher, il tenta de les repousser de ses pieds mutilés, mais ils furent trop rapides pour lui. Sumner s'assit sur les jambes du prisonnier allongé sur le ventre, Richard demanda qu'il soit placé en face de lui.

— Je me fiche d'avoir du sang sur moi.

Sumner réussit à retourner Eklund, et Richard l'empoigna par les cheveux, lui tira la tête en arrière pour exposer son cou.

Les dents serrées, il plaça la lame à gauche de la mâchoire inférieure d'Eklund.

— Tiens-le mieux, bon Dieu !

— Qu'est-ce que t'attends ? Vas-y !

Un moment, Sumner crut que Richard se dégonflerait. Sa main tremblait, il avait le visage crispé. Mais il prit une longue inspiration, enfonça profondément le couteau et trancha.

Sumner n'avait jamais vu autant de sang. Il détourna les yeux, continua toutefois à maintenir Eklund jusqu'à ce qu'il cesse de tressauter et demeure immobile.

Richard se releva, poussa ses lunettes sur le haut de son front. Il avait du sang sur la main, sur le nez et la joue gauche. Il baissa les yeux pour regarder le cadavre avant de lâcher le couteau afin de porter la main à sa bouche et se diriger en titubant vers les toilettes. Quelques secondes plus tard, on l'entendit vomir.

Sumner se sentit vaciller. L'odeur du sang était forte, lourde. Des mains le soutinrent, l'aidèrent à monter les marches.

— J'crois bien que Richard a réussi le test, dit-il quand il se fut ressaisi.

58

Les Frères commencèrent à se disperser. Il fallait retourner auprès des enfants gardés par une baby-sitter, s'acquitter des corvées qui les attendaient. La routine coexistait avec l'exceptionnel, même s'il s'écoulait parfois des jours, voire des semaines, avant que la plupart d'entre eux songent comme en passant à l'étrangeté de leurs vies. C'était différent pour ceux qui, comme Sally et Madlyn, étaient hantés, mais si quelqu'un commençait à flancher, à avoir besoin qu'on lui rappelle ce que cela signifiait d'être né dans cette famille – ou d'avoir épousé un de ses membres –, les deux femmes se faisaient un plaisir de lui donner une idée de ce qu'on éprouvait au contact de ceux qui n'étaient plus. Il suffisait d'un bref rappel, d'un simple effleurement, et personne ne souhaitait renouveler l'expérience.

Richard et Sophia restèrent chez les Buckner, ainsi que Sumner et sa femme Jesse, Madlyn et Steven Lee. Remis de l'exécution d'Eklund, Richard semblait à présent y avoir puisé de l'énergie. Sally se disait qu'il avait finalement aimé ça, ou que d'avoir réussi à le faire l'avait galvanisé, ce qui pourrait se révéler utile pour ce qui allait suivre, bien que cela posât aussi de sérieuses questions sur le psychisme de Richard. Elle n'avait pris aucun plaisir à torturer Eklund et s'était arrêtée chaque fois qu'il lui avait révélé ce qu'elle voulait savoir. Elle aurait été forcée de le liquider elle-même si personne ne s'était proposé – ou alors de convaincre Steven Lee de le faire pour elle, ce qui aurait dépendu de l'humeur de ce garçon –, mais elle était contente que Richard s'en soit chargé.

Quand ils furent rassemblés autour de tasses de café et de tisane, Sally leur montra une liste de trois noms : Tobey Thayer, un marchand de meubles ; Lydia Orzel, surnommée « Mère », qui avait financé les investigations d'Eklund grâce à l'héritage d'un nommé Caspar Webb ; et une historienne, Michelle Souliere, qui vivait à Waterbury, Connecticut, et enseignait comme professeur invité à la NYU et au Bowdoin College du Maine. Après des études de psychologie, elle s'était particulièrement intéressée à l'histoire des croyances extérieures aux religions traditionnelles. Spécialisée dans la démystification des médiums et autres escrocs, elle avait publié plusieurs ouvrages, notamment une histoire féministe de la sorcellerie très bien accueillie. Elle était célibataire et les notes d'Eklund mentionnaient qu'elle avait un chat. Sumner y voyait la preuve qu'elle était lesbienne, puisque cela venait confirmer les soupçons qu'il avait toujours nourris sur les féministes. Il était rien de moins que rétrograde dans ses opinions.

Thayer, le premier de la liste, avait une femme et des enfants. Il figurait en personne dans ses propres spots publicitaires télévisés et placards dans la presse. Sally en avait enregistré quelques-uns sur Internet, qu'elle montra aux autres.

— Il a l'air d'un clown, commenta Sophia.

Absolument. Thayer avait un faible pour les costumes à carreaux et les cravates criardes, il terminait chacune de ses pubs par une invitation : « Venez donc parler à Tobey ! » Il rabattait ses cheveux d'un même côté pour recouvrir sa calvitie, sans chercher à cacher cet artifice, et la qualité de ses publicités était si médiocre que ce ne pouvait être que délibéré. Richard déclara qu'il ne croirait même pas ce type s'il lui donnait simplement l'heure et qu'il vérifierait aussitôt auprès de quelqu'un d'autre. Sophia l'approuva et il lui sourit, apparemment surpris. Elle le gratifia elle aussi d'un sourire, encore hésitant. Les blessures causées à Sophia par la liaison de Richard étaient toujours à vif, et Sally supposa que Richard accueillait avec reconnaissance les moindres miettes de pardon apparent que sa femme lui jetait.

— Et d'après Eklund, ce guignol est un médium ? s'étonna Jesse.

— C'est dans les notes d'Eklund, répondit Sally, mais je n'ai pas trouvé dans les médias une seule référence de cette nature à son sujet.

— Eklund pourrait avoir menti ? demanda Sumner.

— À condition qu'il ait falsifié toutes ses notes sur son ordinateur portable, mais pourquoi l'aurait-il fait ? Non, je crois que Thayer a vraiment un don. Eleanor le pense aussi. Les Frères ont senti que cet homme les recherchait.

— De notre côté ? dit Madlyn.

— Non, de l'autre.

C'était inhabituel, et troublant. Madlyn elle-même était incapable de suivre les chemins des morts.

— Apparemment, Thayer aurait enquêté seul avant qu'Eklund ne prenne contact avec lui, poursuivit Sally. Ils abordaient le même problème – nous – avec des points de vue différents. Il était probablement inévitable qu'ils se rencontrent à un moment ou à un autre.

— Et la prof ?

— Selon les dossiers d'Eklund, elle travaillerait sur un article, ou même un chapitre de livre, traitant des Martyrs de Capstead. Sans approuver tout ce qu'Eklund avançait, elle était disposée à considérer sa thèse centrale.

— C'est-à-dire ?

— En mettant de côté toute suggestion de phénomènes paranormaux, il paraît possible qu'au moins plusieurs des meurtres référencés par Eklund aient été commis par des descendants des premiers Frères, ou par des individus influencés par le culte de Peter Magus.

— Putain, grommela Madlyn.

Kirk grimaça. Malgré son allure de vieille dame d'une grande famille de la côte Est, Madlyn avait le vocabulaire d'une prostituée.

— Reste Lydia Orzel, reprit Sally. Selon Eklund, ce Caspar Webb était un criminel – riche, en plus. Il ne s'appelait même pas Webb, mais Eklund n'avait aucune idée de ce que pouvait être son vrai nom, sauf qu'il était probablement originaire d'Europe de l'Est. Webb s'était brouillé avec son jeune frère, qui, lui, se faisait appeler Michael MacKinnon.

— Et re-putain, éructa Madlyn, reconnaissant le nom.

— S'il te plaît, plaida Kirk. Tu es vraiment obligée d'être vulgaire ?

Elle le regarda avec ce qui ressemblait à de la pitié.

— Tu as un cadavre dans ton sous-sol, nous conspirons pour commettre trois nouveaux assassinats et tu te soucies de mon langage ? Tu n'es qu'une chiffe molle, Kirk. À moins que tu n'aies quelque chose de sensé à proposer, ferme ta putain de gueule.

Il nota que Sally ne se précipitait pas pour défendre son honneur. Il ne pouvait le lui reprocher, pas quand il s'agissait de Madlyn, mais il n'en était pas moins blessé.

— Le meurtre de MacKinnon par le Cousin était une erreur de jugement, reconnut Sally.

C'était certes un euphémisme. MacKinnon, en voyage d'affaires, avait croisé le chemin de Routh et une simple querelle sur une place de stationnement avait dégénéré. Il n'en fallait parfois pas plus à Routh. Il bouillonnait depuis des semaines, sa rage croissante attirant en lui le pire côté des Frères comme la viande attire les vautours, et c'était avec leurs murmures dans les oreilles qu'il s'était mis à rechercher l'objet de sa colère.

— S'il avait su qui était MacKinnon, il se serait abstenu, dit Sally. Malheureusement, personne en dehors de la famille proche de MacKinnon ne savait qu'il était apparenté à Webb.

Quand il a disparu, comme la police ne parvenait à trouver aucune trace de lui, sa femme a fini par se tourner vers son beau-frère, qui était déjà à l'agonie. Mais, alors que sa mort aurait pu mettre fin aux recherches, le flambeau est passé dans les mains de cette Lydia Orzel, qui a continué à aider financièrement Eklund, encouragée par la veuve. Et Donn a trucidé aussi la femme et l'enfant de MacKinnon, tout comme il se serait finalement occupé d'Orzel, de Thayer et de Souliere pour nous en cas de besoin.

— Il n'aurait peut-être pas dû, intervint Jesse. Ça n'a fait que susciter plus d'attention, non ?

Sally regarda Madlyn, qui lui adressa un infime hochement de tête, et elle en éprouva un étrange soulagement. Jusqu'alors, seule Madlyn et elle savaient ce dont elle s'apprêtait à informer les autres.

— Si ça n'avait pas été eux, ç'aurait été quelqu'un d'autre, argua Sally. Réduire la femme de MacKinnon au silence fournissait une solution temporaire non pas à un mais à deux problèmes…

— Quel est l'autre ? demanda Sophia.

Ce fut Madlyn qui répondit – Madlyn, qui gérait la dette des vivants et des morts, le prix du marché conclu par Peter Magus tandis que les flammes montaient à Capstead. C'était un pacte passé avec un être qui se donnait le nom d'ange, c'était une malédiction sur chaque génération de Frères à venir. Ils ne seraient pas châtiés pour leurs péchés. L'ange les cacherait pour les soustraire, eux et leurs descendants, à la justice divine. Tout ce que cet être demandait en retour, c'était du sang. Ils acquerraient un refuge dans l'autre monde en exterminant des innocents dans ce monde-ci. Les Frères sèmeraient la souffrance pour éviter de souffrir à leur tour.

— Cela devient de plus en plus difficile d'accomplir notre tâche, d'attiser les flammes. La technologie, les caméras, l'ADN rendent le meurtre plus risqué que par le passé. Chaque mort nous a valu un sursis, mais tandis que notre famille croissait, que de nouvelles générations y naissaient, nos efforts n'ont pas grandi dans la même mesure. Donn a agi en notre nom et Steven Lee a apporté sa contribution quand il le pouvait, mais cela n'a pas suffi. Si nous traitions avec une banque, elle nous aviserait que nous avons quasiment épuisé tout notre crédit. Ceux qui sont passés avant nous s'inquiètent. Si nous ne respectons pas notre part de l'accord... pas besoin de vous dire quelles seront les conséquences – pour chacun de nous.

— Donc, si nous tuons ces trois-là en plus d'Eklund et des MacKinnon, nous pouvons nous remettre à flot, conclut Sally.

— Pour combien de temps ? demanda Sumner.

— Dix ans. Au plus.

Elle ne le savait pas exactement, mais cette estimation lui paraissait juste. Jeanette serait alors en âge de participer aux discussions et assez mûre pour passer à l'acte. Sally et Madlyn lui avaient parlé avant son départ, et elle avait confirmé que son frère et elle étaient « devenus plus intimes », pour reprendre ses termes. Jeanette leur avait aussi confié qu'une fille lui était apparue. Une fille qui gardait encore ses distances, mais qui se rapprochait lentement. C'était une bonne nouvelle, parce que cela confirmait tous les espoirs que Sally avait placés en Jeanette.

Des regards furent échangés entre conjoints, entre chaque couple.

— Bon, c'est décidé, alors, conclut Sumner avec un haussement d'épaules.

— Par qui on commence ? demanda Richard.

— La prof de fac, Souliere, devrait être la plus facile, estima Sally. Je pense toutefois que nous devons nous occuper de Thayer en même temps. Eklund croyait cet homme, et le fait que nous n'arrivons pas à trouver une référence sur ses capacités signifie qu'il les cache avec soin. Seuls les imposteurs se vantent.

— Et Orzel ?

— Ce sera la plus difficile à supprimer. Elle a confié à Eklund qu'elle quittait rarement son immeuble depuis la mort de Webb.

— Parce qu'elle a peur ? avança Sumner.

— Non, parce qu'elle est en deuil, je crois.

— Elle vit seule ?

— Elle est entourée de membres du réseau de Webb.

— Des criminels ? Ils sont sûrement armés.

— C'est très probable. Mais elle a aussi un fils, ajouta Sally avec un sourire. Selon Eklund, il aurait des sentiments… *mêlés* à l'égard de sa mère.

On se mit donc d'accord : Sally – aidée de son mieux par Kirk – se chargerait de Souliere, parce qu'une femme gagnerait plus facilement qu'un homme sa confiance, tandis que Richard, assisté de Sumner, liquiderait Thayer. Sumner était à son compte et l'école très sélective de Richard venait d'entamer une courte période de vacances. Sally et Kirk pouvaient disposer de leur temps si Sally s'arrangeait pour que quelqu'un d'autre s'occupe des commandes de pâtisserie. Une certaine Patti Best l'aidait déjà pour les grosses quantités de gâteaux et la remplaçait quand elle prenait quelques jours de repos. Patti ne serait que trop contente de se faire un peu plus d'argent.

Grâce à Eklund, ils connaissaient les adresses de leurs trois cibles. Un travail de coordination serait nécessaire, mais ils ne devraient pas rencontrer trop de difficultés pour se débarrasser de Souliere et de Thayer dans les meilleurs délais. Après quoi, ils porteraient leur attention sur Lydia Orzel.

Au moment des adieux, Sally regarda la maison des Ferrier, de l'autre côté de la rue. Il était plus de minuit, aucune pièce n'était éclairée. Steven Lee recula sa voiture jusqu'à la porte du garage des Buckner pour que Kirk et Richard puissent charger le cadavre d'Eklund enveloppé dans des sacs-poubelle noirs.

Le corps du détective connaîtrait le même sort que sa voiture, compactée et balancée dans les amas de ferraille du chantier de Steven Lee à West Abbot, à une cinquantaine de kilomètres de Turning Leaf.

Sumner et Jesse partirent, suivis de Richard et Sophia. Madlyn resta un moment pour s'entretenir avec Sally, tandis que Steven Lee attendait derrière le volant, silencieux et impassible. Sally pensait que c'était peut-être le plus dément de la famille.

— Eleanor a écrit quelque chose sur la vitre de ma salle de bains, dit Sally.

— Eleanor a *écrit* ?

— Deux mots : *Hommes creux*. Qui sont-ils ?

— Aucune idée.

— Je crois qu'ils lui font peur, quels qu'ils soient.

— Cela pourrait être lié au pacte. Peut-être que la menace disparaîtra après les meurtres.

— Peut-être.

Madlyn posa une main sur le bras de Sally et dit :

— Tu as très bien agi. Je suis fière de toi.

— Merci.

Les deux femmes s'étreignirent, puis Madlyn monta dans la voiture avec l'aide de Kirk, qui tint la portière ouverte pour elle. Sally et lui agitèrent la main en signe d'au revoir et attendirent que le véhicule eût disparu pour rentrer chez eux, enfiler des gants et effacer les dernières traces de Jaycob Eklund des murs et du sol.

59

En se réveillant, Louis découvrit que l'autre moitié du lit était inoccupée. Il se tourna vers le radio-réveil de la table de chevet : *3:30*. Il attendit, n'entendit aucun bruit dans le reste de l'appartement. Il se leva, mit son peignoir et longea le couloir jusqu'au living. Au bout de la pièce, une baie vitrée donnait sur Casco Bay, et, du fait de l'orientation de l'appartement, aucune des propriétés voisines n'était visible de cet endroit. Comme leur immeuble était le dernier de la langue de terre et qu'ils étaient propriétaires du penthouse, lorsqu'on se tenait devant la baie dans la journée, on avait l'impression d'être à la proue d'un grand navire. La nuit, c'était comme voguer parmi les étoiles.

Assis dans un fauteuil, Angel faisait face à l'obscurité. Il fallut quelques secondes à Louis pour le repérer, recroquevillé qu'il était, une couverture autour des épaules.

— Ça va ?

— J'arrivais pas à dormir.

— La douleur ?

— Je dirais pas « douleur ». Gêne, plutôt.

— Ça empire ?

— Nan. D'habitude, je me retourne un moment dans le lit et je finis par me rendormir. Comprends pas pourquoi ça n'a pas marché, ce coup-ci.

— Parce que ça *empire*.

— Tout le monde est docteur, maintenant.

Louis le rejoignit devant la baie mais ne s'assit pas. Il aperçut les feux d'un tanker mouillant au large, attendant l'aube pour qu'un remorqueur le guide jusqu'au port. Plus loin, les réverbères des îles les plus proches luisaient comme des lucioles. Louis glissa une main sous la couverture pour la poser sur la peau nue de l'épaule d'Angel. Elle lui parut chaude, telle une plaie infectée.

Ces hommes n'avaient rien de doux. Chacun d'eux avait souffert et fait souffrir en retour. À cause de cela, ils témoignaient l'un envers l'autre d'un dévouement inconditionnel, que n'affectaient ni la dissimulation ni les illusions. C'était un amour dur, mais un amour quand même.

— J'ai peur, avoua Angel.

— Je sais.

— Je peux même pas dire de quoi. De tout. De savoir et de ne pas savoir ; de ce qui va arriver. Pas tellement de la douleur – ça, je peux gérer –, mais d'être malade. Je veux pas devenir un de ces types tout gris, usés par les poisons.

— Ne te laisse pas aller, ce n'est peut-être qu'une hernie.

— C'est pas une putain de hernie.

— Oh, te voilà aux portes de la mort, maintenant ? Il y a deux jours, dans ce bar, tu essayais de nous convaincre que ce n'était rien du tout.

— C'est pas pareil dans le noir.

— Oui, je suppose.

Angel changea de position et Louis le vit grimacer.

— Tu veux que je reste auprès de toi ? proposa-t-il.

— T'as mieux à faire ?

— Juste dormir.

— Je peux prendre ça pour un « non », alors.

— Probablement.

Louis déplaça un autre fauteuil pour qu'ils soient assis l'un à côté de l'autre, tel un couple de vieux attendant le lever du jour – sauf qu'ils n'étaient pas vieux et que, pour eux, la mort ne devait pas avoir cette forme. Ils avaient tenu tête à tant de types armés. Ils avaient eu leur content de coups de couteau, de balles. La fin, quand elle viendrait, ne pouvait être que violente, et non pas due à une lente dégénérescence de l'organisme.

Louis n'était pas croyant, il ne reconnaissait aucun dieu. Pourtant, à cause de Parker, il pensait que ce qu'il y avait après cette vie n'était pas le néant, même si le néant pouvait paraître moins perturbant. Il communiait maintenant en silence avec ce qui l'attendait, quoi que ce pût être, et lui faisait allégeance.

Faites que ce ne soit rien, demanda-t-il. Faites que ce ne soit pas la fin.

Quand il eut terminé, il dit à voix haute :

— Si tu meurs, je te tuerai une seconde fois moi-même.

Mais Angel, n'étant plus seul, s'était endormi.

Au sud, quelqu'un d'autre s'imposait une semblable veille. Le Collectionneur se tenait au chevet de son père qui, en plein délire, récitait une liste de noms dont seuls certains étaient familiers à son fils : des clients, des amis, des parents, litanie de gens qui avaient croisé le chemin du vieil homme. Parmi eux figuraient des individus qu'il avait livrés à la justice du Collectionneur, et celui-ci pensait qu'il valait mieux que son père soit ici et non dans une maison de retraite, où n'importe qui aurait pu l'entendre radoter. Il avait fait appel à une infirmière, qui arriverait le lendemain matin chez eux et y resterait en permanence. Son père s'y était opposé, mais le Collectionneur ne parvenait plus à s'occuper de lui sans aide, et il avait des tâches à remplir. Il avait décidé de ne pas confier à Charlie Parker l'identité de l'homme qu'il avait supprimé à Providence. On pouvait appeler ça comme on voulait : un petit acte de rébellion, un sursaut d'orgueil du chasseur, ou le refus de n'avoir droit qu'aux miettes tombant de la table du détective.

Il aurait vraiment voulu pouvoir jeter un œil sur ce qui avait été saisi chez Eklund. Il était également possible que tous les documents intéressants n'aient pas été emportés, ce qui faisait d'une fouille approfondie une option envisageable. L'alarme ne s'était pas déclenchée lors de l'intrusion de Parker et d'Angel, ce qui signifiait qu'ils l'avaient désactivée en entrant. Cela dit, Philip était ensuite parvenu à les suivre jusqu'à leur hôtel, ce qui laissait supposer une forme quelconque de surveillance : des caméras, peut-être. Si le Collectionneur s'estimait capable de neutraliser la plupart des systèmes de sécurité, il craignait d'alerter Philip ou Mère de sa présence. Il saurait se débarrasser d'eux quand le besoin s'en ferait sentir, mais uniquement lorsque ce problème plus pressant aurait été réglé.

L'autre option consistait à pénétrer chez Parker et à repérer rapidement ce qu'il pouvait récupérer. Il l'écarta rapidement comme trop risquée. Après l'agression qui avait failli causer sa mort, le détective avait sans doute équipé sa maison de toutes les protections possibles et imaginables. Le Collectionneur doutait même de pouvoir mettre le pied dans le jardin sans déclencher l'alarme sous une forme ou une autre, ce qui attirerait Parker, la police ou – pis encore – Angel et Louis. Non, il valait mieux essayer chez Eklund et voir ce qu'il pouvait apprendre.

Son père avait cessé de divaguer et avait les yeux fixés sur lui.

— J'ai entendu des voix, annonça Eldritch.

— Tu les as imaginées. Il n'y a personne ici à part nous.

Eldritch parcourut la pièce du regard comme s'il doutait des dénégations de son fils.

— Ne me laisse pas.

— N'aie pas peur. Je resterai jusqu'à ce que tu t'endormes.

— Je voulais dire : « Ne pars pas. » Laisse le mystère de ce Routh irrésolu. Laisse ce qu'il cachait demeurer secret.

Le Collectionneur releva une mèche de cheveux tombée sur le front de son père.

— Ne t'inquiète pas. L'infirmière s'occupera de tout et il

y a un médecin de garde à Rehoboth qui est bien payé. En cas de besoin, il pourra être ici en quelques minutes. On veillera sur toi en mon absence.

Eldritch repoussa la main de son fils avec irritation et ce geste fut l'étincelle qui ranima en lui son ancienne ardeur. Le Collectionneur le vit dans ses yeux.

— Je ne m'inquiète pas pour moi. C'est pour toi que j'ai peur.

— Pour moi ?

Le Collectionneur faillit s'esclaffer : c'était lui qu'on devait craindre. Et aussi vite qu'elles s'étaient élevées, les flammes retombèrent. Eldritch plissa le front, porta les doigts de sa main gauche à ses lèvres desséchées, tel un homme traversant un moment de doute.

— Tu les entends ? dit-il. Ils murmurent.

— Qui ça ? Qui murmure ?

— Les Hommes creux.

Le Collectionneur se pencha en avant. Eldritch les connaissait – son fils lui en avait parlé – mais il ne les avait jamais vus, et il ne les verrait jamais. Même si le vieil homme avait commis le pire des péchés, le Collectionneur ne le livrerait jamais à ces charognards. Et ils étaient muets : la mort leur avait coupé la langue, de cela le Collectionneur était sûr.

L'était-il vraiment ?

— Que disent-ils ? demanda-t-il.

— Ils prononcent ton nom. Et ce bruit…

— Quel bruit ? Dis-moi !

— Je crois… Je crois qu'ils rient.

60

Parker se réveilla peu après sept heures et demie du matin. Son sac de voyage était prêt, il ne lui faudrait que deux heures pour se rendre en voiture à Natick. Il avait prévenu Oscar Sansom de sa venue par téléphone. Malgré la lassitude qui se dégageait de sa voix, il avait accepté de recevoir Parker chez lui. Sa fatigue n'avait rien de surprenant : il avait dû répondre aux questions des policiers et des médias depuis la découverte du corps de sa femme. S'il avait au moins, maintenant, la certitude qu'elle était morte – ce qui lui apportait une paix toute relative –, le mystère des trois années précédant sa mort, le choc éprouvé en voyant son cadavre et le chagrin tenace du deuil auraient sapé les forces des plus endurants.

Parker se fit du café, mit des tartines à griller et alla prendre les journaux dans la boîte aux lettres plantée au bord de la route. Il les lut attablé dans la cuisine, consulta ensuite sa messagerie, rédigea quelques chèques qu'il posterait en chemin. Enfin, il appela la police de Natick, déclina son identité et fut mis en communication avec une inspectrice nommée Dawna Hall, qui travaillait sur l'affaire Sansom depuis le début. Il l'informa qu'il enquêtait sur la disparition possible de Jaycob Eklund et qu'il s'entretiendrait plus tard dans la journée avec Oscar Sansom. Ce coup de téléphone visait autant à obtenir des informations qu'à prévenir poliment la police locale de sa présence.

Hall lui répondit qu'elle le rappellerait un peu plus tard et il attendit une demi-heure environ tandis qu'elle se renseignait sur son compte. Elle n'avait pas grand-chose à lui donner à part la confirmation que, quel qu'ait été l'endroit où Claudia Sansom avait passé ces trois dernières années, elle n'avait pas vécu à la dure. L'autopsie n'avait révélé aucun signe de malnutrition, aucun des mauvais traitements ou souffrances que connaissent les sans-abri. Seule sa denture était en piteux état.

— Sa denture ?

— Des caries non soignées et des traces d'abcès. Elle a dû avoir très mal vers la fin de sa vie.

— Alors, soit elle n'avait pas les moyens d'aller chez le dentiste, soit...

— Ouais.

Ni l'un ni l'autre n'eurent besoin de préciser : une femme retenue contre son gré n'a pas la permission de voir un médecin ou un dentiste.

— Quoi d'autre ? demanda Parker.

— On l'a déshabillée et nettoyée avant de l'enterrer, et par « nettoyée » je veux dire à l'eau de Javel. Officiellement, nous suivons plusieurs pistes. Officieusement, nous nous tapons la tête contre les murs. Nous allons en être réduits à surveiller le service funèbre, au cas où quelqu'un qui a quelque chose à voir avec ce meurtre ne pourrait résister à l'envie d'y assister.

— Et Oscar Sansom ?

— Au début, les avis divergeaient – moi, je ne l'ai jamais soupçonné, d'autres si –, mais avec ces trois années mystérieuses, même les plus entêtés ont dû reconnaître qu'il n'est pas impliqué dans ce qui est arrivé à sa femme.

Parker remercia Hall et promit de l'informer s'il découvrait quoi que ce soit d'utile pour elle dans ses investigations sur Eklund.

Son enquête sur les meurtres plus récents de May MacKinnon et de son fils avait dû être plus discrète, mais il avait bénéficié de l'aide de Ross, qui lui avait transmis l'intégralité du dossier, aux frais des contribuables. Si les flics de Natick ramaient, ceux qui s'occupaient de l'affaire MacKinnon pataugeaient à qui mieux mieux. Les seules traces d'ADN relevées dans la chambre provenaient de May et Alex MacKinnon. Les traces de pas autour de la maison n'étaient pas assez nettes pour définir un type ou une marque de chaussures, ni pour être comparées ultérieurement à d'autres empreintes. Une infime traînée de matière synthétique bleue sur une pierre suggérait que le meurtrier portait peut-être des bottes ou une combinaison, et des éraflures sur une des serrures indiquaient qu'il avait pu entrer par la porte de derrière, mais les indices se limitaient à cela pour le moment.

C'était avec ces informations que Parker s'apprêtait à partir pour Natick. Dans l'après-midi, Angel et Louis se rendraient directement à Greensburg, où Parker les retrouverait avant de rencontrer Tobey Thayer. Il aurait pu se contenter de téléphoner au marchand de meubles, mais il préférait, chaque fois que possible, avoir un entretien face à face. Eklund, d'après ses notes, avait une haute opinion de Thayer et les deux hommes étaient restés régulièrement en contact. De toutes les personnes citées dans les dossiers d'Eklund, Thayer était la plus intéressante.

Toutefois, Parker ne négligerait pas l'universitaire de Waterbury, Michelle Souliere. La veille, il avait parlé d'elle à Ian Williamson, qui enseignait au Bowdoin College et y croisait souvent Souliere. Il la trouvait sympathique, mais ils avaient des opinions fondamentalement opposées.

« Je crois en des tas de choses, avait dit Williamson à Parker au téléphone, et je suis disposé à accorder foi à d'autres encore. Michelle, elle, ne croit pas à grand-chose à part au féminisme. Pour paraphraser Einstein, même si elle voyait un fantôme, elle n'y croirait pas.

— Je lui donnerai le bonjour de votre part.

— Pincez-lui plutôt gentiment la joue.

— Vraiment ?

— Vraiment. Au moins, vous aurez une bonne histoire à raconter sur la façon dont vous aurez perdu votre main. »

Parker mettait son sac de voyage dans le coffre de sa voiture lorsque son portable sonna. L'écran indiquait que l'appel provenait de Moxie Castin.

— J'ai parlé à l'avocate de Rachel Wolfe, annonça-t-il.

— Et ?

— Ma consœur ne fait pas de yoga et je doute qu'elle porte un collier de perles. Écoutez, j'ai horreur de transmettre de mauvaises nouvelles, mais la partie adverse va chercher à obtenir une ordonnance vous empêchant de voir Sam jusqu'à ce qu'un juge se soit prononcé sur les droits de visite. Après quoi, elle réclamera la présence d'une tierce personne pendant vos visites. Autrement dit, vous ne serez plus jamais seul avec votre fille.

Parker s'affaissa contre sa voiture. Il ne trouvait pas les mots pour réagir. La température chutait, le froid pénétrait ses os.

— Je vais appeler Rachel, finit-il par dire. Pour savoir ce qui se passe.

— N'en faites rien. Je suis encore en discussion avec son avocate. J'espère pouvoir éviter l'ordonnance et parvenir à un compromis sur un droit de visite avant l'audience. Si vous appelez Rachel maintenant, ça ne fera que compliquer la situation. J'irai à Burlington cette semaine, je proposerai à l'avocate de discuter tranquillement en prenant un verre et j'essaierai de découvrir d'où tout cela vient.

— Pas de Rachel, affirma Parker. Elle ne ferait pas une chose pareille.

Au moment même où il prononçait ces mots, il se rappela la rage de Rachel après l'enlèvement de Sam. Lorsqu'il était arrivé à l'hôpital du New Hampshire où sa fille était examinée par un pédiatre, Rachel l'avait frappé, elle l'avait giflé deux fois avant qu'il parvienne à lui saisir les poignets. Elle était trop furieuse, trop effrayée et soulagée à la fois pour se mettre à pleurer. Elle s'était contentée de le fixer, puis elle lui avait tourné le dos quand il l'avait lâchée. Elle s'était excusée plus tard, il avait dit qu'il comprenait, qu'il ne lui faisait pas de reproches, mais plus rien depuis n'avait été pareil entre eux.

— Laissez-moi faire, plaida Moxie. Vous avez l'impression que c'est la fin du monde, mais ce n'est pas le cas. Je vous le garantis. Faites ce que vous avez à faire, mais rappelez-vous ce que je vous ai recommandé : ne tirez sur personne et ne vous faites pas tirer dessus. Je m'occupe du reste.

Les deux hommes se dirent au revoir. Parker remit son téléphone dans sa poche.

Il avait envie de vomir.

V

« L'homme est une toute petite chose, et la nuit est immense et pleine de merveilles. »

Lord DUNSANY (1878-1957)

61

Sam était couchée dans son lit, la couverture remontée jusqu'au menton. Elle avait dit à sa mère qu'elle ne se sentait pas bien, et Rachel, pressée de se rendre à l'entretien qui lui permettrait de décrocher son budget, ne lui avait pas posé de questions. Les grands-parents de Sam avaient assuré qu'ils veilleraient sur elle, mais l'enfant avait décliné leur invitation à venir s'allonger sur leur canapé, si bien que son grand-père, assis dans le séjour de l'ancienne écurie, lisait son journal et écoutait la radio.

Sam n'avait pas menti en disant qu'elle était malade. Elle avait mal au ventre depuis qu'elle avait découvert la lettre de l'avocate. En réalité, elle avait senti que quelque chose n'allait pas chez sa mère avant même de tomber sur cette lettre. Sam avait pensé que c'était à cause de son travail, de son inquiétude et de sa colère après ce qui était arrivé à la fin de l'année passée. Depuis que cet homme méchant l'avait enlevée près de leur maison, sa mère rechignait à la laisser s'éloigner. Sam n'avait le droit de jouer dehors que si elle restait à proximité, là où l'un des trois adultes pouvait garder un œil sur elle. Rien de ce que Sam avait pu dire ne les avait incités à lever ces restrictions. Pourtant, ce n'était pas comme si elle risquait de se faire kidnapper encore une fois…

Aucun d'eux ne pouvait comprendre pourquoi Sam n'était

pas plus perturbée par l'enlèvement. Elle n'avait pas de terreurs nocturnes. Elle ne s'accrochait pas à sa mère ni à ses grands-parents, ne refusait pas de sortir seule de la maison et ne faisait pas l'imbécile à l'école. Elle ne semblait presque pas affectée par ce qu'elle avait subi.

Sam aurait pu leur expliquer pourquoi. Elle avait su que cet homme allait venir. Elle l'avait attendu – lui et ce qu'il portait en lui –, elle s'y était préparée. Elle avait eu un peu peur quand il l'avait mise dans le coffre de la voiture, et plus tard lorsqu'il l'avait portée dans la chambre du motel, parce que l'homme n'avait pas l'air de s'affaiblir, mais, au moment où le sang avait commencé à jaillir de lui, elle avait su qu'elle ne risquait rien. Dans les jours et les semaines qui avaient suivi l'enlèvement, elle avait fait quelques mauvais rêves dans lesquels l'homme gardait ses forces et commençait à lui faire du mal, mais ils avaient disparu au bout d'un moment.

L'autre cause de ses maux de ventre, c'était la fenêtre endommagée. Sam n'aurait pas dû laisser son mécontentement prendre le dessus. Il fallait qu'elle garde son calme – et ses secrets. Pour la fenêtre, elle aurait du mal à fournir une explication. Elle pouvait dire qu'elle avait cassé la vitre en jetant un jouet, mais il lui faudrait ensuite donner la raison de ce geste de mauvaise humeur. Quelles que soient ses explications, elle était sûre de deux choses : elle aurait des ennuis, et elle se retrouverait dans le cabinet de Mme Ferguson, assise dans un grand fauteuil, bombardée de questions sur ce qu'elle ressentait.

Sam n'avait aucune envie de faire ce qu'elle projetait, mais elle ne voyait pas d'autre issue. Elle repoussa la couverture, alla à la fenêtre et ouvrit les doubles rideaux. Des oiseaux voletaient d'un arbre à l'autre au fond du jardin de derrière. Sa grand-mère leur mettait des graines et des cacahuètes dans deux mangeoires suspendues aux branches nues. Elle attendit. Finalement, un pigeon vint se poser sur l'une d'elles. Rondelet, il n'avait pas l'air de mourir de faim. S'agrippant de ses pattes à la plus grande des deux mangeoires, il se mit à picorer.

La fillette se concentra sur l'oiseau, sur son plumage et sa chaleur. Il cessa de manger, battit des ailes et s'éleva, décrivit un cercle, augmenta sa vitesse.

— Désolée, murmura Sam.

Et le pigeon piqua droit sur la fenêtre.

Le grand-père de Sam se tenait à côté de sa petite-fille et examinait les dégâts. L'oiseau n'avait cassé aucun des carreaux, mais chacun d'eux était fendu de part en part et une tache de sang indiquait le point d'impact. Le pigeon gisait, mort, sur le sol, le cou brisé. Sam pouvait le voir par les fentes dans le verre, bien que son grand-père lui eût recommandé de ne pas s'approcher parce qu'elle risquait de se couper si elle se penchait trop vers la fenêtre. Au moins l'oiseau n'avait pas souffert, Sam y avait veillé.

— Ça arrive, dit-il. Ils perdent le sens de l'orientation, ou ils prennent leur reflet pour un autre oiseau.

— On peut l'enterrer ? demanda-t-elle.

Elle ne voulait pas qu'on le jette dans la poubelle, c'était le moins qu'elle pût faire pour l'animal.

— Bien sûr, si ça peut te rendre moins triste.

Il regarda le verre coloré de plus près, sans toutefois y toucher. Sam retenait sa respiration.

— C'est vraiment bizarre, poursuivit-il. Chacun des carreaux est fendu. Ça doit venir de la façon dont ils sont maintenus en place.

Il prit Sam par la main.

— Viens, on va aller dans la grande maison et j'appellerai un vitrier. Pour le moment, il te mettra seulement du verre ordinaire, jusqu'à ce qu'on puisse ravoir des carreaux de couleur.

— Vous êtes pas obligés, dit l'enfant.

Elle se sentait coupable. Elle n'avait pas pensé à l'argent qu'il faudrait dépenser pour remplacer les carreaux.

— Mais si, répondit le grand-père. C'est ta fenêtre.

Ils se dirigèrent ensemble vers l'habitation principale. Sam n'avait pas pris de petit déjeuner et ses grands-parents s'inquiétaient un peu plus maintenant. Elle n'avait pas voulu qu'ils fassent venir un médecin et, pour les rassurer, elle mangea presque entièrement un œuf à la coque. Elle finissait son toast quand elle se mit à pleurer. Elle s'efforça de retenir ses larmes, mais elles coulaient trop vite.

Sa grand-mère se précipita pour la prendre dans ses bras.

— Qu'est-ce qui ne va pas, mon petit cœur ?

Le grand-père apparut dans l'encadrement de la porte de la cuisine.

— C'est à cause du pigeon mort, expliqua-t-il d'un ton apaisant. Et elle ne se sentait déjà pas très bien, en plus.

— Non, dit Sam. Non et non.

— Chh, ma chérie.

— Je veux mon papa...

Elle sanglotait en parlant et les mots se coinçaient dans sa gorge.

— Je veux mon papa, vous pouvez pas m'empêcher de le voir !...

— Personne ne...

— Je veux mon papa, répéta-t-elle plus fort, sans plus trébucher sur les mots. Je veux mon papa, je veux mon papa...

Elle criait à présent et toute la souffrance dont elle s'était convaincue qu'elle ne l'éprouvait pas, toute sa frayeur trouvaient enfin une voix. Elle était beaucoup de choses, cette enfant, mais avant tout une petite fille que sa mère voulait séparer de son père.

Et cela n'arriverait pas. Elle ne le permettrait pas.

— *Je veux mon papa !*

62

Assise sur un rocher, Jennifer, la fille morte de Parker, regardait sans le voir le flot des trépassés, fleuve sans fin d'âmes s'écoulant vers la mer qui les attendait.

Un petit garçon approchait. Il devait avoir environ cinq ans et semblait avoir peur. Les plus jeunes étaient toujours les plus effrayés : ils étaient restés des enfants dans leur esprit, ils n'étaient pas encore transformés. Perdus, ils cherchaient leurs parents et, ce faisant, certains d'entre eux s'égaraient. Les plus malchanceux, les plus tristes finissaient prisonniers entre deux mondes, petites bulles de rage et de peur traversant des pièces qui, à mesure que les années passaient, leur semblaient de moins en moins familières.

Le garçonnet ouvrit la bouche pour parler, demander son chemin, mais Jennifer portait son attention ailleurs. Elle écoutait sa demi-sœur crier.

Et soudain elle ne fut plus là.

Le gamin demeurait au pied du rocher, les pieds presque dans l'eau. Il regardait les morts, scrutait leurs visages en quête de traits familiers, n'en décelait aucun. Une femme, sentant son désarroi, lui tendit la main, mais elle fut emportée par le flot avant qu'il pût réagir.

L'enfant quitta la côte pour grimper dans les collines basses. Un moment il resta visible, petite tache blanche sur un fond d'obscurité, jusqu'à ce qu'il disparaisse, englouti par les ténèbres.

Sam était allongée sur le flanc sous la couette du lit de sa grand-mère. Les doubles rideaux étaient fermés et un bol de lait chaud auquel elle n'avait pas touché refroidissait sur la table de chevet. Sa mère ne tarderait pas à rentrer, elle avait reçu le message au sujet de Sam dès la fin de sa réunion.

La grand-mère jeta un coup d'œil dans la chambre mais n'entra pas et ne parla pas. Elle remarqua que sa petite-fille remuait les lèvres sans qu'aucun son ne sorte de sa bouche. Sam ne laissait personne s'approcher d'elle depuis qu'on l'avait couchée là. Si l'un de ses grands-parents essayait, elle se remettait à hurler. Tout ce qu'ils pouvaient faire, c'était regarder leur petite-fille fixer le vide et s'adresser à une présence invisible.

La grand-mère repartit.

Assise par terre, adossée au mur de la chambre, Jennifer parlait à sa demi-sœur.

tu dois faire attention

— Je sais. Pardon.

tu ne dois pas casser des choses, tu ne dois pas leur faire de mal

— J'étais en colère. Elle veut me séparer de lui.

elle a peur à cause de ce qui s'est passé

à cause du Roi Mort

— J'étais en sécurité. Je le suis toujours.

non, tu ne l'étais pas

— Peu importe. C'est fini, maintenant.

elle t'aime

ils t'aiment tous les deux

elle veut juste que tu sois en sécurité

— Je suis plus en sécurité avec lui, et lui avec moi.

elle ne le sait pas

— Je pourrais l'obliger à faire ce que je veux.

Jennifer ne répondit pas tout de suite. Il était parfois facile d'oublier à quel point Sam pouvait être dangereuse.

tu ne dois pas

— Pourquoi ?

parce que ce serait méchant et tu ne dois pas être méchante

Sans répondre, Sam ferma les yeux et cacha son visage.

63

Parker n'était toujours pas calmé quand il arriva à Natick. Il avait bouillonné sur toute l'I-95 et avait dû faire appel à toute sa volonté pour ne pas enfreindre la recommandation de Moxie Castin en appelant Rachel. Il se sentait impuissant, le sort de ses relations avec sa fille était maintenant entre les mains d'autres personnes. Pis encore, il était furieux contre Rachel pour la première fois, mais il était aussi furieux contre lui-même. Rage, chagrin, deuil : c'étaient les sentiments qu'il avait trop longtemps laissés gouverner son existence. Ils avaient été les forces dominantes dans sa vie depuis la mort de son père, et lorsque Susan et Jennifer lui avaient été enlevées, il leur avait lâché la bride. Il pensait maintenant les avoir plus ou moins maîtrisés, mais ils l'attiraient encore et il les nourrissait en chemin.

La rencontre avec Rachel et la naissance de Sam lui avaient offert une autre voie, une seconde chance. Il aurait pu trouver un autre moyen d'existence. Il aurait pu continuer à enquêter, mais dans des secteurs qui n'auraient mis en danger ni sa famille ni lui-même. L'eût-il fait qu'il vivrait peut-être encore avec Rachel. Ils auraient peut-être eu un autre enfant ensemble. Il imaginait des petits-enfants ; il se voyait vieillir en paix, auprès d'une femme qui l'aimait. Il voyait…

Fantasmes. Il les laissa passer. Il n'était pas cet homme et certains choix avaient été faits pour lui. Et Sam ? Parker aurait pu feindre de croire qu'elle n'était qu'une enfant ordinaire, précoce, peut-être, mais sans plus. Il savait bien que c'était faux, tout comme il savait qu'il n'était pas fou et que les événements dont il avait été témoin au fil des années, et auxquels il avait pris part, n'étaient pas les manifestations d'un esprit dérangé.

Le prix exigé, la perte de Sam… C'était trop demander, c'était un prix trop élevé à payer.

Mais que pouvait-il faire maintenant pour l'empêcher ? Rien, c'était la réponse. Il ne pouvait rien faire.

Oscar Sansom était agent immobilier. Il vivait à Natick dans une maison presque aussi vaste que celle de Parker, c'est-à-dire trop grande pour un homme seul. Il ouvrit sa porte dès que le détective commença à remonter son allée, et Parker se demanda depuis combien de temps Sansom guettait son apparition. Il avait enfin réussi à mettre de côté toute pensée de Rachel et de Sam. Il pouvait orienter sa colère. L'utiliser pour dynamiser sa recherche d'Eklund en espérant épuiser ainsi ce que cette colère avait de néfaste.

Sansom était de petite taille, ce qui faisait paraître sa maison plus immense encore. Même l'encadrement de la porte le rapetissait. Il se tenait légèrement penché, mais comme un homme fatigué qui n'aspire qu'à dormir. Parker avait déjà croisé des êtres aussi physiquement diminués, écrasés par la souffrance. Le chagrin avait sa propre pesanteur.

Ils se serrèrent la main et Sansom conduisit Parker vers la cuisine. Les portes devant lesquelles ils passèrent de chaque côté du couloir étaient fermées, de sorte que Parker ne put regarder à l'intérieur des pièces, mais il n'en avait pas besoin. Il savait ce qu'il aurait vu : des variations sur le thème de l'absence. Cette maison avait été achetée dans l'intention de la peupler d'enfants. Elle avait été conçue pour une famille, et Sansom avait continué à vivre entre ces murs dans l'espoir qu'une partie de ce projet était encore possible. La vendre, ç'aurait été reconnaître que tout espoir était perdu et que sa femme ne reviendrait pas. Il s'y était donc accroché, traversant ses espaces vides, n'occupant que deux ou trois pièces, gardant les autres closes mais propres au cas où elle reviendrait, petit homme qui se ratatinait avec le temps tandis que l'espace croissait autour de lui. Tout cela, Parker le saisit en quelques instants, deuil au diapason d'un autre deuil.

La cuisine était en plan ouvert – avec une table et des chaises à un bout, la cuisinière et les éléments à l'autre, une niche formée par un canapé et de gros fauteuils au bas d'une courte volée de marches – et donnait sur un jardin abrité des regards par des haies et des chênes verts. Un téléviseur à écran plat fixé à l'un des murs dominait une table encombrée de livres, de journaux et de magazines. Une partie de son plateau était couverte de documents entourant une tasse à café vide ; une paire de pantoufles gisait devant une des chaises de salle à manger que des galettes élimées attachées sur les assises et les dossiers rendaient plus confortables. Il régnait dans toute la pièce un désordre accueillant et Parker devina que c'était là que Sansom passait la majeure partie de son temps.

Des affiches égayaient les murs, pour l'essentiel des reproductions des années 1960 et 1970 représentant Hendrix, Neil Young et les Rolling Stones. Une grande photo en noir et blanc faisait exception. Encadrée par un professionnel, elle montrait des gens traversant un parc à la fin de l'automne, à en juger par les feuilles jonchant le sol. Des femmes, des enfants, deux ou trois chiens leur tournant autour, mais pas d'hommes. C'était une scène tout à fait ordinaire – si l'on oubliait sa qualité photographique –, à l'exception d'un détail : tous les visages étaient flous, il était impossible de distinguer des traits. Chacune des personnes prises par l'objectif était réduite à l'état de fantôme.

Sansom, qui faisait du café avec une machine italienne haut

de gamme, remarqua que son visiteur examinait la photo, mais il ne fit aucun commentaire.

— Qui l'a prise ? demanda Parker.

L'agent immobilier ne répondit pas immédiatement et continua à s'occuper du café.

— Moi, dit-il enfin.

— C'est très bon.

Inquiétant, pensa Parker, mais superbe. Plus il regardait cette photo, plus elle l'attirait, comme s'il avait envie de se retrouver parmi ces silhouettes figées, de contempler leurs visages flous jusqu'à ce que...

Jusqu'à ce qu'il devienne l'une d'elles.

— J'ai pensé qu'il me fallait un passe-temps, expliqua Sansom. J'ai suivi des cours, j'ai acheté des livres sur la photographie. Je n'utilise pas un appareil numérique, je préfère travailler avec une pellicule. J'ai installé une chambre noire dans mon sous-sol.

— Ce n'est pas une photo numérique ?

Parker était surpris, vu le degré de floutage des visages.

— Non, tout a été fait à l'ancienne. Je me suis simplement arrangé pour que les figures reçoivent moins de lumière que le reste. Ça n'a pas été si difficile, mais il m'a fallu pas mal de tentatives. Essais et erreurs. Cela peut vous sembler prétentieux de l'avoir fait encadrer et de l'avoir accrochée au mur, mais ce n'est pas comme si des tas de gens pouvaient la voir. Je n'ai pas beaucoup de visiteurs.

Parker ne demanda pas pourquoi Sansom avait choisi cette photo, jugement esthétique mis à part. Elle disait tout ce qu'on avait besoin de savoir sur cet homme et sa souffrance.

Ils s'assirent à la table de la cuisine et il se mit à poser à l'agent immobilier des questions sur Eklund.

— Quand êtes-vous entré en contact avec lui ?

— C'est lui qui a pris l'initiative de m'appeler, deux ans environ après la disparition de Claudia. Il n'a jamais été question d'argent, il a simplement proposé de m'aider où et quand il le pourrait. Au début, j'avais des soupçons, bien sûr. J'avais eu de mauvaises expériences, en particulier juste après la disparition de Claudia, quand la police pensait que j'y étais pour quelque chose. Il s'est trouvé des gens, dont certains que je considérais comme des amis, pour vendre des histoires aux journaux, et puis toutes sortes d'individus prétendaient savoir quelque chose et réclamaient de l'argent en échange d'informations. J'ai reçu des lettres et des mails, des coups de téléphone à mon cabinet, certains carrément insultants. Les gens peuvent être vraiment dégueulasses, vous savez.

— Mais pas Eklund.

— Non, lui, c'était quelqu'un de bien. Quand il avait un peu de temps, il fouinait, il interrogeait ses sources dans la police. Je pense qu'il l'aiguillonnait, surtout, qu'il veillait à ce que l'affaire ne soit pas totalement abandonnée. C'est ce qui a quand même fini par arriver. Eklund n'a rien pu y faire, mais, chaque fois que lui ou moi pensions avoir du nouveau, nous nous rencontrions, ou nous en discutions au téléphone. J'ai finalement réussi à le convaincre de me laisser payer ses dépenses, qui n'ont jamais dépassé quelques dollars ici ou là.

« Quand on a retrouvé Claudia, il a été l'un des premiers à frapper à ma porte. Il m'a aidé à supporter la suite. Il savait s'y prendre avec la police et les médias. Il restait en retrait, mais il me donnait toujours le bon conseil. Il disait que c'était bien pour l'enquête qu'on ait retrouvé le corps de Claudia. Que cela la relancerait. C'est difficile d'enquêter sur un crime quand on n'a pas de cadavre. Sauf que…

— Sauf que, maintenant, on a un cadavre, mais personne n'est sûr du crime.

Sansom acquiesça de la tête.

— Les restes de ma femme indiquaient un manque de soins, mais elle est morte de cause naturelle : une septicémie, suite à une blessure à la jambe. Une plaie profonde, jusqu'à l'os.

Selon le médecin légiste, un traitement médical adéquat aurait pu la sauver, mais elle n'en avait manifestement pas bénéficié. La police avait émis toutes sortes d'hypothèses. Notamment qu'elle avait peut-être fait une dépression. Cela arrive plus souvent qu'on ne croit. Des gens se retrouvent dans la rue, ils dorment sous les ponts. Ils ne sont pas tous oubliés : des amis, des parents les recherchent, mais ils sont tombés trop bas pour s'en rendre compte. À leur mort, leurs corps stagnent dans la rue jusqu'à ce que quelqu'un les remarque. Ou bien ils sont enterrés par d'autres sans-abri, par ceux qui sont restés auprès d'eux jusqu'à la fin.

« Mais Claudia n'était pas dépressive. C'était la personne la plus équilibrée que j'aie connue. Elle n'était ni triste ni ennuyeuse – du moins, pas pour moi. Si elle avait senti que quelque chose clochait en elle, sur le plan physique ou psychologique, elle en aurait parlé, elle aurait cherché de l'aide. Je sais que ces choses peuvent vous arriver sans prévenir, et que je me raconte peut-être des histoires en pensant que Claudia faisait exception, parce que c'était ma femme, mais je n'ai jamais cru à l'hypothèse d'une dépression.

Parker se rappela ce que Mère lui avait dit du caractère de Mike MacKinnon et de sa disparition. Il avait une personnalité qui ressemblait à celle de Claudia Sansom.

— Et Eklund, qu'est-ce qu'il en pensait ?

— Il n'y croyait pas non plus.

— Il avait sa propre théorie ?

— Oui. Il était toujours direct avec moi. Selon lui, Claudia avait sans doute été enlevée. Plusieurs inspecteurs étaient de son avis. Il semble maintenant qu'ils avaient raison, à cause de l'état dans lequel on a retrouvé son corps.

Sansom parlait sans trace d'émotion. C'était probablement la seule façon pour lui d'évoquer cette histoire. Parker ne mentionna pas que Dawna Hall lui avait communiqué des informations. Il voulait avoir la version de Sansom sur les événements.

— On l'avait enveloppée dans une bâche en plastique, complètement nue, avant de l'enterrer. Aucune trace d'ADN à part les siennes, absolument rien. Si elle avait été ensevelie par des SDF, ils n'auraient pas pris ces précautions. Ils auraient laissé des indices. C'est ce qu'Eklund m'a dit.

— Il a proposé de poursuivre son enquête ?

— Il m'a promis de continuer à garder un œil sur l'affaire, mais maintenant que la police avait un corps sur lequel travailler, il estimait qu'elle était la mieux armée pour enquêter.

— Vous a-t-on indiqué quand le corps de votre femme vous sera rendu ?

Sansom détourna les yeux.

— Dans un jour ou deux. Je la ferai incinérer. Ce sera plus discret.

Quand il se tourna à nouveau vers Parker, son regard avait changé.

— Vous savez, il y a encore des gens qui pensent que je suis coupable, que j'ai fait disparaître ma femme, puis que je l'ai fait réapparaître, abracadabra, trois ans plus tard. C'est pourquoi je travaille en indépendant. Aucune agence immobilière ne veut m'embaucher. Et je m'occupe de peu de transactions dans cet État. Je sers surtout d'agent à de riches acheteurs qui cherchent une résidence secondaire en Europe. Ils ne savent pas qui je suis, ou ça leur est égal tant que je leur trouve ce qu'ils veulent à un prix intéressant. Certains de mes voisins m'avaient même fait comprendre qu'ils auraient préféré que je vende ma maison et que je quitte la ville, mais il n'en était pas question. Ç'aurait été admettre que j'étais coupable, alors que je n'avais rien fait de mal. Et si j'avais quitté cette maison, comment aurait fait Claudia pour me retrouver ?

Il consulta sa montre.

— Désolé, j'ai rendez-vous avec un client de Boston dans une heure, et on ne sait jamais s'il n'y aura pas d'embouteillages.

Vous m'avez dit au téléphone que personne n'a vu M. Eklund depuis quelque temps ?

— C'est exact. Quand avez-vous eu de ses nouvelles pour la dernière fois ?

— Il y a deux semaines environ, je pense. Nous avons pris un verre ensemble au Fairmont.

— Je peux vous demander de quoi vous avez parlé ?

— Surtout de Claudia, comme toujours. D'une certaine façon, c'était un verre d'adieu.

— Qu'est-ce qui vous fait dire ça ?

— Puisqu'on avait retrouvé le corps de Claudia, notre relation touchait à sa fin. Je le répète, l'enquête est de nouveau dans les mains de la police, et M. Eklund estimait n'être plus utile désormais. Il m'a quand même dit de l'appeler s'il pouvait être d'une aide quelconque.

— A-t-il mentionné d'autres affaires sur lesquelles il travaillait ?

— Non, il en parlait rarement, peut-être pour une question de secret professionnel, tout comme j'attendais de lui qu'il ne divulgue rien de ce que j'avais pu lui confier sur Claudia et moi.

— Quels étaient ses centres d'intérêt personnels ?

Sansom hésita un bref instant, changea de position sur son siège.

— Cela dépend de ce que vous entendez par là.

Il n'érigeait pas un mur, pas vraiment, mais il n'avait clairement pas l'intention de trahir la confiance d'Eklund. Il attendit que Parker reprenne.

— J'entends par là : est-ce qu'il vous a jamais parlé de fantômes ?

Sansom resta un moment silencieux.

— Oui.

— Et des Martyrs de Capstead ? De meurtres reliés entre eux ?

— Oui.

— Et comment avez-vous réagi ?

— J'ai d'abord pensé qu'il plaisantait, puis je me suis rendu compte que ce n'était pas le cas, et j'ai pensé qu'il était peut-être fou. Mais il ne l'était pas.

— Vous l'avez cru ?

Il haussa les épaules.

— Comment dire ? Je pensais qu'il y croyait, mais ce n'était pas comme s'il sortait sans arrêt des histoires délirantes, ou qu'il trimbalait une planche ouija sous son bras. Il en parlait de façon tout à fait neutre. C'était une énigme, il essayait de la résoudre : pourquoi une série de meurtres et de disparitions avait-elle été précédée d'apparitions ?

— Avez-vous eu l'impression qu'il était près de trouver une réponse ?

— Peut-être. Je pense que c'était en partie pour cette raison qu'il était disposé à laisser la police s'occuper de mon affaire et à limiter son implication personnelle. C'est tout ce que je peux vous dire. Il ne me faisait pas beaucoup de confidences. J'ai juste eu l'impression qu'il y avait en lui, quand nous nous sommes rencontrés au Fairmont, une… une certaine agitation. Une attente.

— A-t-il suggéré que la disparition de Claudia pourrait être liée avec ses propres recherches sur les Martyrs de Capstead ?

— Non.

— Et il ne vous a pas parlé de projets de voyage, n'a pas mentionné les noms de personnes qu'il avait l'intention de rencontrer ?

— Pas directement.

— C'est-à-dire ?

— Il m'a demandé si je connaissais des agents immobiliers en Virginie-Occidentale. Je lui ai demandé à mon tour s'il projetait de vendre sa maison de Providence et de déménager, parce que les agents du Massachusetts ont un accord de réciprocité avec ceux de Virginie, et que je me serais fait un plaisir de m'occuper de lui, après tout ce qu'il avait fait pour moi. Il m'a répondu qu'il voulait juste trouver quelqu'un qui serait au courant des transactions dans la région de Turning Leaf. J'ai appelé quelques confrères et je lui ai donné deux ou trois noms.

Turning Leaf, Virginie-Occidentale. Parker tenta de se rappeler s'il avait vu quelque chose s'y référant dans les notes d'Eklund – il était à peu près sûr que non. Enfin, c'était au moins un point de départ. Il nota les noms des agents immobiliers sur qui Sansom avait orienté Eklund.

Sansom se leva, indiquant ainsi qu'il devait partir. Parker lui remit sa carte et lui demanda de l'appeler si quelque chose d'autre lui revenait. Combien de fois dans sa vie avait-il prononcé ces mots ? Des tas. Combien de fois l'avait-on rappelé pour lui communiquer quelque chose d'utile ? Beaucoup moins. L'agent immobilier prit son manteau et sa mallette et invita Parker à le suivre dans l'entrée. Lorsqu'ils furent sortis, le détective attendit qu'il ait fermé à clé, le regarda presser le bouton de télécommande de la porte du garage. Une Kia Forte rouge récente y attendait son chauffeur et, à côté, des pancartes *À VENDRE* étaient inclinées contre le mur.

— Je vais bientôt en accrocher une ici, annonça Sansom.

— Vous vendez ?

— Cette maison est trop grande pour moi. Elle l'a toujours été, mais je ne pouvais pas la mettre sur le marché avant d'être sûr que Claudia ne reviendrait pas.

— Où irez-vous ?

— En Europe, je pense – la France ou l'Italie. J'ai passé des années à rechercher de belles propriétés là-bas pour d'autres. Il est temps de songer à en trouver une pour moi. J'irai là où personne ne me connaît. Dès que j'aurai un endroit où vivre, je ferai inhumer les cendres de Claudia à proximité.

— Et l'enquête ?

— Quoi, l'enquête ? Elle continuera sans moi. Il n'y a rien que je puisse dire ou faire de plus. En outre, je ne crois pas que la police finira par découvrir ce qui est vraiment arrivé à ma femme. Si la découverte de son corps ne leur a pas fourni d'indices, je ne vois pas ce qui leur en donnerait. Et ça ne la ferait pas revenir, de toute façon. J'espère que celui qui me l'a prise mourra en hurlant et en se tordant de douleur, et qu'il brûlera dans l'autre monde. Je ne laisserai pas la mort de Claudia me détruire. Il ne me reste d'elle que les souvenirs de notre vie ensemble, et chaque jour j'ai l'impression d'en oublier un peu plus. Alors je m'installerai ailleurs, je ne travaillerai pas trop et j'attendrai le moment où nous serons à nouveau réunis.

Les deux hommes se serrèrent la main.

— J'espère que vous retrouverez M. Eklund sain et sauf, dit Sansom. C'était quelqu'un de bien.

— Oui, sûrement, acquiesça Parker.

64

S'il est vrai que la nature a horreur du vide, les criminels, eux, y voient une occasion à saisir. La mort de Caspar Webb avait laissé un vide qui, en d'autres circonstances, aurait pu être impitoyablement exploité à la fois par ses rivaux et par des membres de son propre réseau.

Toutefois, Webb n'avait pas été un criminel ordinaire. Son implication dans des activités illégales était complexe et nébuleuse, ce qui expliquait pourquoi il n'avait jamais été officiellement interrogé par les forces de l'ordre, encore moins inculpé d'un quelconque crime. Seule une poignée de ses proches connaissait vraiment les rouages cachés de ses affaires, et la plupart d'entre eux – excepté Mère et Philip – étaient maintenant morts. La nature secrète de ses activités constituait le premier obstacle pour les personnes extérieures qui auraient souhaité se disputer la place laissée vacante.

Le deuxième obstacle, c'était l'absence dans la région de toute famille mafieuse à l'ancienne à qui des structures traditionnelles auraient permis d'absorber ou de dépecer l'empire de Webb sans trop faire couler de sang. La mort en 2015 de Frank Angiulo, comptable de la famille dirigée par son frère Jerry, avait suscité dans le Nord-Est une vague de nostalgie habituellement réservée aux artistes populaires. Frank était le dernier des frères Angiulo, qui avaient régné sur Boston depuis leur bureau du

North End pendant plus de vingt ans jusqu'à ce que leur rival, Whitey Bulger, et une équipe de petits malins du FBI parviennent à décrocher le pompon au bout de la plus admirable conspiration criminelle de la Nouvelle-Angleterre. Les Angiulo étaient des gangsters de légende qui se saluaient en s'embrassant et dégustaient des expressos dans les cafés de Hanover Street, qui laissaient des cadavres sur les trottoirs ou dans les coffres de voitures abandonnées près de l'aéroport Logan, mais qui s'interdisaient de tuer des femmes et des flics, ou des gens qui se trouvaient là par hasard. Ils protégeaient le North End des activités criminelles – sauf naturellement des leurs – tout comme la crainte inspirée par Whitey Bulger rendait plus sûres les rues de Boston South, et plus tard du reste de la ville, pour tous ceux qui ne le contrariaient pas. Mais, à présent, toutes les vieilles certitudes avaient disparu : Frank Angiulo avait rejoint ses frères sous terre et le règne de Whitey Bulger avait pris fin. Le crime organisé avait été remplacé par le crime désorganisé, aux langues aussi nombreuses que dans la tour de Babel, et les rescapés de l'ordre ancien ne pouvaient qu'aspirer à survivre avec des moyens réduits en se remémorant des temps meilleurs.

Ce fut Erik Lastrade qui prit l'initiative d'un premier contact et qui informa Philip qu'un canal de communication était ouvert. Les deux hommes se rendirent à Boston dans une voiture louée au nom d'une des copines d'Erik et ils durent tourner un moment avant de pouvoir se garer dans une rue située derrière Commonwealth Avenue. Philip refusait d'utiliser un parking. Si la rencontre tournait mal, il ne voulait pas se retrouver dans un endroit où l'on pourrait leur faire la peau sans témoins. Lastrade s'efforça de le convaincre qu'il n'y avait rien à craindre, que c'était juste une occasion de discuter, mais, comme tous les hommes peu fiables et hypocrites, le fils de Mère voyait ses propres imperfections morales reflétées dans chaque visage qu'il croisait.

La réunion devait se tenir dans un bar-restaurant chic de Newbury Street, loin du North End et des tanières habituelles des types qu'ils allaient rencontrer et qui souffraient d'une paranoïa qu'ils peinaient à contrôler concernant les capacités de surveillance des forces de l'ordre. Selon Lastrade, ils étaient depuis peu tellement obsédés par les drones qu'ils en avaient abattu un au pistolet quelque part près de Revere Beach, ce qui les avait contraints à indemniser son propriétaire après avoir vérifié son identité et son adresse, et lui avoir vivement déconseillé de signaler l'incident à la police.

Trois de ces individus étaient assis à une table du fond lorsque Philip et Lastrade entrèrent dans la salle. Deux d'entre eux, âgés d'une trentaine d'années, étaient vêtus de tee-shirts et de pulls. Fini le chic rital, pensa Philip. Le troisième, pas loin sans doute des soixante-dix ans, semblait moins à l'aise dans ce cadre que les deux autres. Il portait une veste en laine sur un cardigan, une cravate rouge si froissée qu'aucun fer à repasser ne pouvait plus rien pour elle. Son crâne presque chauve était semé de taches de psoriasis. Une vieille casquette était posée à côté de lui sur une chaise. Philip supposait qu'il aurait préféré la garder sur la tête, mais qu'il ne voulait pas avoir l'air d'un... de ce qu'il était en fait : un type qui ne se sentait pas à sa place dans ces lieux. Les cinq hommes échangèrent quelques banalités sur le temps en jetant un coup d'œil au menu. Le restaurant était nouveau et proposait une cuisine vaguement méditerranéenne. Ils commandèrent des hors-d'œuvre variés à partager et Bernardo demanda en plus un bol de soupe parce qu'il avait froid. Personne ne voulant boire de vin, ils s'en tinrent à l'eau et aux sodas.

La conversation ne commença vraiment qu'après qu'on eut apporté les plats. Stevie en assura l'essentiel, Anthony se contentant de hocher la tête pour l'approuver. Bernardo paraissait concentrer surtout son attention sur sa soupe, qu'il mangeait bruyamment, et levait rarement les yeux de son bol.

Philip n'était pas dupe de cette comédie, mais il aurait préféré que le vieil homme s'en dispense, ou qu'il avale au moins sa soupe sans faire tout ce boucan.

— … et d'après ce qu'on a compris, le réseau de Caspar Webb est en cours de démantèlement, disait Stevie. On a donc pris des dispositions dans ce sens, et, dans un geste de bonne volonté – de remerciement pour notre coopération pendant toutes ces années –, les représentants légaux de M. Webb nous ont fourni des contacts utiles.

Bien qu'il n'en sût rien, Philip n'eut aucune réaction hormis une crispation du poing, de frustration, sous la table. C'était probablement Mère qui avait donné cet ordre. Bon Dieu, elle leur livrait des contacts valant une fortune pour les *remercier* ?

— Des miettes, lâcha-t-il.

— De très grosses miettes, objecta Stevie. Et potentiellement lucratives.

— Ce que je vous offre a beaucoup plus de valeur.

— Je vous écoute.

Philip lui fit le pitch. Il pouvait fournir des femmes d'Europe de l'Est et d'Afrique pour la prostitution, et l'accès à des réfugiés désespérés provenant de pays assez nombreux pour occuper la moitié d'un atlas, parce que, d'après lui, des tas de gens dans le monde entier voulaient vivre ailleurs que chez eux et étaient prêts à payer cher pour le voyage. Il ajouta les contrefaçons de vêtements, de parfums, d'alcools et de tout ce qui pouvait susciter l'intérêt de ces hommes.

— Tout ça, on l'a déjà, répondit Stevie.

— Je vous en offre plus, et de meilleure qualité, à un prix plus bas.

Stevie semblait sceptique. Manifestement, il n'était pas intéressé, ou pas assez.

— Vous l'avez dit vous-même : des miettes. Et on en a déjà suffisamment.

— Et la drogue ? Vous en avez assez aussi ?

Le mot retint leur attention, et maintenant que Philip l'avait, il fit en sorte de la garder :

— Voici comment je vois les choses. Vous obteniez la cocaïne et la marijuana par le cartel du Sinaloa, mais l'opération Fruits a tout foutu en l'air.

Dans le Nord-Est, les Mexicains avaient remplacé les Dominicains, qui avaient longtemps contrôlé le marché. L'opération Fruits était un coup monté par le FBI en 2012 : des agents du Bureau se faisant passer pour des gangsters italiens avaient proposé de créer de fausses compagnies d'exportation de fruits pour transporter en Espagne la coke provenant du Sinaloa contre une commission de vingt pour cent de la valeur du produit. L'opération avait débouché sur de nombreuses arrestations en Espagne et au Massachusetts, ainsi qu'à la saisie de plus de trois cents kilos de cocaïne. Le cartel de Sinaloa avait beaucoup souffert et les relations avec les Italiens s'étaient détériorées, tout ça à cause d'une bande d'agents fédéraux portant des perfectos bas de gamme.

Entre-temps, la 'Ndrangheta calabraise avait pris le dessus sur les autres organisations criminelles, y compris Cosa Nostra, pour devenir la force dominante dans le trafic de cocaïne, s'étendant jusqu'en Australie et aux États-Unis. Ses *locali* dans ces deux pays étaient en relation avec des *locali* du vieux pays pour créer un réseau mondial de coopération. Selon la rumeur, la 'Ndrangheta ne savait désormais plus quoi faire de son argent. Or les hommes attablés avec Philip et Lastrade n'étaient pas calabrais. C'était l'un de leurs gros problèmes.

— Qu'est-ce que vous proposez à la place ?

— De l'héroïne.

Bernardo continua à manger sa soupe, mais ses yeux se portèrent sur Stevie, et le hochement de tête qui suivit fut à peine perceptible.

— Caspar Webb ne faisait pas dans l'héro, répondit Stevie.

— Parce que la filière n'était pas en place à ses débuts, et ne l'a été que lorsqu'il était trop malade pour en profiter. Nous disposons des moyens de transport et des fournisseurs.

— Quand vous dites « nous », vous parlez de qui ? demanda Anthony, cessant soudain de se contenter d'approuver de la tête. Vincent Garronne est mort et personne n'a vu Terry Nakem depuis des mois. Personne ne compte le revoir, en fait.

Il attendit puis, constatant que les autres ne mordaient pas à l'hameçon, il reprit :

— Avec eux en moins et Webb au cimetière, il ne reste que deux ou trois avocats, une vieille femme de Providence qui signe des chèques, et vous deux. Sans vouloir vous offenser, aux dernières nouvelles, vous n'étiez que des sous-fifres.

Philip laissa s'écouler une seconde ou deux avant de déclarer :

— Je suis le fils de Caspar Webb.

Stevie éclata de rire.

— Tiens, sûrement. Il n'avait pas de fils.

— Pas de fils reconnu.

— Et on doit vous croire sur parole ?

— Il y a en Europe des gens apparentés à Webb par le sang et ils ne voudront faire affaire qu'avec ceux appartenant au même cercle que lui, parce que c'est comme ça qu'ils travaillent. Vous en aurez la preuve dans ma capacité à vous livrer le produit.

Bernardo reposa sa cuillère, s'essuya les lèvres avec une serviette.

— Elle viendrait d'où, l'héro ? voulut-il savoir.

Il s'exprimait avec un accent de Boston mêlé d'inflexions du vieux pays et articulait avec une certaine difficulté parce qu'il avait eu une attaque.

— D'Afghanistan, répondit Philip.

Il croyait qu'il venait d'où, l'opium ? Des studios Disney ? La route était claire : Badakhchan-Doshi-Bamiyan-Hérat, puis traversée de l'Iran pour aboutir en Turquie.

— Et raffiné dans des labos turcs ?

Philip confirma d'un hochement de tête.

— Si ça vient de Turquie, c'est ces enculés d'islamistes qui la fournissent.

— Et c'est un problème ?

— C'en est un quand ils balancent un avion contre une de nos tours ou qu'ils mitraillent les gamins de nos écoles.

— Ils ne sont pas ici, argua Philip. Ils sont là-bas.

Bernardo le regarda attentivement.

— Dis-moi une chose : si t'es vraiment le fils de Caspar Webb, comment tu peux être aussi con ?

— Hé, hé, intervint Lastrade. Doucement.

Bernardo leva un doigt, Stevie secoua la tête en guise d'avertissement à Lastrade et le silence se fit autour de la table.

— J'ai juste accepté de te parler parce que mon neveu s'est porté garant pour ton ami, et que ton ami s'est porté garant pour toi, mais c'est terminé, décréta le vieil homme. Je sais pas ce que tu cherches, mais tu devrais écouter mon conseil, parce qu'il est gratuit. Si tu fais venir de l'héro de Turquie, tu finiras mort ou dans une prison fédérale. On te condamnera pas pour trafic de drogue mais pour aide aux terroristes. T'as la mémoire courte si tu te souviens pas de ce qui s'est passé ici en 2013. Des fois que t'aurais oublié, les islamistes ont fait exploser le marathon de Boston. Et toi tu veux fourrer notre argent dans leurs poches juste parce que tu veux réaliser ton rêve de devenir le roi de la dope ? Fous-moi le camp. Retourne à Providence et j'oublierai peut-être que j'ai vu un jour ta sale tronche.

Bernardo se leva, remit sa casquette sur sa tête desquamée et se dirigea vers la porte. Anthony lui emboîta le pas, laissant Stevie poser sur Lastrade un regard déçu.

— Bon Dieu, Erik…

— Ne le regardez pas, regardez-moi, intervint Philip.

— Je…

Il ne le laissa pas poursuivre :

— On se reverra, quoi que le vieil homme puisse penser. Je ne disparaîtrai pas de la scène.

— Vous devriez écouter, quand on vous donne un conseil, répondit Stevie. Surtout s'il vient de quelqu'un comme mon oncle.

Il rejoignit les deux autres dehors. Philip attendit qu'ils aient disparu pour jeter quelques billets sur la table. Il avait le visage brûlant d'humiliation, mais il n'avait pas menti à Stevie. Il ne disparaîtrait pas du paysage et il n'oublierait pas ce qui venait de se passer.

— Et maintenant ? demanda Lastrade.

Philip lui tapota le dos pour montrer qu'il n'était pas en colère contre lui.

— Nous allons donner quelques coups de téléphone.

65

Rachel était assise au bord du lit de Sam. Tout ce qu'elle pouvait voir de sa fille, c'était l'arrière de sa tête. L'enfant avait le visage enfoui dans son oreiller, comme lorsqu'elle feignait d'avoir peur pendant un jeu ou qu'elle voulait cacher son rire. Rien de tout ça, cette fois-ci.

Rachel était à bout de forces. Elle se sentait épuisée depuis l'enlèvement de Sam et sa fatigue n'avait cessé de croître, tel un froid humide s'insinuant dans ses os. Elle en avait parlé à son psy, il lui avait proposé un traitement médicamenteux qu'elle avait refusé. Elle avait déjà l'impression de vivre en décalage, éloignée de ses parents, de sa fille, et même de l'ancienne Rachel. Des antidépresseurs ne l'aideraient pas à se rapprocher d'eux et ne régleraient pas le problème sous-jacent : la rage qu'elle éprouvait depuis que son monde avait été fracassé par les événements de l'année précédente. Bon Dieu, sa fille avait failli mourir. L'homme qui l'avait kidnappée s'apprêtait à la tuer quand il…

Quand il avait eu quoi, au juste ? La question demeurait sans réponse. En principe, il avait subi une série d'hémorragies simultanées et cependant indépendantes, comme si de petits engins explosifs invisibles avaient éclaté en lui, faisant claquer des vaisseaux sanguins dans ses bras, ses jambes, sa poitrine, son visage, et finalement son cerveau. On n'avait toujours pas fourni d'explication plus précise ; au mieux, on invoquait une sorte de collapsus généralisé, mais Rachel connaissait assez le jargon médical pour savoir que cela revenait en fait à un haussement d'épaules impuissant.

Non que cette absence d'explication tourmentât vraiment Rachel. Ce qui comptait, c'était que son ancien compagnon, Charlie Parker, avait déclenché ces horribles événements en prenant part à une sorte de raid paramilitaire contre la communauté du kidnappeur, même si cette communauté avait mérité ce qui lui était tombé dessus, et bien pire. De plus, Parker avait provoqué tout cela quelques mois seulement après que sa fille avait vu une policière se faire grièvement blesser par un type qui était mort avant d'avoir pu braquer son arme sur le père de Sam. Par deux fois, les actes de Parker avaient mis sa fille en danger. Il n'y en aurait pas une troisième.

Mais comment expliquer à l'enfant allongée devant elle les implications juridiques ? Et d'ailleurs, comment se faisait-il qu'elle soit au courant, si c'était bien la cause de sa crise ? Rachel ne pensait pas que Sam avait entendu par hasard une conversation téléphonique, mais elle ne pouvait en être sûre. C'était une enfant très intelligente pour son âge, capable de sagesse et de calme quand elle le décidait. Rachel ne connaissait pas d'autre fillette sachant se faire oublier dans une pièce exiguë tant elle se tenait tranquille, et pourtant ce n'était qu'une petite fille, incapable de se protéger. Aussi difficile que ce pût être, il fallait lui faire comprendre que sa mère ne voulait que son bonheur. S'il arrivait quelque chose à Sam, Rachel n'y survivrait pas.

— Tu ne veux toujours pas me parler ? dit-elle, sans obtenir de réponse. Si tu ne me dis rien, comment je peux savoir ce qui ne va pas ?

Elle avait failli dire « ce que j'ai fait de mal », s'était retenue juste à temps. Elle ne devait pas livrer des armes contre elle-même.

Lorsque Sam finit par répondre, ce fut d'une voix étouffée par l'oreiller :

— Pourquoi tu veux m'empêcher de voir papa ?

C'était donc ça. Seigneur.

— Pourquoi tu dis ça ?

— Parce que c'est vrai.

— Non, ce n'est pas vrai.

— J'ai vu la lettre, dans ton bureau.

Là encore, Rachel se retint de demander pourquoi Sam était allée fouiner dans ses papiers personnels. Elle aborderait le problème plus tard. De plus, Sam, malgré ses caprices, connaissait parfaitement les limites à respecter, à la fois pour elle et pour les autres. Si elle avait lu cette lettre, c'était sans doute parce qu'elle était tombée dessus par hasard en cherchant autre chose de parfaitement innocent. Mais qu'avait-elle saisi au juste de la lettre de l'avocate ?

— Tu as compris tout ce qu'il y avait dans cette lettre ?

— Non. Une bonne partie quand même, et pour le reste j'ai cherché les mots sur Internet.

Malgré la gravité de la situation, Rachel dut s'empêcher de rire. Cette enfant ! Elle tendit le bras pour caresser la nuque de Sam et un détail curieux se fraya alors un chemin jusqu'au premier rang de sa mémoire.

L'oiseau.

Lorsque les policiers étaient arrivés à la chambre du motel, ils avaient trouvé le ravisseur gisant sur le sol de la salle de bains. Et, dans le lavabo, les restes d'un oiseau brûlé. Sam avait expliqué que c'était l'homme qui avait fait ça, et les inspecteurs y avaient vu un comportement ritualiste, en se fondant sur ce qu'ils savaient de sa communauté. Plus tard, cependant, lorsque Rachel avait ramené sa fille chez elle après un séjour à l'hôpital, elle avait découvert une pochette d'allumettes dans une poche du blouson de sa fille, ainsi que deux petites plumes marron.

Ce n'est pas important, se dit Rachel.

Une autre voix qui ressemblait beaucoup à la sienne rétorqua : *Oh, si, ça l'est.*

— Je suis d'accord pour que tu voies ton père, mais nous devrons prendre des précautions. Il y a des gens qui veulent lui faire du mal, et, s'ils le peuvent, ils essaieront d'y parvenir en s'en prenant à toi. C'était ce que cherchait l'homme qui t'a kidnappée. Tu pourras passer du temps avec ton papa. Il viendra ici te voir, comme avant, et nous lui rendrons visite à Portland. Simplement, vous ne pourrez plus vous retrouver seuls tous les deux. Ce n'est plus possible, après ce qui a failli arriver. Tu le sais, Sam. Ton père le sait aussi.

— Tu veux dire que papa est d'accord ?

L'enfant n'avait pu se retenir. Elle se retourna, leva la tête vers sa mère. Elle avait les yeux rouges d'avoir pleuré, le visage bouleversé.

Rachel aurait pu mentir, répondre que oui, son père était d'accord, mais elle s'était juré de toujours dire la vérité à sa fille.

— Je ne lui en ai pas encore parlé, mais il sera d'accord. Il fera tout pour que tu sois en sécurité.

— Alors pourquoi tu as besoin d'un avocat ?

C'était comme un match de boxe. On ne savait pas qui allait porter le prochain direct.

— Parce qu'il faut que tout soit officiel. C'est comme ça que ça marche.

— Papa ne te laissera pas faire.

— Sam…

— Il te laissera pas faire ! Je veux plus habiter avec toi. Je te déteste. Je veux vivre chez mon père. Je veux être avec mon papa !

Et sous l'impact de ces mots, la digue que Rachel avait construite autour de sa tristesse et de son angoisse pour continuer à fonctionner céda. Le bruit qu'elle s'entendit émettre ressemblait à la plainte d'un animal blessé, la patte transpercée par une pique ou brisée dans un piège. Elle tenta de se lever, mais ses jambes furent incapables de bouger. Son estomac se souleva, faisant monter dans sa bouche un goût de café froid. Elle aurait voulu crier, mais aucun son ne sortait de sa gorge.

Sam vit sa mère pâlir, puis chanceler comme si elle allait s'évanouir. Des larmes coulaient de ses yeux tandis que son visage demeurait figé, les lèvres écartées en un ovale de stupeur. C'était comme voir une poupée pleurer, et Sam savait que c'était à cause d'elle, à cause des quelques mots sortis de sa bouche sans qu'elle les pense vraiment. Elle aurait voulu les rattraper, les ravaler tel un mauvais médicament, remonter dans le temps. Elle avait voulu blesser sa mère, et maintenant qu'elle y était parvenue elle voulait refermer cette blessure, effacer ces mots.

— Pardon, maman, dit-elle. Je voulais pas dire ça. Ne pleure pas. S'il te plaît, ne pleure pas.

Elle gagna précipitamment le bout de son lit et prit sa mère dans ses bras en murmurant : « Pardon, pardon », mais sa mère demeurait immobile et fixait des yeux quelque chose qui n'était pas dans la chambre. Sam entendit la porte s'ouvrir et vit sa grand-mère entrer au moment où sa mère commençait à basculer. Sam essaya de la retenir, mais Rachel était trop lourde. Elle échappa aux bras de sa fille et tomba sur le sol.

66

Si Parker n'avait pas appris grand-chose de sa conversation avec Oscar Sansom, il était plutôt satisfait d'écarter pour le moment toute relation entre l'intérêt d'Eklund pour le mystère de la disparition de Claudia Sansom et la propre disparition du détective privé. D'après ce que Sansom lui avait dit, Eklund était apparemment sur le point de cesser toute réelle implication dans l'affaire. Les efforts qu'il lui avait consacrés auparavant avaient été secondaires, et dans une large mesure inefficaces.

Cela n'empêchait pas Parker de souhaiter bonne chance à l'agent immobilier. Cet homme montrait une étrange combinaison de renoncement et d'optimisme : d'un côté, il se résignait à ce que ne lui soit probablement jamais révélé ce que sa femme avait vécu entre sa disparition et sa mort ; de l'autre, il estimait possible de prendre un nouveau départ, ou tout au moins de vivre ses derniers jours en sachant que sa femme n'était plus perdue quelque part dans ce monde.

Il était donc temps d'oublier Sansom et de passer à Michelle Souliere et Tobey Thayer, mais, alors même qu'il quittait Natick, Parker ne réussissait pas à chasser de son esprit un certain trouble. Pourquoi Claudia Sansom ? se demandait-il. Pourquoi cette affaire parmi d'autres avait-elle suscité l'intérêt d'Eklund ?

Il se dit qu'il reviendrait peut-être à l'affaire Sansom s'il en avait le temps.

L'essentiel de ce que Parker savait de Waterbury, Connecticut, tenait en deux mots : laiton et montres. La Brass Manufacturing avait apporté la richesse à la ville au dix-neuvième et au vingtième siècle, puis cette ère de prospérité avait cessé à la fin des années 1960, quand Chase Brass avait délocalisé ses activités dans l'Ohio. L'industrie de la montre s'était développée en même temps que celle du laiton puisqu'on fabriquait à Waterbury la montre de gousset à un dollar de Robert Ingersoll dès 1892, et plus tard la montre Mickey. Une société asiatique était maintenant propriétaire de la marque Ingersoll, ce qui, aux yeux de certains, résumait les problèmes actuels de l'Amérique.

Comme pour Sansom, Parker avait téléphoné à Michelle Souliere pour s'assurer qu'elle était disposée à le rencontrer, en se recommandant de Ian Williamson. Bien qu'elle parût intéressée, elle lui demanda de la rappeler lorsqu'il ne serait plus qu'à une heure de la ville : elle avait un horaire chargé ces temps-ci, elle ne voulait pas le faire attendre, ni être elle-même contrainte de l'attendre s'il était retardé. Parker appela quand il estima n'être plus qu'à une cinquantaine de minutes de Waterbury mais n'obtint que la messagerie du portable de Souliere. Il laissa un message, fit une nouvelle tentative quand il arriva à Waterbury, toujours avec le même résultat.

Souliere vivait à South End, une vaste banlieue occupée à l'origine par des immigrants canadiens francophones, dont les descendants partageaient maintenant les lieux avec une importante communauté latino-américaine, à en juger par les enseignes et les devantures que Parker aperçut au passage. Il remarqua aussi un bon nombre de fabriques désaffectées et de parkings déserts, rappel du déclin de Waterbury après ses heures de gloire.

Souliere habitait près de l'église Sainte-Anne, dans une maison à un étage qui n'était ni la mieux entretenue ni la plus négligée de la rue. Le ravalement de sa façade était assez récent pour qu'elle n'ait pas l'air d'une ruine, pas assez, en revanche, pour attirer l'attention d'individus en quête de signes manifestes de prospérité, prélude à un cambriolage. La véranda de devant n'était pas encombrée par un bric-à-brac, et une barrière blanche entourait le jardin. Parker ne vit aucune lampe allumée à l'intérieur, pas de voiture dans l'allée. Il se gara dans la rue, composa une troisième fois le numéro de Souliere, mit fin à la communication dès qu'il entendit de nouveau la voix enregistrée de la messagerie. Il se rendit en ville, prit une chambre au Marriott. Il téléphona à Angel et Louis, qui n'étaient plus très loin de Greensburg, la ville de Tobey Thayer. Ils avaient jugé plus sage d'attendre la fin du mauvais temps à la Prescott Inn, située à la frontière entre l'État de New York et la Pennsylvanie, plus précisément dans la suite Emily Dickinson – ou, selon les termes d'Angel, dans « l'Aile des poètes déprimés ».

— On nage dans le chintz. Du chintz chérot, mais du chintz quand même.

— Chérot comment ?

— Chérot à quatre cents balles la nuit, même si on s'est laissé tenter par le champagne en guise de cadeau de bienvenue.

— Bien sûr.

— C'est du sarcasme ?

— Ça pourrait en être.

— On a pensé que Ross souhaitait sûrement qu'on se sente à l'aise. T'es où, toi ?

— À Waterbury. Chambre sur cour au Marriott.

— Demande qu'on te fasse un cadeau de bienvenue.

— C'est un Marriott. J'ai déjà l'eau du robinet pour rien.

— Alors, t'as pas à te plaindre.

Parker reconnut qu'Angel n'avait pas tort et ajouta :

— Comment ça va ?

— Je me fais de la bile pour la direction que prend le pays et j'ai peur que les vingt-cinq millions claqués pour les cures de désintox de CC Sabathia et d'autres joueurs des Yankees ne servent à rien.

— Très drôle. Je parle de ta santé, idiot.

— Ça va. Un peu de douleurs.

— Tu aurais peut-être dû rester dans le Maine.

— Et faire quoi ? Attendre l'été ? J'ai besoin de distraction. T'as du nouveau pour Sam ?

Parker lui expliqua la situation, Angel compatit.

— Moxie a raison, dit le compagnon de Louis. Tu dois rester à l'écart et le laisser jouer tes cartes pour toi.

— Moi aussi j'ai besoin de distraction, répondit Parker. C'est un vrai merdier, cette histoire.

— Si t'as besoin de gardes du corps chaque fois que tu vois Sam, on peut s'en charger. Dis à ton avocat de garder cette carte dans sa manche, ça pourrait lui permettre de gagner la partie.

Parker essaya d'imaginer la tête de Rachel s'il n'avait rien de mieux à lui proposer. Cela calma un peu sa colère et atténua sa tristesse.

— Je devrais vous rejoindre demain soir, estima-t-il. Quand vous serez à Greensburg, voyez si vous pouvez suivre Thayer dans ses déplacements.

— Tu t'inquiètes pour lui ?

Parker avait mis son portable sur haut-parleur. Il jeta un coup d'œil à l'écran, ne vit aucun signe d'une réponse de Souliere.

— Pas encore, répondit-il. Je ne sais pas trop quoi penser, à vrai dire.

67

Dans le sous-sol de la maison de Jaycob Eklund, le Collectionneur étudiait la carte et les notes fixées au mur.

Il y avait pénétré par le plus simple des expédients : en déclenchant plusieurs fois l'alarme. La première fois qu'il l'avait fait, en frappant sur une fenêtre de l'arrière de la maison, il n'avait fallu que dix minutes exactement pour que quelqu'un vienne vérifier : un type en BMW grise que le Collectionneur s'était souvenu être un des hommes qui avaient escorté Parker et ses amis pour leur rencontre avec Mère. L'homme avait inspecté l'extérieur avant d'entrer et d'arrêter l'alarme. Le Collectionneur avait attendu qu'il soit reparti, puis il avait compté jusqu'à vingt et déclenché à nouveau l'alarme en cognant sur la même fenêtre. L'homme était revenu, il avait à nouveau fait le tour de la maison avant d'entrer, il était intervenu puis retourné à sa voiture. Il n'avait démarré qu'après avoir donné un coup de téléphone.

Lorsque le Collectionneur avait fait une troisième fois trembler la vitre de la fenêtre, l'alarme n'avait pas retenti.

Maintenant qu'il était au sous-sol, il se demandait quelles autres informations Parker avait découvertes et emportées. Il ne s'étonnait pas trop que Philip et Mère n'aient pas réclamé au détective ce qu'il avait pris. Ils étaient probablement parvenus à un arrangement avec Parker, en considérant que ses objectifs pouvaient aussi servir les leurs, ils restaient prudents et continuaient à surveiller la maison d'Eklund. Le Collectionneur examina chaque lieu indiqué sur la carte et lut attentivement les notes, dactylographiées ou manuscrites, qui leur étaient accolées. D'après ce qu'il pouvait comprendre, elles constituaient un résumé d'informations rassemblées ailleurs, sans doute dans les dossiers subtilisés par Parker. Il y avait toutefois assez de noms et de dates sur le mur pour permettre au Collectionneur de se faire une idée de ce que pensait Eklund et lui inspirer des réponses à quelques questions troublantes, principalement celles-ci : pourquoi Donn Routh avait-il mis tant de soins à se cacher, et pourquoi sa mort avait-elle agité l'engeance creuse qui suivait le Collectionneur ?

Il connaissait mal les Frères, et le nom de Peter Magus ne signifiait rien pour lui. Il avait l'intention de combler ces lacunes avant la nuit. Il procéda à une brève fouille du reste de la maison avant de repartir, ne trouva rien qui soit susceptible de l'intéresser et ne chercha pas à dissimuler les traces de son passage. Il vida le contenu des commodes sur le plancher des chambres, éparpilla les papiers sur les bureaux et les sièges. C'était sans importance : Eklund ne retournerait jamais chez lui, parce qu'il était certainement déjà mort.

Parker mangea au Diorio, un restaurant italien sur Bank Street qui existait, sous une forme ou une autre, depuis près d'un siècle. Il avait appelé Michelle Souliere deux fois encore sans plus de résultat. Comme il ne la connaissait pas, il n'y avait pas encore lieu de s'alarmer. Elle avait pu éteindre son portable pour toutes sortes de raisons, et leur arrangement pour se voir n'avait rien de définitif. Parker continuait à lire la biographie de McCartney qu'il avait achetée à Portsmouth. Enfermé dans une prison japonaise, le musicien regrettait profondément d'avoir tenté de faire entrer deux cents grammes d'herbe dans le pays. Admettant la stupidité d'une telle tentative, Parker n'en décida pas moins que le livre n'avait en rien entamé sa bonne opinion de McCartney. Il l'aimait toujours beaucoup.

En rentrant à son hôtel, il craignait de ne pas réussir à trouver le sommeil, mais dès que sa tête se posa sur l'oreiller il s'endormit. Moins à cause d'une fatigue physique que d'un épuisement émotionnel, et il ne rêva pas.

Étendue dans un lit d'hôpital du CHU du Vermont, Rachel se sentait totalement idiote. Elle s'était efforcée d'expliquer à ses parents, et plus tard au médecin des urgences, qu'elle avait simplement perdu connaissance, qu'elle avait juste besoin de repos, mais l'hôpital avait insisté pour la garder en observation au moins une nuit. La crise de larmes de Sam avait rendu l'incident plus traumatisant et l'enfant n'avait commencé à se calmer qu'une fois certaine que sa mère n'allait pas mourir. Rachel avait tenté de la convaincre que ce n'était pas sa faute et ne pensait pas y être parvenue. Avec réticence, elle avait autorisé un pédiatre à donner quelque chose à Sam pour l'aider à dormir. Elle détestait régler les problèmes de sa fille à coups de médicaments, mais elle était profondément inquiète : Sam ne voulait pas ou ne pouvait pas arrêter de pleurer.

L'écran du téléviseur de la chambre était éteint, elle n'avait pas envie de regarder quoi que ce soit. Elle avait un livre et des magazines sur sa table de chevet, mais la seule idée de lire des caractères d'imprimerie lui faisait tourner la tête. Lorsque le médecin de garde lui avait demandé si elle souffrait d'un stress particulier en ce moment, elle n'avait pu retenir un rire. Elle avait insisté pour que ses parents ne soufflent pas mot à Parker de son évanouissement s'il téléphonait, mais elle doutait qu'il le fasse. Ils avaient aussi reçu l'ordre de ne pas laisser Sam s'approcher du téléphone, au cas où elle déciderait de l'informer elle-même de ce qui s'était passé. Là encore, elle doutait que Sam essaie de joindre son père : elle avait honte des mots qu'elle avait prononcés, elle n'avait pas envie de partager cette honte avec lui.

Tous les enfants sont probablement tenus de déclarer un jour à leurs parents : « Je vous hais », pensa-t-elle. Je croyais seulement que Sam attendrait l'adolescence pour le faire.

Elle ressentait une étrange envie de parler de Sam à Parker. C'était le genre d'incident dont elle aurait voulu discuter avec lui s'ils avaient été en meilleurs termes. Or l'homme à qui, instinctivement, elle voulait parler de l'enfant qu'ils avaient engendré ensemble – l'homme avec qui elle avait toujours abordé ces problèmes, même après leur séparation – était bien le dernier vers qui elle pouvait se tourner.

Rachel ne se remettrait pas à pleurer, elle avait assez versé de larmes pour une journée.

Elle s'apprêtait à se rallonger dans son lit quand elle entendit des pas dans le couloir devant sa chambre. Des pas légers, rapides. Levant les yeux, elle vit passer une enfant, une fillette aux cheveux blonds. Elle ne pouvait pas avoir plus de cinq ou six ans et elle marchait pieds nus. Il était tard. Si c'était une malade, pourquoi n'était-elle pas couchée ?

— Hé, petite ! appela Rachel. Ça va ?

Les pas s'arrêtèrent, mais la fillette ne réapparut pas. À pas feutrés, Rachel alla jusqu'à sa porte.

— Ma biche, je voulais seulement...

Il n'y avait personne dans le couloir, excepté l'infirmière de garde, qui parcourait un dossier devant son poste. Elle tourna la tête vers Rachel.

— Madame Wolfe, je peux vous aider ?

— J'ai vu une petite fille passer, je me suis dit que c'était peut-être une patiente.

— Vous avez dû rêver, madame Wolfe, nous n'avons pas d'enfants dans cette aile.

— Je suis certaine de l'avoir vue, insista Rachel.

— Je n'ai pas bougé d'ici, et je n'ai vu personne à part vous.

Sur l'insistance de Rachel, l'infirmière consentit néanmoins à regarder dans les chambres voisines.

— Je vous l'avais dit : pas d'enfant. Essayez de dormir, maintenant.

Et au bout d'un moment Rachel y parvint.

Philip picolait seul dans un bar de Washington Street, dans la partie de Providence qu'on appelait la Ville basse. C'était un rade à l'ancienne : la musique ne vous écorchait pas les oreilles et le son du téléviseur installé dans un coin était coupé. Philip se gratta le creux du coude, là où Lastrade avait prélevé le sang qui serait envoyé à New York, dernière étape de l'authentification de sa filiation avec Caspar Webb. Lastrade avait prétendu savoir ce qu'il faisait, mais il lui avait fait un mal de chien en enfonçant l'aiguille, et la peau autour du trou était bleuie et sensible.

Deux étudiantes assises dans un box sirotaient une bière étrangère hors de prix dont Philip n'aurait même pas réussi à prononcer le nom. Son portable avait vibré trois fois depuis qu'il s'était mis à boire et il n'avait pas répondu. Il n'avait aucune envie de parler à Mère.

Il avait pipeauté quand il avait dit à Lastrade qu'il donnerait des coups de fil après la rencontre avec les Italiens. Il n'y avait personne qu'il pouvait appeler. Bernardo et ses gars, malgré un affaiblissement drastique de leur position et de leur pouvoir, avaient gardé de l'influence : aucune autre bande ne pouvait offrir à Philip les troupes dont il avait besoin pour faire ses preuves. Pendant des années, il avait été tenu à l'écart d'autres accords et il ne connaissait qu'une demi-douzaine d'individus ayant travaillé avec Webb. Tous des petits joueurs, du menu fretin. Seule Mère avait accès à ceux qui comptaient et elle ne fournirait pas leurs noms à son fils. Sans les relations de Lastrade, Philip n'aurait même pas rencontré Bernardo – et il fallait voir comment ça avait tourné !

Il en était à la moitié de son troisième verre quand l'idée lui vint de prendre Mère au mot. Oui, il pourrait partir, s'offrir du bon temps. À son retour, il mènerait une vie confortable. Il n'aurait pas à travailler s'il n'en avait pas envie. Il pourrait s'inscrire à l'université, faire des études. Il avait un talent pour le dessin. Son professeur d'art au lycée était convaincu qu'il avait du potentiel. Il pourrait se présenter à l'École de dessin de Rhode Island. S'il n'était pas admis, il persuaderait Mère de leur faire un don pour qu'ils changent d'avis.

— Et merde ! s'exclama-t-il.

L'une des étudiantes se retourna et le dévisagea.

— Qu'est-ce que tu regardes, salope ?

Elle se détourna aussitôt, mais il avait foutu leur soirée en l'air, il en était sûr. Quelques minutes plus tard, elles quittaient le bar.

Non, il n'accepterait pas l'aumône de Mère. Autant se couper les couilles et les jeter dans la flotte. Le monde ne verrait en lui qu'un fils à maman, et il valait mieux que ça, beaucoup mieux. Terry Nakem l'avait appris à ses dépens, Vincent Garronne aussi. Ils étaient tous deux morts de sa main à quelques jours d'intervalle. Il montrerait à Mère ce dont il était capable, et il ne s'agirait pas juste d'abréger les souffrances de vieux mecs. Est-ce que cela changerait quelque chose pour elle ?

Non. Alors le prochain coup serait pour Mère.

Son téléphone vibra de nouveau. Cette fois, ce n'était pas elle mais Lastrade. Philip décida de répondre. Erik avait peut-être envie de le rejoindre. Ils iraient dans une boîte, ils parleraient à des filles – de vraies habitantes de Providence, pas des connasses d'étudiantes prétentieuses. Il ne s'intéressait pas tellement aux femmes, mais il savait que ça ferait chier Mère s'il en ramenait une dans leur appartement.

— Ouais, grogna-t-il.

— Tu es où ?

Philip donna le nom du bar.

— Je viens te chercher, dit Lastrade.

— Pour quoi faire ?

— Stevie m'a appelé. C'est parti. Tu m'entends. C'est *parti*.

68

Michelle Souliere était une improbable démystificatrice de médiums, de chasseurs de fantômes et d'auteurs de théories du complot apocalyptiques. Elle aimait la *fantasy* et les ouvrages d'épouvante, elle était membre de l'Association des romanciers de l'horreur et de la Société historique H. P. Lovecraft. Qu'elle appartînt également à l'Association des humanistes américains et à la Société des sceptiques ne lui causait aucun problème, car elle était tout à fait capable de faire la distinction entre imagination et réalité. Le fait qu'elle trouvait quelque chose amusant ne signifiait pas qu'elle y croyait. À vrai dire, c'était encore plus amusant si elle n'y croyait pas.

Souliere était également une jolie brune et, contrairement aux soupçons de Sumner, une hétérosexuelle satisfaite. Elle entretenait une liaison d'une excentricité intéressante avec un concepteur de jeux qui n'en revenait pas de la chance qu'il avait eue de tomber sur une femme comme elle, mais qui n'était pas entiché au point de menacer son indépendance. Michelle était fière de n'avoir chez elle que des articles d'occasion, ce qui incluait son impressionnante collection de livres. Pour compagnie permanente, elle avait un chat appelé Creswell.

Son portable était posé devant elle sur son bureau. Une série de réunions, à la fois personnelles et professionnelles, l'avaient tenue occupée jusqu'à neuf heures du soir. Dès qu'elle avait rallumé son téléphone, elle avait été accueillie par des messages du détective privé Charlie Parker. Elle avait décidé d'attendre d'être rentrée chez elle, voire jusqu'au lendemain matin, pour le rappeler, en grande partie pour ne pas avoir à le rencontrer ce soir. Elle était vannée, elle avait tenu le coup toute la journée avec de l'eau minérale, du mauvais café, des pâtisseries plus exécrables encore. Elle avait envie d'un bain, d'un verre de vin et d'un repas chaud. Ce Parker pouvait attendre.

Fait curieux, sa première rencontre avec Jaycob Eklund avait elle aussi été retardée, à cette différence près que c'était lui, pas elle, qui l'avait reportée. Ils n'en étaient pas moins destinés à se rencontrer, non dans le sens amoureux du terme, ni dans celui d'une amitié, puisqu'ils n'étaient jamais devenus proches, mais parce que, tout comme lui, elle avait passé plusieurs années à recueillir discrètement des informations sur les Martyrs de Capstead et leur chef, celui qui se faisait appeler Peter Magus.

Les raisons de leur prudence étaient à l'origine différentes. Eklund s'était convaincu que les Martyrs de Capstead – ou les Frères, comme il les appelait en général – avaient laissé un héritage, à la fois sous la forme physique de descendants et sous une forme plus éthérée. Il veillait en conséquence à ne pas attirer l'attention sur ses recherches.

Elle, au contraire, voyait dans l'affaire des Martyrs la possibilité de réunir une série de sujets qui la captivaient, notamment l'histoire de la « Frontière » américaine au dix-neuvième siècle, les meurtres, les faux prédicateurs et les croyances ésotériques – dans le cas des Martyrs de Capstead, un puissant mélange d'alchimie, d'eschatologie, d'évangiles apocryphes, d'angélologie et de démonologie qui, autant qu'elle pouvait en juger, était une création pure et simple du Mage.

Ce que les théories d'Eklund ajoutaient à ce cocktail déjà enivrant, c'était plus de bains de sang, et Souliere avait assez de jugeote pour comprendre que le sang fait vendre des livres. Elle lui avait clairement signifié qu'elle n'était pas franchement prête à croire comme lui que toutes les disparitions et tous les meurtres qu'il avait découverts étaient liés aux Martyrs de Capstead, même si elle en trouvait quelques-uns intéressants, à tout le moins. Quant aux apparitions, elle avait rencontré suffisamment de cas de collusion, d'hystérie et de mauvaise communication pour être capable d'éliminer sans même réfléchir cette partie des théories d'Eklund, quoique la cohérence des témoignages constituât un élément méritant de figurer dans son livre, peut-être dans un chapitre distinct traitant de la contamination potentielle des mythes.

Cela dit, le personnage du Mage la fascinait. Il aurait été digne de son intérêt au seul titre d'exemple du pouvoir transformateur du rêve de l'immigrant, et des possibilités de réinvention de soi offertes par les États-Unis à l'époque des pionniers.

Il existait peu de portraits du Mage. Compte tenu de ses activités et de celles de ses disciples, il répugnait à se laisser photographier. Il se pouvait toutefois que, dans un accès de vanité, ou conscient que ses poursuivants se rapprochaient pour l'hallali, il ait consenti à ce qu'on fasse un daguerréotype de lui peu avant la retraite à Capstead. Souliere en possédait une copie, tout comme Eklund. Elle montrait un homme grand et maigre vêtu d'un costume noir de prédicateur, les bras ballant de chaque côté de son corps. Il avait de longs cheveux roux, un crâne difforme et couturé, conséquence de l'existence violente qu'il menait. Il faisait face à l'appareil, sa barbe masquant un menton effacé, et l'angle de l'objectif atténuait le profil aplati dont les dossiers contemporains faisaient état.

L'œil gauche saillait, ce que Souliere interprétait comme un signe éventuel de la maladie de Graves, voire une forme de cancer : le Mage s'était plaint pendant les derniers mois de sa vie de diarrhées et de fièvres qui constituent, de même qu'un œil protubérant, un symptôme de neuroblastome. Une analyse de l'ADN de la dépouille du Mage aurait fourni une réponse définitive si son corps n'avait pas été gravement brûlé pendant le siège de Capstead, puis jeté dans le Mississippi, le privant d'un véritable enterrement pour le punir de ses péchés. Quoi qu'il en soit, le côté droit de son visage était presque entièrement recouvert de tissu cicatriciel, souvenir d'un raid des Frères sur la ferme Kjellson, située près de Marietta, Ohio. Le patriarche de la famille, Bjorn Kjellson, s'était révélé moins mort qu'on ne le pensait et avait réussi à lâcher sur le Mage une décharge de chevrotine qui avait failli le rendre borgne. La sœur de Kjellson, qui vivait à Chillicothe et s'appelait Agata, avait épousé un certain Christian Eklund, l'arrière-arrière-arrière-grand-père de Jaycob. Ce qui, pour le détective, faisait des Martyrs de Capstead une affaire personnelle liée au passé de sa famille.

Souliere cligna des yeux et une goutte de sang explosa sur la table de la cuisine. Elle toussa et la goutte se perdit dans une projection de gouttelettes rouges qu'elle remarqua à peine. Elle avait déjà oublié les deux personnes qui se tenaient derrière elle, bien que l'une – la femme – l'eût frappée avec un couteau. Souliere lui avait opposé une vive résistance, réussissant même à porter un coup puissant à cette garce. Elle aurait même pu la tuer si le fumier qui l'accompagnait ne lui avait pas fait le coup du lapin, ce qui l'avait laissée momentanément sonnée et offerte à la lame.

Plus rien de tout cela ne comptait maintenant. Elle agonisait et concentrait son attention sur l'homme qui se tenait devant elle. Le Mage ne ressemblait pas à son daguerréotype, qui le montrait épuisé et blessé, miné par des années de prédation et de rapine. Celui-là rayonnait. Le tissu cicatriciel avait disparu, le visage était parfaitement lisse. Seuls les yeux demeuraient troubles, d'un gris laiteux d'eau de lessive. Elle vit d'autres silhouettes se mouvoir derrière lui, en grande partie des femmes. Si elle en avait eu le temps, Souliere aurait pu donner un nom à chacune d'elles.

Le couteau lui avait paru glacé quand elle avait pénétré en elle, ce qui l'avait étonnée. Et tandis que le froid de la lame se répandait dans son être, son corps était resté chaud, ce qu'elle ne s'expliquait pas. Le Mage aurait peut-être pu lui donner la réponse, mais elle ne voulait pas lui poser la question. Elle n'aimait pas qu'il soit dans la cuisine, sa présence la faisait se sentir sale.

Elle entendit un miaulement de l'autre côté de la porte de derrière : Creswell, qui rentrait de ses escapades du soir. Comme la chatière était cassée, Souliere l'avait bloquée provisoirement pour empêcher le froid d'entrer. De toute la force de sa pensée, elle adjura son chat de se sauver, elle ne voulait pas qu'on l'égorge lui aussi.

Le Mage la regardait. Sans bouger. Elle crut distinguer dans les profondeurs pâles de ses yeux des vestiges de pupilles sombres qui lui firent penser à des têtards.

Elle toussa de nouveau. Cela lui faisait mal, mais moins qu'avant. Elle regrettait de ne pas avoir répondu aux messages du détective privé, il aurait peut-être pu la sauver.

Le chat cessa de miauler.

Le Mage et sa bande disparurent.

Le froid disparut. C'était fini.

69

Parker se réveilla peu après huit heures. Il ne fallut pas longtemps pour que ses soucis au sujet de Sam reviennent s'accumuler dans sa tête tels des nuages à l'horizon, et il fit de son mieux pour les chasser. Il avait du travail, ses problèmes personnels ne l'aideraient pas en la circonstance.

Il tendit la main vers son téléphone, qu'il gardait toujours allumé parce que, comme tous les parents, il vivait dans la crainte de ne pas être joignable s'il arrivait quelque chose à son enfant. Toujours pas de réponse de Michelle Souliere. Il la rappela – il connaissait maintenant son numéro par cœur –, fut étonné d'entendre sonner. Il attendit. Personne ne décrocha et finalement la voix enregistrée de la messagerie devenue familière résonna une fois de plus à son oreille.

Après avoir avalé un café en vitesse dans le hall de l'hôtel, il régla sa chambre et se rendit à South End. Une voiture occupait maintenant l'allée de Souliere : une charmante vieille Coccinelle bleue qui, à en juger par son état, faisait clairement la joie et l'orgueil de sa propriétaire. Parker se gara le long du trottoir, poussa la grille du jardin de devant, gravit la pente de l'allée. Il sonna à la porte, attendit. Personne ne vint ouvrir. Il fit une autre tentative en gardant cette fois le bouton enfoncé assez longtemps pour que Souliere trouve son attitude grossière, mais il n'y eut toujours pas de réponse.

Il appela l'universitaire sur son portable, l'entendit sonner à la fois dans son oreille et quelque part dans la maison. Lorsque la sonnerie s'arrêta, la voix de Mme Souliere annonça : « Salut, c'est Michelle. Désolée, je ne peux pas vous répondre pour l'instant... »

Il la réduisit au silence. Regardant par la fenêtre de devant, il vit une petite pièce meublée d'une paire de fauteuils, de nombreuses étagères et de pas grand-chose d'autre. Parker longea le côté gauche de la maison jusqu'au jardin de derrière et entendit miauler devant la porte de la cuisine. Un petit chat blanc était assis devant une chatière fermée. Sous le regard de Parker, l'animal griffa la plaque de plastique. Parker s'approcha, le chat ne semblait pas effrayé. Il miaula de nouveau, leva des yeux pleins d'espoir vers l'inconnu quand il fut devant la porte. Parker frappa, appela. Les doubles rideaux étaient fermés sur l'unique fenêtre, l'empêchant de voir à l'intérieur.

— Je peux vous aider ?

Un homme sortit de la maison voisine, un grand costaud au teint jaunâtre, avec une épaisse moustache qui lui donnait l'air d'un révolutionnaire mexicain. Deux enfants passèrent la tête hors de la cuisine derrière lui.

— Je cherche Mme Souliere.

— C'est bien sa maison, mais la plupart des gens attendent à la porte de devant.

L'homme n'avait pas précisé « honnêtes », Parker l'entendit quand même. Il fit état de sa qualité de détective privé et le voisin se présenta sous le nom de César Valenzuela.

— Je devais rencontrer Mme Souliere hier, je n'ai pas de nouvelles, reprit Parker. Je suppose que c'est sa voiture, dans l'allée.

— Oui, c'est la sienne.

— Vous l'avez entendue rentrer hier soir ?

— Non, je travaille tard. Je crois qu'elle était déjà là quand je suis rentré, mais j'en suis pas sûr.

— Il était quelle heure ?

— Vingt-trois heures passées.

Valenzuela se dandinait nerveusement d'un pied sur l'autre et regardait la maison de Souliere par-dessus l'épaule du visiteur.

— Vous pensez qu'elle est là ? demanda le moustachu.

— Je l'espère, mais je ne peux pas faire appel aux flics juste pour découvrir qu'elle était dans sa salle de bains, ou profondément endormie parce qu'elle avait pris un somnifère.

Les enfants continuaient à observer la scène par la porte ouverte de la cuisine. Valenzuela leur ordonna en anglais de rentrer, puis ajouta :

— *Hace frio.*

Parker attendit.

— Elle m'a confié une clé, dit Valenzuela. Ça lui a servi deux fois en cinq ans quand elle s'est retrouvée enfermée dehors.

— Allez la chercher, s'il vous plaît. Je resterai à côté de vous quand vous ouvrirez. On l'appellera. Si elle répond, tout ira bien. Sinon… Bon, espérons qu'elle répondra.

Valenzuela rentra prendre la clé et Parker en profita pour téléphoner à Ross. L'agent décrocha à la deuxième sonnerie.

— Nous avons peut-être un problème, annonça Parker avant d'expliquer que Souliere n'avait pas répondu à ses coups de fil. Je suis devant chez elle. Son portable sonne à l'intérieur de la maison, elle ne répond pas. Son voisin est allé chercher un double de la clé, mais si elle a eu des ennuis la police va se retrouver sur le coup.

Le silence de Ross parut embarrassé et dura un peu trop longtemps au goût de Parker.

— Si je préviens les flics, ils me demanderont ce qui m'amenait chez elle, insista Parker. Je devrai leur parler d'Eklund, et ils voudront savoir qui m'a engagé pour le rechercher.

— Je préférerais – et vous pourriez estimer vous aussi que cela serait dans votre intérêt – que la disparition d'Eklund ne soit pas mentionnée. Même chose en ce qui concerne mon implication.

— Sans vouloir vous offenser, vos préférences pourraient m'expédier en cellule de détention.

Par la fenêtre de la cuisine, Parker vit Valenzuela agiter un porte-clés et indiquer qu'il devait faire le tour pour passer par-devant, puisqu'une clôture séparait les deux jardins. Il plissa le front quand il remarqua que Parker téléphonait.

— Livrez-leur le nom d'Eklund, décida Ross. Mais uniquement si vous ne pouvez pas faire autrement.

— Et quand ils me demanderont qui a fait appel à mes services ? Au cas où j'aurais besoin de vous le rappeler, je ne bénéficie d'aucune protection.

Les propos échangés entre les détectives privés et leurs clients n'étaient pas couverts par le secret professionnel. S'il était arrivé quelque chose à Souliere, si la police voulait savoir pourquoi il cherchait à la voir, il serait contraint de fournir des explications.

— Renvoyez toutes les questions auxquelles vous ne voudrez pas répondre à Moxie Castin, dit Ross.

— Je ne travaille pas pour lui sur cette affaire.

— Je vais rectifier ça.

Cela ne rendit pas Parker beaucoup plus heureux. Même lorsqu'un privé travaillait pour un avocat, le secret professionnel ne s'appliquait qu'aux échanges – conseils, discussions sur la stratégie à adopter – relatifs à un procès, et il n'y avait pas de procédure judiciaire sur laquelle Moxie pourrait se rabattre. Mais Parker comprenait ce que Ross cherchait à faire : gagner du temps.

— Ça ne va pas plaire à Moxie.

— Alors il n'aurait jamais dû commencer à travailler avec vous, répliqua Ross. Si nécessaire, je peux témoigner que cela n'a rien d'agréable.

— Sentiment partagé.

— Je le subodorais. Comprenez-moi bien : lorsque j'ai dit que je préférerais que le statut nébuleux actuel d'Eklund soit maintenu, j'aurais dû préciser que, dans mon monde, le terme « préférer » est en général interprété comme un ordre.

Là-dessus, l'agent coupa la communication et Valenzuela apparut. Le porte-clés qu'il avait à la main avait la forme d'un chat blanc, réplique en miniature de celui qui continuait à miauler devant la porte de derrière. Manifestement, le voisin aurait bien voulu savoir à qui Parker avait téléphoné, mais il n'osait pas le demander. Discrètement, Parker effaça le numéro de Ross, fit défiler sa liste de contacts et appela Moxie Castin. Il laissa sonner deux fois avant de raccrocher et de remettre le téléphone dans sa poche. S'il fallait en passer par une implication de la police, et si Valenzuela mentionnait avoir vu Parker téléphoner, seuls Souliere et Castin figureraient sur la liste de ses derniers appels. Et si la police voulait enquêter plus à fond, il lui faudrait la décision d'un juge. Encore une solution imparfaite, mais le monde lui-même l'était de plus en plus.

Parker et Valenzuela retournèrent ensemble à la porte de derrière. Le détective souleva le chat et le tint dans ses bras tout en frappant énergiquement au panneau et en appelant Souliere – sans résultat. Il tira sur une manche du pull qu'il portait sous son blouson afin de s'en recouvrir les doigts et tourner le bouton. La porte était fermée à clé.

— Glissez la clé dans la serrure, mais sans toucher à rien d'autre, hein, recommanda-t-il à Valenzuela.

Le voisin hocha la tête, inséra la clé, tourna le bouton. La serrure cliqueta, Parker ouvrit la porte.

Michelle Souliere était assise sur une chaise, la tête sur la table de cuisine, les mains touchant presque le sol. Parker la reconnut d'après les photos trouvées sur Internet. Elle avait le visage tourné vers la porte, les yeux clos. Le plateau de la table et le sol autour d'elle étaient gluants de sang.

— *Hijole*, murmura Valenzuela.

Il se couvrit la bouche d'une main et recula. Quelque part au loin, des sirènes approchaient et Parker comprit que le voisin avait appelé la police quand il était allé chercher la clé.

Le chat se tortillait entre les mains de Parker et ses gémissements se mêlaient au bruit des voitures de patrouille.

C'est juste parce qu'il a faim, pensa Parker en baissant les yeux vers le cadavre. Il ne peut pas comprendre.

Puis le petit chat s'immobilisa et se mit à miauler sans discontinuer.

70

Parker n'avait pas beaucoup de temps. Il tendit le chat à Valenzuela – qui, appuyé à la clôture, prenait de profondes inspirations – et s'éloigna pour donner un autre coup de téléphone. Il veilla cependant à rester dans le champ de vision du voisin pour ne pas avoir de problèmes avec la police quand elle arriverait, pour qu'on ne puisse pas l'accuser d'avoir pénétré sur une scène de crime.

Il appela Angel.

— Vous êtes où ?

— À une demi-heure de Greensburg, à peu près.

Une voiture de patrouille s'arrêta devant la maison. Il n'avait plus que quelques secondes.

— Michelle Souliere est morte. Trouvez Thayer, mettez-le en sécurité. Je vais être coincé un moment ici avec la police. Prévenez Moxie Castin quand vous serez avec le marchand de meubles.

Il raccrocha, effaça le numéro et remisa son portable. Comme le policier qui s'approchait avait la main droite sur son arme, Parker garda les deux siennes bien en vue. Il était sur le point de conseiller à Valenzuela d'en faire autant quand il constata que celui-ci l'avait devancé.

Pour la seconde fois de la matinée, Parker se présenta comme détective privé, puis indiqua la porte de derrière ouverte.

— Vous avez un cadavre. Elle s'appelle Michelle Souliere.

Il se corrigea : tout ce qui la concernait devrait s'énoncer désormais au passé :

— *S'appelait* Michelle Souliere.

Les Buckner étaient descendus dans un motel d'une chaîne nationale situé à trois kilomètres en retrait de l'autoroute. Ils avaient envisagé de retourner immédiatement à Turning Leaf, mais c'était la première fois qu'ils commettaient un meurtre et Sally avait été étonnée de la fatigue qu'elle éprouvait. Grâce aux séries télévisées et à Internet, ils connaissaient à peu près les techniques de la police scientifique, notamment l'utilisation des traces d'ADN. Aussi avaient-ils soigneusement nettoyé les mains de Souliere après sa mort et cherché sur le sol des cheveux qui auraient pu tomber de la tête de Sally pendant l'empoignade des deux femmes. Ils en avaient trouvé quelques-uns – des cheveux roux, plus faciles à repérer – et étaient maintenant certains de n'avoir laissé que peu de traces, voire pas du tout, de leur passage dans la maison, exception faite d'un cadavre, comme l'avait fait remarquer Kirk alors qu'ils s'occupaient des vêtements qu'ils portaient sur la scène de crime. Ils les avaient mis à tremper dans l'eau de la baignoire de leur chambre après y avoir ajouté du détergent et les avaient fourrés ensuite dans plusieurs sacs. Il s'était douché, puis avait roulé un moment pour déposer les sacs dans diverses poubelles. À son retour, ils avaient dormi quelques heures.

Sally avait été impressionnée. Elle avait toujours considéré Kirk comme une poule mouillée, défaut qu'il compensait par ses capacités en informatique, mais il avait fait preuve de courage quand Souliere leur avait résisté. Cette salope avait même violemment frappé Sally, qui avait maintenant un vilain coquard qu'elle devrait cacher sous du maquillage pendant un bon moment.

Ils avaient emporté l'ordinateur de Souliere et une boîte à archives de ce qu'elle avait glané sur les Martyrs de Capstead.

Kirk sortit, rapporta des sandwichs œuf-saucisse pour leur petit déjeuner, puis ils s'attaquèrent ensemble au contenu de l'ordinateur et aux documents de la boîte. Sally fut consternée par ce que cette femme avait découvert sur le passé des Martyrs, y compris des aspects de leur histoire que Sally elle-même ignorait. Plus inquiétant, Souliere avait tracé un arbre généalogique précis des Frères sans se laisser dérouter par les changements de noms, en s'appuyant sur les ragots et les rumeurs. De toute évidence, les informations qu'elle avait recueillies, ajoutées à celles d'Eklund, avaient amené le détective jusqu'à leur porte. Malheureusement pour lui, il avait compris trop tard à quel point il s'était rapproché des Frères.

Kirk fit une copie de tout ce qui pouvait leur être utile avant de démonter le disque dur et de le percer plusieurs fois avec un tournevis. Il le jetterait dans leur chaudière avec les documents de la boîte quand ils seraient de retour chez eux. L'ordinateur même, il le porterait au chantier de Steven Lee.

En revanche, il avait dû garder celui d'Eklund : le détective avait rassemblé tant de données que Sally n'avait pas encore fini de les examiner. Pour les sauvegarder, Eklund, plus malin qu'il n'en avait l'air, avait chargé quelqu'un de lui constituer un système d'exploitation et de l'installer sur une bécane Frankenstein faite d'éléments récupérés sur d'autres ordinateurs. Ce système était incompatible avec tous les pilotes que Kirk avait pu trouver, et même avec les codes arrachés à Eklund sous la torture, toute tentative de copier les dossiers aurait présenté le risque d'un crash fatal. Kirk craignait, à trop tripoter l'ordi, de perdre tout ce qu'il y avait dedans. En plus, pour empêcher qu'on puisse démonter le disque dur, Eklund avait limé les têtes de vis qui le maintenaient hermétique. C'était un système de protection parfait et Kirk était forcé de trimbaler ce foutu machin avec lui, au cas où Souliere ou Thayer leur fourniraient des informations qu'il faudrait vérifier.

Pendant qu'ils étaient chez Souliere, Sally en avait profité pour examiner le contenu du téléphone de la prof. Ils ne l'avaient pas emporté – ils savaient que les portables sont très faciles à repérer, c'était la raison pour laquelle ils utilisaient eux-mêmes des appareils jetables tout simples ; ils n'avaient même pas couru le risque de le prendre et de le balancer quelque part en chemin – mais Sally avait effacé tous les messages après les avoir écoutés, pour plus de précaution. Lorsque Kirk avait essayé de lui expliquer qu'on pouvait très facilement les récupérer, elle lui avait enjoint de fermer sa gueule. La plupart concernaient des collègues de l'université, un seul le livre qu'elle avait l'intention d'écrire sur les Martyrs de Capstead.

Un bouquin ! Un putain de bouquin !

Deux ou trois messages, ainsi qu'un tas d'appels manqués, provenaient d'un nommé Charlie Parker, qui devait rencontrer Souliere le soir de sa mort. Craignant que ce type ne se pointe quand même chez elle, Sally avait porté un dernier coup mortel à la prof après lui avoir soutiré les mots de passe de son ordinateur et de son téléphone.

Ce nom de Parker lui disait quelque chose, mais elle n'arrivait pas à se rappeler où elle l'avait vu. Ce fut seulement lorsqu'ils furent dans leur chambre et que Kirk eut terminé de copier toutes les données de l'ordinateur de Souliere que Sally put aller sur Internet. Elle tapa le nom de Parker sur Google, ainsi que le numéro de téléphone qu'il avait laissé avec son message. Elle le fit presque machinalement, en songeant à passer un moment au lit avec Kirk avant de quitter le motel. Ce serait leur récompense à tous les deux.

Une page de réponses apparut. Dès qu'elle la fit défiler, toute envie de faire l'amour avec Kirk la quitta et elle se rappela où elle avait vu le nom de Parker pour la première fois.

C'était sur l'ordinateur portable de Jaycob Eklund.

— Merde, jura-t-elle. Merde, merde et merde !

71

Richard passa prendre Sumner peu après cinq heures du matin. Ils avaient un moment envisagé de partir avec une autre voiture que celle de Richard, par exemple un véhicule accidenté du chantier de Steven Lee, mais celui-ci ne leur avait rien trouvé de fiable, et la dernière chose au monde qu'ils souhaitaient, c'était tomber en panne en allant chez Thayer ou, pire, en en repartant, et ils avaient finalement décidé de prendre le Chevrolet Blazer de Richard.

Avant d'arriver chez Sumner, Richard avait acheté dans un Dunkin' Donuts deux cafés et des beignets qui leur permettraient de tenir le coup pendant deux ou trois heures. Richard expliqua qu'il avait l'habitude d'écouter des débats politiques quand il roulait, mais Sumner n'avait pas de temps à perdre avec ces conneries, qu'elles soient progressistes ou conservatrices. S'il voulait entendre quelqu'un exprimer son accord avec ses propres opinions pendant des heures, il lui suffisait de rester chez lui et d'écouter sa femme. Ils se rabattirent sur Deep Tracks pendant la première partie du trajet, quittèrent l'autoroute pour prendre un petit déjeuner tardif dans un restau de la chaîne IHOP, puis passèrent sur Classic Rewind pour un programme rock un peu plus moderne. Ils pensaient l'un et l'autre que toute la musique composée après 1983 était de la daube, au risque de passer pour d'incurables nostalgiques.

Richard avait toujours pris Sumner pour une grande gueule. Il nourrissait une terreur secrète de tous les types capables de fabriquer ou de réparer des trucs, il se sentait moins viril en comparaison. Mais Sumner se révéla être quelqu'un de réfléchi : s'il braillait, c'était parce qu'il avait un tempérament expansif. Richard découvrit que Sumner prévoyait de se rendre en Afrique du Sud à la fin de l'automne et d'y construire des maisons pour une association caritative. Jesse l'accompagnerait, ce qui, d'après Sumner, la rendait un peu nerveuse. Richard ne comprenait pas trop ce qu'elle ferait là-bas puisqu'elle était aussi peu douée que lui pour planter un clou. Sumner avoua qu'il n'en savait rien lui non plus, mais que Jesse ne voulait pas rester seule à la maison.

De son côté, Sumner, qui n'avait jamais passé beaucoup de temps en compagnie de Richard, découvrait peu à peu que ce qu'il avait pris pour de la froideur, voire de la condescendance, n'était en fait qu'une sorte de timidité. Sumner n'aurait jamais cru que Richard était du genre à tromper sa femme, mais, s'il existait un genre à commettre l'adultère, de plus grands esprits que Sumner avaient échoué à le définir. Ce fut Richard qui aborda le sujet de sa liaison alors qu'ils approchaient de la frontière entre l'Ohio et la Pennsylvanie et passaient devant une enfilade de ces salles spécialisées dans les réceptions que Sumner associait toujours aux mariages irlandais : une kyrielle d'invités, de la mauvaise bouffe, et des remords une fois passée la gueule de bois. La vue de ces salles déclencha chez Richard une suite d'associations d'idées.

— Ça a été pour moi une année merdique, déclara-t-il. Vraiment merdique.

— Ouais ? fit Sumner, faute de trouver autre chose à dire. Le boulot, ou bien…

— Ou bien, confirma Richard.

Sa liaison était de notoriété publique chez les Frères. Du fait de l'étroitesse de leurs relations, ils ne pouvaient avoir de secrets. Les liaisons, jugées peu sages, étaient tacitement déconseillées. Il fallait certes s'occuper de toute insatisfaction – les Frères ne pouvaient courir le risque d'aveux faits dans le cadre d'une psychanalyse, de conversations avec un pasteur ou un prêtre –, mais les mauvais mariages présentaient des risques très particuliers : aucune liaison ne survit sans un certain degré de confidences sur l'oreiller, et qui peut dire jusqu'où vont les confidences dans de tels moments ?

Lorsque Sophia avait découvert l'infidélité de son mari, c'était vers Sally qu'elle s'était tournée, et celle-ci avait aussitôt fait pression sur Richard pour qu'il mette fin à sa romance. En plus, la fille était jeune. C'était une ancienne élève de Richard, elle avait obtenu son diplôme quelques années plus tôt dans le lycée où il enseignait. Ils s'étaient revus à l'occasion d'une initiative du Lions Club en faveur des enfants défavorisés à laquelle cette fille avait pris part avec sa sœur cadette. Leur vie familiale était une catastrophe et Sumner supposait que Richard avait eu pitié d'elle, puis une chose en avait entraîné une autre, ce qui est la plupart du temps la façon dont les choses fonctionnent.

— Jesse m'a dit que vous vous entendez mieux maintenant, Sophia et toi.

— Ouais, ça va.

Mais la façon dont Richard avait prononcé ces mots ne parlait que de tristesse et de regrets.

— On ne fait plus… On fait chambre à part, ajouta-t-il.

— Désolé. Elle s'en remettra. Pour le moment, elle est sûrement furieuse, blessée…

— Cela fait six mois que nous ne couchons plus ensemble.

— Depuis combien de temps vous êtes mariés ?

— Ça fera quinze ans en avril.

— Alors six mois, c'est rien.

— Oui, peut-être.

À travers sa vitre, Richard continuait à regarder passer les champs, les arbres, la vie.

— Elle me manque.

— Sophia ?

— Non, Lucie. La fille. Elle me manque.

Sumner résista à l'envie de lui claquer la nuque. Pour un prof, il n'était pas très intelligent.

— J'aurais voulu la revoir, avoua Richard. Complètement idiot, je sais. J'avais juste besoin de lui dire combien j'étais désolé de la façon dont ça avait fini, besoin de savoir comment elle allait.

« Et de la niquer une dernière fois pour la route », eut envie d'enchaîner Sumner. Au lieu de quoi il demanda :

— Tu l'as fait ?

— Ça reste entre nous ?

Sumner acquiesça de la tête, et c'était vrai – pour le moment. Ils s'apprêtaient à trucider quelqu'un ensemble et un certain degré de confiance était impératif dans une telle situation.

— J'ai essayé, mais elle avait déménagé, répondit Richard. Son père était un sale con, sa belle-mère ne valait pas mieux, alors Lucie parlait toujours de les quitter. Je me sens désolé pour Vicki, sa sœur, mais je pense qu'elle s'en tirera. Elle est plus forte que ne l'était Lucie.

— T'as une idée d'où elle est allée ?

— J'ai posé la question à Vicki, elle n'en savait rien. Lucie lui a juste conseillé de finir le lycée. Une fois qu'elle serait installée et qu'elle aurait un logement, Vicki pourrait venir vivre avec elle. Vicki disait que ça lui plairait bien.

Ça m'étonnerait, pensa Sumner. À moins qu'elle n'ait envie de se faire écraser et enfouir quelque part dans le chantier de Steven Lee. Tu as tué Lucie, Richard. C'est peut-être Donn Routh qui l'a étranglée après l'avoir retrouvée dans un appart' merdique de Jersey, mais elle est morte parce que t'étais incapable de garder ta queue dans ton bénard. Aucun rapport avec ce que t'as pu lui dire ou pas : elle était ton point faible, il fallait la supprimer.

— La sœur était au courant, pour vous deux ?

— Non.

— T'es sûr ?

— J'avais fait comprendre à Lucie que personne ne devait savoir pour nous. Je le lui avais expliqué dès qu'on avait commencé à se voir. Je ne pourrais pas prendre soin d'elle et de sa sœur si quelqu'un l'apprenait. Il me fallait du temps pour échafauder un plan et me procurer de l'argent.

— T'es en train de me dire que tu lui avais promis de quitter Sophia pour elle ?

— Oui.

— Et c'était sincère ?

— Oui, répéta Richard d'une voix fêlée.

Comme abruti, il se posait un peu là…

— Bon Dieu, Richard, si la petite sœur se doutait qu'il y avait quelque chose entre Lucie et toi, ça pourrait causer des problèmes.

— Si la police se met à rechercher Lucie, tu veux dire ?

Sumner se tourna de côté pour le regarder. Leurs yeux se croisèrent et il comprit à l'instant que Richard savait la vérité sur le sort de sa jeune maîtresse ou qu'il la soupçonnait. Peut-être que Sophia lui avait jeté cette accusation à la figure au cours d'une dispute, ou alors il était quand même assez intelligent pour se rendre compte qu'une fille qui aime sa petite sœur et veut la protéger ne disparaît pas comme ça dans le couchant, en rompant tout contact volontairement.

— Pourquoi la police ferait ça ? demanda-t-il.

C'était une question à laquelle ni l'un ni l'autre n'attendait de réponse, et les deux hommes n'échangèrent plus un mot avant d'arriver à proximité de Greensburg.

72

Philip et Lastrade retrouvèrent Stevie à Newburyport. Un trajet de près de deux heures en partant de Providence, mais ça ne les avait pas dérangés et c'était plus intelligent que de se rencontrer à Boston. Newburyport était tranquille en février et le risque d'y être reconnu par quelqu'un quasiment nul.

Stevie les attendait au Angie's de Pleasant Street, un restaurant tout en carrelage noir et blanc et formica, qui rappela vaguement à Philip les *diners* de son enfance, quand il regardait encore Mère avec des yeux pleins d'adoration. Il l'avait évitée ce matin-là, au cas où elle aurait eu l'intention de l'interroger sur ses plans pour la journée.

Philip trouva que Stevie ressemblait plus à un rital que la fois d'avant : blouson de cuir, jean tombant trop bas sur les fesses, gros pull à motifs pour se préserver du froid. Il était aussi beaucoup moins détendu, ce qui, étrangement, incita Philip à lui faire davantage confiance. Devant un café et des œufs, il leur expliqua qu'il respectait son oncle Bernardo, mais qu'il le trouvait parfois trop timoré, et il était temps de penser autrement si l'on voulait que ce qu'il resterait d'un prestigieux héritage criminel ne se limite pas à deux boulangeries dans le North End.

Franchement, Philip se foutait des conneries de Stevie sur l'héritage italien et la tradition parce que, en fin de compte, cela se réduisait à quelques mafieux défendant leur territoire face à des Africains, des Russes et quiconque souhaitait participer à la bagarre. Ce qui importait pour lui, c'était que le point de vue de Stevie ne soit pas à des milliers de kilomètres du sien et qu'on puisse toujours se reposer sur la cupidité d'un homme. À l'évidence, le vieux tonton Bernardo avait tendance à ne pas apprécier qu'on agisse dans son dos et qu'on passe des accords après qu'il avait établi les règles. Il fallait donc que tout cela reste entre eux trois. Par ailleurs, Stevie ne disposait pas des mêmes ressources financières que son oncle et ne participerait qu'à un niveau inférieur, mais Philip voyait assez loin pour considérer que les profits du premier deal seraient réinvestis dans le suivant. Et puis, tout comme Mère, l'oncle Bernardo n'était pas éternel.

En gage de bonne foi, Stevie régla l'addition et les conduisit à sa voiture, une Dodge Challenger rouge et noir qui n'aurait pas davantage attiré l'attention de la police si elle avait craché de la fumée de crack au lieu de gaz d'échappement. Philip décida cependant de pardonner ce caprice quand le mafieux lui tendit un paquet de billets enveloppés dans un emballage en plastique : cent mille dollars, comprenant aussi une contribution d'Anthony, qui ne voyait aucune raison de laisser passer une belle occasion parce que leur oncle n'arrivait pas à distinguer un bon musulman (qui vendait de la drogue) d'un mauvais (qui balançait des avions contre des gratte-ciel). Philip, qui s'intéressait aux affaires menées au-delà des frontières de la Nouvelle-Angleterre, ne prit pas la peine d'expliquer à Stevie que ces deux types de musulman étaient parfois un seul et même homme, car cela n'aurait pas rendu l'Italien plus heureux et aurait probablement eu pour conséquence d'instiller davantage de confusion dans son esprit.

— Dans combien de temps ? demanda Stevie une fois que les deux hommes eurent dissimulé l'argent dans le véhicule de location de Lastrade.

— La marchandise arrive par bateau, répondit Philip. Trois semaines. Ça peut être un peu plus, ou un peu moins.

— Trois semaines, c'est bon, approuva Stevie.

Ils se serrèrent la main. Marché conclu. Philip estima inutile d'expliquer que ce délai de trois semaines était sans doute bidon. Il avait la certitude que l'héroïne se trouvait déjà dans le pays, ce qui signifiait que Stevie aurait pu être livré en quelques jours. Il le ferait quand même attendre au moins une semaine. L'Italien serait content de recevoir le produit plus tôt que prévu et, par ailleurs, Philip ne voulait pas que Stevie se mette à penser que la transaction était un peu trop facile pour ses nouveaux associés. Il ne craignait pas que le mafieux essaie de découvrir l'identité du fournisseur dans l'espoir de conclure un meilleur accord derrière son dos. Ces hommes ne rompaient pas le pain avec des Italiens, des Hispaniques ni quiconque d'autre. Ils ne traitaient qu'avec les leurs, et Philip en faisait partie. Il l'avait prouvé en versant le sang. C'était la façon dont ils travaillaient, ces gens.

Non, pas ces gens.

Ses gens.

73

Sumner et Richard n'avaient pas fait preuve de beaucoup de zèle concernant Tobey Thayer. Sachant que son bureau était dans le magasin principal, à l'est de Greensburg, ils se garèrent sur le parking situé de l'autre côté de la rue et appelèrent de là. Lorsqu'une femme décrocha, Sumner demanda à parler à M. Thayer et l'entendit répondre qu'il n'était pas disponible. Sumner inventa un gros pipeau où il était question d'un achat important de meubles endommagés pour remplacer du mobilier lui appartenant qui avait brûlé dans un incendie. Il fut informé que Thayer passerait peut-être dans la journée, mais plus probablement le lendemain.

Après qu'il eut fait son numéro de charme, elle lui révéla que M. Thayer travaillait chez lui ce jour-là, mais ajouta qu'elle ne pouvait lui communiquer ni le numéro de son domicile ni celui de son portable. Si Sumner laissait le sien, elle ne manquerait pas de le transmettre à son patron. Ne voyant aucun risque de lui refiler le numéro de son téléphone jetable, il le lui donna. Si Thayer le rappelait, il parviendrait peut-être à lui soutirer quelques informations supplémentaires et aurait en même temps la confirmation qu'il était bien chez lui, comme cette femme le prétendait. D'ailleurs, pourquoi aurait-elle menti sur ce point ? On en était donc là : Sumner et Richard savaient maintenant où trouver Thayer en cet instant précis, puisqu'ils avaient appris son adresse grâce à feu Jaycob Eklund.

— T'en penses quoi ? demanda Sumner.

Richard, qui avait lu assez d'infos sur les affaires de Tobey Thayer et sa vie personnelle pour servir de nègre au cas où le marchand de meubles se mettrait en tête d'écrire ses mémoires, reluquait une fille qui passait dans la rue, les cheveux noués en un chignon lâche, une paire de gros écouteurs faisant office de cache-oreilles improvisé. Elle portait une veste matelassée blanche qui ne lui descendait qu'à mi-cuisses, juste au-dessus du bas de sa jupe bleu marine. Ses jambes étaient prises dans un collant blanc, ses pieds disparaissaient dans des boots peu pratiques montant jusqu'aux chevilles. Un beau petit lot. Dix-neuf ans, peut-être vingt.

Elle doit se cailler les miches, pensa Sumner.

L'expression du visage de Richard tandis qu'il suivait la progression de la fille se composait à parts égales de regrets et de concupiscence. Ce type avait de gros problèmes. Sumner devrait en parler à Jesse quand ils auraient fini ce boulot, et peut-être même à Sally et Madlyn aussi. S'il avait maintenant une opinion un peu plus indulgente sur Richard, il ne l'appréciait toujours pas assez pour le regretter plus de deux minutes s'il devait disparaître. Il n'était même pas sûr que Sophia elle-même le regretterait. Si Richard jouait encore au con…

Eh ben quoi ? Routh était mort. Peu importait qu'on n'ait pas encore retrouvé son corps. Sally avait dit qu'il était mort. Elle l'avait su par Eleanor, et c'était aussi sûr que de l'or à la banque. C'était à cause de la perte du Cousin que Richard et lui étaient en route pour zigouiller Tobey Thayer, mais Sumner ne voulait pas que faire le sale boulot des Frères devienne une habitude. Il y avait bien Steven Lee mais, question planification, zéro. Richard, par contre, s'était montré efficace pour l'élimination d'Eklund – sauf que le détective était enchaîné lorsque la lame lui avait tranché la gorge et qu'il entretenait déjà des relations étroites avec la mort, grâce à Sally. Néanmoins, la façon dont ça se passerait avec Thayer serait dans une grande mesure déterminante pour savoir si on pourrait faire confiance à Richard à l'avenir – à supposer qu'il puisse garder son zob dans son calbute plus de cinq minutes, même si Sally avait promis que cette série de meurtres rendus nécessaires par les circonstances pouvait leur assurer des années de paix.

La fille tourna le coin de la rue et disparut, brisant le charme.

— Hein ? fit Richard.

— Je disais : qu'est-ce que t'en penses ?

— Je pense qu'on doit le faire, répondit Richard. C'est pour ça qu'on est ici, non ?

— Alors OK. Plus vite ce sera fini, plus vite on sera à la maison.

Avec un peu de chance, ils seraient de retour avant la nuit.

74

Le jardin et la maison de Michelle Souliere grouillaient de policiers. Une foule de curieux s'était rassemblée sur le trottoir et des voisins, appuyés aux grilles, observaient les allées et venues.

Il ne fallut pas longtemps à la brigade criminelle de la police de Waterbury pour grignoter Valenzuela en hors-d'œuvre et passer au plat principal que constituait Parker. Après un échange de quelques mots avec le premier agent arrivé sur les lieux, il avait été confié à la brigade. Il eut ensuite une brève conversation avec l'inspectrice Alicia Kohner et son collègue Emile Rolde et ne fut pas franchement étonné de se retrouver à l'arrière d'une voiture banalisée qui le conduisit au poste d'East Main Street, où on le fit asseoir devant un café tiède dans une petite pièce meublée d'une table et de quelques chaises. Il n'avait pas été menotté, on lui avait clairement signifié qu'il n'était pas en état d'arrestation, mais la porte était fermée à clé et il se préparait à fournir des réponses, qu'on jugerait sans doute insatisfaisantes, à des questions très directes. Parker avait déjà passé mal de temps dans des pièces semblables, des deux côtés de la table. Il préférait être l'interrogateur plutôt que l'interrogé, mais, en même temps, c'est le cas de la plupart des gens.

On lui avait pris son téléphone et il s'était félicité d'avoir effacé le numéro d'Angel de la liste d'appels. Il se demandait si Angel et Louis avaient réussi à trouver Tobey Thayer et à le prévenir du danger qu'il courait peut-être. Parker saurait bientôt quand on lui permettrait d'appeler Moxie Castin.

Penser à Moxie le ramena à Ross et à sa réticence obstinée à ne pas impliquer la police dans les recherches pour retrouver Jaycob Eklund. Il savait que l'agent du FBI protégeait ses arrières mais, depuis leur dernière conversation, la situation avait changé avec la découverte du corps de Michelle Souliere. Il était tout à fait possible qu'Eklund ait assassiné l'universitaire. Et même s'il n'était pas coupable, il deviendrait suspect dès que Parker livrerait son nom à la police.

Pourtant, Ross avait aussi suggéré qu'il valait mieux pour Parker que la police ne s'intéresse pas à Eklund. Parker n'avait jamais rencontré le détective. Le seul lien entre eux, c'était Ross. Parker ne pouvait qu'en conclure qu'il se faisait baiser dans les grandes largeurs par Ross, un type qui était peut-être devenu un électron libre au sein du FBI. Il se demandait quelle peine on encourait pour complicité d'actes visant à affaiblir une institution fédérale : probablement un sale truc, avec fenêtre donnant sur la cour.

La porte de la salle d'interrogatoire – hé, autant l'appeler par son nom – s'ouvrit, Kohner et Rolde entrèrent. Ils s'étaient tous deux munis de stylos et de papier, mais comme la pièce était certainement équipée pour enregistrer les conversations, les notes qu'ils prendraient seraient à leur propre intention, ou simplement pour la frime. On ne lui avait pas donné lecture de ses droits puisqu'il n'était pas en état d'arrestation, mais il devait quand même parler à Moxie Castin, ne serait-ce que pour obtenir confirmation qu'il pouvait recourir au secret professionnel en l'étirant jusqu'au point de rupture.

Kohner avait une joliesse de blonde, Rolde une beauté de brun ténébreux. Ils avaient à peu près le même âge et au moins dix ans de moins que Parker. S'ils décidaient de se mettre à la colle, ils pourraient faire de beaux enfants.

La danse commença. Rolde demanda à Parker d'expliquer de nouveau ce qu'il faisait chez Souliere. Parker demanda à parler à Moxie Castin. Kohner intervint pour lui rappeler qu'il n'était pas en état d'arrestation et n'avait donc pas besoin d'un avocat. Parker souligna – comme il l'avait expliqué avant qu'on le mette dans une voiture pour le conduire ici – qu'il avait été engagé en sa qualité de détective privé par cet avocat et qu'il était dans l'obligation de clarifier avec lui ce qu'il pouvait révéler sur son client. Suivit un bref débat sur la nature du secret professionnel, mais Parker tint bon. Finalement, on le conduisit à un téléphone et on l'autorisa à appeler Moxie. La secrétaire le mit immédiatement en communication avec son patron dès qu'il se fut identifié, ce qu'on pouvait prendre pour un bon ou un très mauvais signe. Sans préambule, Moxie lui asséna :

— Vous êtes un homme gênant, inquiet et inquiétant que son travail met en contact avec des individus aux principes douteux et au caractère vil. Je crois que vous savez de qui je parle.

— Vous avez reçu de la paperasse ?

— J'ai reçu beaucoup de paperasse et je ne suis pas tout à fait sûr de ce que cela signifie. Ce que je sais, c'est que rien de ce fatras ne nous protégera vous et moi devant un tribunal, mais qu'il contient assez de bla-bla et de propos ambigus pour enfermer les experts de la jurisprudence dans un sac de nœuds pendant des semaines, voire des mois. Pour ce que cela vaut, jusqu'à ce que quelqu'un réussisse à desserrer les nœuds, vous êtes employé par mon cabinet, en qualité de tiers indépendant, pour enquêter sur la disparition d'une nommée Claudia Sansom et la découverte de son cadavre dans une fosse peu profonde. Ce cabinet a été lui-même engagé comme sous-traitant par le Bureau fédéral d'investigation pour suivre – je cite – « à sa discrétion toute piste pertinente en lien avec l'affaire Sansom »...

— Cela explique pourquoi cette affaire Sansom tombe sous la juridiction du FBI ?

— Elle a disparu dans le Massachusetts, on l'a retrouvée dans le New Hampshire. La géographie est notre alliée.

Parker devait reconnaître que c'était habile de la part de Ross. Cela lui permettrait au besoin de justifier sa présence devant la porte de Souliere et de mentionner Eklund sans révéler que celui-ci faisait aussi l'objet d'une enquête. Eklund avait prodigué une aide professionnelle à Oscar Sansom. Il avait parlé à Souliere. Parker, lui, avait seulement cherché à établir si cette femme savait quoi que ce soit sur l'affaire Sansom. Il avait fait ce que tout bon détective, privé ou non, se doit de faire : remonter toutes les pistes, interroger à nouveau chaque témoin, ne serait-ce que pour éliminer les témoignages non pertinents.

— Et Angel et Louis ? demanda-t-il. On les a contactés ?

— Vos amis dérangés ? Non, pourquoi ?

Kohner apparut dans le couloir et tapota sa montre. Temps autorisé terminé.

— Je crois que nous devons assurer la sécurité d'un nommé Tobey Thayer, se hâta d'ajouter Parker. Je leur ai demandé de s'en charger.

— Vous pourriez communiquer cette information à la police.

— Ce serait peut-être une erreur.

— Tout de même.

— C'est compliqué.

— Compliqué niveau FBI ?

— Exactement.

— J'appelle Angel et Louis. Lorsque j'en saurai plus, je vous en informerai. Je présume que la police de Waterbury est en possession de votre portable ?

Parker lui donna les noms des deux inspecteurs pour qu'il sache qui joindre.

— Appelez-moi, dit Parker.

— Je n'y manquerai pas, promit Moxie. Et arrangez-vous

pour ne pas finir en prison là-bas. Je fais payer mes déplacements.

On lui redonna du café. Parker mit provisoirement la question d'Angel, Louis et Tobey Thayer entre parenthèses pour se concentrer sur les questions qu'on lui posait. C'était surtout Kohner qui parlait, Rolde intervenant au besoin. Sous leur apparence carrée, ils étaient retors. Parker se rendait compte qu'ils flairaient quelque chose de louche dans ses déclarations sur Eklund, mais qu'ils n'arrivaient pas à trouver quoi. Ce qui aidait Parker, c'était qu'il n'avait pas à mentir, sauf par omission. Lorsqu'il se retrouvait en terrain glissant – par exemple quand Rolde avait voulu savoir pourquoi il avait fait tout le trajet du Maine au Connecticut pour interroger une femme qui ne semblait pas être directement liée à l'affaire Sansom, alors qu'un simple coup de téléphone aurait suffi – il les renvoyait à Moxie Castin.

— Donc, dans toute cette affaire, vous vous êtes contenté de faire ce que M. Castin vous demandait ? suggéra Kohner.

— C'est exact.

— D'obéir à ses ordres ? renchérit Rolde.

— Pas à la façon d'un exécutant nazi, si c'est ce que vous demandez.

— C'est un de vos principes ?

— C'est le minimum, je dirais.

— Monsieur Parker, nous savons qui vous êtes et ce que vous faites. Nous savons aussi qu'aucun représentant d'une quelconque force de l'ordre n'a jamais obtenu de vous une réponse claire à ses questions. Seriez-vous allergique à la transparence ?

— Je suis peut-être en train de tourner la page avec vous. Vous devez croire en la capacité d'un homme à entamer une révolution personnelle.

Kohner eut un grognement. C'était assez mignon, dans le genre grossier.

— Parlez-nous de Jaycob Eklund, dit Rolde.

Retour à Eklund. Aux yeux de Parker, l'inspecteur était passé d'intelligent à trop-intelligent-pour-son-propre-bien. Et de savoir que le système finirait par ramener le flic dans le rang ne le consolait pas spécialement.

— Je ne sais pas grand-chose sur Eklund à part ce que j'ai découvert en marchant sur ses brisées.

— On pense qu'il a disparu – vous étiez au courant ?

— Je ne lui ai jamais parlé.

— Vous ne répondez pas à ma question.

— Je sais seulement que personne ne l'a vu depuis un moment.

— Cela fait une semaine que personne ne l'a vu, ni chez lui ni à son bureau. Il ne répond pas au téléphone. Sa messagerie n'a pas été vidée. Fait curieux, la réceptionniste de son immeuble de bureaux avec services se rappelle avoir reçu de lui cette semaine-là un coup de fil lui demandant de faire entrer deux messieurs dès leur arrivée. Ce qui est bizarre, c'est qu'Eklund ne se trouvait apparemment pas dans l'immeuble quand elle a reçu cet appel. Qu'en pensez-vous, monsieur Parker ?

— Je pense que vous avez bossé dur pendant que j'attendais ici tout seul.

— Comme nous l'avons déjà souligné, vous ne vous montrez pas très coopératif avec nous. Êtes-vous à la recherche de Jaycob Eklund, monsieur Parker ?

— J'enquête sur la disparition et la mort de Claudia Sansom. Eklund était proche de son mari. Dans le cadre de mes investigations, j'aimerais lui parler. Jusqu'ici, je n'ai pas eu cette chance.

— Vous êtes-vous rendu récemment dans l'immeuble du bureau d'Eklund ?

— Je me suis renseigné sur lui, tout comme vous.

— Avez-vous pénétré dans son bureau sous un prétexte quelconque ?

— Non, mentit Parker.

Et bonne chance pour retrouver l'appel censé provenir d'Eklund. Parker n'avait enfreint aucune loi en entrant dans cet immeuble, du moins pas d'une manière pouvant être prouvée. C'était seulement à partir du moment où il franchissait la porte de ce bureau que les ennuis pouvaient commencer.

— Vous en êtes sûr ?

— Oui.

L'immeuble de bureaux d'Eklund était chichement géré, avec un strict minimum de surveillance par caméras, et Parker était prêt à parier que la jeune réceptionniste serait incapable de l'identifier formellement si la police décidait de lui montrer une photo. Il n'était pas très content de mentir aux inspecteurs, mais c'était le premier vrai mensonge auquel il avait été contraint et c'était un risque calculé. S'il admettait un méfait, il risquerait alors d'avoir une autre conversation gênante dans une autre pièce appelée par euphémisme « salle d'interrogatoire », cette fois face à la police de Providence.

— Eklund pourrait avoir tué Michelle Souliere ? demanda Kohner.

— Je ne vois pas pour quelle raison, répondit-il.

Ce qui était vrai, mais cela ne signifiait pas qu'Eklund ne faisait pas un suspect possible.

Il voyait bien que les deux inspecteurs se sentaient de plus en plus frustrés.

— J'ai bien conscience qu'on ne le dirait pas, poursuivit-il, mais nous sommes du même côté, tous les trois. Je ne protège pas Eklund, je ne sais même pas où il est. Si je le trouve, j'en aviserai M. Castin, qui, à son tour, transmettra ces informations à la police. Aucun de nous n'a intérêt à faire obstacle au cours de la justice.

Kohner émit un nouveau grognement, moins mignon que le premier, et interrogea du regard son coéquipier. Il haussa les épaules. Parker n'avait commis aucun crime dans la ville de

Waterbury ni dans l'État du Connecticut, tant qu'on passait sur les petits mensonges faits à la police et sur les péchés par omission. Ils ne pouvaient pas le garder et ils le savaient, mais ça ne signifiait pas qu'ils devaient en être enchantés.

— Bon, je pense que nous allons vous libérer, annonça l'inspectrice.

Elle l'accompagna jusqu'à la porte, l'ouvrit pour lui. Rolde resta où il était tandis que Kohner escortait Parker. Dans le couloir, elle lui demanda à voix basse :

— Sérieusement, et entre nous, qu'est-ce que vous foutez ici ?

Sans se laisser démonter, Parker estima que ça valait peut-être le coup de ne pas brûler tous ses ponts à Waterbury.

— Je cherche Eklund.

— Il est soupçonné d'un crime ?

— Il ne l'était pas jusqu'à ce que j'aie vu le cadavre de Michelle Souliere.

— Castin jouera franc jeu avec nous ?

— C'est un avocat : il ne jouerait même pas franc jeu avec vous si vous le payiez pour ça. Mais il fait partie des bons. Il vous dira ce qu'il peut.

— Et vous ? Vous jouerez franc jeu ?

Parker marqua une pause. Ils étaient arrivés à la dernière porte avant le hall d'entrée.

— Je ne veux pas que ce qui est arrivé à Michelle Souliere reste impuni.

— Je suppose que je dois me contenter de ça ?

— Vous supposez bien.

75

Parker récupéra son portable et son pistolet. Le Connecticut n'avait pas d'accord d'équivalence avec le Maine pour le port d'arme, mais Parker bénéficiait d'un permis de non-résident dans la plupart des États. Son arme ne posait donc pas de problème, mais Kohner l'avait informé qu'ils vérifieraient son statut légal, pour plus de sûreté. La nouvelle n'avait pas contribué à ce qu'il se sente plus aimé à Waterbury.

Personne ne se proposa pour le reconduire à sa voiture, qui était restée garée près de chez Souliere. Ça n'aurait rien d'un trajet éreintant : le poste de police de Waterbury se trouvait dans East Main, et de l'endroit où il était il apercevait la flèche de l'église Sainte-Anne de South Main, juste en face de l'autoroute Yankee. Il pouvait faire le chemin à pied, mais ça n'aurait pas tué Kohner ni son collègue de lui épargner cet effort.

Il avait encore son téléphone dans la main, prêt à appeler Angel et Louis, quand il vit la voiture. C'était une Chrysler Imperial noire 1966, en parfait état. Un moment, Parker pensa qu'il venait de recevoir un coup sur la tête et qu'il se retrouverait bientôt face à une version hallucinatoire du Frelon vert. Puis une vitre teintée s'abaissa et il se rendit compte, s'il ne l'avait déjà fait, que c'était une de ces journées où il était destiné à ne pas avoir un seul moment pour souffler.

Mère était assise à l'arrière de la voiture.

Parker considéra son portable. Il fallait absolument qu'il appelle Angel et Louis, et cependant il semblait déconseillé de faire attendre Mère, bien qu'elle n'eût pas même regardé dans sa direction, et si le vent froid passant par la fenêtre la gênait, elle n'en montrait rien. L'implication était claire pour Parker : sa compagnie était requise. Au moins, quelqu'un le ramènerait à sa voiture.

Le chauffeur descendit de la Chrysler dès que Parker approcha. Le détective ne le reconnut pas, il n'avait pas fait partie de la bande de Philip à Providence. La cinquantaine, large d'épaules, il avait l'allure d'un dur de la vieille école : le genre de type qui avait proféré tant de menaces et infligé tant de corrections dans sa vie qu'il ne pouvait même plus sourire à un enfant sans que celui-ci s'enfuie à toutes jambes. Il tendit une main grosse comme un battoir et attendit. Lentement, Parker dégaina son arme, éjecta le chargeur et la balle de la chambre, rangea l'une et l'autre dans une poche de sa veste et remit le flingue dans son étui.

— C'est tout ce que tu auras, dit-il.

« Et c'est déjà plus que ce que j'ai envie de te donner », aurait-il pu ajouter.

L'homme se tourna vers Mère pour avoir confirmation que ce compromis était acceptable et reçut une réponse sous la forme d'un hochement de tête quasi imperceptible. Il ouvrit la portière pour le détective, la referma derrière lui avant de retourner s'asseoir à l'avant. La vitre remonta, la Chrysler Imperial déboîta. Il flottait dans l'habitacle une légère odeur de vieux cuir mêlé au parfum de Mère.

— J'ai pensé que vous aimeriez que je vous reconduise à votre véhicule, dit-elle.

— Tant que vous ne vous mettez pas trop en frais pour moi…

Dans le rétroviseur, le regard du chauffeur se porta sur

Parker, comme pour le mettre en garde contre des traits d'humour inappropriés en présence de Mère.

— J'ai appris, pour la nommée Souliere, reprit-elle. Avez-vous pu lui parler avant sa mort ?

— Non.

— Peu importe. Je ne suis pas sûre que vous en auriez appris plus qu'Eklund.

La remarque apportait la preuve que Mère, ou l'un de ses proches, avait examiné les dossiers restés chez Eklund peu après que Parker avait lui-même fouillé la maison avec Angel, ou juste avant. Avant, probablement, car Mère ne lui paraissait pas du genre à aimer passer après les autres. Il doutait que Philip ait été chargé de cette tâche, il aurait laissé un vrai chantier derrière lui.

Parker regardait défiler Waterbury. Il avait l'impression d'avoir besoin d'une douche. Se retrouver coincé dans une salle d'interrogatoire, dans quelque rôle que ce soit, le faisait toujours se sentir sale. Peut-être parce que les pores sécrétaient quelque chose sous l'effet du stress, peut-être à cause de la promiscuité imposée à trois personnes dans une pièce où tant d'autres avaient transpiré avant elles.

— À propos, je ne sais pas trop comment vous appeler.

— Pardon ?

— Comme je l'ai déjà fait remarquer, je ne peux pas vraiment vous appeler Mère.

Il connaissait son nom, grâce à Ross, mais il ne voulait pas lui révéler qu'il s'était renseigné sur elle, même si elle devait s'en douter.

— Ce n'est pas un problème, répondit-elle. Nous ne deviendrons jamais proches.

Parker s'efforça de ne pas paraître blessé. Ce fut plus facile qu'il ne l'avait pensé, et il avait pensé que ce serait très facile.

— Avez-vous progressé dans vos recherches ? s'enquit-elle.

— Elles se poursuivent.

— Ne soyez pas facétieux, monsieur Parker. Je n'ai pas la patience pour ça.

— À ma connaissance, je ne suis pas entré à votre service.

— Lors de notre dernière rencontre, vous avez décliné mon offre d'emploi et je vous ai prévenu que je continuerais à m'intéresser à vos activités. Mes obligations envers M. Webb demeurent, et elles vous concernent aussi.

Parker abdiqua :

— Je crois qu'il y a quelque part des individus liés aux Martyrs de Capstead, ou aux Frères, ou quel que soit le nom que vous ou quiconque d'autre choisissez de leur donner. Ils ne veulent pas qu'on mette le nez dans leur histoire, et c'est pour cela que Souliere a été assassinée. Si Eklund est mort, il a été liquidé pour la même raison. S'il n'est pas mort, il se peut que ce soit lui qui ait tué Souliere. Tant qu'il sera porté disparu, il restera suspect, aux yeux de la police sinon aux miens.

— Vous ne croyez pas qu'il ait pu commettre cet acte ?

— Cela me semble peu probable.

— Et le frère de M. Webb et sa famille ? Quels liens ont-ils avec les Frères ?

— Si nous supposons que MacKinnon est mort, il peut s'agir d'un manque de chance dans son cas, d'un châtiment pour sa femme et son fils. Elle continuait à rechercher son mari, ils ont voulu que cela cesse. Pour autant, je ne comprends pas pourquoi ils ont pris pour cible quelqu'un qui ne constituait pas une menace pour eux. S'ils ont bel et bien exécuté MacKinnon, sa mort leur a causé plus d'ennuis qu'autre chose.

« À cela s'ajoute un certain nombre de disparus : MacKinnon, Eklund, Claudia Sansom, avant qu'on ne découvre son cadavre. Et Eklund avait repéré d'autres disparitions dignes d'intérêt. Si même un quart seulement est dû aux Frères, leur nombre reste important et suggère des actes délibérés. Pas facile d'instruire une affaire sans cadavre, mais ils en ont laissé quelques-uns dans leur sillage.

Il avait délibérément cité Claudia Sansom pour voir comment Mère réagirait.

— Vous pensez qu'il existe un lien entre Claudia Sansom et les autres ?

Donc Mère était au courant pour Sansom, ce qui confirmait qu'elle avait pris connaissance des dossiers d'Eklund.

— C'est Eklund le lien.

— Pourtant, dans ce cas précis, il n'a pas signalé d'apparitions. Il n'y a pas eu de spectres, pour cette femme.

Parker fut tenté de la corriger. Selon lui, il y avait eu des fantômes dans tous les cas, quoique rarement de l'espèce inquiétante. Il se contenta de répondre :

— Elle était importante aux yeux d'Eklund, et ce qui était important pour lui l'est pour moi.

Ils étaient déjà passés depuis longtemps devant la maison de Souliere et le chauffeur roulait vers le sud le long de la rivière Naugatuck. Parker espérait qu'il reprendrait la direction du nord avant qu'ils aient quitté l'État, sinon la perspective de retourner à sa voiture en partant du poste de police de Waterbury se profilerait lugubrement à l'horizon. Malgré le froid, Parker essaya vainement de baisser sa vitre. Dans l'espace confiné de la voiture, le parfum de Mère passait d'écœurant à insupportable. Mais à mesure qu'il devenait plus envahissant, la puanteur qu'il était censé masquer croissait aussi. Mère empestait la sueur, le vomi et la maladie, sans qu'on pût savoir si cela venait d'elle ou de ses vêtements. Parker soupçonnait fort qu'elle provenait en grande partie des seconds. De près, il discernait des taches sur sa robe : de la nourriture, de l'huile ou de la graisse, et d'autres liquides qu'on ne pourrait identifier sans l'aide d'un laboratoire, mais qui avaient presque certainement une origine corporelle. Si ce n'était pas elle qui les avait sécrétés, c'était Caspar Webb. Depuis combien de temps portait-elle cette robe ? Depuis la mort de Webb ? Ou peut-être la gardait-elle pour des occasions particulières. Parker devait lutter contre une envie de s'écarter d'elle ou de casser la vitre. Il opta finalement pour la respiration buccale et essaya de ne plus se focaliser sur la nature particulière de ces remugles.

— Vous ne m'avez toujours pas dit qui vous a engagé pour rechercher Eklund, fit observer Mère. Bien que j'aie mon idée là-dessus.

— Je ne la confirmerai pas.

— Julian pourrait vous y contraindre.

Elle indiqua le chauffeur, qui jeta un nouveau regard mauvais à Parker dans le rétroviseur.

— Julian ? s'étonna Parker. Il s'appelle vraiment Julian ? Pas étonnant qu'il ait l'air si mécontent.

Julian sourit. Ce n'était pas un gentil sourire. Si Mère le détachait de sa laisse, il risquerait de faire des dégâts, mais Mère abandonna le sujet, laissant Julian – ou Julie, comme Parker l'appelait désormais, quoique *in petto* – bouillonner.

— J'ai une question pour laquelle j'ai vraiment besoin d'une réponse franche, déclara-t-elle.

— Je ferai de mon mieux.

— Qu'avez-vous dit à la police de Waterbury sur M. Webb, ou sur moi et mon fils ?

— Rien. Vous n'êtes pas venue dans la conversation. Bien entendu, si vous aviez fait assassiner Michelle Souliere, votre nom aurait dû être prononcé.

— Je suis ravie d'entendre que vous nous avez tenus en dehors de cette histoire.

Parker ne précisa pas qu'il avait en revanche longuement parlé d'elle avec Ross, puisque ce n'était pas la question qu'elle lui avait posée. Il nota aussi qu'elle n'avait pas réagi à la seconde partie de sa réponse.

— Et Michelle Souliere ? lança-t-il.

— Vous savez, je pense, que je n'y suis pour rien.

— Votre fils, alors ?

Ce fut comme regarder un iceberg trembler après une collision invisible avec les profondeurs de l'océan.

— Mon fils ne se préoccupe pas assez de cette affaire pour s'y impliquer.

— De quoi se soucie-t-il ?

— De sa réputation.

Bien que Mère gardât le visage détourné en parlant, Parker pouvait le voir reflété dans la vitre. Il y lut une expression qu'il avait déjà remarquée avant : l'amour empoisonné par la déception.

— J'ignorais qu'il avait une réputation.

— Cela fait partie du problème.

— Et il se soucie de vous ?

— Il m'aime.

— Ce qui constitue une autre partie du problème.

— L'amour recouvre une multitude de péchés.

Julian s'engagea dans un parking donnant sur la rivière et arrêta la voiture. Ce qui ne plut pas du tout à Parker. Il suffirait que le chauffeur se retourne brusquement avec une arme… La carrosserie de la Chrysler étoufferait en grande partie le bruit des détonations, réduit ou non par un silencieux. Avec des balles à haute vélocité ou à pointe creuse, sa mort ne laisserait pas même une trace sur le cuir de la banquette. Mais Julian garda les mains sur le volant et les yeux sur la Naugatuck.

— Je m'inquiète pour Philip, avoua Mère.

— Ne le prenez pas mal, mais si c'était mon fils, je m'inquiéterais aussi.

— Nous avons des problèmes à régler. Il est essentiel que nous disposions de temps et d'espace pour le faire.

— Sans que la police pose des questions embarrassantes, vous voulez dire.

— Sans que *quiconque* pose des questions embarrassantes.

— Caspar Webb était un criminel, et vous êtes engagée dans le démantèlement d'un empire criminel. Rien de ce que vous ferez ne passera inaperçu. Beaucoup de gens seront curieux de voir la suite.

— Y compris votre employeur ?

Elle se tourna pour lui faire face et il la regarda dans les yeux. Parker en avait soupé de la compagnie de Mère. Il changea de position. Si Julian esquissait un geste qui ne lui plaisait pas, il aurait le temps de lui asséner un coup de poing sur la tempe qui l'étourdirait suffisamment pour qu'il puisse ensuite s'occuper sérieusement de son cas.

— Mon employeur ne s'intéresse qu'à Jaycob Eklund. Disons qu'il voit le tableau d'ensemble, et Eklund y occupe une place. Ce n'est le cas ni pour vous ni pour votre fils. Caspar Webb non plus. Comme lui, vous mourrez, votre fils mourra et vous serez tous oubliés. Votre mare s'asséchera, et votre fils ne sera pas assez intelligent pour le remarquer. Il ne s'en rendra compte que lorsqu'il suffoquera dans la boue. Je ne serai pas là pour le voir, et vous non plus, si vous avez de la chance. Finalement, tout cela n'aura aucune importance.

Parker se tut mais continua à surveiller Julian, dont les mains n'avaient toujours pas lâché le volant.

La réponse de Mère, quand elle vint, ne fut pas celle à laquelle il s'attendait :

— Bien, dit-elle.

Elle tapota le dossier du siège de son chauffeur. Il fit demi-tour et prit la direction de South End, s'arrêta au bout de la rue de Souliere. La voiture de Parker était garée juste derrière le cordon de police, entourée par des camions des chaînes télévisées et des curieux. Il était à peu près sûr qu'aucun journaliste des médias locaux ne savait qui il était, mais il garda la tête baissée, pour plus de sûreté.

Julian descendit de la Chrysler et ouvrit la portière de Parker.

— Quand vous aurez découvert ce qui est arrivé au frère de M. Webb et à sa famille, je vous serais reconnaissante de m'appeler pour me le faire savoir, dit Mère.

— Si je le découvre.

— J'ai foi en vous, monsieur Parker. Vous aspirez à la complétude.

La portière se referma. Julian gratifia le détective d'un dernier regard mauvais censé lui porter malchance, puis remonta dans la voiture et démarra. Parker regagna la sienne, rechargea son arme, la remit dans son holster avant d'appeler Angel et Louis.

Ce fut Angel qui décrocha.

— C'est moi, dit Parker. On en est où ?

Il entendit en fond sonore des sirènes et des cris de femme.

— Ben, j'ai une bonne et une mauvaise nouvelle, annonça Angel.

76

Sumner s'était toujours considéré comme un homme rationnel, organisé : il est difficile de réussir dans le bâtiment si on ne possède pas ces qualités. En même temps, il peinait parfois à maintenir l'équilibre entre le monde matériel du béton et du bois, des mètres, des centimètres et des angles, et une existence dans laquelle des fantômes existaient. Il n'avait jamais tué personne, mais il avait été complice de plus de morts qu'il ne voulait bien l'admettre, et s'apprêtait à s'impliquer profondément dans au moins un meurtre de plus. C'est étrange, pensait-il, ce à quoi l'esprit humain peut s'habituer au besoin.

C'était maintenant lui qui tenait le volant du Blazer. À côté de lui, Richard fredonnait pour lui-même et se trémoussait d'excitation sur son siège. Ce type déborde de rage, se dit Sumner. Si c'était une bonne chose qu'il lui ait trouvé un exutoire, son enthousiasme patent pour faire de Tobey Thayer sa deuxième victime suggérait que Richard avait simplement troqué un problème contre un autre.

Thayer vivait loin du centre, dans une vaste maison isolée en retrait de la route, entourée d'arbres et d'arbustes qui ajoutaient encore de l'intimité au lieu. Les doubles grilles en fer forgé étaient ouvertes à leur arrivée et ils découvrirent une courte allée menant au bâtiment. Sumner, dont la propre maison avait juste les bonnes dimensions pour une famille de quatre personnes, considéra celle de Thayer et conclut que c'était ce à quoi il fallait s'attendre avec un type qui pondait des pubs vulgaires pour des meubles discount : au moins six chambres, estima-t-il, et assez de salles de bains pour en changer chaque jour de la semaine. Deux voitures étaient garées devant et, sur la droite, il y avait un garage séparé pour deux autres véhicules, et dont les portes étaient fermées.

Un article de journal leur avait appris que Thayer et sa femme vivaient maintenant seuls. Il avait confié au journaliste que les enfants avaient déserté le nid et qu'il était peut-être temps d'envisager une réduction de la taille du foyer. Il avait aussi fait état de vagues aspirations à visiter l'Europe, ou même l'Asie, qui ne se réaliseraient jamais, en tout cas pas si Richard et Sumner s'en mêlaient. À aucun moment, toutefois, Thayer n'avait fait allusion au don qui avait amené la mort à sa porte. Selon toute apparence, il n'était qu'un commerçant ordinaire, dont l'épouse s'était vue contrainte de faire le choix de la femme mûre entre son visage et son corps, et qui, à en juger par les photos illustrant l'article, avait opté pour le corps. Elle n'était pas mal du tout du bas du cou aux orteils – un peu maigre au goût de Sumner, avec sur les bras des veines saillantes qui lui auraient donné des frissons s'il avait dû les toucher – mais ses traits avaient l'expression tendue, rapace, d'une femme passant trop de temps à regretter de ne pas pouvoir manger à sa faim.

Thayer avait rappelé Sumner un quart d'heure après seulement. Il avait l'air de soigner un rhume de cerveau, qu'il qualifiait cependant de grippe, alors que Sumner, qui n'était pas médecin, aurait pu lui dire qu'il se trompait de diagnostic. La vraie grippe, Sumner l'avait eue deux ans plus tôt et il lui avait fallu une semaine avant de recouvrer assez de forces pour quitter le lit, sans parler de rappeler un inconnu afin de lui fourguer deux ou trois meubles endommagés. Cela leur avait au moins appris que Thayer se trouvait effectivement chez lui. Dans un monde idéal, sa femme serait ailleurs, mais, d'après les véhicules garés dans l'allée – une Lexus et un roadster BMW Z4, une voiture de femme –, il semblait bien que madame tenait compagnie à monsieur dans la maison.

Richard n'était en rien perturbé par la présence de l'épouse. Les tuer tous les deux ne lui poserait aucun problème, assura-t-il à Sumner, ce qui ne rassura pas ce dernier sur le fonctionnement du psychisme de Richard. Sumner suggéra d'attendre la tombée de la nuit pour pénétrer à l'intérieur, Richard argua que le couple était au foyer et que les arbres empêchaient de voir la maison de la route. Il souligna aussi que plus ils traînaient dans le coin, plus ils risquaient d'être remarqués par quelqu'un qui, plus tard, se souviendrait d'eux, ce que Sumner trouva sensé : Richard n'était peut-être pas complètement frappé, après tout.

La décision fut donc prise : ils liquideraient les Thayer tout de suite, et terminé.

Tobey Thayer raccrocha après avoir compati au malheur du type dont le mobilier avait récemment été détruit par un incendie, lui avoir assuré qu'il serait en forme olympique dans un jour ou deux et qu'il s'engageait à répondre à tous ses besoins en matière de meubles discount. Habillé, assis dans son bureau, il regardait distraitement un film à la télé en faisant monter le tas de mouchoirs en papier imbibés de mucus dans la corbeille posée à ses pieds.

Il sentait venir le mal de tête, et pas seulement à cause de ses sinus obstrués. Il avait des picotements dans les doigts et les orteils, un goût de métal dans la bouche. La pièce tournoyait autour de lui ; le téléphone sonna de nouveau, sauf que ce n'était plus le bip électronique familier, mais un bruit plus ancien remontant à son enfance : la sonnerie du vieux téléphone noir à cadran rotatif de ses parents.

Il décrocha le combiné. Entendit des vagues se briser et – au loin – une femme qui chantait. Aussitôt il fut transporté dans une chambre du quartier de Fishtown à Philadelphie, où plusieurs générations de la famille de son père avaient vécu, ses ancêtres les plus lointains faisant partie des Germano-Américains qui avaient acheté des droits de pêche dans la Delaware à la fin du dix-huitième siècle. Sa mère, elle, était d'origine anglaise, héritage qui la singularisait au sein d'une population majoritairement catholique irlandaise. C'était elle qui avait chanté pour lui bien après qu'il eut passé l'âge des berceuses, c'était elle qui chantait maintenant, par-dessus le temps, l'espace et la mort :

N'aie pas peur du sifflement du vent
Qui pousse les feuilles contre la porte,
N'aie crainte du bruit de la mer,
Des vagues solitaires qui balaient la côte…

Mon Dieu, il connaissait cet air : « Dors, mon bébé ». Sa mère le lui chantait quand il était enfant, et il fut submergé par un sentiment poignant de perte et de nostalgie. Il se surprit à prononcer le nom de sa mère, n'obtint en réponse que le mugissement du vent. La voix faiblissait, devenait indistincte, et Thayer n'aurait su dire s'il entendait encore les mots ou s'il comblait les lacunes en puisant dans sa mémoire :

Dors, mon enfant, tu n'as rien à redouter
Tandis que tu sommeilles sur ma poitrine.
Les anges sourient, n'aie pas peur,
De saints anges veillent sur ton repos…

La voix faiblit encore, et se tut. Le fracas des vagues se mua en un crissement électronique à son oreille. Le sentiment de solitude fit place à de la terreur parce que le sens caché de la chanson ne résidait pas dans les paroles consolantes mais dans l'accent mis sur les mots « peur » et « crainte ».

Quelque chose allait venir, mais il n'y aurait pas d'anges pour veiller sur son sommeil.

Et on sonna à la porte.

77

Sumner et Richard trouvèrent une route secondaire longeant la maison de Thayer. Ils repérèrent au loin un autre bâtiment qui avait l'air d'une ferme, bien que Sumner n'y vît pas trace de bétail. Il se dit que les bêtes restaient peut-être à l'intérieur à cause du temps, mais ce qu'il savait de l'élevage aurait tenu sur un timbre-poste. Même de loin, la ferme et ses dépendances semblaient délabrées, ce qui lui convenait parfaitement.

Une fois certains de ne pas avoir attiré l'attention, Richard et lui firent demi-tour, tournèrent à droite et s'engagèrent dans l'allée de Thayer. Richard avait déjà son pistolet en main : un Glock 19 avec des accessoires perfectionnés que Sumner, qui s'y connaissait encore moins en armes qu'en élevage, estima superflus, et qui n'auraient pas pu être transportés autrement que dans la mallette que Richard avait emportée. Ce flingue, expliqua Richard à Sumner, était équipé d'une glissière ATOM d'unité tactique, d'un viseur point rouge RMR Trijicon et d'une lampe d'arme SureFire X300. Avec au moins une pincée d'ironie, Sumner convainquit Richard qu'il n'aurait probablement pas besoin de ce dernier accessoire puisqu'il tirerait en plein jour. L'arme était chargée de balles polymère-cuivre qui, selon Richard, « déchirent les tissus mous du corps sans pénétrer trop profondément ».

Seigneur.

— Tu devrais le planquer jusqu'à ce qu'on soit dans la baraque, conseilla Sumner.

Parce que quiconque voyant Richard avec ce truc en main barricaderait les portes et appellerait les flics, et ouvrirait peut-être même le feu de manière préventive : on n'a pas tous les jours la chance de pouvoir faire un carton...

Richard avait mis un manteau et il parvint à fourrer la majeure partie de son attirail dans l'une des poches. Se tournant vers Sumner, il lui annonça avec un sourire :

— J'ai pris ça pour toi.

D'une autre poche du manteau, il tira un petit revolver sans percuteur. Sumner trouva que c'était plutôt une arme de femme, surtout si on la comparait au Glock 19.

— J'en veux pas, déclara-t-il.

— Tu vas pas entrer les mains vides, si ?

— Je sais même pas tirer.

— Avec ça, il suffit de viser et de faire feu...

— Je t'arrête tout de suite : j'ai *pas envie* d'apprendre à tirer.

— C'est juste pour la frime, argua Richard. Si nous sommes tous les deux armés, Thayer et sa femme se tiendront tranquilles et feront ce qu'on leur dira.

À contrecœur, Sumner prit le revolver. Il ne pesait presque rien.

— C'est un quoi ?

— Un Smith & Wesson 642. Cinq balles.

— Et le cran de sécurité ?

— Il n'y en a pas.

— C'est pas dangereux ?

— Tu veux qu'on ait cette discussion maintenant ?

Sumner décida que non.

— Je dois garder le doigt sur la détente ?

— Vaut mieux pas. Laisse-le hors du pontet. Souviens-toi : c'est juste pour la frime. Je m'occupe de tout. Tout ira bien, ajouta Richard avec un grand sourire.

Le cœur de Sumner battait follement. Il avait peur, mais il devait reconnaître qu'il était en même temps excité.

Ils s'arrêtèrent devant la maison et Sumner gara l'avant de la voiture face aux grilles. Quoi qu'il pût arriver ensuite, ils repartiraient à toute allure et il ne voulait pas risquer une collision avec l'une des voitures de Thayer. Ils discutèrent pour savoir s'il valait mieux que Sumner reste derrière le volant tandis que Richard s'occuperait des Thayer et parvinrent à la conclusion qu'ils entreraient tous les deux dans la maison, deux hommes étaient plus intimidants qu'un seul. Il fut toutefois décidé de laisser tourner le moteur, au cas où.

Ils sortirent de la voiture.

S'approchèrent de la porte d'entrée.

Sonnèrent.

78

Thayer entendit sa femme descendre l'escalier pour répondre au coup de sonnette. Il ne possédait qu'une arme, un revolver Taurus Public Defender que lui avait recommandé son beau-frère, un juge local à la retraite. Thayer ne s'était jamais servi de cette arme en dehors du stand de tir et avait cessé de la porter des années plus tôt après avoir confié le transfert de ses fonds à une société de gardiennage. Elle restait enfermée dans un coffre en bas du placard de leur chambre parce que sa femme ne supportait pas de la voir.

Quand Thayer voulut appeler Laurie, son épouse, il découvrit qu'il avait la gorge obstruée de glaires et il n'en sortit qu'une sorte de croassement. De toute façon, il ne savait pas trop ce qu'il lui aurait dit, à part lui conseiller de ne pas ouvrir la porte. Elle connaissait son don. Elle n'aimait pas plus en parler qu'elle n'aimait penser à l'arme cachée en bas du placard, mais elle ne doutait pas de la réalité de ce don. S'il la mettait en garde, elle l'écouterait.

Il se dirigea en chancelant vers la porte de son bureau, se cogna au passage à un coin de table et arriva dans le hall au moment même où sa femme tendait la main vers la porte d'entrée. Ils avaient fait installer un système de surveillance par caméras, mais il n'enregistrait plus. Il avait rendu l'âme deux semaines plus tôt, après qu'ils avaient changé de système de protection, et Thayer avait négligé d'appeler le gars qui l'avait installé pour qu'il vienne le réparer. Il y avait un écran dans la cuisine, un autre en haut, mais Thayer n'était à proximité ni de l'un ni de l'autre. Il ne pouvait que supposer que sa femme avait vérifié puis estimé qu'elle pouvait sans risque aller ouvrir.

Sauf que ce n'était pas le cas. Il le sentait.

La porte était en bois massif, avec des panneaux de verre de chaque côté. Il ne voyait personne.

Il essaya à nouveau de parler.

Sa femme parvint à la porte.

Et le monde de Tobey Thayer devint noir quand il s'effondra sur le sol.

79

Sumner sonna une deuxième fois et attendit. N'obtenant pas de réponse au bout d'une trentaine de secondes, il commença à se sentir nerveux. Thayer était chez lui – forcément. Peut-être que le couple se trouvait dans le jardin et qu'il n'avait pas entendu la sonnette. Mais alors, qu'est-ce qu'ils foutaient ? Ils ne jardinaient pas, quand même ?

Il se tourna vers Richard.

— On va passer par-derrière.

80

Thayer ouvrit les yeux. Il était assis contre le mur, les jambes étendues. Sa femme, agenouillée près de lui, lui tamponnait le visage avec un linge humide. Laurie, il la reconnaissait. Pas les deux hommes qui se tenaient derrière elle. L'un était grand, noir, vêtu avec le genre de costume et de manteau qui honoraient rarement son magasin de meubles discount. Le plus petit, d'une origine ethnique incertaine, avait une allure interlope qui aurait incité Thayer à charger un de ses vigiles de le tenir à l'œil s'il avait mis le pied dans son entrepôt. On le sentait capable de planquer un sofa sous sa chemise dès que vous auriez le dos tourné.

— Qui êtes-vous ? demanda le commerçant.

— Je m'appelle Angel, répondit le plus petit.

Thayer cligna des yeux et dit à sa femme :

— Je crois que je me suis cogné la tête.

Richard et Sumner étaient dans le jardin. Tout l'arrière du rez-de-chaussée était occupé par un ensemble cuisine ouverte-salle à manger, avec une partie vitrée, meublée de chaises et de sofas, qui s'étendait jusqu'au jardin : pour l'essentiel, de la pelouse entourée d'un cercle d'arbres pour protéger du vent.

Sumner commençait maintenant à s'inquiéter. Richard et lui n'avaient donné aux Thayer aucune raison de s'alarmer – du moins pas avant qu'ils n'aillent fouiner dans le jardin de derrière –, il n'y avait donc aucune raison pour que le couple se retranche dans les profondeurs de la maison et refuse d'aller ouvrir. Si Richard et lui avaient éveillé leurs soupçons, la police devait déjà être en route, et il valait mieux s'éloigner le plus possible de Greensburg, Pennsylvanie. Mais pourquoi les Thayer auraient-ils pris peur en voyant une voiture dans leur allée ? S'ils étaient à ce point paranos, ils n'auraient pas laissé les grilles ouvertes, pour commencer.

Peut-être n'étaient-ils pas chez eux, finalement, peut-être possédaient-ils plus de deux voitures. Si c'était le cas, Richard et lui devaient trouver un endroit où cacher le Blazer et attendre leur retour. Ce serait peut-être leur seule possibilité de s'occuper de Thayer. Sally leur avait envoyé un texto en apparence innocent pour les informer que Michelle Souliere était morte, et si Thayer n'était pas déjà au courant il le serait bientôt, et lui viendrait alors la révélation qu'il était en première ligne pour connaître un sort semblable. Non, il fallait liquider le bonhomme maintenant. Sumner n'avait aucune envie de se retrouver devant Sally et d'avouer qu'ils avaient foiré, pas après qu'elle et Kirk s'étaient débarrassés de Souliere.

Richard entrevit du mouvement dans la maison : un homme venait de passer de l'escalier à une pièce située à gauche, dont il n'était pas ressorti.

— Il y a quelqu'un, murmura-t-il.

Les entrailles de Sumner se tordirent. Jamais il n'avait eu une envie aussi pressante d'aller aux toilettes. Il comprenait maintenant pourquoi des cambrioleurs coulaient parfois un bronze sur le parquet du salon. Ce n'était pas simplement parce que c'étaient de sales connards, même s'il s'en trouvait forcément quelques-uns parmi eux. L'appel de la nature était juste trop fort pour eux.

Richard indiqua la porte en verre, Sumner essaya la poignée. La porte s'ouvrit sous la pression de sa main gantée. Il fit un pas de côté pour laisser Richard entrer le premier. Celui-ci tenait son Glock à deux mains. Aux yeux de Sumner, il avait l'air de savoir ce qu'il faisait, et c'était tant mieux, parce que Sumner ne se sentait pas capable de supprimer un autre être humain. Il n'était pas comme Richard. Le Smith & Wesson commençait à peser dans sa main, il avait envie de s'en débarrasser au plus tôt.

Dans un bref et dernier éclair de bon sens, il se dit qu'il n'aurait jamais dû donner son accord. Richard était à mi-chemin de la porte de la cuisine.

Sumner, déjà condamné, le suivit.

VI

« C'est terrifiant à voir, mais ce sont des ombres en mouvement, rien que des ombres. Malédictions et fantômes, les mauvais esprits qui ont plongé des villes entières dans le sommeil. »

MAXIME GORKI,
« J'étais hier au royaume des ombres », 1895.

81

Angel expliqua à Tobey Thayer pourquoi ils étaient venus. Thayer n'avait jamais rencontré Michelle Souliere, mais il lui avait parlé au téléphone et il pensait qu'il aurait aimé passer du temps avec elle en tête à tête, ne fût-ce que pour lui dire qu'elle se trompait totalement sur les passages entre ce monde et l'autre. Il n'en aurait plus l'occasion, maintenant.

Sa femme et lui étaient assis dans le bureau en compagnie d'Angel et Louis. Laurie avait fait du café. À un observateur peu attentif, la situation aurait pu paraître normale.

— Je vois des choses, dit Thayer. Je crois que c'est la meilleure façon de qualifier mon don, même si ça ne le décrit pas totalement. J'ai des visions. Parfois, je perçois des couleurs, ou j'entends des bruits, et je dois en extraire le sens.

— Il vous est arrivé de connaître à l'avance le tirage du loto ? demanda Angel.

— Non.

— C'est moche.

— Ouais. Mais j'ai prédit le score du Super Bowl de 1993. Dallas a pulvérisé Buffalo 52 à 17.

— Je suis pas médium et j'aurais pu en dire autant, fit observer Angel.

— Sûrement. Dommage que je ne sois pas joueur.

— Depuis quand connaissez-vous l'existence des Frères ? intervint Louis.

— J'ai l'impression de les avoir toujours connus. Je les voyais en rêve quand j'étais gosse, mais ce n'est que plus tard que j'ai commencé à établir des rapprochements. J'apercevais leurs reflets dans une vitre ou dans l'eau. Au travail, je griffonnais quelques mots sur une feuille de papier et je m'apercevais que j'avais dessiné un visage, une maison. Je me suis mis à noter des dates et des lieux et, peu à peu, je suis devenu capable d'établir un lien entre certaines de mes visions – de mes crises, comme les appelle ma femme – et des événements précis. Ce n'était pas facile, pourtant. Il y a une quarantaine de meurtres par jour dans ce pays, si bien que c'est difficile d'avoir une vision et de *ne pas* la faire coïncider avec un assassinat commis quelque part. Et si vous ajoutez les disparitions, ça devient impossible. Je ne pouvais pas aller expliquer ça à la police, et ce don que j'ai, je n'en parle à personne. Si je pouvais m'en débarrasser, je le ferais. Il ne m'apporte que de la souffrance.

— Et puis Eklund vous a trouvé, dit Angel.

— En fait, c'est moi qui l'ai trouvé. J'avais lu quelque chose qu'il avait posté sur un site il y a un an et j'ai pris contact avec lui. Au début, je marchais sur des œufs, et lui aussi. On aurait dit un rendez-vous amoureux !

Louis haussa un sourcil.

— Sauf que ce n'était pas ça du tout, s'empressa de préciser Thayer, au cas où quelqu'un aurait mal interprété ses propos. Ensemble, nous avons fait des progrès. Nous avons établi des correspondances fiables, et je...

Il s'interrompit et, au regard qu'il adressa à sa femme, Angel et Louis comprirent qu'il ne lui en avait pas parlé.

— Continuez, l'incita Louis.

Thayer avala une gorgée de café.

— J'essayais toujours de contenir ce don au maximum, de l'ignorer. Quand j'avais une crise, je restais un moment étendu ou je regardais la télé pour penser à autre chose jusqu'à ce qu'elle soit passée. C'est comme un muscle, vous savez. Si vous vous en servez, il se développe, il devient plus fort. Je ne voulais pas qu'il se renforce.

« Mais Eklund m'a persuadé de m'ouvrir à mon don. Il voulait que je plonge plus profondément pour découvrir des indices sur ces gens. C'est ce que j'ai fait…

— Oh, non, gémit sa femme.

Thayer l'ignora. Il se délestait de son fardeau, peut-être pour la première fois. Il ne regardait plus personne, et ce qu'il voyait se trouvait à la fois en lui et très loin.

— J'ai commencé à les chercher délibérément. J'attendais que Laurie soit sortie, je venais m'asseoir ici, où c'était sombre et silencieux, je fermais les yeux et j'essayais de me détendre. C'était comme provoquer volontairement un rêve. Parfois, si je m'y prenais bien, je me retrouvais en train de marcher dans une rue au crépuscule, de traverser une ville d'ombres. Il fallait cependant que je sois prudent, parce que, une fois que je m'étais ouvert, elles commençaient à m'appeler, toutes ces voix. Elles sont si nombreuses. Et il ne faut pas les laisser entrer dans votre tête, elles vous rendraient fou. Il faut continuer à avancer sans leur prêter attention, et c'est difficile parce qu'elles souffrent tant. La plupart sont seulement perdues, mais certaines…

Il tremblait. Sa femme se pencha vers lui, posa ses mains sur les siennes pour le calmer.

— Certaines se cachent. C'est ce que font les Frères : ils se cachent.

— Pour échapper à quoi ? demanda Angel.

— Au châtiment.

Louis savait qu'ils auraient dû emmener tout de suite les Thayer loin de chez eux. Ils étaient en danger dans cette maison, ils seraient plus en sécurité dans un motel. Mais il avait aussi conscience que ce qu'il entendait était important. S'ils interrompaient Thayer maintenant, il se refermerait peut-être sur lui-même et ne parlerait plus jamais, ou moins librement, de ce qu'il avait vécu.

— Ça vous rend malade, d'être là-bas, poursuivit Thayer. Ce n'est pas un endroit pour les vivants. Ni même pour les morts. Ce sont des limbes, une sorte de vide sanitaire entre deux mondes. C'est un lieu de fissures et de crevasses, de coins sombres – autant d'endroits où se cacher. C'est là que les Frères se sont retirés. Ils en ont fait leur repaire, loin de ceux qui se sont simplement égarés. C'est une forteresse et elle leur appartient. Ils n'en sortent que lorsqu'ils doivent le faire, quand il y a des meurtres à commettre en leur nom, et c'est alors que j'ai des visions d'eux depuis ce monde-ci. Au début, ils ne se doutaient pas que je pouvais les voir. Ils sont quasiment aveugles dans notre monde, mais pas dans le leur. C'est l'erreur que j'ai commise. Je n'aurais jamais dû les traquer. Et Eklund a eu tort de me le demander. Parce qu'ils m'ont senti venir, et maintenant ils savent.

« J'avais l'impression de marcher dans une ville faite de fumée » : c'est en ces termes que Thayer leur décrivit l'endroit où les Frères se terraient. Il y avait des maisons et des rues, des immeubles, mais ils ressemblaient à des projections sur un écran de brume. Ils miroitaient et leurs lignes, leurs dimensions changeaient. Le ciel était rouge, les collines, au loin, n'étaient guère plus que des taches foncées sur le firmament. Il reconnaissait en partie l'architecture du lieu, en particulier les silhouettes des tours à l'horizon, qui combinaient des éléments pris à plusieurs grandes cités américaines, et il comprenait instinctivement que ce paysage avait été créé à partir des souvenirs de tous ceux qui y déambulaient. C'est pourquoi les gratte-ciel étaient moins détaillés que les petites maisons : ces dernières étaient plus importantes, plus intimes, alors que les tours ne servaient que de toile de fond à la vie quotidienne.

La ville grouillait de spectres, de formes aussi indistinctes que l'environnement dans lequel elles évoluaient. Certaines erraient sans but en prononçant les noms d'êtres chers, tandis que d'autres se tenaient derrière une fenêtre ou sur le seuil des maisons qu'elles avaient fabriquées avec ce qu'elles se rappelaient de leur ancienne vie, et fixaient l'éternité d'un regard vide. Les enfants étaient les pires : Thayer sentait leur détresse et ne pouvait s'empêcher d'y répondre. Ils se tournaient alors vers lui, tendaient les bras, et quand ils le touchaient il avait l'impression que sa force vitale s'échappait de lui et qu'il allait mourir ici, dans cette ville. Le marchand de meubles serait retrouvé sans vie, assis dans un fauteuil de son bureau, et on attribuerait sa mort à une crise cardiaque, à une attaque, mais la vérité serait ailleurs et personne ne la connaîtrait jamais. Il fallait qu'il se dépêtre de ces petites mains et qu'il force son autre moi, assis dans le bureau, à se réveiller. Il avait émergé brusquement, tel un homme ramené à la conscience par un seau d'eau froide. Il ne s'était écoulé qu'une minute ou deux, mais il avait fallu des heures pour que sa peur reflue.

Ça, c'était la première fois.

— Et vous y êtes retourné ? demanda Angel.

— Eklund disait que nous devions en savoir plus. Il avait raison, je suppose, mais il n'avait aucune idée de ce que je ressentais là-bas, ou il ne voulait pas le savoir. Il ne pensait qu'à traquer les Frères. Il m'a convaincu de le faire et, vous savez, moi aussi j'étais curieux. Ce n'était pas seulement sa faute, c'était aussi la mienne.

« La deuxième fois, j'ai poussé mon exploration plus loin, je me suis rapproché de l'endroit où j'avais senti que les Frères devaient se trouver, mais quand j'ai essayé de revenir je n'ai pas pu. J'étais allé trop loin, ou j'étais resté trop longtemps de l'autre côté. Quoi qu'il en soit, je n'arrivais pas à me réveiller. Les enfants sont réapparus et, cette fois, ils étaient accompagnés d'adultes, qui voulaient la même chose. Je crois que j'étais pour eux un phare, un guide. Ils croyaient qu'en me suivant ils trouveraient un moyen de sortir. Et même si je ne pouvais pas les aider à fuir, je représentais la lumière et la chaleur. J'étais *la vie*.

« J'ai été pris de panique, c'est ce qui m'a sauvé. Lorsque j'ai repris conscience, dans mon fauteuil, j'ai pensé à une crise cardiaque. J'avais mal à la poitrine et je vous jure que mon visage était devenu violet. Finalement, j'ai trouvé la force de me traîner jusqu'à mon lit. Quand Laurie est rentrée, j'ai prétendu que je ne me sentais pas bien. Tu te souviens, chérie ? C'était en décembre.

— Je me souviens, répondit-elle.

On aurait dit qu'elle avait envie de le gifler pour sa bêtise et que seule la présence des deux visiteurs l'en empêchait.

— Je... Je suis désolé, bredouilla-t-il.

— C'est le moins que tu puisses faire, répliqua-t-elle.

Angel remarqua cependant qu'elle n'avait pas cessé de lui presser les mains : c'était peut-être un imbécile, mais c'était *son* imbécile.

— Vous en avez parlé à Eklund ? demanda Louis.

— Oui. Et nous sommes parvenus à un accord : je ne traquerais les Frères que s'il était à côté de moi, et nous fixerions une limite au temps que je passerais là-bas. Il est venu ici peu après le Nouvel An, alors que Laurie rendait visite à notre fille à Boston, et nous avons fait un essai. Je me suis assis sur ce même siège, Eklund près de moi. Il m'a dit plus tard qu'il avait su que j'étais parti parce que mes yeux s'étaient ouverts, ce qui, d'après lui, était franchement pénible : être scruté par quelqu'un qui ne vous voit pas. Il a compté jusqu'à dix puis m'a fait revenir.

— Comment ?

— Simplement comme on réveille un dormeur. Il m'a secoué durement, j'ai fermé les yeux, et quand je les ai rouverts j'étais de retour. Je me sentais comme Dorothée dans *Le Magicien d'Oz*, les souliers rubis en moins.

« Avec l'aide d'Eklund, cela semblait moins risqué. Je n'aurais plus à compter uniquement sur moi. Il y aurait quelqu'un pour veiller sur moi. Nous nous sommes mis d'accord sur une durée de vingt minutes, soit le double du temps que j'avais passé là-bas les fois précédentes, mais je savais maintenant où je devais aller. J'avais en tête la configuration du lieu, je me rappelais la route qui me mènerait là où se trouvaient les Frères...

— Et vous faisiez confiance à Eklund ?

— Je n'avais aucune raison de douter de lui, et il ne m'a pas déçu. Il a tenu parole.

Louis et Angel remarquèrent alors que Thayer s'était remis à trembler. Ce n'était qu'un léger frémissement des mains, des bras et de la mâchoire, comme dans les premiers stades de la maladie de Parkinson, mais cela suffit pour inciter sa femme à poser une main sur son visage afin de l'apaiser. Les yeux de Thayer s'écarquillèrent et s'emplirent d'une infinie désolation, comme s'il était contraint de plonger le regard dans une fosse contenant les restes d'innocents.

— Ce qui est arrivé n'est pas la faute d'Eklund, affirma-t-il. Il ne pouvait pas savoir. Ni lui ni moi ne pouvions savoir.

— Quoi ? murmura Angel.

— À quel point ils sont cruels.

Ce fut alors qu'on sonna à la porte pour la deuxième fois.

82

Sumner eut le souffle coupé quand l'homme apparut devant eux et il ne recommença à respirer que quelques secondes seulement après que la silhouette eut disparu dans la pièce jouxtant le hall. S'ensuivit une expiration sonore, semblable au bruit d'une vague se brisant sur un rocher, qui amena Richard à lui lancer un regard réprobateur. Sumner leva une main pour s'excuser, mais tout cela n'avait aucun sens. La sonnette marchait. Il l'avait entendue résonner deux fois à l'intérieur de la maison, et cependant personne n'avait répondu.

Quelqu'un aurait dû venir ouvrir.

Ils feraient mieux de filer.

Tout de suite.

Mais Richard s'était remis à avancer.

Il entrait dans la cuisine.

Longeait la table.

Franchissait la porte.

Se retrouvait dans le hall.

De derrière les doubles rideaux d'une chambre du haut, Thayer et Louis avaient vu les deux hommes s'éloigner de la porte de devant et se diriger vers l'arrière de la maison. Au fond de la pièce, Angel s'efforçait d'empêcher la femme de Thayer de céder à la panique. Le commerçant avait parfaitement vu les armes que ces types tenaient, mais il s'était abstenu de le dire à Laurie. Elle était déjà furibarde parce qu'il avait ouvert le coffre au pistolet et qu'il y avait pris le Taurus, d'autant que l'arme sentait l'huile, ce qui lui avait fait comprendre qu'il l'entretenait soigneusement, au cas où.

— Vous les reconnaissez ? demanda Louis.

— Non, répondit Thayer, mais ce sont des Frères, faites-moi confiance.

Louis ne voyait aucune raison de ne pas le croire. Il se pouvait même qu'ils soient aussi responsables du meurtre de Souliere. Auquel cas, ils étaient engagés dans une sérieuse opération de nettoyage. Il se reprocha de ne pas avoir emmené les Thayer ailleurs quand il en avait encore le temps. À contrecœur, il avait laissé la femme du commerçant appeler la police. Puis il avait dit à Angel de lui remettre son arme : l'audience de New York aurait lieu dans une semaine, il valait mieux ne pas compliquer les choses avec une nouvelle histoire de flingue. Louis, lui, n'avait jamais été condamné pour un crime, bien qu'il en eût commis assez pour purger dix peines de perpétuité. L'arme dont il serrait la crosse était enregistrée, toute la paperasse était en ordre. Ce qui ne rendait pas pour autant plus séduisante la perspective d'une attention policière.

— Ne le prenez pas mal, mais de quel côté de la loi vous situez-vous ? voulut savoir Thayer.

— Cela dépend. Le plus souvent, de l'autre côté.

— C'est ce que je me suis dit quand vous avez récupéré l'arme de votre ami.

— Ne vous inquiétez pas, nous prenons les choses en main.

— Non, pas question, je suis chez moi.

— Je ne crois pas que ces hommes vont nous laisser le choix…

— Vous vous trompez. J'ai le choix. Vous restez ici avec ma femme, vous la protégez.

— Monsieur Thayer…

— Cher monsieur, je n'ai pas vraiment envie d'en discuter.

Louis regarda le pistolet que Thayer tenait dans sa main droite. Le tremblement avait totalement disparu.

— Faisons un compromis, proposa Louis. Vous menez la danse et je vous sers de soutien.

Thayer acquiesça. Louis savait cependant que ça ne pouvait se terminer que de deux façons : les hommes qui se trouvaient dans le jardin finiraient menottés ou morts. Pour Louis, la priorité, c'était que Thayer s'en sorte indemne.

Parce que Parker voudrait avoir une conversation avec lui.

— Hé, fit Sumner.

— Quoi ?

— Le gars, je crois qu'il était noir.

Richard garda un moment le silence. Il n'avait pas bien vu l'homme qui avait traversé le hall, il n'avait remarqué sa présence qu'au dernier moment. Il avait simplement eu l'impression qu'il était grand, du genre vraiment grand, mais Thayer l'était aussi.

— Tu es sûr ?

Du coup, Sumner commença à douter.

— Sûr, non, mais…

Une femme cria dans leur direction, quelque part au-dessus de leurs têtes :

— Partez, maintenant ! Nous avons appelé la police !

— Merde, grogna Sumner.

Pour Richard, l'avertissement ne fit que renforcer sa détermination à agir : la police allait débarquer, raison de plus pour se débarrasser du couple au plus vite. Vivants, les Thayer pourraient donner leur signalement, l'immatriculation de leur voiture… si ce n'était pas déjà fait.

Richard était à mi-chemin du hall quand une voix d'homme lâcha :

— Et merde.

Sumner entendit un coup de feu et Richard bascula contre

le mur de gauche. Sumner avait les oreilles qui sifflaient tandis qu'il regardait Richard lever son arme et tirer. La maison fut soudain envahie d'un maelström de bruits – détonations, verre brisé – qui ne cessa que lorsqu'un morceau du crâne de Richard se détacha et atterrit près de la poubelle de la cuisine.

Sumner avait déjà pris ses jambes à son cou.

Louis regardait Thayer qui se tenait dans l'encadrement de la porte de la salle à manger, le Taurus fumant à la main. Le plan, pour ce qu'il valait, et adopté uniquement sur l'insistance de Laurie Thayer, consistait à essayer d'abord de faire fuir les intrus. S'ils ne décampaient pas, Louis se montrerait juste assez longtemps pour les attirer vers le bureau, où ils se retrouveraient sous la menace de son arme et de celle de Thayer. Au lieu de quoi, le commerçant avait décidé de prendre les choses en main, avec pour résultat qu'un des types gisait maintenant mort dans le hall tandis que l'autre s'enfuyait.

— Restez là ! ordonna Louis, bien que Thayer ne montrât aucune intention de bouger.

Le visage livide, il semblait fasciné par le cadavre, et Louis était sûr qu'il finirait le cul par terre.

Il cria à Angel de descendre, se précipita vers la porte d'entrée pour rattraper le fuyard : elle était fermée à double tour et il perdit de précieuses secondes à l'ouvrir.

Lorsqu'il se rua dehors, le Blazer accélérait dans l'allée, mais il ne tira pas. Il entendait déjà des sirènes approcher. Il retourna dans le hall où, comme il s'y attendait, Thayer était assis sur le sol, Angel à côté de lui. Pour éviter toute complication, Louis courut mettre leurs armes dans le compartiment caché de la Lexus. Le mugissement des sirènes se faisait plus fort, la police serait là dans quelques instants.

Il retourna dans la maison juste à temps pour entendre le portable d'Angel sonner et Laurie Thayer se mettre à hurler.

83

Angel rapporta à Parker l'essentiel des événements, mais il s'interrompit brusquement quand il devint clair que Thayer n'était pas simplement en état de choc et qu'il avait peut-être fait une crise cardiaque. Avant la fin de la communication, Parker eut quand le même le temps de recommander à Angel, lorsque la police commencerait à poser des questions gênantes, de déclarer qu'ils travaillaient pour Moxie Castin et que toutes les questions devaient lui être soumises en personne. Heureusement, Angel et Louis n'avaient, semblait-il, enfreint aucune loi – plus c'est rare, plus c'est merveilleux – et Parker ne prévoyait pas trop de difficultés. Avec un peu de chance, la police appréhenderait le deuxième homme, ce qui permettrait à tout le monde de comprendre ce qui se passait.

Angel raccrocha, appela aussitôt le 911 pour préciser qu'il faudrait une ambulance en plus des véhicules de police, et que la voiture dans laquelle les agresseurs étaient arrivés était repartie, avec seulement la moitié de ses occupants originaux. Laurie Thayer avait cessé de crier à cause du cadavre qui saignait sur sa moquette, ou de son mari à demi inconscient – Angel ne savait pas trop quel stimulus avait déclenché les braillements – et veillait à présent à ce qu'il soit confortablement installé. Par la porte d'entrée ouverte,

Angel vit la première des voitures de police s'arrêter dans l'allée.

Il regarda autour de lui. Le sol était jonché d'éclats de verre, de tessons de porcelaine, de morceaux de plâtre et d'échardes de bois. Le mur au-dessus de sa tête était grêlé d'impacts de balles et un homme mort baignait dans une flaque rouge.

— Tu vois, dit-il à Louis, c'est pour ça qu'on peut rien avoir de valeur à la maison.

Sumner, par pure chance, était parti dans une direction opposée à celle des voitures de police. Il résista à l'envie d'écraser l'accélérateur pour filer le plus vite possible, au cas où, par miracle, les flics ne connaîtraient pas encore le modèle, la marque et l'immatriculation du Blazer. Il parvenait à peine à se maîtriser : c'était comme s'il entendait encore les détonations, comme s'il voyait encore une blessure s'ouvrir dans le dos de Richard lorsque la première balle était ressortie. Il se demandait ce qu'il allait raconter à Sophia. D'après Richard, elle prenait du Valium depuis qu'elle avait appris qu'il la trompait. Sumner espérait qu'elle en avait d'avance.

Il se força à respirer profondément et considéra la situation. Il conduisait la caisse de Richard, mais il espérait que personne, chez les Thayer, ne l'avait vraiment bien vu, de sorte qu'il n'y avait rien, à part ce véhicule, pour le relier à ce qui venait de se passer. Le risque de se faire choper était donc plus grand s'il restait au volant du Blazer que s'il continuait à pied. Lorsqu'il ne serait plus trop loin de la prochaine petite ville, il pourrait abandonner la voiture et marcher, prendre un bus ou un taxi. Restait le problème de son ADN et de ses empreintes digitales, à l'intérieur et à l'extérieur du Blazer. Il pouvait les effacer, mais il valait sans doute mieux mettre le feu à la voiture, sauf qu'une colonne de fumée, inévitablement…

La route montait en pente douce. Deux véhicules de police apparurent au sommet de la colline. Sumner ne pouvait ni continuer dans cette direction ni faire demi-tour. Sur sa gauche s'étirait un rideau d'arbres serrés, mais il repéra une route de service à peu près à mi-chemin entre lui et les flics. Il accéléra, tourna brusquement et roula aussi loin qu'il put sur cette route de terre battue sinueuse avant d'être bloqué par une chaîne. Il s'arrêta, descendit du Blazer et se mit à courir. Il entendit des sirènes, une voix amplifiée par un haut-parleur qui lui ordonnait de se rendre. Sumner n'en tint aucun compte. Il pensait à sa femme et à ses gosses. Il avait envie de rentrer chez lui. Il n'avait fait de mal à personne et Richard était mort. Est-ce qu'on ne pouvait pas le tenir pour quitte et le laisser partir ?

Il entrevit un mouvement sur sa droite parmi les arbres : un homme en uniforme. Risquant un regard derrière lui, il découvrit d'autres policiers qui approchaient à pied. Il avait un point de côté. Il était en mauvaise condition physique. Il n'arriverait jamais à la prochaine ville. Vu son état, il n'arriverait même pas au prochain arbre. Putain. Il pourrait peut-être trouver un moyen de tout coller sur le dos de Richard, de raconter qu'il en voulait à Thayer à cause d'un canapé merdique ou d'un ensemble salle à manger pourri, de prétendre que lui, Sumner, n'était pas au courant et qu'il n'avait aucune idée ce qui allait se passer avant que Richard ne brandisse un pistolet. Il ne pouvait pas continuer à courir. Il allait s'écrouler.

Il s'arrêta. Le sang battait à ses oreilles. Les policiers criaient à nouveau dans sa direction, mais il entendait à peine ce qu'ils disaient. C'était fini. Il était foutu. Ce fut au moment où il levait les mains qu'il se rendit compte qu'il tenait encore le revolver que Richard lui avait confié. Il l'avait tenu en quittant la maison des Thayer, puis en conduisant, en descendant de voiture, en courant.

Il le tiendrait maintenant en mourant.

Il y eut une série de coups de feu, mais Sumner n'entendit que le premier.

84

Arrivant devant sa maison après avoir promené son chien, David Ferrier remarqua que les Buckner n'étaient pas rentrés. C'était inhabituel qu'ils passent la nuit hors de chez eux. Bon Dieu, s'ils ne rentraient pas bientôt, ils rateraient la messe de dimanche et leur foutue église s'écroulerait sans eux. Ou, pire – du moins pour les Buckner –, elle ne s'écroulerait pas et leur véritable position dans la hiérarchie universelle leur serait alors révélée. Ferrier se rendit compte que sa méfiance envers ce couple était devenue une obsession : si jamais ils levaient le camp et déménageaient, il serait perdu. Il n'aurait plus personne à détester si près de chez lui.

Il accrocha son manteau, rangea la laisse du chien et décida d'écluser une bière en regardant la télé. Sa femme, qui n'approuvait pas qu'on boive de l'alcool avant la tombée de la nuit, ne rentrerait pas avant dix-huit heures et ne le saurait donc pas. Il jugea quand même qu'il vaudrait mieux cacher la bouteille vide sous d'autres récipients dans la poubelle de recyclage, au cas où elle y jetterait un coup d'œil. De toute façon, elle n'approuvait pas qu'il se tape une bière tout court, à cause des idées idiotes qu'elle rapportait de chez son médecin. D'un autre côté, si elle comptait les bouteilles, elle remarquerait qu'il manquait une Leinie au pack de six dans le frigo, et il aurait planqué la boutanche pour rien.

Après toutes ces réflexions, la perspective de boire une bière avait perdu tout attrait et il se rabattit sur un soda. Il passa près d'une heure à zapper d'une chaîne à l'autre avant de tomber sur l'agression de Tobey Thayer, le roi du meuble. Après une vue de la maison, le reportage montra un Blazer Chevrolet beige abandonné dans un bois, avec la portière du conducteur ouverte. Un chiffon cachait la plaque d'immatriculation, mais l'autocollant du coffre était bien visible.

Soutenez les professeurs de votre lycée

— Putain de merde, lâcha Ferrier.

Parker était presque à la frontière de la Pennsylvanie quand Moxie Castin l'appela.

— Bon, vos gars ne sont pas derrière les barreaux, mais j'ai eu toutes les peines du monde à détourner d'eux la curiosité de la police, annonça l'avocat. Tobey Thayer a fait une crise cardiaque, il est en observation. Avant qu'il perde connaissance, sa femme et lui ont confirmé la version des événements avancée par Angel et Louis, et Thayer a déclaré qu'il avait abattu l'un des types qui avaient pénétré chez lui. Apparemment, les flics ont un nom, mais ils ne le communiquent pas. Vous voulez le connaître ?

— Vous ne venez pas de dire que les flics le gardent pour eux ?

— Si, mais Angel a jeté un coup d'œil dans le portefeuille du mort avant leur arrivée. Richard Franklin. J'ai une adresse à Lima, Ohio, mais ça doit déjà grouiller de flics par là-bas, j'imagine.

— Et l'autre type ?

— Pour celui-là, j'ai dû faire jouer mes relations. Il s'appelait Sumner Chase, il était entrepreneur dans le bâtiment à Findlay. Au cas où vous vous poseriez la question, Findlay n'est qu'à une cinquantaine de kilomètres de Lima. Aucun d'eux n'avait eu de problèmes avec la police, pas même un PV pour stationnement interdit, avant de se rendre à Greensburg dans l'intention de descendre Thayer, à supposer que c'était bien leur objectif. Mais voilà : d'après les infos que j'ai glanées, les flics pensent qu'ils sont arrivés dans cette ville par l'ouest, pas par le nord-est. Leur voiture a été filmée par les caméras d'un péage. Ce ne serait donc pas eux qui auraient tué Michelle Souliere, à moins qu'ils n'aient emprunté la route touristique.

— Autre chose dont je dois être informé ?

— Juste que Ross aimerait savoir si vous et vos – je cite – « malfrats » comprenez vraiment ce que le mot « discret » veut dire.

— Ah ouais ? La prochaine fois que vous lui parlerez, demandez-lui s'il comprend le sens du mot « franchise ». La raison de son intérêt pour Eklund, il ne m'en a toujours pas informé.

— Je suis sûr que vous aurez bientôt de ses nouvelles, et il n'aimera pas le montant de mes honoraires quand il recevra la facture.

— Doublez la somme. Et dites-lui que vous avez mon accord.

— Vous croyez ?

— C'est le gouvernement fédéral qui paie, il ne s'en apercevra même pas. De toute façon, c'est l'argent de vos impôts. Considérez ça comme un dégrèvement.

— J'y réfléchirai. En attendant, je bosse toujours sur l'autre affaire.

Parker avait momentanément oublié Rachel et Sam. Il ressentit un pincement de culpabilité en s'en rendant compte.

— Je vous en suis reconnaissant.

— Pour finir, je tiens à m'assurer que vous gardez en tête ma recommandation : abstenez-vous de tirer sur…

Parker raccrocha.

85

Kirk et Sally Buckner se trouvaient à quelques kilomètres de Turning Leaf et Sally devenait nerveuse. Elle aurait voulu savoir si Richard et Sumner avaient rempli la mission dont elle les avait chargés, mais elle ne voulait pas prendre le risque de les appeler. Il avait été décidé que l'un ou l'autre lui enverrait un texto « OK » une fois le boulot fait et qu'ils pourraient ensuite se débarrasser de leurs téléphones. Pour le moment, elle n'avait aucune nouvelle.

Kirk somnolait sur le siège passager, ce qui donnait à Sally l'envie de l'empoigner par les cheveux et de lui cogner la figure contre la vitre, parce qu'il y avait autre chose à faire que dormir avec tout ce qui se passait. Devant elle, une voiture de la police routière avait arrêté un camion, et Sally jeta un coup d'œil dans le rétroviseur avant de changer de voie. La voiture fit une embardée.

Eleanor la regardait de la banquette arrière. Les lèvres de la fille morte remuaient rapidement, mais Sally ne parvenait pas à y lire ce qu'elle disait. Eleanor se mit à secouer violemment la tête tout en continuant à former des mots incompréhensibles. Sally prit la première bretelle de sortie et fit halte dans une station-service flanquée d'un Starbucks, ce qui réveilla Kirk.

— On n'a déjà plus d'essence ?

Sa sœur se tourna vers lui.

— Eleanor est dans la voiture. Elle a peur. Regarde les infos en continu sur l'ordinateur pour savoir ce qui se passe.

Kirk ne discuta pas, mais il ne put s'empêcher de jeter un coup d'œil derrière lui. La présence d'Eleanor était comme une sensation de froid en haut de sa colonne vertébrale. Ce qui lui rappela le goût de la fille morte sur sa langue.

Il ne pouvait pas la blairer, bordel.

Kirk se connecta sur la wi-fi du Starbucks pour aller sur le Net, tapa le nom de Thayer sur Google et parcourut rapidement les résultats avant de les montrer à Sally. Elle les lut sans faire de commentaires. Elle savait maintenant ce qu'Eleanor avait essayé de lui dire.

— Il faut fuir, décida-t-elle.

— Qu'est-ce que tu en sais ? Il vaut peut-être mieux attendre et…

Sally le gifla durement.

— Ne t'avise pas de discuter avec moi, petite merde inutile. Richard et Sumner sont morts, la police est peut-être déjà sur notre piste, sinon Eleanor ne serait pas venue nous prévenir. Tu peux comprendre ça ?

Kirk mit un moment avant d'acquiescer. Il ne regardait pas sa sœur, il se frottait la joue de la main gauche, mais la droite s'était crispée en un poing. Sally se dit qu'il était à deux doigts de la frapper. Lorsque ses yeux se posèrent sur elle, elle en eut la certitude. Il lui restait peut-être un peu de courage, finalement. Tant mieux : il en aurait besoin.

— Je regrette de t'avoir giflé, s'excusa-t-elle.

Elle ne le pensait pas, elle cherchait seulement à l'amadouer.

Sans réagir à ce qu'elle venait de dire, il rappela :

— Presque tout ce dont nous avons besoin est resté à la maison.

— On ne peut pas y retourner. Nous sommes mêlés d'une manière ou d'une autre à ce qui se passe en ce moment.

Ils étaient toujours prêts à tout quitter à l'improviste, même après toutes ces années. C'était pour cette raison qu'ils vivaient en location et qu'ils n'avaient pas de traites à payer sur la voiture, mais si Sally avait raison ils ne pourraient pas la garder.

— Alors il faut prendre le risque d'aller chez Donn.

Kirk avait toujours pensé que, en cas de catastrophe, ils auraient au moins un peu de temps pour rassembler ce dont ils auraient besoin. À tout hasard, il avait quand même laissé des choses essentielles chez Routh, cachées au sous-sol dans un sac hermétique : de l'argent liquide, des permis de conduire, des certificats de naissance à d'autres noms – Bon Dieu, ça lui en avait coûté, du fric et des efforts –, des téléphones et du linge de rechange. Il y avait aussi une perruque pour Sally. C'était peut-être pour cette raison qu'elle avait les cheveux courts, il ne lui avait jamais posé la question. Il se couperait les cheveux et se raserait la barbe. Ça ne lui prendrait pas longtemps. Ils devraient se séparer, bien sûr, puisque la police s'attendrait à ce qu'ils fuient ensemble, mais ils avaient des adresses mail inutilisées qui leur permettraient de rester en contact, et les téléphones jetables laissés chez Routh n'avaient jamais été activés.

Personne ne s'était risqué à se rendre chez Routh depuis sa dernière mission à Providence. Sumner était passé deux ou trois fois devant la maison sans détecter de signe d'intrusion ou de surveillance, mais il se pouvait que celui qui était responsable de la mort de Donn continue à garder un œil dessus. C'était un risque qu'ils devraient courir. Ils pourraient en profiter pour laisser leur voiture dans sa grange et la remplacer par la Camry déglinguée, la dernière d'une série de véhicules que Routh avait toujours en réserve pour un usage discret. Ils s'en serviraient pour se rendre là où ils étaient censés aller avant de devoir se séparer. Ils discuteraient alors pour savoir qui la conserverait.

Kirk n'avait pas envie de croire que Sally avait raison et que leur maison n'était plus un endroit sûr pour eux. Il s'y était habitué, il commençait même à apprécier de faire partie de la communauté de Turning Leaf. Pour Sally, ce n'était qu'une façade : elle savait jouer la comédie. Elle n'avait aucune affection pour les autres fidèles, ni même pour ceux qui la soutenaient financièrement en achetant ses gâteaux. Il la croyait même capable de pisser dans la pâte pour exprimer son mépris.

Il n'était pas comme sa sœur et ce n'était pas vraiment surprenant puisqu'il ne faisait pas partie de ceux qui voyaient régulièrement Eleanor et les autres. D'ailleurs, il s'en félicitait, cela lui permettait de garder une certaine objectivité et de préserver sa santé mentale. Dans ses moments de solitude, lorsque Sally se montrait particulièrement agressive avec lui, Kirk entretenait le fantasme de couper les ponts avec la famille. Il savait qu'il pourrait facilement se cacher : c'était lui qui pourvoyait les fausses identités, les pseudonymes et les passés inventés. Ces dernières années, il était même allé jusqu'à jeter les bases d'une nouvelle vie pour lui, en prenant soin d'y travailler uniquement quand Sally était occupée par les affaires des Frères, parce que, quand Sally était occupée, Eleanor et son engeance l'étaient aussi. C'était le problème lorsqu'on était hanté : on ne pouvait jamais être sûr qu'une créature invisible ne vous observait pas, et Kirk préférait ne pas penser à ce qui se passerait si l'on découvrait son secret. Sally le ferait exécuter, pensait-il. En l'absence de Routh, elle s'en chargerait peut-être elle-même. Ou alors elle confierait cette tâche à la personne placide, éternellement souriante, qu'était Steven Lee, qui l'écrabouillerait dans un cube de métal pour rendre service à la famille.

Kirk avait donc ouvert deux nouveaux comptes en banque, l'un à son nom, l'autre au nom d'Edward Dempsey, le pseudonyme qu'il s'était choisi. Il avait à présent huit mille dollars sur le premier et près de vingt mille sur le second, grâce à la falsification de factures et à divers travaux au black, notamment deux boulots parfaitement illégaux mais tout à fait lucratifs. Il se répétait que c'était juste au cas où tout irait mal pour eux, et qu'il partagerait alors cette cagnotte avec Sally, parce qu'il n'avait pas l'intention de la quitter, pas vraiment. Sauf que si ça avait été le cas il lui aurait parlé de cet argent et d'Edward Dempsey. Au lieu de quoi, il gardait le silence, il attendait.

Il savait qu'il n'aurait jamais plus une autre occasion comme celle-là : une séparation forcée avec Sally, et la nécessité de rester loin l'un de l'autre pendant un très long moment. Cela lui permettrait de disparaître et quand il referait surface, ce serait loin de Turning Leaf, avec un nouveau nom et un nouveau passé. Il ne pensait pas que les Frères le retrouveraient. D'après ce que Sally lui avait confié au fil des années, chacun ne connaissait que quelques membres de la famille. Sally n'aurait pas pu se cacher d'eux, lui si.

Et l'autre monde ? Il existait – Kirk n'avait aucun doute à ce sujet – et il n'avait aucune envie de finir là où erraient les Frères, dans cette vie comme dans une autre. Il s'était souvent demandé si la volonté de modérer les désaccords parmi les Frères était uniquement due à la crainte d'être découvert et ne cachait pas aussi une répugnance au repentir.

Et qui pouvait affirmer avec certitude qu'ils étaient tous condamnés au même sort, que le pacte ne pouvait être brisé ? Kirk avait été contaminé par la foi baptiste que Sally et lui avaient au début feint d'embrasser, allant jusqu'à lire une grande partie de l'œuvre d'Albert Mohler, le président du Séminaire théologique baptiste du Sud. Mohler, comme les autres évangélistes, croyait à la réalité du diable et des démons. Pour lui, le mal n'était pas une abstraction. Il avait fait un exposé sur l'exorcisme et les exorcistes au Congrès baptiste du Sud de 2010, auquel Kirk avait eu le privilège d'assister. « Ce que les forces des ténèbres redoutent le plus, avait-il déclaré à son public, c'est le nom de Jésus, l'autorité de la Bible et la puissance de son Évangile. » Si Kirk pouvait rencontrer Mohler ou quelqu'un comme lui, et le convaincre de la vérité de ce qu'il avait à révéler…

Se rendant compte que Sally lui parlait, il se força à lui prêter attention.

— Je disais, tu sais où il gardait ses armes ?

Il hocha la tête.

— Dans un coffre, sous le plancher de la grange.

— Les clés ?

— C'est une serrure à combinaison.

— Tu ne te rappelles pas cette combinaison, je suppose ?

— En fait, si.

Garder en mémoire des chiffres et des mots de passe était l'un des talents de Kirk. Cela faisait partie de son travail – sans d'ailleurs que Sally lui en montre une once de gratitude, bordel de merde !

Il regarda par la vitre de sa portière. Le temps était froid et brumeux. Quel que soit l'endroit où il atterrirait après ça, il ferait chaud. Il en avait sa claque, des hivers rigoureux.

— Comment tu crois qu'ils nous ont trouvés ?

Il imaginait des voitures de police cernant leur maison, des inspecteurs fouillant dans leurs affaires. Dès qu'ils commenceraient à examiner en détail les dernières de leurs vies inventées, la supercherie leur sauterait aux yeux.

— J'y ai pensé, dit Sally. Je parie que c'est ce fouineur de Ferrier, toujours à traîner dans le coin, à poser des questions. Une fois que toute l'effervescence autour de cette affaire retombera, on retournera à Turning Leaf s'occuper de lui, je te le promets.

Kirk lui jeta un coup d'œil, mais elle regardait droit devant elle en se mordillant l'intérieur de la joue, comme elle le faisait toujours quand elle était agitée. Il saurait comment se cacher et se réinventer ; elle en serait incapable. Sans son aide, les flics la choperaient. Est-ce qu'elle garderait le silence ? Peut-être. En même temps, s'il s'enfuyait et coupait tout contact avec elle, elle n'aurait plus aucune raison de lui être loyale. Elle pourrait tout lui coller sur le dos : Souliere, Eklund et le reste.

Il se remit à contempler le paysage. Il n'avait pas aimé frapper la prof quand elle s'était jetée sur Sally, mais ça n'avait pas été aussi difficile qu'il l'avait pensé. S'il l'avait fallu, il aurait probablement pu frapper encore. Il suffisait de se foutre en rogne. Il toucha sa joue là où Sally l'avait giflé. Cela lui cuisait encore, il aurait une marque.

Dehors, le sol froid attendait.

86

Maître Eldritch vivait ses dernières heures. S'il n'avait pas lui-même senti son corps et son esprit partir à la dérive, il l'aurait su à la façon dont l'infirmière s'occupait de lui. Elle le dissimulait bien, mais il avait passé des années à chercher la vérité sur le visage des autres, et personne ne pouvait la lui cacher longtemps.

Toutefois, alors qu'il se préparait à quitter cette vie, il ne s'inquiétait pas pour lui mais pour son fils, quel qu'il pût être, quoi qu'il pût être. Tout ce qui concernait ce type, Routh, et les Frères perturbait Eldritch. Il avait écouté attentivement quand son fils lui avait décrit ce qu'il y avait dans le sous-sol d'Eklund, et il s'en était servi de base pour ses propres recherches. C'était un travail lent, ardu : sa vue était maintenant si basse qu'il devait agrandir les mots sur l'écran de son ordinateur afin de les déchiffrer, et il ne pouvait se concentrer que pendant de courtes périodes sur ce qu'il lisait, ou ce qu'on lui disait, avant d'être forcé de se reposer un peu. La plupart des éléments qu'il avait rassemblés se réduisaient à des rumeurs, des conjectures, mais il avait au moins établi la chose suivante : Peter Magus avait conclu un pacte avec une créature assez puissante – du moins le Mage le croyait-il – pour leur éviter, à lui et ses descendants, d'affronter la justice divine.

Le peu qu'on savait des Frères provenait de ceux qui avaient survécu au siège de Capstead et aux exécutions sommaires qui avaient suivi. Exclusivement des jeunes femmes et des enfants, dont les témoignages n'étaient pas tout à fait fiables, mais leurs déclarations faisaient partie des documents historiques et elles étaient conservées aux archives de l'université du Missouri. Les dossiers avaient été numérisés et n'étaient pas accessibles ; cependant, Eldritch y avait eu accès en quelques minutes.

Selon les témoins, Peter Magus prétendait être en contact avec une force surnaturelle, un ange. Eldritch n'avait pas de temps à perdre avec la stupidité et le sentimentalisme de l'angélologie, qui avait donné naissance à une industrie juteuse, notamment une imagerie qui devait plus aux contes de fées et aux peintres préraphaélites qu'à la Bible. C'était un ange qui avait massacré les premiers-nés d'Égypte, un ange qui avait été envoyé pour punir Israël du recensement ordonné par David, un ange – plus précisément un « esprit mauvais », pour le distinguer d'un démon – que Dieu avait envoyé contre Saül parce qu'il avait pillé les Amalékites, un ange, encore, qui avait été crédité du massacre de cent quatre-vingt-cinq mille hommes dans le camp des Assyriens. Eldritch avait toujours été fasciné par les diverses traductions du psaume 78, verset 49 : « Il lança contre eux son ardente colère, sa fureur, son indignation et une troupe d'anges destructeurs. » Dans la Bible du roi Jacques, ces anges sont décrits comme « mauvais ». Il en avait parlé au Collectionneur et n'avait pas obtenu de réponse satisfaisante, tout comme son fils faisait rarement allusion à sa véritable nature.

« Et si j'étais un ange ? avait-il lancé un jour à Eldritch.

— C'est-ce que tu es ?

— Franchement, je ne sais plus. Peut-être ne suis-je que ce que les autres souhaitent que je sois. »

Il avait fallu longtemps à Eldritch pour découvrir ce que cela pouvait signifier, et la révélation lui était venue d'une source tout à fait inattendue : le rabbin Epstein, qui avait rendu visite à l'avocat alors qu'il se remettait de ses blessures, avant que son fils ne le mette discrètement en lieu sûr. Au cours d'une conversation qui lui avait paru ne pas excéder une dizaine de minutes, alors qu'elle avait duré près de deux heures, Eldritch avait oublié sa souffrance en parlant du Dieu enfoui, des Veilleurs angéliques qui avaient péché contre la Divinité en prenant femmes sur terre, et de la distinction devenue floue entre angélique et démoniaque pendant la période du Second Temple, lorsque des messagers divins étaient devenus des tentateurs, des tourmenteurs et des punisseurs. C'était le rabbin qui avait essayé d'expliquer un peu à l'avocat les enseignements de la Kabbalah sur les anges : ce ne sont pas des êtres physiques ; ils ressemblent plutôt à des états émotionnels contrôlés et personnifiés par la Divinité, si bien que ceux qu'ils visitent voient en eux ce qu'ils souhaitent ou sont destinés à voir. Ainsi, des entités similaires peuvent être à l'origine de visions différentes de bien-être, de révélation ou de châtiment, du moins c'était ce qu'Eldritch avait compris, bien qu'il dût reconnaître qu'il était à l'époque sous analgésiques et sédatifs, et qu'il ne pouvait jurer de sa capacité à se souvenir de chaque détail.

Il savait néanmoins une chose : ceux qui s'étaient rebellés, les anges déchus, n'appartenaient pas au domaine de la Divinité.

À côté de lui, l'infirmière continuait à lire. Elle s'appelait Berenice. Le Collectionneur avait assuré son père de sa discrétion, et comme Eldritch n'avait aucune raison de douter du jugement de son fils, il lui avait confié la tâche de récapituler les nouvelles informations qu'il avait découvertes. Elle était grande et brune, et bien que, pris séparément, chacun de ses traits fût sans défaut, ils formaient ensemble un tout disgracieux, comme l'assemblage de morceaux récupérés chez d'autres.

Eldritch sentit qu'il allait s'assoupir et fit un effort pour rester conscient. Bientôt, il le savait, il s'endormirait définitivement.

L'infirmière lui lisait une série de documents que la Société d'histoire du comté de Boone lui avait envoyés par courrier électronique. Pourquoi les avait-il demandés ? Il ne s'en souvenait plus. Quelque chose en rapport avec l'un des hommes mêlés à la confrontation finale avec Peter Magus, non ? Oui, ce devait être ça. Une transcription conservée par sa famille, les murmures d'un Frère à l'agonie…

Ses yeux se fermèrent. Une femme tendit la main vers lui, mais elle se tenait dans l'obscurité, il ne pouvait distinguer son visage. Elle prononça des mots qu'il ne comprit pas. S'il prenait sa main, il mourrait. Cela au moins il le savait. Elle l'attirerait dans le vide et sa vie prendrait fin.

L'infirmière s'interrompit pour bâiller. Eldritch l'entendit, mais n'ouvrit pas les yeux. La lecture reprit, avec des descriptions de cadavres, une odeur de bois et de chair calcinés, une fille pas même pubère gisant dans les ruines, le corps brûlé, bredouillant dans ses dernières souffrances. Un mot revint au vieil avocat avec une telle force qu'il saisit le poignet de l'infirmière et la fit sursauter.

— Qu'est-ce que c'était ? demanda-t-il.

— De quoi parlez-vous ?

— Le nom prononcé par la fille. Relisez-le.

Elle promena un doigt sur l'écran, trouva l'endroit.

— Bélial.

Bélial.

— Allez chercher mon fils, dit Eldritch.

87

Jennifer, la fille morte de Parker, se tenait sous un promontoire rocheux dont l'ombre cachait sa silhouette, et seul l'éclat de ses yeux trahissait sa présence.

Sous elle s'étendait la ville. Elle la connaissait depuis longtemps, depuis qu'elle avait décidé de suivre un homme et une femme qui s'étaient séparés du flot des défunts pour disparaître dans les collines. Jennifer ignorait ce qui avait pu les inciter à se détourner de l'océan profond qui les attendait. Peut-être la crainte de ce qu'il y avait au-delà et qui laissait penser que se fondre dans le tout entraînerait la perte de soi, et, par voie de conséquence, la perte l'un de l'autre. Quelle que fût la raison, ils avaient trouvé le chemin de la ville pour s'y cacher du déjà advenu et de l'encore à venir. Jennifer se demandait s'ils regrettaient leur décision. La ville, qui miroitait faiblement sur la frontière entre le réel et l'imaginaire, était un paysage de souffrance, composé des souvenirs à la fois de ceux qui avaient erré et s'étaient irrévocablement égarés et de ceux qui avaient résolu d'échapper à la créature consciente qui les attendait au-delà de l'océan.

Tant de douleur. Tant de cruauté.

Elle vit apparaître une forme humaine à la limite sud de la ville, là où les murs se dissolvaient pour faire place à une terre nue, desséchée, accueillant en son cœur une série de forteresses primitives.

Le crâne de l'homme était chauve, mais même de cette distance Jennifer discernait la collerette de longs cheveux roux qui pendait dessous, et le rideau de barbe allant d'une oreille à l'autre. Quoiqu'il ne pût normalement pas la voir d'aussi loin, elle sentait son regard sur elle. Il savait qu'elle était là-haut. Il voulait qu'elle descende.

Et alors, il la prendrait.

D'autres silhouettes vinrent rejoindre la première, celle du Mage, de sorte que, au bout d'un moment, quantité de Frères, émergeant génération après génération, se retrouvèrent à observer Jennifer, tous immobiles.

Viens. Viens à nous.

Elle demeurait néanmoins où elle était, attendant qu'une autre force s'en prenne à eux.

88

Kirk conduisait. Sally était assise à l'arrière. À côté d'elle, à sa gauche, il y avait Eleanor. La main gauche de Sally était légèrement écartée de son corps. La main droite d'Eleanor, invisible pour Kirk, était posée dessus.

Eleanor ne parlait pas. Elle était muette, sa mort l'avait réduite au silence. Sally entreprit de lui montrer des photos de Parker sur l'ordinateur portable d'Eklund et la morte réagit par une sorte de tremblement tout en lançant des éclairs rouges et violets de mise en garde. Sally ne savait pas grand-chose sur Parker en dehors de ce qu'elle avait appris par Internet et dans les dossiers d'Eklund, mais elle avait conscience qu'attirer l'attention de cet homme n'était pas très différent d'être la cible d'une balle tirée avec une précision infaillible, d'un projectile qui garderait sa trajectoire et sa vitesse jusqu'à ce qu'il atteigne son objectif. Sally essaya de le faire comprendre à Eleanor, mais les signaux envoyés par celle-ci étaient confus, et Sally ne pouvait savoir si Eleanor réagissait uniquement à Parker ou si quelque chose d'autre la perturbait. Une chose était sûre : elle avait peur.

Une image jaillit dans l'esprit de Sally et aussitôt la main d'Eleanor se crispa sur la sienne.

Une silhouette, puis le vide.

Je ne comprends pas.

Le signal fut répété : un homme, le vide, deux projections séparées qui se fondirent ensuite en une seule image. Cette fois, Sally saisit : pas vide mais creux.

Homme creux.

L'image se multiplia, un devint beaucoup.

Les Hommes creux. Qui sont-ils ?

Une autre image, cette fois de feu et de destruction, et Sally sentit la peau d'Eleanor brûler tandis que les dernières heures de la communauté de Capstead étaient recréées pour elle. Puis les flammes furent aspirées en un point d'une infinie densité et les ténèbres prévalurent.

La fin. Mais de quoi ?

Les lèvres d'Eleanor remuèrent, peinant à former des mots. Il lui fallut deux tentatives, mais finalement Sally comprit :

De nous tous.

89

C'était Philip qui avait tout arrangé. Lastrade et lui attendaient maintenant la livraison. Aux cent mille dollars de Stevie, ils avaient ajouté trente-cinq mille rassemblés grâce à leurs propres ressources. Optimiste, Philip estimait qu'ils pouvaient tripler voire quadrupler leur investissement, cela dépendrait de la façon dont ils couperaient l'héroïne avant de la vendre. Ils s'étaient également mis d'accord avec Stevie pour une commission d'intermédiaire de dix mille dollars, ce qui signifiait qu'ils palperaient au final entre cent vingt et cent cinquante mille chacun. Si tout se passait bien, ils en réinvestiraient la majeure partie dans un autre achat d'héroïne, et d'un peu de coke aussi peut-être, s'ils réussissaient à obtenir un bon prix des fournisseurs.

Ils avaient été obligés de rouler longtemps pour se rendre sur le lieu de la transaction. Le contact de Philip avait insisté pour les rencontrer à Willets Point, dans Queens, un endroit surnommé le Triangle de fer, soit un aller et retour de huit heures pour une destination correspondant à l'idée que Philip se faisait de l'enfer : un paysage de véhicules rouillés attendant d'être désossés dans les ateliers de récupération qui bordaient des rues pour la plupart non pavées, une vue merdique uniquement brisée çà et là par une usine de traitement de déchets. Le réaménagement de la zone était imminent, mais Philip pensait qu'il aurait mieux valu balancer une bombe nucléaire sur le Triangle et laisser reposer le tout pendant un millier d'années. Alors que le jour commençait à décliner, ils attendaient donc, comme prescrit, devant un parking abandonné à l'ombre de la voie express Whitestone. Au téléphone, deux types différents leur avaient déjà ordonné de changer de lieu deux fois, d'abord pour aller dans Railroad Avenue, ensuite pour monter à Overlook Park. Là, on leur avait dit de changer de voiture, de troquer la BMW de Philip contre une Sebring, un vrai tas de boue, une fois que Philip aurait trouvé un parking couvert où laisser sa BM. Aucun des deux types n'avait la voix de Slaven, leur principal contact. Une heure s'était écoulée depuis le dernier coup de téléphone. Philip avait appelé deux fois le numéro qu'on lui avait donné, mais n'avait obtenu que la messagerie.

Non, cela faisait maintenant *trois* fois.

— Alors ? demanda Lastrade de la banquette arrière.

— Rien. Ils ne répondent pas.

— Nom de Dieu. On devrait partir.

— Et faire quoi ?

— Je sais pas, mais on peut pas poireauter ici plus longtemps.

L'argent se trouvait dans deux sacs de sport posés aux pieds de Lastrade, et il avait beau changer la position de ses jambes, il n'arrivait pas à se sentir à l'aise, mais il pensait que c'était plutôt une question de nerfs qu'autre chose.

Philip, lui, n'était pas nerveux, juste irrité. Il la voulait, cette héro. Il voulait aussi conclure l'affaire pour faire exécuter Mère. Il savait qu'il ne serait pas capable de la tuer de ses propres mains. Il l'aimait trop pour ça. Il avait clairement fait comprendre à Slaven qu'il y aurait peut-être quelqu'un à éliminer, sans toutefois donner de nom – il n'avait pas jugé nécessaire de le préciser puisqu'il avait fourni assez d'indices pour que l'objet de son animosité ne fît aucun doute. Il avait aussi une idée du prix. Dix bâtons devraient suffire. Il aurait probablement pu la faire liquider pour moins que ça – pour rien, même, il aurait suffi d'attendre assez longtemps pour fournir à Slaven et à ses gars suffisamment de motifs de satisfaction –, mais il lui serait difficile de s'établir solidement tant que Mère serait en vie. Elle finirait par être au courant. Elle avait ses sources. Il valait mieux qu'elle disparaisse.

— Il faut que j'aille pisser, dit-il.

Il avait aussi envie de se dégourdir les jambes et de se donner le temps de réfléchir loin de Lastrade. Il sortit de la voiture, alla jusqu'au coin du parking abandonné, entouré d'un mur hérissé de piques à son sommet. Près de là, il y avait l'entrée en renfoncement d'un garage auquel on accédait par deux portes d'acier verrouillées. Profitant de l'intimité offerte par le renfoncement, il se déboutonna, urina et alluma une cigarette. Il essaya une fois de plus de joindre les autres. Cette fois, on décrocha à la deuxième sonnerie et Philip reconnut la voix de Slaven.

— Vous êtes où ? demanda-t-il.

— Derrière toi, répondit la voix dans son oreille, en écho à la voix qui venait de se faire entendre de lui sans le recours au téléphone.

Philip se retourna et vit Slaven, un portable dans une main, un automatique dans l'autre. Il était accompagné d'un deuxième homme, lui aussi armé, dont le visage faisait penser à un assemblage de pièces. Philip entendit la Sebring démarrer au moment où les portes du garage s'ouvraient.

— Entre, ordonna Slaven.

La Sebring apparut derrière eux, mais Lastrade n'y était plus seul. Il y avait un inconnu au volant, un autre assis à l'arrière, braquant lui aussi un pistolet. Lastrade parut effrayé quand la voiture pénétra dans le garage.

— Qu'est-ce que c'est que cette histoire ? demanda Philip.

— Ça, c'est ce qu'on va découvrir, répondit Slaven.

90

Le portable vibra alors que Parker entrait dans les faubourgs de Greensburg. Il reconnut le numéro affiché. Peu de gens le connaissaient.

— Allô ? dit-il.

La voix d'Eldritch, le vieil avocat, résonna dans le Bluetooth. Il respirait péniblement.

— Monsieur Parker, je vous prie de m'écouter. Il y a au Kentucky une maison appartenant à un nommé Donn Routh…

VII

« Vers la maison dont les occupants sont privés de lumière,
Où la poussière est leur festin, l'argile leur nourriture,
Où ils ne voient aucune lumière et résident dans le noir,
Où ils sont vêtus comme des oiseaux, avec des ailes pour vêtements,
Où sur le dessus de la porte et du verrou est répandue de la poussière. »

JAMES B. PRITCHARD
« La descente d'Ishtar aux Enfers »,
Textes anciens du Proche-Orient (1950)

91

Le Collectionneur traversait la maison presque vide de Donn Routh, avec sa nourriture gâtée dans la cuisine, ses pièces inhabitées, sa vie à demi vécue. Elle sentait mauvais et seule la vague de froid persistante l'empêchait d'empester plus encore. Ce n'était pas seulement à cause de la marmite de ragoût abandonnée sur la cuisinière, ni des légumes qui avaient commencé à moisir. La maison de Routh puait la négligence et les mauvaises habitudes. La pourriture morale.

Le Collectionneur se demanda si c'était ici que Routh avait tué la jeune Chinoise. Il le pensait, mais il ne croyait pas que cet homme avait assassiné beaucoup d'autres femmes de la même façon. Il avait senti en Routh un manque, une absence de joie. Il avait peut-être assassiné cette fille uniquement pour voir ce que cela faisait de prendre une vie, et le Collectionneur pouvait presque capter l'arrière-goût persistant de sa déconvenue, même après tout ce temps écoulé. Sa collection de disques était intéressante, toutefois. Elle suggérait une forme de sensibilité esthétique et un désir, sinon une capacité réelle, de prendre plaisir dans le sublime.

Son téléphone vibra dans sa poche, il l'ignora. Quelque part dans cette maison, il y avait forcément un indice sur les identités des Frères survivants. Il devait se concentrer.

Le Collectionneur examina d'abord tous les vinyles, les

sortant de leurs pochettes et les jetant par terre, sans même remarquer s'ils se brisaient ou non. À l'évidence, ces disques avaient été précieux pour Routh et il se pouvait qu'il ait dissimulé entre eux d'autres objets de valeur. Finalement, il ne récolta pour sa peine que quelques lettres d'un disquaire spécialisé dans les raretés, glissées dans une version du *Requiem* de Verdi par le Philharmonia Orchestra sous la baguette de Carlo Maria Giulini, avec les voix de Christa Ludwig, Nicolai Gedda et Elisabeth Schwarzkopf. Il était sur le point de balancer ce disque aussi quand son instinct lui souffla de le garder intact. Son père prétendait que Schwarzkopf était la plus grande interprète de *lieder* qu'il eût jamais entendue, tout en se reconnaissant troublé par une adhésion apparemment enthousiaste au parti nazi. Le Collectionneur pensa que cet échantillon du travail de la cantatrice pourrait procurer au vieil avocat quelque plaisir.

Il continua à fouiller les lieux, passant d'une pièce à l'autre sans que quoi que ce soit éveille son intérêt, jusqu'à ce qu'il ne reste plus que le sous-sol. Du haut de l'escalier, il contempla ce qui l'attendait. Un bref coup d'œil antérieur lui avait fait découvrir des caisses et un ramassis de vieilleries. Il n'avait maintenant plus d'autre issue que de s'y attaquer. Mais d'abord, il voulut boire un verre d'eau : il avait la bouche sèche et tapissée de poussière.

Quand il entra dans la cuisine, il se retrouva face à une femme et un homme, lequel se tenait légèrement derrière l'épaule gauche de celle-ci. Elle avait un couteau de cuisine à la main. Le Collectionneur leva la main gauche et ouvrit la bouche pour parler tout en faisant jouer son poignet droit dans le but de dégager la lame dissimulée le long de son avant-bras. La femme avança d'un pas, le Collectionneur sentit à la poitrine une vive douleur qui, telle une flamme sous l'effet d'un apport d'oxygène, crût en intensité jusqu'à ce qu'il ne sente plus qu'elle. Il abattit sa main gauche sur le manche du couteau au moment où sa propre lame, délogée de sa gaine, tombait, inoffensive, sur le carrelage. Par la porte de la cuisine restée ouverte, il pouvait voir les vestiges du jour s'éteindre dans le soir. Il se mit à marcher et la femme et l'homme s'écartèrent de son passage. La lame fichée dans sa poitrine lui tailladait les entrailles à chaque pas, mais il ne s'arrêta pas. Il voulait mourir dans la lumière. Il atteignit la porte au moment où ses jambes se dérobèrent sous lui, puis il tomba à genoux tandis que le soleil s'assombrissait et que le monde s'épanchait en rouge autour de lui. Des ombres convergèrent vers le Collectionneur. Il tenta de les tenir à distance, mais il n'en avait plus la force. Elles prirent une terrible réalité lorsqu'il passa de son monde dans le leur, et il se trouva cerné par les Hommes creux.

Les faucons n'ont aucune affection pour le fauconnier, pensa-t-il. Il n'est pour eux que celui qui les nourrit.

Ils s'abattirent sur lui et le dévorèrent.

92

Sally et Kirk baissèrent les yeux vers le corps étendu devant eux. L'inconnu gisait sur le flanc, les yeux à peine ouverts dans la mort, les lèvres formant un ovale de stupeur. Il serrait encore le manche du couteau, comme si c'était lui-même, et non Sally, qui avait porté le coup fatal. Sous leurs regards, des marques commencèrent à apparaître sur la peau de sa figure et de ses mains : des perforations qu'on eût dites causées par l'aiguille d'une seringue.

Ou par des dents pointues.

Une sorte de brume grise tourbillonnait autour du corps, et Sally croyait y voir des visages se matérialiser et se dissoudre.

Cela n'était pas visible pour Kirk. Il ne voyait qu'un homme mort semblant concourir à sa propre décomposition rapide et dont les joues se marbraient déjà. Il n'avait pas l'air d'un flic, c'était la seule chose dont Kirk était sûr. Tant mieux.

— Qu'est-ce qui arrive à sa peau ? demanda-t-il.

Sally l'entendit à peine. Eleanor était de retour. Elle se tenait près de la vieille grange et tremblait si violemment qu'elle n'était qu'une tache floue. Il irradiait d'elle une peur que Sally sentit s'abattre aussi sur elle.

Puis Eleanor disparut.

— Il faut partir d'ici, dit Sally. Là, tout de suite.

Pour une fois, c'était Kirk qui gardait son calme. Il retrouva l'argent liquide et les papiers au sous-sol, emporta des en-cas pour la route et prit les clés de la Camry pendues à un crochet dans le vestibule. Pendant ce temps, Sally s'était réfugiée dans la grange pour mettre autant de distance que possible entre elle et l'homme qu'elle avait poignardé. Kirk la rejoignit, souleva une trappe sous laquelle se trouvait le coffre aux armes de Routh. Il y prit deux pistolets et des munitions avant de le refermer et de rabattre la trappe. Enfin, il ouvrit toutes grandes les portes de la grange, sortit la Camry et gara leur Focus à sa place. Il dut aider Sally à s'asseoir sur le siège passager, toute idée de l'abandonner étant pour l'instant oubliée. Elle s'était retranchée en elle-même et il avait du mal à la faire réagir.

— Eleanor est… partie, finit-elle par bredouiller. Elle est partie et elle ne reviendra plus.

« Parfait… », eut-il envie de répliquer, mais il garda son opinion pour lui.

— On va où ? demanda-t-il.

— Quelle importance ? C'est la fin.

— Pour moi, c'est important.

Il ne baissait pas les bras. Ils avaient de l'argent et de nouvelles identités. Ils avaient juste besoin d'un peu de temps et d'un endroit où se cacher. Un hôtel serait hors de question tant qu'ils resteraient ensemble et ils ne pouvaient se tourner vers aucun membre de la famille parce qu'ils étaient tous en danger maintenant.

Ils arrivaient à mi-chemin de l'autoroute quand Kirk imagina une solution.

Il fit demi-tour à la première occasion et prit la direction du nord-est.

Des heures plus tard, Parker se gara derrière la maison de Donn Routh et ses phares prirent dans leur faisceau le corps allongé sur le sol. Il descendit de voiture, une torche électrique dans une main, son pistolet dans l'autre, et demeura un moment à contempler la dépouille du Collectionneur. Puis il parcourut la maison, s'assura qu'elle était inoccupée avant de revenir au cadavre.

Il semblait impossible que le Collectionneur ne soit plus et Parker fut surpris par la tristesse qu'il en éprouvait. Mort, l'ogre avait rapetissé, mais il s'était aussi humanisé. Quoi qu'il ait été, ou quoi qu'il ait cru être, il était mort seul et dans la douleur.

De l'autre côté de la cour, les doubles portes d'une grange étaient entrouvertes. Parker s'en approcha lentement et se servit de celle de droite pour se protéger tandis qu'il élargissait l'ouverture. Il s'identifia comme un détective armé, n'obtint pas de réponse. Risquant un œil, il vit une Ford Focus garée à l'intérieur. Gardant la tête baissée, il posa une main sur le capot. Il était encore chaud. Parker découvrit dans la boîte à gants des papiers spécifiant que la voiture appartenait à un certain Kirk Buckner, résidant à Turning Leaf, Virginie-Occidentale.

Il appela la police et attendit son arrivée près du corps du Collectionneur.

93

Dans la maison proche de l'océan, Eldritch s'éveilla d'un rêve de marées. L'infirmière assise à son chevet feuilletait un magazine. L'avocat tendit le bras et lui toucha la jambe. Elle leva la tête. Les yeux du vieil homme, clairs et brillants, la dévisageaient et, quand il parla, ce fut sans le moindre tremblement dans la voix :

— Mon fils n'est plus, dit-il.

94

Philip était agenouillé sur le sol du garage. Il avait les mains attachées derrière le dos par des colliers de serrage en plastique et le côté gauche de la figure maculé de sang et de matière cérébrale provenant de Lastrade. Comme Philip, Lastrade avait les mains entravées, mais il n'avait pas vécu assez longtemps pour en éprouver du ressentiment.

Les yeux clos, Philip avait attendu la balle qui mettrait fin à sa vie, elle n'était pas venue. Il avait attendu des heures, la tête couverte d'un sac en coton, sans que personne lui adresse la parole. Il faisait un froid de loup dans le garage et il ne pouvait s'arrêter de trembler. Il avait mal aux genoux et au dos, mais il était vivant.

Il y avait encore de l'espoir.

Son esprit partit à la dérive et il pensa à Mère. Lorsqu'il s'endormit et commença à basculer, il reçut un coup sur le crâne et on le remit en position droite. C'était de la torture.

Mais il y avait de l'espoir.

Des pas approchèrent, on lui enleva le sac de la tête. Comme la lumière était faible, il ne fallut pas longtemps à sa vision pour s'accommoder. Lastrade gisait toujours sur le sol à côté de lui, le visage tourné vers le plafond, un trou à la place du nez.

Slaven était penché vers Philip, les deux sacs de fric à ses pieds. Il tira de l'un d'eux une liasse de billets, la tint en l'air. Il la renifla, même, en plissant le nez de dégoût, avant de sortir de sa poche un briquet Zippo. Il l'alluma, approcha la flamme d'un coin de la liasse, attendit qu'elle prenne feu.

— Hé, fit Philip. Hé.

Les billets brûlaient avec une petite lueur bleue dans le rouge du feu.

— Ils valent pas un clou. Ils sont bidon. Comme toi.

— Je ne le savais pas, se défendit Philip.

D'autres pas, approchant cette fois par-derrière, le *tap-tap* de hauts talons. Il sentit son odeur avant de la voir. Il la connaissait, il l'avait sentie toute sa vie. Il tenta de regarder par-dessus son épaule, mais le canon d'une arme lui toucha la joue, le forçant à continuer à regarder droit devant lui.

— Mère, plaida-t-il quand il put enfin la voir. Dites-lui, je vous en prie. Dites-lui que je ne savais pas. Sincèrement.

Elle baissa les yeux vers son enfant et il se mit à sangloter.

— Je... Je ne comprends pas, hoqueta-t-il.

— Ils t'ont piégé, répondit-elle, avec la douceur qu'on adopte pour s'adresser à un petit garçon qui ne comprend pas pourquoi les grands sont méchants avec lui. Ils t'ont livré aux autorités pour que tu les conduises à Slaven et à ses gens, pour qu'il les mène ensuite à la drogue et que la drogue les mène aux terroristes – du moins, c'est ce qu'ils croyaient. Tu as causé beaucoup d'ennuis à tout le monde.

— J'allais nous rendre riches, argua Philip.

— « Nous » ?

Il le perçut dans son ton : elle savait ce qu'il avait prévu de faire. Slaven le lui avait révélé. Que c'était bas d'avoir ainsi révélé ses secrets à Mère !

Il cessa de pleurer, ses larmes se tarissant soudain comme si on avait fermé un robinet.

— Pourquoi ne pouviez-vous pas simplement me faire confiance ?

— Parce que je savais que cela finirait comme ça : des armes, du sang et des morts.

Elle tendit le bras vers lui et, du pouce, effaça la dernière des larmes de Philip au moment même où la première des siennes se mettait à sourdre.

— Je ne le ferai plus, promit-il.

— Je sais.

Elle attira sa tête vers elle, la pressa contre son giron.

— Je veux rentrer à la maison, dit-il.

— Non, répondit Mère. C'est impossible. Je ne peux plus te garder auprès de moi. Il faut que tu partes, et pour longtemps. Des dispositions ont été prises.

Elle lui caressa les cheveux et embrassa le dessus de sa tête. Elle se rappela son odeur quand il était bébé, la douceur de ses cheveux sur sa peau, le bruit de sa respiration quand il dormait. Elle avait été trop indulgente. Toutes les femmes le sont lorsqu'il s'agit de leurs fils.

Elle le lâcha, recula.

— Adieu, Philip.

— Mère…

Elle fit volte-face et s'éloigna. Elle n'avait pas fait trois pas que la détonation claqua. Mère ne s'était pas retournée. Elle n'avait pas voulu qu'il voie son visage. Une faiblesse de mère.

Si elle avait été plus forte, elle l'aurait tué elle-même.

95

Grâce à l'aide de David Ferrier, la police possédait maintenant une liste des propriétaires des véhicules présents chez Kirk et Sally Buckner pour la réunion familiale, et une série d'arrestations commença aussitôt.

Les veuves de Richard Franklin et de Sumner Chase furent interrogées dans des salles séparées, assistées par des avocats qui leur recommandaient de garder le silence pour le moment, même si Sophia et Jesse n'avaient pas besoin de ce conseil. Elles savaient que leur seule option consistait à ne rien dire, et hormis confirmer qu'il y avait bien eu une réunion dans la maison des Buckner, à Turning Leaf, et professer leur ignorance de ce qui avait amené leurs époux respectifs chez Tobey Thayer, elles ne reconnaissaient absolument rien.

Se trouvaient également en détention préventive Jeanette, Briony et Art Montague, qui donnaient tous des interprétations tout juste passables de l'innocence. Leurs histoires ressemblaient à celles de Sophia Franklin et de Jesse Chase : c'était un deuil qui les avait rassemblés, la mort d'une lointaine parente. Ils avaient même un nom à donner : Elyse Barrow, récemment décédée dans le nord de l'État de New York, entourée de chats à demi sauvages, et dont le corps n'avait toujours pas été réclamé à la morgue.

Madlyn et Sally les avaient prévenus qu'ils pourraient connaître un jour ce genre de situation et ils s'étaient préparés. La tentative de meurtre sur Tobey Thayer posait un problème pour Sophia et Jesse, mais il n'y avait rien qui pût inquiéter les autres. Il aurait donc été possible – tout juste possible, mais « tout juste » suffit parfois – pour certaines ou pour chacune des personnes interrogées de prendre de la distance par rapport à cette embarrassante accumulation de cadavres… s'il n'y avait eu Steven Lee.

Lee était alité à cause d'un ulcère à l'estomac. Le traitement ne faisait pas effet, et le fait qu'il continuait à abuser de la caféine, de l'alcool et du tabac n'arrangeait rien. Il se résignait à une opération. Mais, à cause de cette maladie, quelque part sur son chantier de ferrailleur, les restes de Jaycob Eklund pourrissaient dans le coffre d'une Oldsmobile Firenza 1982, généralement considérée comme la plus mauvaise des voitures fabriquées dans les années 1980, et l'adjonction d'un cadavre n'avait évidemment en rien amélioré le modèle. Ailleurs, emballés dans diverses compressions de métal tordu empilées, gisaient les os de quelques infortunés récemment passés entre les mains de Steven Lee, notamment la regrettée Lucie Mossman, l'ancienne petite nana de Richard Franklin. Steven Lee aurait probablement pu trouver un moyen de s'en débarrasser, mais, curieusement, il aimait les avoir autour de lui. Ils constituaient pour lui à la fois un mur du souvenir et une galerie de trophées.

Dès qu'il vit les flics arriver, Steven paniqua et tenta de fuir.

Avec un ulcère à l'estomac.

Quand il dut s'arrêter, il se retourna et commença à tirer. Une seule personne perdit la vie dans l'échange de coups de feu qui suivit, et ce fut lui, Steven Lee, le corps coincé entre deux voitures. L'une était une Kia Concord.

L'autre une Oldsmobile Firenza 1982.

D'autres policiers. D'autres coups de téléphone à Moxie Castin et à l'agent spécial Ross, à New York. Parker fut interrogé sur la raison de sa présence dans l'ancienne ferme du dénommé Donn Routh. Il parla du tuyau d'Eldritch et s'aperçut alors que personne n'avait informé le vieil homme de la mort de son fils. Il essaya de le faire quand on lui accorda un peu de temps, mais le téléphone de l'avocat sonna dans le vide.

Peut-être le sait-il déjà, pensa Parker.

Il ne cacha rien à la police parce qu'il n'avait pas grand-chose à cacher. C'était une situation inhabituelle pour lui. Accoutumé à l'esquive, aux demi-vérités et aux mensonges purs et simples, il trouvait cette occasion de faire preuve de franchise plutôt déroutante.

La pluie verglaçante fit lentement place à la neige. Le cadavre du Collectionneur était demeuré sur le sol, recouvert d'un drap, et la police finit par décider qu'il était temps de l'emmener. Parker assista à la levée du corps et les flics l'autorisèrent enfin à partir. Pourtant, il s'attarda. Il éprouvait un sentiment d'échec. Il était entouré de pièces d'un puzzle dont il n'arrivait pas à faire un ensemble cohérent. Eklund n'avait toujours pas réapparu. Michelle Souliere était morte. Tobey Thayer, au moins, était en vie. Et les Buckner, hôtes d'un rassemblement qui, selon la police, avait causé jusqu'ici la mort de quatre personnes – cinq, si on pouvait les impliquer dans le meurtre de Souliere –, avaient disparu de la carte.

Toutes les investigations ont leur rythme propre. Certaines s'enlisent, lentement mais inéluctablement, d'autres contraignent les enquêteurs à courir sans répit pour les rattraper, leur dynamisme étant fonction de facteurs échappant la plupart du temps à l'influence de ceux qui cherchent des réponses. Pour celle-ci, Parker se sentait paumé, largué, et ce, depuis le début, depuis que Ross avait choisi de garder pour lui la vraie raison de son intérêt pour Jaycob Eklund.

Pour l'heure, il se tenait sous la neige, dont les flocons tombaient tels les fragments d'un dossier auquel il n'aurait jamais accès désormais, s'accumulant pour mieux dissimuler les disparus et les morts, victimes de la croyance en un pacte conclu dans des époques oubliées pour échapper à la damnation.

Bélial : selon Eldritch, c'était le nom de la créature avec laquelle Peter Magus avait prétendu communier. Bélial, le plus beau de tous ceux qui étaient tombés du ciel, plus beau que Lucifer lui-même ; Bélial, l'ange de l'hostilité, le démon du mensonge. Le Mage avait juré à ses disciples qu'il avait passé un accord avec un esprit et que, en conséquence, ils ne seraient pas punis pour leurs péchés dans l'autre vie. On ne leur demandait en retour que des sacrifices. Ils achèteraient la sécurité de générations à venir avec les vies d'autres personnes. Or le pacte avait été conclu avec un être qui se complaisait dans la tromperie, et il reposait donc sur une duperie. Que Bélial ait vraiment existé ou non n'avait pas d'importance. Ce qui en avait, c'était que Peter Magus avait réussi à convaincre ses acolytes de sa réalité objective, et leurs descendants avaient, depuis, commis des meurtres pour se protéger et protéger leurs ancêtres morts.

Des hommes et des femmes s'affairaient dans la demeure de Donn Routh, cherchant ses secrets. Parker distinguait leurs silhouettes, semblables à des spectres, à travers les rideaux. Il les laissa à leur besogne et prit la direction du nord.

Deux shérifs adjoints se tenaient près du corps de Steven Lee quand on amena sa mère. La police l'avait contrainte à quitter la petite maison qu'elle et son fils avaient partagée. Elle n'avait prononcé qu'un seul mot en montant dans la voiture, alors qu'elle pouvait voir le corps de Steven au bout du chantier.

« Assassins. »

La neige tombait sur les adjoints. S'ils restaient là plus longtemps, il faudrait poser un cône orange à cet endroit afin de pouvoir les retrouver parmi les congères.

— Elle est pourrie, cette caisse, dit l'un.

— C'est une Firenza, répondit l'autre. Ma sœur en avait une. Une vraie merde, de fait.

— Non, elle *pue*. Vraiment.

Ils s'en approchèrent pour regarder. Rien à l'intérieur de la voiture sans vitres. Le coffre était verrouillé. Le plus âgé des deux trouva le mécanisme et le coffre s'ouvrit.

Instantanément, Jaycob Eklund cessa d'être disparu.

96

Le rythme des arrestations s'accéléra. Esther et Allan Sherwood furent appréhendés alors qu'ils se dirigeaient vers la frontière dans leur monospace, leur destination ne faisant plus aucun doute lorsqu'on découvrit des dollars canadiens et un guide du Québec dans un sac sur le siège arrière. En quelques heures, tous ceux qui avaient pris part à la réunion chez les Buckner – à l'exception des hôtes eux-mêmes – furent interrogés, ainsi que leurs enfants, les camarades de leurs enfants, et même ceux qui ne les connaissaient que vaguement.

Les réponses fournies par les parents proches des Buckner se ressemblaient assez pour que les inspecteurs soupçonnent les parties concernées d'avoir été de mèche dans l'élaboration d'une couverture. Même la mère de Steven Lee prétendait ne pas savoir comment le corps de Jaycob Eklund avait fini dans le coffre d'un véhicule apporté sur le chantier familial, et elle se trouvait donc dans l'incapacité d'éclairer les policiers sur l'étendue de l'implication de son fils dans la mort du détective privé, et de leur dire si la présence d'un cadavre dans l'enceinte de leur entreprise constituait une exception ou un phénomène plus fréquent.

La balance penchait cependant en défaveur des Frères, dans ce monde-ci comme dans l'autre. Peter Magus avait conclu un pacte de sang et les générations suivantes devaient assurer le service de la dette. Quatre de ces descendants – Donn Routh, Richard Franklin, Sumner Chase et Steven Lee – étaient morts et on ne savait pas encore combien de ceux qui restaient en vie se retrouveraient derrière les barreaux.

Faiblesse. Vulnérabilité.

Les prédateurs rôdaient autour d'eux.

En se réveillant dans son lit d'hôpital, Tobey Thayer sentit des picotements dans ses doigts et ses orteils. Il en attribua la cause aux circonstances, jusqu'à ce qu'une voix de petite fille, qu'il ne reconnut pas, chuchote :

viens voir

Il ferma les yeux et la rejoignit.

Thayer était de retour dans la ville d'ombres, mais cette fois, c'était différent. Les rues étaient désertes, bien qu'il sentît du mouvement derrière les portes fermées et les fenêtres aux volets clos, ainsi qu'une sorte de vigilance.

Devant lui se dressait la forteresse des Frères. Elle se trouvait à l'écart, de la terre brûlée devant, de la garrigue derrière. Des silhouettes l'entouraient ; pour la plupart, des hommes à la peau grise, ridée comme un fruit talé, avec çà et là quelques femmes, même si le genre avait cessé depuis longtemps d'avoir du sens pour eux. Immobiles, ils regardaient la forteresse, ils attendaient.

Thayer frissonna. Il faisait froid dans cette ville. À chacune de ses expirations, son haleine était comme la fumée d'un feu caché.

Une fillette apparut à côté de lui. Elle avait l'air d'une enfant et avait une voix d'enfant, mais ses yeux semblaient très vieux. Elle lui prit la main, et, au contact de sa chaleur, il cessa de trembler.

— Qui sont-ils ? demanda-t-il.

des Hommes creux

— Pourquoi sont-ils ici ?

celui qu'ils haïssaient est mort

Un Homme creux se tourna vers eux, comme si les mots de la petite fille l'avaient alerté, et les orbites vides de ses yeux ressemblaient à des trous forés dans une vieille boue séchée.

mais sans lui ils sont perdus

— Alors, ils veulent rejoindre les autres ?

non

ils veulent les punir

Sur ce, les Hommes creux fondirent sur la forteresse.

97

Il faisait encore nuit lorsque Kirk et Sally rejoignirent le chalet de Jaycob Eklund, et Kirk cassa un carreau de la porte de derrière pour qu'ils puissent entrer. Ils avaient appris l'existence de ce chalet par Eklund, alors qu'il était encouragé à expliquer à quoi servait chaque clé de son trousseau, afin que Donn Routh puisse pénétrer chez le détective sans problème. L'intérieur était modestement meublé, avec une petite cuisine contiguë à la salle de séjour, une chambre, une salle de bains et, derrière, construite à l'extérieur, une pièce supplémentaire faite de brique et de bois, avec une cuvette de W-C dans un coin, une pomme de douche sur le côté et une grille d'écoulement d'eau dans le sol. Il n'y avait rien d'autre dans cette pièce, qui sentait l'eau de Javel. Elle rappela à Kirk une cellule de prison.

Bien qu'ils n'aient faim ni l'un ni l'autre, ils avaient conscience qu'ils devaient restaurer leurs forces, et Kirk prépara des saucisses aux haricots en puisant dans les réserves d'Eklund et dans les provisions qu'il avait emportées. Comme le chalet n'avait ni téléviseur ni connexion à Internet, les Buckner ne savaient pas encore qu'on avait retrouvé le corps du détective dans le chantier de Steven Lee, mais Kirk se doutait bien qu'ils ne devaient pas rester longtemps dans cet endroit. Ils y dormiraient, s'approvisionneraient pour une plus longue période et feraient de leur mieux pour changer d'apparence avant de repartir.

Kirk prit le risque d'allumer du feu. Il faisait sombre et le chalet se trouvait au bout d'un sentier, bien caché des propriétés voisines, d'ailleurs peu nombreuses. Il soutenait Sally pour l'aider à marcher et se demandait comment l'idée avait pu lui venir de l'abandonner. Appuyée contre sa poitrine, elle tremblait comme un oiseau déplumé. Elle lui avait à peine parlé depuis leur arrivée, mais n'avait pas cessé de remuer les lèvres. S'il ne l'avait pas aussi bien connue, il aurait pu croire qu'elle priait.

Kirk était épuisé. Il ne voulait qu'une chose : dormir, ne serait-ce que deux ou trois heures. Il ferma les yeux quand son désir devint réalité.

L'incendie faisait rage au cœur de la forteresse. Thayer regardait les Frères tenter de fuir, mais aucun d'eux n'échappait aux Hommes creux. La petite fille ne lâchait pas sa main et contemplait avec sérénité ce qui se passait.

Le marchand de meubles entendit un bruit dans le ciel noir, comme un battement de grandes ailes. Il leva la tête, ne vit rien, et cependant il eut la certitude que quelque chose tournoyait au-dessus d'eux. De la fumée sombre sortait d'une cheminée des remparts tandis que les Frères brûlaient, et une brèche aux contours rouges s'ouvrit dans les nuages pour les accueillir.

Le battement se fit plus fort. Des voix hurlaient, les nuages se fendirent et Thayer entrevit une forme massive, un être terrible d'une beauté sans défaut et d'une cruauté implacable. Il avait des ailes d'oiseau de proie, des mains et des pieds recourbés telles des serres, un visage avide de luxure, une androgynie suscitant des appétits qui ne pourraient jamais être assouvis. Il brillait d'un éclat qui parvenait presque à masquer la dépravation de ses traits, manifestation extérieure de sa profonde perversion. Si c'était la créature avec laquelle Peter Magus avait passé un marché, Peter Magus était un imbécile.

Et les flammes continuaient à monter, toujours alimentées par les corps des Frères.

Kirk s'éveilla dans l'obscurité. Le feu de l'âtre s'était réduit à des braises rougeoyantes et toute la chaleur avait quitté la pièce. Sally n'était plus près de lui. Il l'appela et, au même moment, la découvrit dans l'encadrement de la porte de la cuisine. Elle regardait fixement un point situé au centre de la pièce, et il sut que, quoi que ce pût être, ce qu'elle voyait n'était pas de ce monde. Le visage de Sally était crispé en un rictus d'horreur et elle secouait la tête, sa bouche articulant le mot « Non », encore et encore. Elle passa du silence au murmure et enfin au cri :

— Eleanor… Non !

Sally regardait Eleanor se consumer. De petits morceaux de peau se détachaient de sa figure et montaient dans l'air en noircissant. Sa bouche grande ouverte révélait des dents jaunies et elle fermait les yeux de souffrance. Sally tendit les bras vers elle au moment même où deux formes à la peau grise et ridée apparaissaient, une de chaque côté d'Eleanor. L'une la saisit par les cheveux et lui tira la tête en arrière ; l'autre fourra une main dans sa bouche pour lui attraper la langue. Elle lança à Sally un regard mauvais par-dessus l'abîme entre les deux mondes, et Sally l'entendit prononcer son nom comme une promesse juste avant qu'elle arrache la langue d'Eleanor.

La forteresse s'était écroulée. Les cris avaient cessé.

Peter Magus se tenait seul dans les ruines, cerné par les Hommes creux. Au-dessus d'eux tournoyait l'ange, si grand qu'on n'en apercevait qu'une partie lorsqu'il traversait la trouée entre les nuages. Le Mage leva les bras vers le ciel et brailla le nom de la créature qui l'avait finalement trahi, puis les Hommes creux le déchiquetèrent et son esprit commença à brûler.

Thayer détourna les yeux. Il essaya de dégager sa main de celle de la fillette, mais elle refusait de le lâcher.

— Je veux rentrer, maintenant, dit-il.

tu ne peux pas

— Pourquoi ?

tu sais pourquoi

C'était vrai. Il le savait depuis qu'elle l'avait amené dans cet endroit, et cependant il refusait de l'admettre.

— Je n'ai même pas pu dire adieu à ma femme, à mes enfants.

je suis désolée

Et elle l'était vraiment.

viens avec moi

je t'emmènerai jusqu'à la mer

98

Le jour se leva. Kirk fut réveillé par un bourdonnement qu'il prit d'abord pour un scooter des neiges, mais il n'en vit pas trace quand il regarda par les fenêtres. Quoique bas, le feu donnait encore un peu de chaleur. Sally avait dû y mettre des bûches pendant qu'il dormait. Il faudrait le laisser mourir, ils ne pouvaient pas courir le risque que quelqu'un remarque la fumée.

Assise dans un coin de la salle de séjour, le menton appuyé sur les genoux, Sally regardait en silence la lumière qui se faisait lentement plus vive de l'autre côté des rideaux. Kirk tenta de lui parler, n'obtint pas de réponse et finit par se lasser. Il inventoria le congélateur d'Eklund, y prit un pain ayant la consistance d'une brique et un paquet de bacon. Il les décongela au four à micro-ondes, entreprit de préparer le petit déjeuner. Il fit du café en écoutant la radio, qui ne diffusait que de la musique, et projeta de sortir plus tard pour trouver un endroit où il aurait accès à Internet. Il fallait absolument qu'ils sachent à quel point leur situation était mauvaise.

Un oiseau passa dans le ciel, assez gros ou assez près pour que Kirk distingue ses battements d'ailes. Il ne connaissait pas grand-chose à la nature, mais ils étaient en pleine cambrousse, il devait y avoir de grands oiseaux de proie dans les bois. Il avait peut-être aperçu un aigle. Il n'en avait jamais vu un en liberté, seulement dans les zoos.

Kirk se demandait ce qu'il se passerait si Sally ne sortait pas de son hébétude. Il ne pouvait quand même pas la traîner derrière lui comme un zombie. Pour survivre, ils devaient rester tous les deux lucides et vigilants. Peut-être à cause du café ou de l'odeur du bacon frit, il commençait à croire qu'ils pouvaient s'en tirer. Eleanor n'était plus, et probablement les autres aussi. De ça au moins il avait réussi à débarrasser Sally. C'était peut-être enfin terminé : celui qui avait emporté Eleanor et tout le reste se contenterait sûrement de leur immolation. Les Frères anciens n'étaient plus, mais Sally et lui étaient encore là. Ils vivaient. Ils pouvaient prendre un nouveau départ.

Le bacon était presque prêt et le toaster venait d'éjecter deux tranches du pain décongelé. Il se resservit du café, emplit une tasse pour Sally, partagea la nourriture entre deux assiettes. Il la forcerait à manger s'il le fallait. Lui donnerait la becquée, comme à un oisillon.

En retournant dans le séjour, Kirk découvrit la couverture de Sally par terre, mais sa sœur avait disparu. Il alla voir dans la salle de bains, dans la curieuse petite pièce ajoutée à l'arrière du chalet. Elle n'y était pas. Il alla à la porte de devant, essaya de l'ouvrir. Un poids l'en empêcha. Il poussa plus fort et cette fois la porte s'entrouvrit, juste assez pour qu'il voie ce qui se trouvait de l'autre côté.

Sally était agenouillée sur le sol. Elle avait ôté son chemisier, en avait attaché une manche autour de son cou et l'autre à l'anneau de fer ornemental servant de poignée fixé au centre de la porte, avant d'utiliser son propre poids pour resserrer le nœud coulant. Son visage était violacé, sa langue pendait hors de sa bouche. Sa peau était encore chaude au toucher.

Kirk commença à défaire le nœud autour de l'anneau dans l'espoir qu'il pourrait encore ramener Sally à la vie, puis il s'arrêta. S'il parvenait à la ranimer, il ne pourrait pas l'emmener à l'hôpital. S'il la laissait dans le chalet et téléphonait en chemin pour demander une ambulance, il ne faudrait pas longtemps à la police pour identifier Sally et se lancer à ses trousses.

Kirk se posta devant sa sœur. Il s'arc-bouta, un pied contre l'intérieur de la porte, plaça ses mains sur les épaules de Sally et poussa vers le bas. Il crut l'entendre émettre un bruit, mais il s'était peut-être trompé. Et même s'il avait bien entendu quelque chose, ce n'était probablement pas un signe de vie, juste le son de la dernière bouffée d'air quittant son corps.

Il retourna dans la cuisine, trouva un couteau, s'en servit pour couper le nœud coulant. Il traîna ensuite Sally dans le séjour et l'allongea sur le plancher. À la réflexion, il étendit la couverture sur elle en couvrant son visage. Cela fait, il alla une dernière fois dans la cuisine, avala à la hâte un toast et une tranche de bacon, glissa le reste dans un sachet en plastique pour plus tard. Il dénicha une bouteille thermos dans le placard de la cuisine, la remplit de café. Enfin, il récupéra dans le chalet tout ce qui pouvait lui être utile : quelques livres, un couteau suisse, deux pulls et des tee-shirts, un manteau, un jean qui se révéla juste un peu trop long, mit le tout dans un grand sac. Il alla le poser près de la porte, se retourna pour regarder le corps de Sally. Il ne servirait à rien de perdre du temps à l'enterrer. Il nettoierait le chalet de son mieux, mais si la police venait jusqu'ici, les cendres dans la cheminée et dans le poêle lui révéleraient que quelqu'un était passé récemment. Le cadavre de sa femme n'y changerait rien.

— Adieu, Sally, dit-il.

Kirk ouvrit la porte et se retrouva face au canon d'un pistolet.

99

Cela n'avait été au départ qu'une intuition de Parker, mais une intuition rationnelle, fondée sur la découverte du corps d'Eklund dans le chantier de ferraille, et sur sa connaissance de l'existence du chalet. Il avait téléphoné à Art Currier, qui, à son tour, était entré en contact avec le voisin le plus proche d'Eklund. Un coup d'œil au chalet avait confirmé la présence d'une voiture, mais, pour plus de sûreté, Art avait pris la peine de se rendre lui-même sur place alors que Parker était encore sur la route.

Kirk Buckner ne tenta ni de se battre ni de fuir – ça n'aurait rimé à rien alors qu'Angel et Louis braquaient aussi leurs armes sur lui. Il se coucha sur le sol, comme on le lui ordonnait, et il laissa Parker s'emparer du pistolet resté dans la poche de son blouson. Le cran de sécurité était encore mis.

— Où est votre femme ? lui demanda Parker.

— À l'intérieur. Et ce n'était pas ma femme. Elle était ma sœur.

Parker n'approfondit pas le sujet, ce n'était pas le moment.

Angel risqua un coup d'œil dans le chalet, Louis se postant de l'autre côté de la porte.

— On a un corps par terre. Avec une couverture sur la partie supérieure.

Parker attacha les mains de Buckner avec des bracelets en

plastique provenant de sa voiture tandis qu'Angel, couvert par Louis, approchait du corps. Angel souleva la couverture, révélant le visage boursouflé de Sally Buckner. Il lui tâta le pouls, bien qu'il pût voir qu'elle était morte.

— Fini pour elle, annonça-t-il à Parker.

— Elle s'est pendue, dit Buckner. À l'anneau de la porte.

Levant les yeux vers le détective, il ajouta :

— Je ne l'ai pas tuée. Je n'y suis pour rien, pas même un peu.

Ils remirent à plus tard l'appel à la police. D'ailleurs, ils n'avaient pas tellement le choix puisqu'il n'y avait pas de réseau et qu'il aurait fallu que l'un d'eux retourne sur la grand-route pour téléphoner, ou obtenir du voisin d'Eklund qu'il les laisse utiliser son appareil fixe.

Parker en profita pour fouiller le chalet. La chambre et la salle de bains, comme les autres pièces, montraient uniquement des signes d'une occupation masculine, tandis que les livres sur les étagères du séjour, ainsi que les DVD avec lesquels ils voisinaient, présentaient un mélange de goûts de femme et d'homme correspondant davantage à un couple.

À l'arrière, il y avait une petite pièce ajoutée, dont la fenêtre, haute et étroite, ne pouvait être ouverte. L'aération provenait d'un conduit niché dans un coin, mais on avait quand même installé l'électricité. La porte était en chêne, avec des panneaux métalliques de chaque côté. Il y avait un seul gros trou de serrure, avec une autre plaque au niveau du visage, et Parker remarqua des trous plus petits dans le métal et dans le bois de l'encadrement, comme si on avait dévissé un verrou qui s'y trouvait antérieurement. Parker examina la serrure : elle était éraflée du côté extérieur, pas du côté intérieur. Il sentit une odeur d'eau de Javel et se mit à genoux pour inspecter le sol de béton. Il ne lui fallut pas longtemps pour repérer les traces d'un cadre de lit métallique et, probablement, d'une table et d'une chaise. Il avait déjà vu des pièces de ce genre, en particulier il n'y avait pas si longtemps dans un endroit appelé l'Entaille. Ce n'était pas une pièce que l'on occupait de son plein gré, c'était un lieu de détention.

Il retourna dans la cuisine et regarda les photographies punaisées sur un tableau de liège. L'une d'elles était la reproduction d'une photo qu'il avait vue sur le bureau d'Eklund : le détective souriant à côté de son ex-femme. Il n'avait pas remarqué la ressemblance avant. Ce n'était pas évident, au premier regard. Sans la petite pièce ajoutée au chalet, il n'aurait jamais fait le lien.

Claudia Sansom était une version plus jeune de l'ex-femme d'Eklund.

Parker se rappela que le détective était devenu l'ami d'Oscar Sansom, qu'il lui avait proposé gratuitement son aide, qu'il lui avait demandé de le tenir au courant des progrès de l'enquête. Il se souvint des détails de la découverte du corps de Claudia, de ses caries dentaires non soignées, et de la question que cela posait : comment une femme avait-elle pu disparaître pendant trois ans avant d'être finalement retrouvée morte dans une fosse peu profonde ?

Eklund.

Bien qu'il entendît Louis l'appeler, Parker demeurait immobile. Il continuait à regarder fixement la photo de la femme d'Eklund en se demandant comment distinguer l'amour de la haine en de telles circonstances.

Louis apparut sur le seuil de la cuisine, un vieil ordinateur portable dans les mains.

— Le gars n'a pas du tout eu l'air heureux quand j'ai trouvé ça…

100

Parker était assis à la table de la cuisine, l'ordinateur portable devant lui. Même sans Kirk Buckner pour lui donner le mot de passe, il l'aurait peut-être deviné : Milena, le prénom de l'ex d'Eklund. La page d'accueil apparut. Elle proposait une vingtaine de dossiers, dont un seul portait le nom de Parker.

Il l'ouvrit. Il contenait des photos. Plusieurs de lui, mais la plupart de sa fille, et datant toutes de moins de deux mois.

Dix minutes plus tard, il retourna dans la salle de séjour. Kirk Buckner était assis par terre, adossé au mur, presque dans la même position que sa femme la veille. Il regardait partout sauf à l'endroit où gisait son corps.

— C'était l'ordinateur portable de Jaycob Eklund, dit Parker.

— Je ne sais pas de quoi vous parlez.

— Je ne suis pas flic. Rien de ce que vous direz ici ne sera recevable au tribunal. Pour le moment, tout reste entre nous. Je recommence : Jaycob Eklund. On a trouvé son corps dans un chantier de ferrailleur appartenant à quelqu'un de votre famille.

— Je n'ai rien à voir là-dedans.

— Vous l'avez tué ?

Buckner soutint le regard de Parker.

— Non.

Parker le crut.

— Si la police met la main sur cet ordi, vous aurez beau nier, il vous liera à Jaycob Eklund.

Buckner parut intrigué. Il ouvrit la bouche, la referma sans prononcer les mots qu'il avait eu l'intention de dire. Kirk Buckner était beaucoup de choses, mais certainement pas un imbécile. Il avait déjà assez d'ennuis comme ça. La possession de cet ordinateur ne ferait qu'ajouter à ses problèmes.

— Vous savez quoi ? Je ne me souviens absolument pas d'avoir vu un ordinateur.

Parker se leva et sortit du chalet. À son retour, il n'avait plus l'ordinateur et la police était en route.

101

La pièce dans laquelle Mère et Parker s'étaient rencontrés la première fois avait presque entièrement été vidée de ses meubles, comme le reste de la maison. Seule demeurait Mère. Elle n'interrompit pas le détective tandis qu'il lui confiait ce qu'il savait, ou du moins ce qu'il voulait qu'elle sache. Elle se rendait compte qu'il lui cachait certains détails, elle n'en attendait pas moins de sa part. S'il y avait une vérité profonde à tirer de ce qui s'était passé, elle n'était pas sûre que Parker lui-même l'avait totalement saisie. Pourtant, elle était impressionnée qu'il soit revenu pour lui faire la grâce d'une explication, aussi partielle et insatisfaisante fût-elle.

— Une histoire de fantômes, dit-elle quand il eut terminé.

— Peut-être.

— Et vous croyez aux fantômes, monsieur Parker ?

— Aux miens seulement. Mais peu importe ce que je crois. Les Frères, eux, y croyaient et tout le mal qui a suivi venait de là.

Mère approuva d'un hochement de tête.

— Alors, nous en avons terminé. J'aimerais vous récompenser de vos efforts.

— Je ne veux pas de votre argent.

— Parce que vous le pensez sale ?

— Parce je sais qu'il l'est.

— Vous avez des idées très vieux jeu, monsieur Parker.

— Je me plais à le penser.

Lorsqu'il se leva pour partir, elle reprit :

— Vous ne m'avez pas interrogée sur mon fils.

Il baissa les yeux vers elle en gardant une expression délibérément neutre.

— J'ai entendu dire qu'il est mort.

— C'était pour le mieux.

— Je suis sûr qu'il vous manque.

— Oui, confirma Mère. Il me manque beaucoup.

Ce soir-là, au bar de l'hôtel Langham de Boston, l'agent spécial Edgar Ross, du Bureau fédéral d'investigation, utilisa lui aussi la formule « histoire de fantômes », mais parut moins enclin que Mère à ne pas y croire. C'était cependant l'autre histoire qui l'intéressait davantage : celle de Jaycob Eklund.

— Vous pensez qu'il a enlevé Claudia Sansom et qu'il l'a séquestrée pendant des années dans son chalet ?

— J'ignore si elle y a passé tout ce temps, répondit Parker. Il l'a peut-être changée d'endroit, mais je crois qu'elle a fini ses jours dans cette cellule.

— Vous n'avez pas de preuves.

— Je suis sûr qu'en fouillant attentivement le chalet et ses environs on pourrait en trouver.

— Vous suggérez qu'on le fasse ?

— Non.

— Pourquoi ?

— Eklund est mort. Oscar Sansom a l'intention de partir pour l'Europe et la vérité ne lui rendra pas sa femme. Milena Budny, l'ex d'Eklund, a un nouveau mari et trois enfants adoptifs. La vérité ne leur rendra pas la vie plus facile, elle pourrait même les détruire.

Ross but une gorgée de son verre.

— Et si enquête il y a, poursuivit Parker, elle pourrait révéler vos liens avec Eklund, et vous ne voulez pas de ça.

— Non, reconnut l'agent fédéral.

— Vous étiez au courant ? Pour Eklund et ce qu'il aurait pu faire à Claudia Sansom ?

— Non.

— Vous le soupçonniez ?

— Non.

— Alors, qu'est-ce qu'il faisait pour vous d'assez délicat pour que vous m'ayez chargé de le retrouver ?

— Je ne pense pas que cela vous regarde.

— Je suis curieux, c'est tout.

— Ne le soyez pas. Ce n'est jamais sain, même dans votre partie.

Ross demanda l'addition et ajouta :

— Au sujet de votre ami Angel... Comme on pouvait s'y attendre, mes supérieurs sont un peu réticents à l'idée d'intervenir officiellement en sa faveur, toutefois nous ne verrons pas d'objection à ce qu'on ferme son dossier. Nous l'avons fait comprendre, officieusement, aux parties concernées de l'État de New York, ainsi qu'au juge désigné pour l'audience. Je doute qu'il y ait un problème.

— Merci.

— Ne me remerciez pas. Il aurait mieux valu pour Angel et Louis qu'ils n'aient jamais retenu mon attention, mais, eux comme moi, nous devrons en accepter les conséquences. J'ai également pris des dispositions pour qu'une prime vous soit versée par l'intermédiaire de M. Castin. Je crois que vous en serez satisfait. J'ai entendu dire que vous devez vous aussi passer devant un juge – quelque chose concernant votre fille.

Parker ne répondit pas. Si Ross était gêné d'aborder ce sujet, il ne le montrait absolument pas. Le serveur apporta l'addition. Cette fois encore, Ross régla en liquide.

— On n'a toujours pas retrouvé l'ordinateur portable d'Eklund, dit-il en se levant et en prenant son manteau. Kirk Buckner prétend ne rien savoir à ce sujet.

— Cet ordinateur est si important ?

Ross haussa les épaules.

— Il pourrait l'être. Je serais très reconnaissant à la personne qui mettrait la main dessus.

— J'en prends note.

Il regarda Parker avec insistance et conclut :

— Pensez-y.

Ils gagnèrent ensemble la sortie, ne se serrèrent pas la main en se disant au revoir. Une voiture attendait Ross. Il ouvrit la portière lui-même et elle démarra dès qu'il se fut installé à l'intérieur. Parker la suivit des yeux. Lorsqu'elle ne fut plus visible, Angel et Louis apparurent, comme s'ils étaient faits eux-mêmes d'ombre et de nuit.

— Alors ? demanda Angel.

— Je pense qu'il a engagé Eklund pour avoir des renseignements sur ma fille.

— Mais pourquoi te charger de retrouver son ordi ?

— Parce que je suis bon dans ce que je fais. Si je le retrouvais et le lui remettais sans avoir pris connaissance de son contenu, il n'y aurait aucun problème. Si j'échouais, le résultat serait le même.

— Et si tu le trouvais et décidais de voir ce qu'y avait dedans ?

— Ross m'aurait envoyé un message.

— Lequel ?

— Qu'il sait, ou soupçonne, quelque chose au sujet de Sam.

— Un de ces jours, faudra qu'on ait tous une longue conversation à propos de cette gamine, soupira Angel.

102

Rachel était assise dans son bureau, avec, devant elle, le dernier courrier de son avocate, quand sa fille apparut à sa droite. Sam lui avait témoigné une grande sollicitude depuis qu'elle était rentrée de l'hôpital. Ce qui était arrivé à sa mère l'avait, semblait-il, profondément affectée.

Rachel était fatiguée. Elle n'avait pas bien dormi la veille. Elle avait rêvé.

Rêvé de la première fille de Charlie Parker.

Dans son rêve, Rachel se tenait près de la berge d'un grand lac. Installée sur un rocher, Jennifer Parker lançait des pierres dans l'eau. Quoiqu'elle en eût déjà expédié une quantité dans les profondeurs, le cairn dans lequel elle puisait n'avait pas diminué.

Rachel contemplait le lac. Malgré l'absence totale de vent, sa surface se ridait et se gonflait, comme sous l'effet d'une perturbation venant d'en haut ou d'en bas. Elle entendait un susurrement, pareil à de nombreuses voix murmurant ensemble.

Jennifer lui tendit une pierre barrée d'une ligne blanche.

tiens

prends

Rachel accepta la pierre.

— Je dois la lancer ?

garde-la

comme un souvenir

Et Rachel s'était réveillée.

Elle promena les doigts sur la lettre de la division familles du système judiciaire du Vermont qui l'informait de la date de l'audience concernant la garde. Sans toutefois chercher à la cacher à sa fille.

— Je vais demander qu'elle soit reportée, dit-elle. Tu sais ce que cela veut dire ?

— Oui, répondit Sam. C'est pour ça que papy est en colère aujourd'hui ?

— Peut-être.

— Reportée pour combien de temps ?

— On verra.

Sam serra sa mère dans ses bras.

— Pardon pour ce que j'ai dit. Je regrette.

— Je sais.

Rachel embrassa sa fille et pressa son visage contre sa joue.

— Sam ?

— Oui ?

— À qui tu parles, quand tu es seule dans ta chambre ?

Rachel compta les secondes de silence. Une, deux, trois…

— À personne.

— C'est juste parce que je t'ai entendue, en passant. Est-ce que tu as, euh, un ami ?

— Comme un ami imaginaire, tu veux dire ? demanda Sam, apparemment soulagée.

— Oui, comme un ami imaginaire.

Mais Rachel avait mis l'accent sur le premier mot.

— Peut-être.

— Ou alors une amie ? Une autre petite fille ?

— Peut-être.

— C'est une autre petite fille ?

Nouveau silence.

— Peut-être.

— Est-ce que c'est… ?

Sam se dégagea avant que sa mère puisse finir sa phrase et se mit à danser en rond.

— J'en ai des tas, d'amis imaginaires ! déclara-t-elle avec une gaieté dont Rachel n'aurait su dire si elle était réelle ou feinte. Un poney, et une licorne, et un lapin, et une fée…

— Sam…

Elle cessa de danser, sa jovialité s'envola.

— Maman, dit-elle en prenant la main de sa mère. Je ne suis *pas* une petite fille.

Et elle sortit de la pièce.

Rachel classa la lettre dans un dossier portant l'inscription *Affaires juridiques*. Elle ouvrit un tiroir pour y ranger le dossier et, au moment de le refermer, s'arrêta pour regarder à nouveau la pierre barrée d'une unique raie blanche, celle qu'elle avait découverte dans sa main en se réveillant, quelques heures plus tôt.

103

Angel finit de reboutonner sa chemise et enfila son pull. Il chaussa ses tennis et les laça. Puis il traversa la salle d'attente et longea le couloir, sortit au soleil hivernal et ferma les yeux pour se protéger de son éclat.

Tout le monde meurt, se dit-il. Tout le monde.

Mais pas moi.

Pas aujourd'hui.

Remerciements

Ce livre bizarre – si tant est que mes livres ne soient pas tous bizarres – est le produit d'une vie de lecture d'histoires de fantômes, comme cela peut l'être aussi dans n'importe quel domaine de recherche, même si deux livres récents se sont révélés particulièrement utiles : *Ghosts : A Natural History*, de Roger Clarke (Penguin, 2013), et *Paranormality : Why We See What Isn't There*, du Pr Richard Wiseman (Macmillan, 2011). Je suis par ailleurs reconnaissant à Brian Showers, de Swan River Press, qui en sait plus sur les histoires de fantômes que ça n'est recommandé pour la santé, et dont l'enthousiasme pour les auteurs irlandais de romans fantastiques m'a fourni quelques-unes des citations utilisées dans ce livre. Seth Kavanagh, de son côté, a répondu à mes questions techniques idiotes sans perdre une seule fois son calme.

Mille mercis, comme toujours, à Emily Bestler, mon éditrice à Atria/Emily Bestler Books, et à toute l'équipe d'Atria / Emily Bestler Books et Simon & Schuster, notamment Judith Curr, Lara Jones et David Brown ; à Sue Fletcher, mon éditrice chez Hodder & Stoughton, et à Kerry Hood, Swati Gamble, Carolyn Mays, Lucy Hale, Alasdair Oliver, Breda Purdue, Jim Binchy, Ruth Shern et tous ceux de Hodder and Hachette, Ireland ; aux éditeurs qui ont publié les traductions de mes romans pendant de nombreuses années, m'apportant ainsi de nouveaux lecteurs et me permettant du même coup de voir un petit peu plus du vaste monde. J'ai toujours la chance d'avoir Darley Anderson pour agent et tous ses collaborateurs comme supporters, même s'il m'arrive parfois d'oublier de signer la totalité de la paperasse. Je tiens à exprimer également ma gratitude à Steve Fisher, d'APA ; à Ellen Clair Lamb, qui m'aide à rester dans le droit chemin ; à Madeira James, à xuni.com, grâce à qui je peux faire semblant de comprendre Internet ; et à Michelle Souliere, de la merveilleuse librairie Green Hand, de Portland, Maine, qui m'a autorisé à faire usage de son nom. Enfin, tout mon amour à Jennie, Cameron – à qui je dois des remerciements particuliers pour l'un des événements de ce livre – et à Alistair.

MIXTE
Papier
FSC® C003309

Composition et mise en pages
Nord Compo à Villeneuve-d'Ascq

Imprimé en France par EPAC Technologies
N° d'impression : 4550414316220
Dépôt légal : avril 2020